Collection Soleil

DEGRÉS

MICHEL BUTOR

DEGRÉS

GALLIMARD

I

J'entre en classe, et je monte sur l'estrade.

A l'arrêt de la sonnerie, je sors de la serviette que je viens de poser sur le bureau, la liste alphabétique des élèves, et cette autre feuille de papier blanc, sur laquelle ils ont indiqué eux-mêmes leurs places à l'intérieur de cette salle.

Puis je m'assieds, et lorsque le silence s'est fait, je commence l'appel :

« Abel, Armelli, Baron... »,

cherchant à fixer dans ma mémoire leurs visages, car je ne sais pas encore les reconnaître, sauf les quelques-uns qui étaient avec moi l'an passé, toi, en particulier, Pierre,

qui redresses ton regard brun au moment où je prononce ton nom à son rang,

après « ... Daval, de Joigny, de Loups »,

avant de passer à « Estier, Fage Jean-Claude, Fage Henri... »,

m'adressant une sorte de sourire auquel je ne veux pas répondre, parce qu'il vaut mieux évidemment que le plus grand nombre possible de tes camarades ignorent le plus longtemps possible notre parenté, qu'à leurs yeux tu sois exactement pour moi comme l'un quelconque d'entre eux.

Ton oncle Henri Jouret, de l'autre côté du mur derrière moi, se mesure avec ses première moderne, fait l'appel, essaie d'enregistrer leurs places et leurs visages, avant de passer aux interrogations et à l'explication d'une page de Saint-Simon.

J'étais déjà dans cette salle avec vous. C'était notre deuxième leçon de géographie.

« Zola, que pouvez-vous me dire de l'atmosphère?

Wolf, que savez-vous de la structure interne de cette planète?

Et maintenant, Voss, allons, levez-vous, venez au tableau, vous me parlerez de l'histoire du globe et de ses principales périodes. »

Tandis qu'il cherchait ses réponses, debout, les mains derrière son dos, je t'observais d'un œil. Le soleil éclairait tes cheveux noirs, et tes mains aux ongles rongés; tu projetais ton ombre sur le livre que tu feuilletais, t'arrêtant longuement à une photographie pas très nette du grand canyon du Colorado, avec une tache noire au milieu, épaisse et irrégulière, comme si c'était toi qui l'avais faite;

et ton oncle Henri était déjà de l'autre côté du mur derrière moi, avec sa première moderne, et demandait alors à l'un de ses élèves de commencer la mort de Monseigneur, dauphin de France :

« j'y trouvai tout Versailles rassemblé... »,

reprenant les fautes avec un froncement de sourcil, un coup sec du bout de son crayon sur le bois jaune du bureau semblable au mien, déjà, comme le mien, tout piqueté de petites cupules,

exactement comme il reprenait les tiennes tout à l'heure, après avoir ramassé vos premiers devoirs de français sur ce sujet ultra-classique :

« racontez la journée de vos vacances qui a le plus marqué dans votre souvenir; essayez d'expliquer pourquoi c'est elle qui vous a semblé la plus digne d'être retenue ».

Il a interrogé quelques-uns d'entre vous sur la vie et les œuvres de Rabelais, a demandé un volontaire pour expliquer la lettre de Gargantua à Pantagruel, et t'a choisi parmi ceux qui levaient la main, te disant, d'un ton qu'il aurait voulu particulièrement sévère, sans te regarder :

« eh bien, Eller, montrez-moi de quoi vous êtes capable ».

Tu aurais bien voulu savoir s'il fallait lire le paragraphe en petits caractères, dans lequel l'éditeur donnait quelques indications sur la situation et le contenu du morceau :

astérisque, « devenu étudiant, Pantagruel fait le tour des universités françaises... »,

ou encore :

triangle, « la plupart des chapitres consacrés aux études de Pantagruel... »,

ou encore :

cercle, « on trouvera dans Gargantua un programme plus développé; ici, c'est l'esprit même... »,

mais soudain, au moment où tu allais poser ta question, tu t'es trouvé devant le visage de cet oncle, et tu t'es arrêté, troublé, ne sachant plus comment t'adresser à lui, comprenant bien qu'il aurait fallu dire « Monsieur », et n'y parvenant pas, rougissant, baissant les yeux, te précipitant dans ta lecture avec un peu d'affolement, coupant mal les mots, sans respecter la ponctuation :

« maintenant toutes les disciplines sont restituées, les langues restaurées...

— Eller, voulez-vous faire attention à votre texte; reprenez cette phrase.

— Maintenant toutes disciplines...

— C'est mieux.

— Sont restituées, les langues instaurées...

— Continuez.

— Grecque, sans laquelle c'est honte qu'une personne se dise...

— Se quoi?

— Se die savant, hébraïque, chaldaïque, latine. Les expressions...

— Attention!

— Les impressions tant élégantes et correctes... »

De l'autre côté du plancher, dans la salle juste en dessous, j'expliquais à tes camarades de sixième, devant la carte de l'Égypte ancienne que l'un d'entre eux était allé chercher chez le surveillant général,

que nous connaissions l'antique civilisation de ce pays grâce aux monuments qu'elle avait laissés, pyramides, hypogées, mastabas, obélisques, comme celui de la place de la Concorde,

comment Champollion avait réussi à déchiffrer les hiéroglyphes grâce à la pierre de Rosette (Rosette, c'était une ville), actuellement au British Museum à Londres, faisant d'un coup reculer notre histoire de plusieurs milliers d'années,

comment le premier pharaon de la première dynastie, Mina, dit Ménès, avait réuni sur sa tête les couronnes de la haute et de la basse Égypte, de la vallée et du delta, la rouge et la blanche, celle du vautour, celle du faucon-milan,

comment on divisait cette longue suite de rois et de transformations en trois grandes périodes, l'ancien, le moyen, et le nouvel Empire,

avant de prendre l'escalier pour monter vous retrouver ici,

où je continue l'appel :

« ... Jourdan? Absent aussi? Ah non, vous êtes là. Eh bien! A quoi pensiez-vous ? Knorr? »

(il était déjà absent hier),

« il n'est pas revenu? Bien. Limours?

— Présent.

— Mouron? »

Assis devant toi au premier rang, celui-ci dispose d'un air nonchalant, sur son pupitre, son cahier à reliure spirale et son livre d'Histoire acheté d'occasion, sur la première page duquel il raye soigneusement de son crayon à bille le nom de l'ancien possesseur, pour calligraphier le sien,

élève lui aussi, cette année, d'un de ses oncles, M. Bailly, en train, à l'étage supérieur, de faire lire à ses philosophes le sonnet de Keats sur sa découverte de la traduction d'Homère par Chapman

(Chapman : 1559-1634) :

« ... Alors je me sentis comme un de ces observateurs du
                                                [ciel
Quand une nouvelle planète navigue dans son regard;
Ou tel le dur Cortez »

(Cortès, ou Cortez : 1485-1547),

              « quand avec ses yeux d'aigle
Il contempla le Pacifique — et tous ses hommes

S'entre-regardaient dans une violente interrogation —
Silent, upon a peak in Darien »

(Silencieux, sur un pic en Darien,
Darien : partie méridionale de l'isthme et de l'état de
Panama),
        cousin germain de M. Mouron, père d'Alain Mouron ici
présent, comme il est aussi celui de Mme Daval, mère de
Michel Daval assis à ta droite, qui se penche vers toi pour
te demander un buvard, parce que sa bouteille d'encre, mal
rebouchée, s'est mise à fuir, et qu'il a les doigts tout tachés.

« Vous avez au programme le XVIIe et le XVIIIe siècle.
L'année dernière, en troisième, vous avez étudié ce qui
s'est passé depuis le début de la Révolution française, jusqu'à la fin de la première guerre mondiale; par conséquent,
au lieu de suivre le cours du temps, comme vous l'aviez
fait depuis la sixième, vous allez remonter en arrière, revenir deux siècles plus tôt. Il est donc nécessaire de vous
remettre en mémoire brièvement ce que vous aviez appris
il y a deux ans et plus, les grands bouleversements auxquels
l'Europe venait d'assister... »

L'unique arbre de la petite cour, sur laquelle donne la
fenêtre à ta gauche, avait encore nombre de feuilles vertes;
le vent les agitait doucement, et faisait varier les taches de
soleil atténué qui caressaient la première page de ton cahier
à petits carreaux, sur laquelle tu venais d'écrire :

« Histoire, première leçon »,

attendant de saisir, dans mon discours, l'expression qui
pourrait servir de titre.

L'ombre mouvante et colorée de ce platane est passée de
ta table à celle de la rangée précédente, s'est rapprochée de
mon bureau, l'a dépassé, hantant le mur derrière moi,
effleurant le tableau noir plein de mauvais reflets, passant
à l'autre classe derrière moi, dans laquelle ton oncle Henri :

« comme nous n'avons pas de temps à perdre — le bachot
est bien vite arrivé —, vous me remettrez, le mardi 19, une
dissertation sur l'un des trois sujets suivants, qui portent
tous, naturellement, sur votre programme de l'an dernier,
et vous permettront ainsi de faire quelques utiles révisions.
Aucun retard ne sera toléré. Ceux qui ne remettront pas
leur devoir au jour dit, auront un zéro, voilà tout; que cela
soit bien entendu... ».

Il me parlait de toi, dimanche, rue du Pré-aux-Clercs

(ta tante Rose achevait de se préparer; c'était une journée triste avec une petite pluie fine, transperçante, qui faisait bien sentir que cette fois on était en automne;

il ne se résolvait pas à éteindre le bout de son cigare qu'il avait fumé trop longtemps; derrière son bureau, un peu comme en classe, mais au lieu d'avoir un tableau noir derrière lui, c'étaient quelques-uns des rayons de sa bibliothèque, avec les dos ocre rouge et jaune de la Collection des Universités de France, dite Collection Guillaume Budé, et, au-dessus, ceux bariolés des romans policiers d'Erle Stanley Gardner, dont il est grand consommateur, dans l'édition des Presses de la Cité),

s'amusant de ta situation singulière au milieu de tes camarades, avec tes deux oncles professeurs, lui et moi, me rappelant que tu n'étais pas tout à fait seul dans ce cas, « puisque ce garçon qui redouble, Denis Régnier, nous avions déjà remarqué l'an passé qu'il était un neveu — oh! très éloigné, ce n'est pas du tout la même chose —, de deux de nos collègues »

(dans les chemins trempés des bois de Verrières, en culotte courte et blouson de drap imperméabilisé bleu marine, reprisé en plusieurs endroits, les pouces sous les bretelles trop minces de ton sac à dos à peu près vide dans lequel tintaient les gamelles sales, avec tes camarades de la patrouille des bisons, dont le plus jeune grelottait en serrant les dents, tu t'efforçais de repérer sur le croquis qu'on vous avait donné, l'endroit où vous vous trouviez, et la direction qu'il vous fallait suivre pour parvenir au rendez-vous que le chef vous avait fixé);

et je lui ai répondu, tout en regardant le gris du ciel, et en pensant que tu n'avais pas de chance, que c'était une journée bien mal choisie pour cette première sortie de la troupe Saint-Hilaire,

qu'il était bien possible qu'il y eût encore d'autres groupes de parentés à l'intérieur de cette seconde A, puisque deux de nos élèves avaient le même nom de famille, Jean-Claude et Henri Fage, qui n'étaient pas frères, cela nous le savions déjà, mais qui pouvaient très bien être cousins germains, et qu'un autre s'appelait Hutter comme notre nouveau collègue d'allemand,

ajoutant que cette abondance rare de proximités familiales, le fait que je te connaissais intimement, que je pourrais avoir par certains autres professeurs des renseignements sur quelques élèves, sur leur existence à la maison, me décidait à entreprendre la réalisation d'un projet que je caressais depuis longtemps, à savoir : la description d'une classe.

A mon retour au lycée, dans cette salle obscure qui donne sur une ruelle privée si étroite qu'il faut presque toujours allumer, j'ai raconté à mes quatrième la conquête de l'Amérique, les ruses de Cortès contre Montézuma, la traîtrise de Pizarre à Cuzco, l'organisation du travail forcé dans les mines, le début de la traite des noirs, l'afflux de l'or en Espagne, le développement des banques dans toute l'Europe.

Sous la verrière que chauffait un pâle soleil revenu, bien au sec, en pantalons longs, en chaussures cirées noires, tu traçais au fusain, à grands traits maladroits, sur une feuille de papier Ingres blanc fixée au carton par deux pinces, les volumes principaux d'une tête de Jules César, et tu pétrissais, dans ta main gauche, une boulette de mie de pain déjà grise.

Rue du Pré-aux-Clercs, ton oncle Henri a vidé sa pipe dans la brique de verre qui lui sert de cendrier, l'a mise dans sa poche à côté de sa lime à ongles et de son trousseau de clés, a pris sa serviette noire, y a fourré deux cahiers qui traînaient sur son bureau, et s'est penché pour attraper, sur un des rayons bas de sa bibliothèque, les *Auteurs Français du XVIIIe siècle;* il a enfilé son imperméable, bouclé sa ceinture, s'est glissé jusqu'à la cuisine par le corridor encombré d'étagères surchargées de cartons poussiéreux, ficelés et étiquetés, pour dire au revoir à ta tante Rose qui essuyait les assiettes près de l'évier.

Il a descendu l'escalier quatre à quatre, comme ses fils quand il n'est pas là, se tenant à la rampe le bras raidi, ralentissant au moment où il a entendu s'ouvrir la porte de la rue, puis, nonchalamment, s'attardant devant les vitrines des librairies, traçant d'aimables courbes en traversant les passages cloutés, mais vérifiant très souvent l'heure à sa montre-bracelet, il est venu jusqu'au lycée où il a salué le concierge, monté l'escalier pendant la sonnerie, est passé, devant votre classe vide encore,

où, quelques instants plus tard, comme j'avais terminé les interrogations, avec adjonction évidemment de quelques remarques amères sur la faiblesse des réponses, et menace des pires sanctions s'il n'y avait pas d'amélioration la fois suivante,

« maintenant, ouvrez vos cahiers, et marquez : deuxième leçon, la terre dans l'espace »,

comme je décrivais le système solaire,

j'ai vu ton voisin, Michel Daval, chercher dans sa poche une boulette de mie de pain, et, tout en la pétrissant de trois doigts, te pousser du coude, te chuchoter en baissant la tête et en la rentrant dans ses épaules, s'efforçant de se cacher derrière Francis Hutter, qui, l'un des plus jeunes, est pourtant l'un des plus grands, avec ses cheveux blonds germaniques :

« c'est vrai qu'il est ton oncle? »,

me désignant d'un mouvement de l'œil gauche, et, comme tu ne lui répondais pas, me surveillant, t'efforçant de me donner l'impression que tu t'appliquais, mais écrivant sur ton cahier le mot méridien à la place du mot parallèle,

« tu sais, moi aussi, j'ai un oncle prof, M. Bailly; c'est le cousin germain de ma mère; il est venu chez nous dimanche ».

(M. Bailly, à l'autre extrémité de l'étage, écrivait au tableau, devant ses troisième, un passage du *Livre de la Jungle*.)

Alain Mouron s'est retourné vers vous deux pour suivre cette conversation, renversant dans son mouvement sa serviette qu'il avait posée à côté de son pied, ce qui l'a immédiatement rappelé à l'ordre sans que j'eusse besoin d'intervenir. Il s'est baissé pour la redresser, y renfiler sa *Littérature Anglaise par les Textes* dont il allait avoir besoin à l'heure suivante, puis il s'est remis à écrire sous ma dictée :

« le temps que la terre met à tourner sur elle-même est appelé un jour, c'est l'unité de la mesure du temps... »

Ton oncle Henri l'impressionne sans doute moins que moi, car, pendant la classe de français, alors que tu lisais :

« ...par quoi, mon fils, je t'admoneste... »,

lui, sur ses genoux, bien qu'il fût au premier rang, feuilletait son livre de physique, ce dont s'est aperçu ton oncle, qui a jeté un vif coup d'œil sur le plan de la classe qu'il vous avait fait faire comme moi, et a frappé légèrement du poing sur le bureau :

« dites-moi, Mouron, ce que nous lisons ne vous intéresse pas? »

Il a rougi, n'a pas répondu.

« C'est bien, Eller. Continuez, Mouron. Ah! vous ne savez
pas où nous en sommes. Montrez-moi donc, je vous prie,
cet ouvrage que vous vous efforcez si maladroitement de
cacher, et qui semble vous intéresser si passionnément. Le
livre de physique, tiens. Certes, je ne puis qu'encourager
cet enthousiasme pour les sciences, mais cela ne doit pas
vous détourner de l'étude de la littérature française. Vous
commencez bien mal votre année, mon garçon. Avez-vous
fait votre préparation, au moins? Montrez-moi votre cahier.
Nous allons voir cela. Lisez, maintenant. En haut de la
page 26. »

Et, comme il commençait en bégayant, puis sa voix
s'affermissant de plus en plus, car il est intelligent et, en
réalité, le texte de Rabelais l'intéressait beaucoup :

« ...tu es à Paris, tu as ton précepteur Épistémon... »

(M. Bailly faisait réciter à ses troisième des verbes irré-
guliers),

ton voisin, Michel Daval, qui, lui, n'avait pas fait sa préparation, s'efforçait de recopier le peu qu'il y avait sur ton
cahier : un plan de trois lignes, une liste d'une dizaine de
mots,

pour que, si jamais la foudre magistrale tombait sur lui,
il eût quelque chose à montrer.

Si maintenant je considère cet autre groupe dont nous
parlions dimanche avec ton oncle Henri : M. Bonnini, Denis
Régnier, M. Hubert,

je sais que celui-ci, votre professeur de physique et chimie, au troisième étage, dans l'amphithéâtre, aux prises
avec ses mathélem, vérifie devant eux la relation fondamentale de la dynamique à l'aide d'une machine d'Atwood,

que Denis Régnier, le redoublant, pâle et malingre, devant
moi, assis à la troisième table de la deuxième travée, attend
que son nom vienne, après ceux de Nathan, Orland, Pelletier, avant ceux de Spencer, Tannier, Tangala, pour me
répondre « présent » d'une voix faible et ennuyée, comme
s'il allait retomber malade, fermant presque les yeux,

je sais que M. Bonnini, qui a exactement le même horaire
que notre collègue Bailly, fait lire et traduire à ses philosophes :

L'alba vinceva l'ora mattutina...
(L'aube gagnait l'heure matinale...).

C'était hier, mardi,

dans cette salle où j'ai pris sa place après vous avoir quittés, où j'ai fait accrocher, devant le tableau noir, une carte des États-Unis,

pour parler de la Nouvelle-Angleterre et de New York, des grands lacs et de Chicago, du Sud, de la Floride, de la région de Faulkner, de la vallée du Tennessee, du delta du Mississipi et de la Nouvelle-Orléans, du Texas et de ses derricks,

alors que toi, avec tous tes camarades, tu étais monté un étage plus haut, croisant les mathélem, pour te rendre dans l'amphithéâtre où vous attendait M. Hubert, en blouse blanche, derrière sa longue table carrelée, et tu t'étais assis au troisième gradin, à côté d'une fenêtre donnant sur les toits, au-dessous du grand panneau présentant la classification de Mendéliéev :

« hydrogène, hélium, lithium, bore... »,

alors que ton oncle Henri, qui avait terminé sa journée au lycée, avait salué le concierge, traversé le boulevard à grandes enjambées, sans attendre que le feu fût au rouge, les pans de son imperméable claquant au vent d'une longue Cadillac qu'il avait frôlée, balançant sa serviette noire,

s'était arrêté un instant, avait regardé les arbres, les façades, la ligne des toits et des cheminées, les nuages qui passaient, les taches bleues qui changeaient, les éclats çà et là,

et avait pris la rue du Marché-Saint-Hilaire, traversé la petite place d'Espagne, pour s'installer à la terrasse du vieux café Saint-André-des-Arts, tirant sa pipe d'une poche, un livre d'une autre, devant un demi, pour presque une heure.

C'était hier, et maintenant, il est de nouveau de l'autre côté du mur derrière moi, avec ses première moderne qui ne font ni latin ni grec, s'efforçant de leur donner les éclaircissements qui pourront leur faire comprendre et goûter la première scène d'*Iphigénie* :

« Oui, c'est Agamemnon, c'est ton roi qui t'éveille... »

Il fait presque aussi beau qu'il y a huit jours, et le soleil passant au travers de l'arbre dont les feuilles ont déjà jauni, dont quelques-unes sont tombées dans cet étroit fond de cour à demi couvert de tas de charbon (la porte de fer est ouverte; un camion déverse son chargement noir; nous l'entendons tous, mais aucun de nous ne peut le voir),

éclaire doucement tes mains et la page de ton livre ouvert au début du chapitre III : la représentation de la terre;

je ferme le registre sur lequel j'ai inscrit les deux absents du jour (Guillaume est revenu, mais Francis Hutter manque au premier rang), et je demande à Bruno Verger :

« où se trouve la terre? »,

puis, à Maurice Tangala (c'est un noir) :

« pouvez-vous me dire ce que c'est qu'un jour? »,

« et vous, Georges Tannier, vous m'expliquerez ce qu'est une heure ».

J'étais sur le pont du bateau, accoudé à la barre de bois, regardant s'approcher Marseille, Micheline Pavin à côté de moi, un foulard autour de ses cheveux pour les protéger du vent, me déclarant :

« quel dommage que nous ne nous soyons pas rencontrés quelques jours plus tôt à Athènes... »;

toi, aux Étangs, avec tes frères et tes cousins, non pas dans la maison, bien sûr, à cette heure-là, puisqu'il a fait très beau ce jour-là, mais dans cette cabane que vous construisiez au cœur des bois d'Herrecourt,

votre oncle Henri, assis à sa grande table noire devant la fenêtre ouverte sur le jardin avec ses quelques arbres fruitiers puis, au-dessus du petit mur, sur les champs déjà moissonnés, sur les bois et les collines de Bresles;

mais ce n'était pas cela qu'il regardait, c'était, tout en remuant sa pipe entre ses dents, humant l'odeur des feuilles, avec le passage de l'air qui agitait les rideaux,

les cadeaux qui lui avaient été donnés pour son trente-neuvième anniversaire au déjeuner : une boîte de tabac anglais, une cravate noire et bleue et un livre sur la peinture italienne,

qu'il a rangés quelques semaines plus tard, il y a quinze jours, la fenêtre fermée cette fois, fouettée par la pluie torrentielle d'un orage que l'on avait attendu depuis deux jours,

dans la grosse valise de cuir posée sur cette table noire, parmi les cendriers et les revues qu'il laissait là, déjà pleine, et qu'il n'a réussi à fermer qu'avec ton aide.

Ta tante Rose :

« Henri, Denis, Pierre, dépêchez-vous! La voiture est déjà là! »

J'étais de retour à Paris depuis longtemps, ce mardi-là;

j'étais dans ma chambre avec Micheline Pavin; je lui montrais des livres, les quelques articles que j'avais déjà publiés dans diverses revues...;

et le lundi suivant, c'était la rentrée des classes; nous nous sommes trouvés tous les deux, toi et moi, dans cette salle, non plus comme oncle et neveu, mais comme élève et professeur; c'était la première fois que je voyais une bonne partie de tes camarades, et c'est pourquoi, avant de commencer notre cours de géographie, j'ai fait circuler dans vos rangs une feuille de papier blanc, sur laquelle je vous ai demandé d'écrire votre nom, votre adresse, votre date de naissance, et la profession de vos parents, dans le rectangle correspondant à la place que vous occupiez;

ton oncle Henri faisait de même avec ses première moderne; puis, il leur a donné des indications sur le programme qu'ils allaient suivre :

« lundi et mardi : littérature du XVIIIᵉ et du XIXᵉ siècle; mercredi : les pièces de théâtre, d'abord l'*Iphigénie* de Racine, puis le *Tartuffe*, enfin *Cinna*; le vendredi : auteurs grecs et latins en traduction, dissertation une fois par mois, remise le mardi, rendue le mardi suivant »,

et a essayé de leur inculquer une saine crainte du baccalauréat, une saine conscience de la rapidité du temps qui passe, du petit nombre de semaines qui les séparait de cette épreuve,

discours tout parallèle à celui qu'il vous a tenu le lendemain,

car, si vous aviez déjà eu plusieurs heures de classe ensemble, deux en latin et deux en grec (de telle sorte qu'il n'était plus besoin de vous faire passer le plan-questionnaire),

par suite d'un de ces malentendus inévitables dans l'agitation de la rentrée, l'heure de français qu'il vous donne désormais le lundi de onze à douze, n'était pas encore fixée dans cette case de son horaire et, ignorant de son devoir, il n'avait pas pu le remplir,

si bien que, ce mardi 5 octobre, à deux heures de l'après-midi, c'était votre première classe de français :

« littérature des XVIᵉ et XVIIᵉ siècles, le lundi, le mardi et le vendredi; théâtre classique, le mercredi, *Britannicus* d'abord, puis *L'École des Femmes*, et *Polyeucte* pour finir; devoir remis le mardi, pour le français comme pour le reste; une semaine français, une semaine latin, une semaine grec, ce n'est pas difficile, rendus le mardi suivant, aucun retard admis; ceux qui ne remettent pas leur travail au jour dit ont un zéro; et, pour nous mettre tout de suite en train, ouvrez votre cahier de textes, et notez-moi ce sujet de devoir pour la semaine prochaine :

« racontez la journée de vos vacances qui a le plus marqué dans votre souvenir; essayez d'expliquer pourquoi c'est celle-là qui vous a semblé la plus digne d'être retenue »,

avec les usuelles admonitions :

« il faut que nous soyons bien d'accord; si tout le monde suit les règles, nous nous entendrons très bien »,

et naturellement déjà l'accrochage du grelot baccalauréat :

« n'oubliez pas que l'examen est à la fin de l'année prochaine, et qu'il est impossible de faire une bonne première, si l'on a fait une médiocre seconde ».

Tu n'en revenais pas de cette immense transformation qui s'accomplissait sous tes yeux; car cet homme si doux, si fantasque, si joueur, que tu connaissais pourtant si bien, puisqu'il était ton oncle Henri et que tu venais de passer un mois de vacances dans sa maison, aux Étangs, prenant tous tes repas avec lui,

tout d'un coup, c'était un autre, dur, cassant, un peu sarcastique, ses yeux ne s'arrêtant jamais sur toi, comme s'il cherchait à éviter de te voir, comme si tu le gênais un peu,

et tu as senti qu'il y avait en lui un peu de crainte devant vous tous, et particulièrement devant toi;

tu as senti qu'il était en ton pouvoir de lui rendre la vie extrêmement difficile,

qu'il y avait moyen pour toi de profiter de cette situation inhabituelle, pour acquérir vis-à-vis de tes camarades, en chahutant habilement ce parent, un certain prestige, et que cela aurait des conséquences désagréables à l'intérieur de ta famille, certes, que ton oncle Henri pourrait évidemment se plaindre de toi à ton père ou à ta mère, et te causer de ce côté toutes sortes de désagréments, mais qu'à l'intérieur de la classe, il serait à peu près sans défense;

alors, tu t'es mis à éprouver à son égard un sentiment pour toi tout à fait inattendu, contraire, en quelque sorte, à toutes tes relations antérieures avec lui, à vos relations, notamment, du mois précédent aux Étangs, à ressentir un peu de pitié, et cela t'a semblé si bizarre que tu as rougi violemment, tu t'es passé les mains sur la figure en tremblant un peu.

Il a vu ton trouble et, un très bref instant, un peu de son sourire de là-bas est revenu.

Je faisais connaissance de mes petits de sixième : il leur faudrait maintenant tenir un cahier, prendre des notes; cela ne serait pas difficile au début, parce que je leur dicterais lentement tout ce qu'ils auraient à écrire, mais, peu à peu, cela ne serait plus que les titres des chapitres et leurs principales divisions, il leur faudrait faire eux-mêmes un choix dans ce que je dirais; et je contrôlerais ces cahiers très souvent, chaque fois que je les interrogerais, ils auraient des notes pour ces cahiers, aussi importantes que pour leurs réponses, ils devraient les présenter proprement et les illustrer intelligemment d'images découpées dans de vieux livres ou de cartes postales qu'ils s'ingénieraient à dénicher;

après leur avoir donné leur première leçon : histoire et préhistoire, j'ai monté l'escalier dans le coin de la cour et, passant devant les classes de troisième et les autres seconde, dont les portes s'ouvraient, d'où les élèves sortaient pour respirer et se détendre un peu, saluant mes collègues anciens ou nouveaux, qui changeaient de salles et de public, je suis arrivé jusqu'ici.

« Qui peut me dire ce qu'est le moyen âge? »

Silence, évidemment, puis, trois mains se sont levées avec un peu d'hésitation. J'ai choisi celui qui était le plus proche de moi, juste devant toi, près de la fenêtre, au premier rang. Je ne savais pas encore son nom; il ne savait pas s'il fallait se lever ou rester assis.

« Eh bien, qu'attendez-vous? »

Le mouvement des doigts, que je faisais pour l'encourager à parler, il l'a interprété comme un ordre de se mettre debout.

« Quel est votre nom?
— Alain Mouron.
— Où étiez-vous l'année dernière?
— A Bourges.
— Voilà une ville où l'on devrait savoir ce qu'est le moyen âge. Alors?
— C'est l'époque qui se trouve entre la chute de l'Empire romain et la Renaissance. »

(Son oncle Bailly, pour la première fois avec ses philosophes, essayait de leur parler en anglais, de les faire parler
en anglais, sachant très bien que cela ne marcherait pas,
que, d'ici quelques semaines, il ne parviendrait plus à leur
faire prononcer d'autres mots anglais que ceux qu'ils
liraient.)

« C'est très bien. Asseyez-vous. »

Michel Daval s'est penché vers toi, et t'a murmuré :
« c'est mon cousin ».

Ne voulant pas, surtout ces premiers jours, t'attirer de
ma part une réprimande, mais ayant terriblement envie de
poursuivre un peu cette conversation commencée, cette
première prise de contact, tu t'es mis à regarder ton stylo
comme si tu t'apercevais soudain qu'il ne fonctionnait pas
normalement, tu as plongé ton bras dans ta serviette pour
en retirer la liste des livres scolaires recommandés par les
professeurs, sur laquelle tu as griffonné en hâte, comme
pour essayer ta plume rebelle :

« un cousin germain? »,

puis, comme si cette expérience t'avait rassuré sur le bon
état de ton instrument, tu as chiffonné vivement ce papier,
que tu as déposé, petit roc blanc léger, sur l'appui de la
fenêtre,

tandis que ton voisin, la tête très droite, les épaules pla-
quées sur le dossier de votre banc, me suivait du regard

(debout devant le tableau noir, je demandais :

« et qui pourrait me dire pourquoi l'on appelle cette
époque le moyen âge? »),

te faisait de l'index gauche signe que non.

C'est seulement le samedi que nous nous sommes retrouvés dans cette salle, pour la leçon d'histoire suivante,
parce que l'heure de géographie du mercredi n'a pas lieu
toutes les semaines, une fois sur deux, alternant avec une
heure de mathématiques que vous donne M. du Marnet

(ton oncle Henri profitait de sa journée de liberté pour
achever dans son bureau, rue du Pré-aux-Clercs, sous le
plafond bas, la préparation du passage de l'*Odyssée* par
lequel il voulait vous faire commencer la lecture d'Homère :
l'arrivée d'Ulysse au rivage des Phéaciens; devant lui, les
morceaux choisis dont vous vous servez, le dictionnaire de
Bailly à sa gauche, la toile mauve de sa reliure, marbrée de
taches d'encre de diverses couleurs, dont certaines remon-

taient au temps où il était lui-même élève de seconde dans
un lycée, s'effilochant aux coins et découvrant le carton gris
se délitant,

la traduction de Bérard à sa droite, appuyée sur le pavé
de verre dans lequel il avait oublié sa pipe dont les minces
braises s'étaient éteintes,

parce que ces vers qu'il reprenait chaque année à la
même époque, s'étaient remis à le charmer, toutes sortes
d'idées se réveillant comme chaque fois, projets de travaux
qui s'endormiraient dans l'ennui scolaire; et, délaissant le
strict programme, il a repris le chant V tout entier);

tu regardais sur ton manuel la double page de cartes
résumant les grandes découvertes géographiques de la
Renaissance, avec le trajet de Vasco de Gama jusqu'à
Calicut que tu confondais avec Calcutta, les itinéraires de
Colomb jusqu'aux Indes occidentales, et, en regard, le tour
du monde de l'équipage de Magellan, sur un schéma circulaire et non plus rectangulaire de la planète, le pôle nord
presque au centre, les continents se déployant tout autour
comme ceinturés par ce premier périple, comme pour bien
marquer l'importance toute nouvelle, l'aspect concret tout
nouveau qu'allait, à partir de ce moment-là, peu à peu
revêtir la sphéricité de la Terre, jusqu'alors question de
pure spéculation;

puis tes yeux se sont portés vers le globe poussiéreux
abandonné sur le coin de l'armoire vide près de la porte, et
tu essayais de te représenter les vagues, et les bateaux avec
leurs voiles, le soir descendant sur les rivages des Philippines que tu peuplais de palmiers,

écoutant distraitement au travers de la houle sur le
Pacifique qui se mettait à mugir, et du ressac parmi les
îles, quelques-uns de tes camarades répondre les uns après
les autres devant le tableau que je les forçais à couvrir de
dessins grossiers et timides représentant la Méditerranée
ou l'Amérique,

à mes questions sur la prise de Constantinople par les
Turcs (c'était notre première interrogation), celle de Gre-
nade par Isabelle, la répartition des nouvelles terres découvertes par la décision du pape Alexandre VI Borgia,

avant le début de la leçon de ce jour-là, la Renaissance
et la Réforme.

Le lendemain, dans le bureau de ton oncle Henri, enfoncé

dans le fauteuil de cuir, mes yeux juste à la hauteur de
la table sur laquelle ta tante Rose posait le plateau du café,
à côté de l'*Odyssée*, texte et traduction, ouverte au début
du chant VII, l'entrée chez Alkinoos,

j'apercevais par la porte entrouverte, de l'autre côté du
corridor, ta cousine Lucie, assise sur une petite chaise dans
sa chambre, qui tricotait un chandail bleu pour sa poupée.

Une rafale de pluie a balayé les vitres.

Dans les bois de Verrières, avec les bisons, à l'abri sous
un tunnel, assis par terre le long des parois, regardant le
ruisseau boueux qui grossissait entre vous,

en guerre, chargés d'une importante mission, faire parvenir au quartier général des documents ultra-secrets, plans
d'un sous-marin atomique, que l'ennemi dispersé, les trois
autres patrouilles, chamois, tigres, et écureuils, cherchait
évidemment à vous arracher,

ignorant encore quel était exactement le lieu où vous
deviez vous rendre, sachant seulement qu'un émissaire,
dont on vous avait donné le signalement, vous attendrait au
pied de certain grand hêtre rouge à cinq cents mètres au
sud-sud-est du point d'où vous étiez partis, et qu'il vous
remettrait une enveloppe contenant instructions en code
et croquis topographique,

tu as commencé d'avoir froid; le sol était de plus en plus
humide, et puis l'heure tournait, déjà trois heures moins
le quart à ta montre; tu as décidé le départ; ce hêtre rouge
ne devait plus être loin maintenant; l'un d'entre vous en
éclaireur, d'abord, puis les autres silencieux, épiant les
fourrés à droite et à gauche, foulards glissés dans les cein-
tures, dont la perte signifiait la mort à l'intérieur du jeu,
toi en dernier, les pouces glissés sous les bretelles de ton sac à
dos, sifflant doucement l'air d'une chanson scoute, commençant à te moquer de tout cela.

Michel Daval était avec ses parents chez notre collègue
Bailly, rue Pierre-Leroux. On l'avait envoyé dans la chambre
du fond avec les petits, à qui l'on avait permis, pour une
fois, de sortir le train électrique donné par les grands-
parents Bailly (une folie, avait dit leur mère, une dépense
pareille! Et ils sont pour l'instant incapables de jouer avec
sans tout détraquer), qu'il leur avait monté, pour lequel il
leur avait fabriqué, avec le meccano de René, des ponts et
des sémaphores tout à fait hors d'échelle, et avec lequel il

les laissait s'amuser tout seuls maintenant, se vautrant,
lui, sur un des lits, en parcourant toute la pile de journaux
illustrés qu'il avait dénichés sur une étagère du corridor.

Il faisait si sombre, avec cette fenêtre donnant sur une
petite cour triangulaire au deuxième étage d'un immeuble
de six, qu'il avait fallu allumer.

De l'autre côté de l'appartement, dans le salon-bureau
avec ses deux fenêtres donnant sur la rue, avec les deux
tables de René et d'Élisabeth Bailly, avec leurs deux
bibliothèques, M. et Mme Daval, assis sur des bergères
Louis XVI tapissées de cretonne fanée, posaient enfin la
question qu'ils n'avaient pas voulu aborder en présence
des enfants :

« Alors, Élisabeth? »

Lui, nerveux, s'est levé, a allumé une cigarette en oubliant
d'en offrir, a regardé un instant à travers une des vitres,
comme dans l'espoir de voir arriver une voiture, puis il
s'est retourné brusquement,

« eh bien oui! Elle est partie à Orléans, dans sa famille,
hier soir, en voiture, et elle ne rentrera que demain soir;
c'est le lundi, vous le savez, qu'elle a son jour de liberté.
Elle n'en peut plus; quand elle est rentrée, mardi dernier,
après sa première journée au lycée d'Aulnoy, elle a presque
fondu en larmes, et quand je lui ai dit : « Pourquoi ne pas
avoir demandé un congé », elle est devenue furieuse; la
moindre de mes paroles l'exaspère maintenant. Enfin, j'espère que ce week-end lui aura fait du bien ».

Dans les bois de Verrières, sous la pluie fine, en culotte
courte et blouson, Alain Mouron, fils d'Henri Mouron,
cousin germain de M. Bailly et de Mme Daval, Alain Mouron de la patrouille des chamois, accroupi dans les buissons
avec ses camarades, guettait ton passage avec tes bisons,
dans l'espoir de te ravir les prestigieux plans; il se taisait,
prenait garde à ne pas bouger une branche; il y avait six
ou sept scouts qui approchaient, bavardaient, ne faisaient
aucun effort pour se cacher, sont passés tout près de lui,
mais ils appartenaient à une autre troupe; il n'était pas
besoin de se battre contre eux.

Le lendemain, lundi, il s'était mis à côté de toi pendant
la classe de dessin, et t'interrogeait à mi-voix sur cette
troupe et ses chefs, te demandant s'il y avait longtemps que
tu y étais entré, à quel endroit vous aviez campé l'été

précédent. Le pas de M. Martin approchant l'a fait taire; il s'est un peu reculé, il a cligné des yeux, il a dessiné au milieu de l'ovale du visage un trait pour marquer la position des sourcils.

Les accents du soleil sur la tête en plâtre de Jules César venaient de disparaître, un nuage blanchâtre passait au-dessus de la verrière.

M. René Bailly disait à ses premières :

« aujourd'hui, *Macbeth,* nous continuons la scène 3 de l'acte I; vous l'avez dans votre *Littérature Anglaise* à la page 176; mais il est absolument nécessaire que vous vous procuriez la tragédie complète, dans n'importe quelle édition, à condition qu'il n'y ait pas de traduction en face, évidemment. Ceux qui ne l'auraient pas lundi prochain seront punis ».

Il a frappé de son poing sur le bureau. Ses sourcils blonds se sont tordus dans un petit accès de rage; il s'est assis, calmé, a ouvert sa main doigt après doigt, l'a posée à plat à côté du livre ouvert qu'il a feuilleté, remontant quelques pages plus haut, s'arrêtant à la gravure représentant les trois sorcières d'après Fussli, est revenu.

« Nous en sommes à la réplique de Banquo :

What, can the devil speak true?,

ce qui veut dire, voyons, Eller? »

C'était à ton frère Denis qu'il s'adressait.

« Quoi, le démon peut parler vrai?

— Ah, d'abord, c'est une interrogation. Il faut donc traduire.

Quoi, le démon peut-il dire vrai?

Et pourquoi Banquo prononce-t-il cette parole? Pouvez-vous nous rappeler ce qui s'est passé? »

Le fils de sa cousine Daval, née Germaine Mouron, voyait la tête de Jules César presque en profil perdu. Sa feuille de papier Ingres était encore toute blanche. Il taillait soigneusement son crayon, lorsque M. Martin est venu à lui :

« alors, vous n'avez encore rien fait? »,

Il a regardé le crayon, l'a pris, l'a essayé.

« Mais, mon garçon, cette mine est beaucoup trop dure! Vous n'avez pas de fusain? Pour cette fois, je vais vous en donner un, mais il faut prendre l'habitude d'arriver avec votre matériel et votre voisin ne vous refusera pas un peu de mie de pain, quand vous aurez envie d'effacer quelque chose. »

Michel Daval a pris le fusain, a commencé à dessiner l'oreille de César, la pommette, la pointe du nez, le bandeau, tout à fait surpris du résultat, de l'absence totale de ressemblance entre cette figure grimaçante qu'il suscitait, de plus en plus horrible et sarcastique, et le visage en plâtre de l'impérator qu'il regardait, s'est arrêté, ne sachant plus quoi faire, attendant que le professeur vînt arranger les choses, puis, comme celui-ci tardait, a demandé de la mie de pain à son voisin Denis Régnier, le redoublant,

qui, l'heure suivante, tandis que M. Hubert, dans l'amphithéâtre, faisait fonctionner devant ses mathélem la machine du général Morin pour vérifier la loi de la chute des corps,

dans cette salle de seconde A, au lieu d'écrire sur son cahier comme sous-titre : « L'Heure », selon ce que je vous disais, a simplement vérifié que c'était bien cela qu'il y avait écrit un an plus tôt, et s'est mis à repasser avec la pointe d'un crayon son propre nom qu'il avait gravé dans le bois de son pupitre avant de tomber malade, six mois auparavant.

M. Bonnini commençait la lecture d'un passage de Silvio Pellico dans la troisième où je suis allé après vous avoir quittés, dans laquelle une partie des élèves qui venaient d'écouter M. Bailly, a pénétré en bousculant une partie des élèves qui venaient d'écouter M. Bonnini, qui sortaient pour revenir à leur salle habituelle à côté,

reprenant leurs places, rouvrant leurs serviettes pour en tirer leur livre et leur cahier d'histoire.

Le calme venu, après en avoir interrogé quelques-uns sur l'Ancien Régime et ses difficultés, je leur ai raconté les débuts de la Révolution française, la prise de la Bastille, la Déclaration des droits de l'homme et du citoyen, la fuite du roi, et son arrestation à Varennes.

Sans quitter ta place, tu avais rangé dans ta serviette ton livre et ton cahier de géographie, en avais tiré ta *Littérature Anglaise par les Textes*, que tu avais ouverte à la page 120, sachant que vous deviez commencer *Jules César*

(Il y avait une gravure représentant le dictateur, et tu te demandais comment il était possible que ce fût le même homme que celui dont tu avais essayé de dessiner les traits, sous la surveillance de M. Martin, deux étages plus haut, tout à l'heure; les deux visages avaient si peu de ressemblance),

alors que la moitié de tes camarades étaient sortis, les uns pour se rendre à la salle voisine où venait d'entrer M. Bonnini, les autres qui faisaient de l'allemand ou de l'espagnol, pour retourner chez eux,

et qu'étaient entrés, pour les remplacer, des élèves d'autres seconde, A', B, C, C', ou moderne, poussés par M. Bailly, grand et nerveux dans son costume de tweed clair, son air toujours agacé, qui a claqué la porte derrière lui, a jeté violemment sa serviette en cuir de porc sur le bureau, provoquant immédiatement le silence.

Ton oncle Henri descendait l'escalier. Il a salué le concierge, longé le lycée, tournant sur la gauche jusqu'à l'autre porte, celle des classes primaires, où l'attendaient, comme tous les jours à la même heure, sauf lorsque c'était ta tante Rose qui les allait chercher pour les mener dans quelque course, ses deux derniers enfants, Claude et François.

Il les a pris par la main, est passé devant le beau porche flamboyant de Saint-Hilaire, dont le tympan, malheureusement, qui représente la résurrection des morts, date des années 1890, l'original, dont certains fragments sont exposés au tout proche musée de Cluny, ayant été défiguré pendant la Terreur,

a débouché boulevard Saint-Germain où il lui a fallu attendre, pour traverser, plusieurs minutes avant que le flot des voitures se fût arrêté au feu rouge, longé le petit jardin qui borde l'illustre église abbatiale, les terrasses des Deux-Magots et du Flore, le petit jardin qui borde l'église ukrainienne, a tourné dans la rue du Pré-aux-Clercs, monté à pied les six étages (point d'ascenseur dans ce vieil immeuble); sur une des portes, au quatrième, une carte de visite au nom d'Henri Mouron, mais il ne l'a pas remarquée.

Les deux petits avaient d'abord escaladé les marches, se poursuivant, mais s'étaient rapidement essoufflés; le dernier avait repris la main de son père quand ils ont trouvé ta tante Rose dans la cuisine, en train de repasser.

Sur la table couverte d'une toile cirée à petits carreaux rouges et jaunes, deux bols de lait préparés, des morceaux de pain et de chocolat.

Le lendemain, hier mardi, après le déjeuner, le café bu, la pipe fumée, comme il avait déjà mis son imperméable et pris la main de François, ta tante Rose, boutonnant le manteau de Claude,

« mon Dieu! Je crois que c'est l'anniversaire de Pierre aujourd'hui.

— De Pierre Vernier?

— Mais non, de ton neveu, voyons!

— Tu dois avoir raison; il m'a regardé d'un drôle d'air ce matin.

— Tu es son professeur, tu le vois presque tous les jours, tu ne peux pas oublier ça; il a dû être très déçu...

— Mais je ne pouvais rien lui dire en présence de ses camarades...

— Tu n'as qu'à l'inviter à goûter, je tâcherai de lui trouver quelque chose cet après-midi en menant les petits au Bon Marché. Qu'est-ce qui pourrait bien l'intéresser?

— Le mieux serait de lui téléphoner tout de suite, mais il y a bien des chances pour qu'il soit déjà parti.

— Oh non, la rue du Canivet est plus près du lycée qu'ici. Il est de 39, je crois; ça doit lui faire quinze ans ».

Tu n'étais pas encore parti; tu avais eu droit pour l'occasion à un verre d'alcool dont tu savourais les dernières gouttes. Ton père est allé répondre, est revenu avec un large sourire,

« c'est pour toi, Pierre, ton oncle Henri ».

Tu t'es précipité.

« Allô, Pierre? Il paraît que tu as quinze ans aujourd'hui? Félicitations! Tu présenteras ton bachot à seize ans, c'est très bien. Écoute, veux-tu venir à la maison ce soir après la classe, pour prendre le thé? Cela ferait grand plaisir à ta tante. On parlera. Tu sors à cinq heures? Après la classe de physique? C'est parfait. Eh bien, sois à la maison à cinq heures et demie. Est-ce qu'il y a quelque chose dont tu aurais envie? Un livre, par exemple, ou autre chose? Tu réfléchiras. A tout à l'heure. »

Tu es revenu au salon.

« L'oncle Henri m'invite à prendre le thé ce soir, après la classe.

— C'est très gentil de sa part, a dit ta mère; tu lui rappelleras que nous les attendons à déjeuner jeudi. »

Je me suis levé; j'ai fermé mon veston.

« Nous ferions bien de partir, pour que tu ailles retrouver ton oncle au lycée, avant d'aller prendre le thé chez lui. Qu'est-ce que vous étudiez pour l'instant ? Rabelais ? Au revoir, Anne, au revoir, Jean, alors, c'est entendu, ce soir, il est mon invité ; je l'emmènerai dans un restaurant. Qu'il vienne me prendre à côté vers sept heures. »

Nous sommes descendus tous les quatre, avons longé l'abside de Saint-Sulpice, aperçu, en montant la rue Saint-Hilaire, ton oncle Henri qui la descendait, venant de quitter Claude et François à la porte du petit lycée. Nous avons atteint la loge du concierge avant lui. Je vous ai laissés entrer, l'ai attendu, vous regardant monter l'escalier vers vos classes respectives.

Il m'a salué,

« alors, il paraît que notre neveu Pierre a quinze ans aujourd'hui. Je l'avais complètement oublié. Mais nous goûtons ensemble.

— Il est gâté ».

Il a monté l'escalier à son tour ; j'ai traversé la cour pour aller trouver mes sixième.

Ton frère Jacques, auquel tes parents ont décidé, au retour d'un voyage, de faire apprendre l'italien et non l'anglais comme à toi ou à ton frère aîné, a remis à M. Bonnini le devoir :

« vous répondez à un ami italien qui vous a demandé de lui faire le portrait de votre famille ».

Ton oncle écoutait maintenant Denis Régnier lire d'une voix douce, très bien articulée, avec un certain plaisir sensible dans les accents qu'il y mettait :

« ...toutes les herbes de la terre, tous les métaux cachés au ventre des abîmes, les pierreries de tout l'Orient et Midi, rien ne lui soit inconnu ».

Ton frère aîné, dans l'amphithéâtre, tous rideaux fermés, regardait dans l'obscurité M. Hubert démontrer l'existence d'un foyer pour les miroirs sphériques :

sortant d'un projecteur enfermé dans une boîte de métal, deux rayons parallèles illuminant la poussière de craie qu'il faisait tomber de ses mains, se réfléchissaient sur une lame de métal concave, et se rejoignaient.

J'interroge Jean-Pierre Cormier, à demi caché par Michel Daval, sur la Renaissance. Il me répond :

« c'est une réforme de l'enseignement.

— Comment cela?

— C'est M. Jouret qui nous a dit ça.

— M. Jouret a certainement raison, mais encore faudrait-il que vous m'expliquiez un peu ce qu'il a voulu dire, pour que je voie si vous l'avez compris.

— C'est le retour aux études grecques et latines, aux humanités.

— N'apprenait-on plus le latin au moyen âge?

— Oh si, toutes les classes se faisaient en latin! Mais on n'étudiait plus le grec sans lequel c'est honte que personne se dise savant.

— Je vois que M. Jouret est en train de vous faire étudier Rabelais. Et dites-moi, monsieur Cormier, pourquoi donc s'est-on mis tout d'un coup à vouloir apprendre le grec? Pourquoi Gargantua y insiste-t-il tellement dans sa lettre à Pantagruel?

— Parce qu'ils voulaient retrouver l'Antiquité.

— En avait-on perdu tout souvenir?

— Non, mais les gens du moyen âge n'allaient pas voir les textes mêmes, les statues elles-mêmes; ils se contentaient de ce qu'on en disait dans les écoles.

— Cela n'a plus suffi?

— Non, à cause de la prise de Constantinople par les Turcs, à cause de la découverte de l'Amérique.

— Comment cela?

— Eh bien, on a été forcé de reconnaître que le monde n'était pas comme on croyait.

— Et c'est ce changement du visage du monde qui a nécessité une réforme de l'enseignement, qui a mis fort longtemps à s'accomplir, qui n'est peut-être qu'ébauchée même aujourd'hui. Je vous remercie ».

M. Hutter, le professeur d'allemand, est à l'autre bout de l'étage, avec ses troisième. Je sais maintenant le degré de sa parenté avec son homonyme Francis Hutter, au premier rang devant moi, à côté d'Alain Mouron, devant Michel Daval. Il faut remonter assez loin : Frédéric Hutter, grand-père de M. Alfred Hutter, avait un cousin germain, Émile Hutter, l'arrière-grand-père de Francis. Ils ne s'étaient jamais vus avant de se rencontrer en classe.

C'est lui que j'interroge maintenant. Il relève sa tête, l'air étonné.

« Eh bien, levez-vous! »

Il ramène la mèche roussâtre qui lui pendait sur l'œil.
« Quelles ont été les conséquences de la Renaissance sur
le plan des arts et de la littérature? Votre livre ne vous
dira rien. Je vous ai déjà demandé de le fermer, comme
votre cahier, pendant la récitation des leçons. Cette remarque
s'adresse à tout le monde. Alors? J'attends. Qu'est-ce que
vous savez sur la peinture du XVIe siècle?
— Tous les pays se sont mis à imiter la peinture italienne ».

La porte s'ouvre, un vieil homme en blouse entre, portant un immense cahier registre relié en toile noire.
« Un instant, je vous prie. »
J'ajoute ma signature à celle de ton oncle Henri sous le
nom des absents : Philippe Guillaume et André Knorr. Il
y a une feuille dactylographiée que je prends entre les
doigts et vous lis :
« M. l'abbé Gollier, aumônier du lycée Taine, rappelle
que la leçon d'instruction religieuse pour les classes de
seconde, a lieu tous les mardis, de 5 à 6. »
J'y appose ma griffe. Il s'en va vers la salle suivante, où
se trouve ton oncle Henri.
« Alors, Hutter, que pouvez-vous nous dire sur cette
peinture italienne? Vous devez bien savoir quelques noms. »
Tous les yeux se tournent moqueurs vers lui. Il commence à remuer les doigts, se mord la lèvre, fronce les sourcils; tous les autres s'amusent. Il lâche, se détendant soudain :
« Léonard de Vinci.
— Bien, parlez-moi de Léonard de Vinci... Vous ne savez
rien? Vous ne savez pas où il est né, où il est mort, comment il a vécu, le nom de quelques-uns de ses tableaux,
s'il n'a pas fait autre chose que des tableaux? Non? Parlez-
moi d'autres artistes, alors. »
Il baisse la tête, jette un regard à droite et à gauche,
comme pour appeler à l'aide. Pourquoi s'est-il installé au
premier rang, s'il compte qu'on lui soufflera? Il doit savoir
quelque chose, mais son esprit est brouillé pour l'instant;
je vois bien qu'il ne prononcera plus un mot, qu'il se résigne
à ce que je vais lui dire, qu'il se rattrapera une autre fois.
J'essaierai de me souvenir qu'il faudrait l'interroger à nouveau samedi, ou même demain, en géographie, sur l'année,
les saisons, le jour, l'heure.

« Je suis obligé de vous mettre un zéro. Rasseyez-vous. »

C'était mardi et, à l'heure suivante, dans l'amphithéâtre, au troisième et dernier étage

(par la fenêtre, on voyait le soleil déjà baisser, et les toits de zinc se marquaient çà et là d'éclatantes taches jaunes, et les nuages passaient plus rapides au-dessus des cheminées; le visage et la blouse de M. Hubert étaient comme dessinés d'un côté par une raie lumineuse; il déposait des poids sur un petit plateau suspendu à un ressort cylindrique muni d'un index qui se déplaçait le long d'une règle verticale graduée),

Alain Mouron, las de sa journée, ne parvenant pas à comprendre pourquoi ce professeur insistait tellement sur des notions qui lui semblaient toutes simples et plates, a commencé à noircir, sur son livre ouvert, un détail de la première illustration du chapitre qu'on expliquait, deux cercles figurant les boules d'une haltère soulevée à bout de bras par un homme large, en maillot, avec la légende :

« l'athlète fournit un effort musculaire »,

ces deux derniers mots soulignés.

M. Bailly était allé chercher ses deux fils à la porte des classes primaires.

Ils ont descendu les marches de la station Saint-Hilaire. Il a fait poinçonner leurs tickets de famille nombreuse; ils ont attendu sur le quai direction Auteuil. Un homme dormait sur un banc, sous une grande affiche chantant les louanges d'un potage en poudre, un Nord-Africain, le visage presque entièrement caché par des bandes de sparadrap qui formaient comme un masque avec deux œillères. De nombreux étudiants allaient et venaient, les bras chargés de livres, notamment des Africains et des Asiatiques par groupes. L'autre rame, en sens inverse, vers la gare d'Austerlitz, s'est arrêtée, est repartie. Il y avait presque autant de monde qu'auparavant sur le quai, mais ce n'étaient plus les mêmes personnes, et tous, ou presque, se dirigeaient d'un pas rapide vers la sortie.

Ce que Michel Daval regardait, ce n'était pas le ressort (dynanomètre) avec lequel venait de jouer M. Hubert, mais la machine d'Atwood dont il s'était servi, l'heure précédente, devant ses mathélem, pour vérifier expérimentalement la relation fondamentale de la dynamique, et qu'il avait repoussée à l'extrémité de la longue table, près de l'évier; de chaque côté de la poulie, les poids de cuivre pendus au fil de nylon oscillaient très faiblement, ce qui n'était sensible que par le tremblement, la scintillation, de la petite image des fenêtres qui s'y reflétaient.

Mais un mot dans le discours l'a arraché à cette fascination; le professeur venait de dire que l'unité de force est le kilogramme-force ou poids, c'est-à-dire le poids à Paris d'un cylindre de platine iridié, déposé au bureau international des poids et mesures à Sèvres, car cela lui rappelait qu'il y avait aussi un mètre-étalon en platine iridié que l'on y conservait précieusement, et il se demandait ce que pouvait vouloir dire au juste ce mot « iridié » qui était resté sans explication, hésitant à poser la question, personne encore dans la classe n'ayant eu semblable audace, parce que M. Hubert ne les avait jamais encouragés à lui adresser la parole, et s'adressant en fin de compte à son manuel dans lequel il a découvert la note suivante :

« alliage de platine et d'iridium, à 10 % d'iridium ».

Iridium, qu'était donc ce corps dont il n'avait jamais entendu parler auparavant, même dans les récits de science-fiction, si ce n'était par l'intermédiaire de cet obscur adjectif qui ne l'avait jusqu'alors jamais troublé? Pourquoi l'avait-on mélangé à un métal aussi précieux que le platine? Pourquoi fallait-il que ce kilogramme fût en platine? Était-ce seulement pour marquer qu'il s'agissait là d'un kilogramme unique, irremplaçable, qu'il fallait garder aussi jalousement qu'une couronne royale ou un talisman?

Il l'imaginait dans une vitrine au milieu d'une immense crypte fermée par d'énormes portes aux serrures terribles et compliquées, autour de laquelle, dans un chemin de ronde, se relayaient continuellement des gardes triés sur le volet, armés de puissants revolvers,

brillant dans l'obscurité et la solitude troublée seulement par les visites de quelques savants promus à contempler le rayonnement irisé dû aux 10 % de ce mystérieux iridium.

Il avait l'impression qu'il venait de percer par hasard, par l'inadvertance d'un manuel, un des secrets les plus prestigieux de la science (lequel, parmi ses camarades, s'en doutait?). Le professeur, M. Hubert, savait-il vraiment, lui qui avait glissé sur ce terme sans paraître lui attacher la moindre importance?

« tous les métaux cachés au ventre des abîmes... ».

Tout à l'heure, ton oncle Henri, rue du Pré-aux-Clercs, a refermé son grand Racine, édition Firmin Didot 1837, dans lequel il venait d'achever de relire *Iphigénie* :

« ... Récompenser Achille, et payer tes bienfaits. »

Il regardait les plats couverts d'un papier dont le dessin faisait penser à l'éclaboussement soudain d'une vitre couverte d'une épaisse couche de poussière argileuse, avec des ruisseaux sales et des grumeaux plus résistants, le cuir autrefois violet qui, sur le dos, était devenu vert olive. Il a consulté sa montre; il lui restait encore à peu près dix minutes avant de partir. Il a rempli et allumé sa pipe, a pris une des copies que vous lui aviez remises la veille sur le sujet :

« racontez la journée de vos vacances... »,

en a lu quelques lignes, mais vraiment cela l'ennuyait trop à ce moment-là; il l'a reposée sur la pile, est allé feuilleter le dernier numéro de *Match* dans la salle à manger près du poste de radio, sans s'arrêter à aucune image, ne sachant plus enfin comment utiliser ces quelques instants de sursis (ta tante Rose était sortie);

il a mis son imperméable, descendu les six étages, et s'est assis à la terrasse du Rouquet, à l'angle du boulevard et de la rue des Saints-Pères, pour boire un café.

Dans la salle de gymnastique, tu tendais tes muscles au maximum pour monter à une corde lisse que tu n'arrivais pas à bien saisir entre tes pieds (il t'aurait fallu d'autres chaussures); elle se débattait comme un serpent, et le nœud de son extrémité inférieure battait la sciure dans la cuve; il te restait encore plus d'un mètre avant de pouvoir toucher le crochet vissé dans la grande poutre métallique peinte en vert; M. Moret, en blouson et short bleus, les jambes nues, comme les chefs scouts, le petit M. Moret qui est le plus âgé de tous vos professeurs après M. Martin, montrait à ceux d'un autre groupe les mouvements qu'il voulait les voir exécuter sur les barres parallèles.

Dans une des salles du rez-de-chaussée, j'exposais à mes cinquième le grand effort de Justinien (c'était notre deuxième leçon d'histoire), pour essayer de rassembler les morceaux de l'empire romain fendillé; j'ai tenté de leur faire saisir un peu de poignante splendeur byzantine en leur décrivant mon rêve de Constantinople et de Sainte-Sophie.

Et maintenant, Alain Mouron, seul à sa table devant moi, car Francis Hutter est absent comme André Knorr, note soigneusement sur son cahier très propre, avec une écriture élégante, mais déjà très cursive, peu lisible, ce qu'est faire le point :

« ...pour déterminer le méridien sur lequel on se trouve, il faut savoir quelle heure il est à Greenwich, lorsqu'il est midi au lieu où l'on est, ce qui est toujours assez facile pourvu qu'il fasse beau, le vrai midi bien sûr, le midi astronomique, le moment où l'ombre est la plus courte, non le midi conventionnel des fuseaux horaires. Nous savons déjà qu'une différence d'une heure dénote une différence de 15°... ».

Il cesse d'écrire; il se demande : « Mais comment fait-on pour connaître l'heure de Greenwich? » Il m'entend parler de radio. Mais si la radio ne marche plus, si l'on est en mer ou en plein désert, un grand navire ou un avion en perdition après une tempête, et qu'il soit urgent de déterminer quel est le port ou l'oasis le plus proche, les provisions et le courage s'épuisant, alors, il n'y a plus moyen de le savoir, alors toutes les cartes que l'on a ne servent plus à rien, tout ce travail de découverte et d'arpentage; on est obligé de partir à l'aventure comme les premiers hommes; on risque de mourir de faim à quelques lieues de richissimes entrepôts...

La mesure de la latitude; au tableau, je dessine un sextant; il ne comprend plus ce que je dis, il a manqué trop de choses; il attend pour se remettre à écrire que j'en aie terminé avec les parallèles.

M. Bailly vient de rentrer rue Pierre-Leroux, après avoir acheté un paquet de gauloises (le mercredi est son jour de liberté); installé à sa table, devant le courrier qui s'est amassé et auquel il devrait répondre, il allume une cigarette. N'aurait-il pas bien pu partir lui aussi, profiter de ces deux jours, mercredi-jeudi, pour fuir Élisabeth comme Élisabeth l'avait fui pour Orléans, dimanche-lundi, se réfugier chez Claire? Il aurait fallu demander à la cuisinière, qui ne vient chez eux que le matin, de réserver son après-midi pour aller chercher les enfants à leurs écoles, puisque aujourd'hui Élisabeth reste au lycée d'Aulnoy jusqu'à cinq heures.

« ... Un globe terrestre »

(montrant celui qui s'empoussière sur l'armoire et dont
personne ne se sert jamais)

« est une représentation fidèle mais incommode; il est
nécessaire d'avoir des cartes, mais, comme il est impossible
de faire coïncider le moindre fragment d'une surface plane
et d'une sphérique, il y a nécessairement transposition,
projection, selon des systèmes divers qui ont tous leurs
inconvénients, déforment toujours certains aspects, si bien
qu'il faudra toujours choisir, lorsqu'on étudie tel domaine,
celui qui s'y rapporte le mieux, et toujours beaucoup se
méfier, surtout des cartes qui prétendent représenter l'ensemble de la terre, essayer toujours de garder présent à
l'esprit le genre de corrections que l'on doit leur apporter... ».

Michel Daval plonge la main dans sa serviette pour en
retirer un taille-crayon en forme de minuscule globe terrestre, le fait rouler sur son cahier avec sa paume, continue
d'écrire, mais n'arrive plus à suivre les lignes, sent que je le
regarde, ferme sa main sur le taille-crayon (l'expression
« projection de Mercator » fait un zigzag, les dernières
lettres s'agrandissent), se redresse, pose le taille-crayon
devant lui, souligne ce qu'il vient d'écrire, d'un trait bien
droit, lève les yeux sur moi, attend un instant, se demande
si cela va tomber oui ou non, se penche de nouveau sur son
cahier, en te poussant du coude, comme si c'était toi qui
venais de le déranger.

M. Bonnini, pour la première fois en présence de ses philosophes, après avoir félicité tous les nouveaux d'avoir
réussi leur première partie, déploré l'échec des redou-
blants, donné quelques conseils et encouragements, fait
inscrire, sur une feuille circulante, noms, dates de naissance,
adresses, professions des parents,

« nous commencerons cette année par quelques chants
du *Purgatorio* ».

Denis Régnier, debout, l'extrémité de ses doigts appuyée
sur la table,

« cela s'appelle le moyen âge, parce que c'est entre deux
grandes périodes.

— Est-ce là une raison suffisante? Le xviie, que nous
allons étudier, se trouve bien entre le xvie et le xviiie; on ne
l'appelle pas pour autant un moyen âge. Comment se fait-il
que ce soit à ce millier d'années-là que l'on ait attribué ce
nom?

— Entre deux périodes qui se ressemblent?

— Croyez-vous? Le Bas-Empire et l'Europe de la Renaissance?

— Probablement pas...

— Alors?

— Les gens essayaient d'imiter les anciens, et tout ce qui
s'était passé entre temps ne les intéressait plus.

— En effet, mais pourquoi cela? Qu'était-il arrivé? Je
vous remercie, vous pouvez vous rasseoir »,

ce qu'il a fait, s'appuyant au dossier, relevant un peu le
menton, serrant le plateau de son pupitre avec ses deux
mains, geste, attitude, qui doivent lui venir du côté de sa
mère, puisqu'on les retrouve chez M. Hubert,

qui parlait du mouvement rectiligne à ses mathélem dans
l'amphithéâtre, où tu l'as examiné pour la première fois
pendant l'heure suivante

(l'an passé, tu ne faisais encore que des « sciences naturelles », non de la physique et chimie; tu l'avais seulement
croisé dans les couloirs, à la sortie, dans les rues d'alen-
tour),

considérant aussi ce lieu nouveau, avec son bureau extrêmement long, comme le comptoir d'un café, muni d'un
évier et d'un robinet à gaz, le tableau noir beaucoup plus
grand que ceux des salles habituelles, en deux moitiés que
l'on pouvait faire descendre ou remonter à volonté,

avec ces marches, avec ces stores noirs, cette feuille de
carton suspendue, semblable à une carte de géographie,
mais ne représentant nul pays, divisée en cases carrées,
remplies de chiffres et de lettres : H, He, Li, B, avec, dans
la première colonne, des cercles concentriques, sur la première rangée, un seul autour d'un point noir, deux sur la
seconde, et ainsi de suite, le titre en haut : Classification
périodique des éléments,

moi, prenant contact avec mes philosophes, reconnaissant
plus ou moins bien certains visages que j'avais vus deux ou
trois ans plus tôt dans cette Classe de Seconde A (mais non
l'année dernière, puisque je ne faisais pas de cours en
première),

les cinq qui redoublaient, qui, de nouveau, dans cette première leçon de l'année, m'ont écouté parler des grandes
divisions naturelles des États-Unis, de leur relief, de leurs
fleuves, de leurs climats, de leur peuplement, de leur histoire, et de leurs villes.

Le lendemain j'ai retrouvé ma sixième

(les différents âges de la pierre, l'invention de la céramique, la découverte des métaux, toutes ces immenses
migrations obscures, les grottes et leurs peintures, les
changements de climat et de faune; ainsi jusqu'aux premières inscriptions),

car je ne suis avec vous, le mercredi après-midi, qu'une
semaine sur deux, en alternance avec M. du Marnet, mon
nouveau collègue de mathématiques,

que tu voyais pour la première fois, qui vous rappelait ce
qu'est un nombre algébrique.

Ton oncle Henri, de l'autre côté du mur, racontait la vie
de Racine, et les légendes concernant Iphigénie.

Il en avait parlé à M. Hubert, qui, le dimanche, avenue
Émile-Zola, a essayé de lire :

« Oui, c'est Agamemnon... »

Sur les vitres frappaient les gouttes de la pluie. Sa femme, de dix ans plus jeune que lui, enceinte pour la première fois, tricotait une brassière.

Denis Régnier regardait les gens passer dans la rue du Cardinal-Lemoine en serrant leurs imperméables, ou s'abriter sous les porches en refermant leurs parapluies.

M. Bonnini, sur l'autre trottoir, dix numéros plus loin, deux étages plus bas, dans sa chambre donnant sur la cour, lumière allumée, assis au chevet de sa femme assoupie dans son lit, pâle et maigre, collait sur un album, silencieusement, les photographies qu'il avait rapportées de leurs vacances.

Puis, comme quatre heures venaient de sonner à la pendule Empire sur la cheminée du bureau de ton oncle Henri, comme la pluie venait de s'arrêter pour quelques instants, je me suis arraché du fauteuil de cuir, j'ai fait mes adieux.

Micheline Pavin m'avait donné rendez-vous au Royal Saint-Germain à cinq heures. Il me restait encore plus de trois quarts d'heure pour traîner le long des quais à regarder les vitrines des antiquaires.

Avec les bisons, au carrefour de trois grandes allées, assis sur la terre mouillée, vainqueur du jeu, tu attendais le reste de la troupe; les chamois arrivaient avec les chefs.

Le lendemain, j'ai déjeuné avec Micheline Pavin dans un restaurant de la rue des Saints-Pères. Il était une heure et demie, nous fumions, nous achevions notre café, je regardais ses yeux, ses lèvres et son cou; elle me souriait. Je sentais que la grande aiguille approchait du 10 et qu'il me fallait partir.

Les deux coups ont sonné à Saint-Germain-des-Prés, à Saint-Sulpice, à Saint-Hilaire, les timbres ont retenti dans les cours des lycées, et M. Bonnini, l'air triste, terriblement tourmenté par la maladie de sa femme qui empirait, est monté expliquer aux première :

> *... Guai a voi, anime prave!*
> *Non isperate mai veder lo cielo!*
> (... Malheur à vous, âmes perverses!
> N'espérez pas de jamais voir le ciel!)

Denis Régnier examinait le profil de César qu'il avait dessiné sur sa feuille, et n'en était pas satisfait; le front

était trop bas, sans doute; les yeux auraient dû être plus
marqués.

Il a taillé la pointe de son fusain avec du papier émeri,
a souligné paupière et pupille, mais cela donnait à l'*impe-
rator* un air hébété tout à fait différent de celui du modèle,
et il avait l'impression que le visage même qu'il dessinait
se moquait de son manque d'habileté.

L'heure tournait; ses camarades pour la plupart commençaient à ranger leurs affaires. Désespérant d'arriver à
mieux, jugeant que les autres devaient avoir terminé leurs
œuvres et que, par conséquent, il y aurait un autre modèle
la fois prochaine, il a inscrit son nom en haut et à gauche,
en ajoutant la mention « seconde A ».

Puis, Jean-Pierre Cormier, petit, noir, avec une mèche lui
pendant sur le front, toujours avec son vieux veston de
l'année précédente, les coudes renforcés de rondelles de cuir,
un peu trop étroit des épaules maintenant, une cravate à
rayures jaunes et vertes, assez crasseuse déjà, mal serrée,
laissant voir le bouton de son col,

tout en se donnant l'air de suivre avec attention ce que
je racontais sur les fuseaux horaires, levant les yeux vers
moi, hochant doucement la tête comme pour m'approuver,
faisant mine l'instant suivant d'écrire avec application, mais
cachant bien son cahier derrière le dos de Michel Daval, a
tenté de suivre les paroles que celui-ci te chuchotait à mon
sujet.

J'ai appris par M. Hutter lui-même, amusé par l'intérêt
que je porte aux relations de parenté à l'intérieur de cette
classe, que sa grand-mère paternelle s'appelait Cormier,
Régine Cormier, et qu'il est donc possible qu'il y ait quelque
lien de ce côté-là entre le jeune Jean-Pierre et lui, mais il
a été incapable de m'en dire plus long, son père ayant
perdu complètement de vue cette branche de sa famille.
Il m'a promis de faire des recherches. Il sera curieux, si
cette enquête mène à quelque chose, de les voir tous les
deux s'intéresser l'un à l'autre, se rapprocher, uniquement
grâce à cette curiosité que j'ai montrée pour une proximité
qu'eux-mêmes ignoraient. Pour l'instant, ils sont encore
étrangers l'un à l'autre; ce n'est que grâce à moi que le nom
de Jean-Pierre Cormier est venu sous les yeux de M. Hutter, comme je lui montrais la liste des élèves de seconde A,
la liste de leurs professeurs, et l'exceptionnelle constellation

de cousinages que j'ai réussi à y déceler, car ce garçon ne fait pas de l'allemand, mais de l'italien avec M. Bonnini; ils ne sont donc jamais en classe ensemble.

M. Alfred Hutter, au moment où j'en suis maintenant, le lundi 11 octobre, à la seconde heure de l'après-midi, expliquait à ses philosophes quelque chose de Gœthe, et Jean-Pierre, une fois stoppée la conversation entre toi et Michel Daval par l'inquiétude particulière que tu éprouvais à mon égard la veille de ton anniversaire, le désir particulier que tu avais ce jour-là de t'attirer les bonnes grâces d'un oncle vivant sur le même palier que tes parents et toi, a retiré de sa serviette sa littérature italienne, l'a glissée discrètement sous son manuel de géographie.

Au tableau noir, je venais de dessiner un schéma pour vous faire comprendre les fuseaux horaires, comment il est minuit aux antipodes quand il est midi à Paris, et c'est en me retournant que j'ai vu le mouvement furtif de cette main, de ce bras se cachant derrière l'épaule de Michel Daval, elle-même à demi masquée par celle de Francis Hutter au premier rang, qui regardait sur son livre ouvert une illustration concernant ce même sujet, confrontait ce schéma au mien, faisait des efforts manifestes pour comprendre,

puis a regardé le cadran de l'horloge que je désignais de mon doigt en expliquant qu'une heure y correspondait à 30º, mais que si les vingt-quatre heures du jour y étaient portées comme cela arrive quelquefois, et non seulement la moitié d'entre elles comme à l'habitude, chacune y occuperait 15º exactement comme chacun des fuseaux sur cette grande horloge qu'est la terre.

Et pendant la classe d'anglais, Alain Mouron a continué de considérer ce schéma resté sur le tableau noir, le cercle représentant l'équateur terrestre, un autre, plus petit, en dessous, le soleil entouré de rayons, l'un d'entre eux, vertical, plus grand que les autres, terminé par une flèche, avec le mot « midi », et le mot « minuit » tout en haut presque à la limite du cadre.

A sa gauche, de l'autre côté de la fenêtre, entre deux branches, juste au-dessus du toit derrière lequel il allait bientôt s'enfoncer, le soleil réel venait d'apparaître entre deux nuages, éclairant son livre ouvert à la première page des extraits du *Jules César*, et l'ombre d'une barre de métal rayait d'un large trait oblique la figure du dictateur.

A sa droite, ce n'était plus Francis Hutter, mais un des
élèves d'une autre seconde, A', B, C, C', ou moderne; devant
lui, au bureau, M. René Bailly, son oncle, demandait d'un
air ennuyé des volontaires pour lire les rôles de Brutus et
Cassius.

Comme aucune main ne se levait, il a balayé de son
regard l'ensemble de la classe, rangée après rangée, s'arrêtant un peu plus longuement sur lui, Alain Mouron, puis
sur Michel Daval, choisissant finalement deux élèves du
fond. Il y a eu un bruit de feuilles remuées.

« Je vois que vous vous occupiez d'autre chose, Monsieur. Voyons un peu vos talents. »

La voix a commencé tremblante, hésitante, trébuchant à
chaque syllabe.

« On dirait que vous n'avez jamais lu d'anglais. »

Tous les visages des élèves se sont tournés vers la vic-
time.

« Eh bien, Cassius, qu'attendez-vous? »

M. Bailly s'est levé; il tenait le livre dans une main, dans
l'autre, une règle de bois noir à coins de cuivre dont il
appuyait une extrémité sur le bureau.

Tous les visages des élèves se sont penchés sur leur texte.

« Et maintenant, pouvez-vous me traduire ces quelques
phrases? Pouvez-vous me montrer que vous avez compris
quelque chose à ce que vous venez de lire? »

Alain Mouron a jeté un coup d'œil à son cousin Michel
Daval derrière lui, en faisant un geste de la main et une
moue qui disaient aussi clairement que des paroles :

« Il est d'une humeur exécrable aujourd'hui, méfions-
nous. »

Michel Daval, d'un sourire un peu tordu, d'un léger haus-
sement d'épaules, lui a répondu sans un mot :

« Tu sais bien que nous deux, il ne nous interroge jamais. »

Ils ont tous deux regardé l'heure, regardé sur le tableau
noir les schémas que j'avais laissés, évité les yeux de leur
oncle qui, un instant, s'étaient tournés de leur côté; se sont
tous deux penchés sur leur texte en écoutant le mot à mot
ânonné du fond de la salle par un élève d'une autre seconde
dont ils ne connaissaient pas encore le nom.

Michel Daval ne pouvait s'empêcher de lire plus vite,
comme tiré par ce texte qu'il avait préparé, non que ce fût
son habitude, mais parce que le peu qu'il en avait compris

à livre ouvert, lui avait donné le courage de chercher les
mots obscurs dans son lexique; sur son cahier, le petit
vocabulaire correspondant à cette page :

« *endure* : supporter,
raw : âpre,
gusty : orageux, etc. »;

il n'écoutait pas les corrections que son oncle pouvait
donner; il a lu tout le passage au programme de ce jour-là,
puis l'a relu, s'en traduisant à lui-même quelques bribes,
s'en enchantant :

« J'étais né aussi libre que César...
... Et nous pouvons endurer tous les deux
Le froid de l'hiver aussi bien que lui...
... Et cet homme
Est maintenant devenu un dieu, et Cassius
Est une misérable créature qui doit courber son corps
Si César... »;

Il était obligé de s'arrêter de temps en temps, de laisser
des trous dans sa version et sa lecture; il y avait des difficultés dont il n'arrivait pas à sortir, mais il a continué,
bien que, passé ce vers :

If Caesar carelessly but nod on him
(Si César, négligemment, lui fait un signe de la tête),

la page de son cahier ouvert le laissât sans aucun secours.
Les régions obscures sont devenues de plus en plus nombreuses, de plus en plus longues et rapprochées; il a été
obligé de renoncer; il s'est trouvé comme devant un mur.

Il s'est mis à feuilleter son livre, *la Littérature Anglaise
par les Textes*, pour y chercher une image, et il en a trouvé
une quelques pages plus loin, très mal imprimée, presque
indéchiffrable, d'autant plus que pour la regarder convenablement, il aurait fallu tourner le livre sur le côté, geste
que l'oncle René Bailly aurait certainement jugé très inso-
lent,

« la mort de César, d'après Rochegrosse »,

qu'il n'a pu regarder, étudier à son aise que le lendemain,
dans sa chambre où il s'était retiré pour « réviser » ses
leçons de l'après-midi, pendant que ses parents prenaient
leur café :

à gauche, le socle d'une statue dont un pied seul se devi-
nait, à droite, des tabourets renversés; cette tache noire
d'où sortait un bras, ce devait être César; et dans cet enche-
vêtrement de plis et de têtes, où trouver Brutus et Cassius?
En regardant de plus près, il a réussi à distinguer les poi-
gnards dans certaines mains; l'un des visages, un peu rond,
avait une certaine ressemblance avec celui de son cousin
Mouron, un autre, très flou, aux cheveux grisonnants, rappelait de très loin l'oncle René Bailly,

qui, dans l'immeuble à côté, un étage plus haut, assis sur
une bergère Louis XVI en cretonne fanée, tournait avec
une petite cuiller en métal inoxydable ses deux morceaux
de sucre dans sa tasse à café, près de sa femme debout,
qui avalait une dernière gorgée, déjà chapeautée et gantée,
avant d'aller houspiller les enfants pour les conduire dans
leurs écoles respectives.

Alain Mouron, dans sa grande chambre de fils unique,
sortait d'un des tiroirs de son petit bureau, les livres dont
il allait avoir besoin cet après-midi : *les Auteurs Français
du Seizième Siècle*, *le Nouveau Cours d'Histoire, Classe de
Seconde, XVII*e *et XVIII*e *siècles*, le mince *Manuel de
Physique*, tous soigneusement recouverts de fort papier bleu
marine avec des étiquettes blanches.

Il a pris dans un autre tiroir plus allongé, le devoir de
français qu'il devait remettre à ton oncle Henri, l'a considéré un instant, en a relu les premières lignes, a ajouté un
accent circonflexe sur l'*a* du mot château, a souligné son
nom à l'encre rouge, puis à l'encre verte, a inscrit au-dessous
en grands caractères ornés, « seconde A », a barré l'accent
circonflexe qu'il venait de mettre sur l'*a* de château.

A côté de lui, pendant la classe de français, Francis Hutter étudiait son livre acheté d'occasion, protégé par la morne
couverture publicitaire d'une librairie, déjà truffé d'annotations faites une autre année par un autre élève au cours
d'un autre professeur, écoutait la voix d'un camarade dont
il ne savait pas encore le nom lire derrière lui :

« ...et, par fréquentes anatomies, acquiers-toi parfaite
connaissance de l'autre monde, qui est l'homme ».

« Arrêtons-nous-là, et voyons si vous avez bien cherché
tous les mots difficiles. »

Francis Hutter inscrivait, dans la petite marge déjà
encombrée, de nouvelles gloses. Or, juste après le **mot**

« monde » dans le texte, le chiffre « 12 » renvoyait à ce commentaire au bas de la page :

« le microcosme opposé au macrocosme »,

au-dessous duquel le prédécesseur inconnu de Francis avait ajouté au crayon les explications suivantes :

« microcosme : micro : petit, kosmos : monde
l'homme est un microcosme
macrocosme : macro : grand »,

si bien que lorsque ton oncle Henri a demandé ce que voulaient dire ces deux mots, alors que Denis Régnier, l'interrogé, restait coi, Francis Hutter a levé la main pour une réponse qui lui a valu ses félicitations :

« C'est une chose que vous auriez tous dû savoir, sans même avoir besoin de consulter un dictionnaire. Microcosme vient en effet de ces deux mots grecs que vous connaissez tous depuis longtemps. »

Mais comme micro et kosmos étaient écrits en caractères latins sur son exemplaire, Francis Hutter ne s'était pas aperçu qu'il les connaissait en effet, et il n'aurait même pas su dire de quelle langue ils provenaient; tout heureux que le professeur, M. Jouret, ton oncle Henri, ne se fût pas rendu compte de cette grave lacune, il les a récrits sur son manuel en caractères grecs.

M. Alfred Hutter faisait réciter à ses sixième la déclinaison de l'article allemand.

« ... Somme, que je voie un abîme de science... »

« Qu'est-ce que cela veut dire ce mot : somme? En français moderne, on dirait : en somme. Qu'est-ce que c'est qu'une somme en arithmétique? C'est le résultat d'une addition. Gargantua dit à son fils : « Si tu additionnes tout ce « que je viens de te dire, tu obtiendras le résultat suivant : « un abîme de science. » On dit souvent de quelqu'un qu'il est un puits de science. Qui peut m'expliquer cette expression? Vous »

(il regarde sur le plan de la classe étalé sur son bureau),

« Cormier? Ce n'est pas difficile pourtant. Qu'est-ce qu'un puits? C'est un endroit où l'on va chercher de l'eau. Qu'est-ce qu'un puits de mine? C'est un endroit par lequel on va chercher du charbon, des minerais, tous les métaux cachés au ventre des abîmes. Un puits de science, c'est donc quelqu'un qui va pouvoir nous fournir de la science, les connaissances dont nous avons besoin. Mais remarquez bien

4

que Rabelais ne dit pas un puits de science, il dit un abîme
de science. Que signifie exactement ce mot abîme? Oui,
allez-y, Cormier!

— C'est quelque chose de très profond, une grande cre-
vasse en montagne ou une fosse au fond de la mer.

— C'est cela, c'est un trou, une caverne, un puits, dont
on n'arrive pas à toucher le fond, dont on ne peut par
conséquent mesurer la capacité, c'est donc une réserve iné-
puisable, comme sont inépuisables pour Rabelais ces antres,
ces ventres souterrains où dorment les précieux métaux... »

M. Tavera est avec les six élèves d'espagnol provenant
de toutes les troisième.

J'interroge sur la Réforme, sur Luther et Calvin, Hubert
Jourdan qui est derrière toi, tout au fond de la classe, et
qui lui ressemble d'une façon si frappante que je ne man-
querai pas de faire un de ces jours une enquête discrète sur
les noms de leurs ancêtres à tous deux;

et j'ai l'impression aussi de déceler, entre cet Hubert
Jourdan et M. du Marnet, qui vient de dessiner sur le
tableau noir de sa quatrième un triangle isocèle, un certain
air de famille, non point dans les traits du visage (et certes
je n'aurais jamais eu l'idée de chercher quelque parenté
entre du Marnet et Tavera), mais dans certains gestes, dans
certaines de ses expressions, mouvements peut-être transmis sourdement dans les foyers, sans que jamais on les ait
véritablement remarqués, pendant une dizaine de générations, ce qui ferait remonter l'ancêtre commun (il en
suffit d'un sur mille vingt-quatre) au début du XVIIIe siècle.

C'était le mardi 12.

M. Bonnini a quitté le lycée à quatre heures; il est descendu jusqu'au boulevard Saint-Germain qu'il a suivi jusqu'à la rue du Cardinal-Lemoine. Il marchait très lentement, inquiet de l'état dans lequel il allait trouver sa
femme. La situation ne pouvait plus durer ainsi. Le docteur tout à l'heure allait sûrement déclarer qu'il fallait
l'emmener à l'hôpital le plus vite possible et la faire opérer.
Heureusement, Geneviève, sa sœur, était avec elle. Il s'est
arrêté dans un bureau de tabac pour acheter un paquet de
gris et des allumettes. Il aurait voulu apporter des fleurs,
trouver un moyen de lui faire plaisir, d'amener un sourire
sur son visage méconnaissable, mais il y pensait trop tard;
il aurait fallu revenir jusqu'au boulevard, et il était trop las.

Il a monté les cinq étages, s'arrêtant pour souffler à chaque palier, la main sur la rampe qui branlait, regardant la désolation de la cour à travers les vitres cassées, réparées avec des bandes de papier d'emballage, et la tenture en toile de jute teinte en rouge qui tapissait les murs, arrachée par endroits, laissant voir le plâtre poussiéreux,

et il a tourné le bouton de cuivre au milieu de la porte peinte de brun sombre.

Le corridor était déjà obscur; il a allumé la suspension, une vasque de verre laiteux, marbré de crasse ancienne, suspendue par trois maigres chaînes de cuivre.

Sa femme était éveillée, un peu redressée, appuyée sur ses oreillers, immobile, respirant très fort, ses deux mains étendues sur les draps avec leurs ongles blancs. Geneviève, qui tricotait auprès d'elle un chandail noir, s'est levée en disant qu'elle allait faire du thé pour eux deux.

Il s'est assis, il a pris une des mains de sa femme, et il l'a caressée doucement. Elle a tourné la tête vers lui, avec un sourire dans lequel il a senti la pire fatigue.

« Le docteur va venir à cinq heures. Il a téléphoné quand tu n'étais pas là. Qu'est-ce que tu as fait lire à tes élèves aujourd'hui?

— Eh bien, c'était la routine habituelle. En philosophie, nous avons commencé le *Purgatorio*, le premier passage qu'il sont dans leur livre, et en troisième..., en troisième... »

Geneviève arrivait avec le plateau pour le thé.

Denis Régnier regardait M. Hubert refaire les gestes qu'il avait faits un an plus tôt, à la même époque du cycle scolaire, ouvrir une boîte contenant des poids de fonte, une autre contenant des poids de cuivre, une troisième toute plate contenant des poids en lamelles d'aluminium variant entre 1 milligramme et 5 décigrammes, qu'il prenait avec des pinces semblables à celles dont il se servait, lui, Denis Régnier, pour sa collection de timbres.

Alors il a construit avec son *Manuel d'Histoire*, et ses morceaux choisis des *Auteurs Français du Seizième Siècle*, un support pour son livre de physique, l'ensemble constituant un rempart assez efficace contre les regards indiscrets du maître,

il a sorti de la poche de son veston un petit carnet sur les épaisses pages duquel des bandes de papier transparent maintenaient bien rangés les timbres qu'il avait en double, et il s'est mis à les examiner un par un, ce qui a peu à peu attiré l'attention de tous ses voisins.

M. Hubert rangeait ses poids en lamelles.

La boîte refermée, il a déclaré à voix soudain beaucoup plus haute, comme pour réveiller l'auditoire :

« maintenant nous allons parler du dynamomètre »,

et il s'est retourné pour écrire ce mot au tableau en grandes capitales, le répétant en détachant chaque syllabe.

« Ceux d'entre vous qui font du grec doivent comprendre tout de suite ce que cela veut dire. Allons, un des messieurs de seconde A, écrasez un peu vos collègues de votre science, montrez-leur que l'étude de la langue d'Homère peut servir à des physiciens. »

Ton oncle Henri est rentré rue du Pré-aux-Clercs pour t'attendre. Ta tante Rose était déjà là depuis un quart d'heure avec les deux petits qu'elle était allée chercher à la sortie du lycée à quatre heures pour les emmener acheter des chaussures d'hiver dans un magasin du boulevard Saint-Michel. Ils ne les avaient pas encore déballées; ils les ont mises en son honneur, puis ils les ont changées pour leurs pantoufles.

« Mon Dieu, je ne sais pas s'il reste encore des gâteaux; j'ai complètement oublié d'en acheter en revenant de chez le marchand de chaussures. Je fais un saut chez le pâtissier. Veux-tu préparer les tasses pendant ce temps pour qu'il ait l'impression que tout est prêt. »

Tu as laissé tes deux frères rentrer par la rue Saint-Sulpice, tu as pris le boulevard Saint-Germain où tu as rejoint ton cousin Gérard qui sortait de sa classe de latin, et qui, du fait que la quatrième est au rez-de-chaussée, avait un peu d'avance sur toi.

Tu lui as tapé sur l'épaule au carrefour de l'Odéon. Il s'est retourné très surpris.

« Je vais chez toi.

— Ah oui?

— Tu ne savais pas? Je viens prendre le thé chez vous parce que c'est mon anniversaire. J'ai quinze ans. Et toi, tu as quel âge déjà?

— Treize ans.

— Et quand est-ce que tu auras quatorze ans?

— Après Noël seulement.

— Et tu es en quelle classe?

— En quatrième.

— Tu auras quatorze ans en quatrième, et moi j'en ai quinze en seconde; tu n'es pas trop en retard. »

Tu as rencontré ta tante Rose au bas de l'escalier.

« Montez, mes enfants, ton oncle vous attend; je vais faire une course et je reviens. »

Gravissant les six étages, tu as cherché ce que tu allais demander comme cadeau à ton oncle Henri, puis tu t'es dit qu'il trouverait sûrement trop cher tout ce dont tu aurais vraiment envie et que par conséquent ce n'était pas la peine de te creuser la tête et de laisser croître des rêves qui ne pourraient pas se réaliser. C'était la première fois que ton oncle Henri éprouvait le besoin de te donner quelque chose pour ton anniversaire, et c'était, tu le savais bien, parce que tu étais dans sa classe. Aussi, tu t'es dit que le plus sage était de ne pas trop parler, d'attendre, de voir ce qui arriverait, et de répondre à ses questions le plus vaguement possible.

Rue du Canivet, à ma table de travail, devant la fenêtre par laquelle j'apercevais, au-dessus des toits de la maison d'en face, entre les cheminées, les tours de Saint-Sulpice et les nuages qui rosissaient,

au lieu de préparer, comme à l'habitude, mes classes du lendemain après-midi, mercredi, la deuxième leçon d'histoire pour la cinquième, l'effort de Justinien, la splendeur de Byzance, la troisième leçon de géographie pour vous, la représentation de la terre, les cartes et les projections, la troisième leçon d'histoire pour les philosophes, l'essor du capitalisme, le développement des chemins de fer et des villes noires,

j'ai commencé à rédiger ces notes sur notre classe, qui s'adressent à toi, Pierre, non point tel que tu es aujourd'hui, non seulement parce que tu serais sans doute incapable de les lire et de t'y intéresser, mais aussi parce qu'elles ne sont pas encore en état d'être lues, qu'il faut attendre qu'elles soient terminées, corrigées, ce qui peut prendre assez longtemps,

qui s'adressent à toi lorsqu'il te sera enfin possible de les lire, à ce Pierre Eller qui aura vraisemblablement oublié à peu près complètement cette journée du 12 octobre 1954, les événements qui y ont eu lieu, les connaissances que l'on a essayé de t'y enseigner, ces notes dont j'aurais voulu à ce moment-là qu'elles fussent une description littérale, sans intervention de mon imagination, un simple enregistrement de faits exacts, ce qui n'aurait pas du tout permis de donner une représentation suffisante,

car, pour décrire l'espace dans lequel ces faits se produisent, et sans lequel il est impossible de les faire apparaître, il est nécessaire d'en imaginer quantité d'autres impossibles à vérifier,

ces notes par conséquent dans lesquelles pour toi je me suis mis à imaginer notre classe en m'efforçant de m'appuyer le plus possible sur ce que je connais avec certitude, sur le peu que je pourrais prouver devant un enquêteur impitoyable, et qui, grâce à un certain nombre de circonstances particulières, grâce au fait notamment qu'il y a entre les élèves et leurs professeurs un nombre remarquable de relations familiales assez proches, disons, en gros, de relations extra-scolaires, ce qui me permet d'obtenir bien des renseignements, est bien plus varié et volumineux que ce que peut connaître d'ordinaire avec certitude un professeur, des occupations et des sentiments de ses élèves ou de ses collègues,

imaginer cette classe en la décrivant, comme je l'imaginais déjà auparavant rien qu'en la voyant, rien qu'en vous regardant m'écouter, mais sans m'en douter.

Je suis absolument certain, par exemple, que le mercredi 13 octobre, ton camarade Alain Mouron est entré à deux heures de l'après-midi dans la salle de gymnastique, au rez-de-chaussée du lycée Taine, salle que je connais, que je puis aller revisiter, dans laquelle je puis m'installer pour faire une description aussi précise que possible de ses piliers de fer, de sa sciure, de sa verrière, de la peinture de ses murs avec ses taches;

je sais exactement quelles étaient les personnes qui étaient avec lui dans ce lieu, c'est-à-dire que je sais leurs noms, j'ai la liste des élèves, et j'ai noté ceux qui étaient absents ce jour-là;

je puis décrire les traits et le costume du professeur de gymnastique, M. Moret.

Le ciel était dégagé, il y avait donc du soleil à ce moment-là, ses rayons traversaient la poussière.

Tu m'as dit toi-même que certains d'entre vous étaient

montés à la corde lisse, qu'un autre groupe s'était exercé aux barres parallèles; mais maintenant, comment savoir si Alain Mouron pendant cette heure-là a fait l'un ou l'autre? Comment savoir s'il a parlé, ce qu'il a dit, si le professeur l'a réprimandé?

Au milieu de ces quelques points bien solides, s'introduit immédiatement un élément d'irrémédiable incertitude qu'il n'est possible d'atténuer qu'en multipliant les références, qu'en précisant de plus en plus les situations, qu'en éclairant les uns après les autres les champs de probabilités.

Je sais, de même, que M. Bailly n'était pas au lycée à cette heure-là, puisqu'il est libre toute la journée du mercredi. Il avait évidemment très envie d'aller retrouver, avenue Émile-Zola, cette femme qu'il fréquente de plus en plus, Claire Duval. Il lui a téléphoné. Oui, elle était en plein travail, il ne fallait pas la déranger. Ou plutôt la ligne était déjà occupée, un client sans doute, ses affaires marchent très bien en ce moment, Hermès lui a commandé des foulards (vérifier qu'elle a bien le téléphone... Oh, sûrement!). Il rappellerait plus tard. Il ne parvenait pas à se remettre à lire. Il avait sur son bureau une pile de lettres auxquelles il aurait dû répondre depuis longtemps. Il ne parvenait pas à se mettre à écrire. Il a tourné le bouton de la radio, cherché divers postes, puis il a éteint. Il s'est plongé dans le journal, puis il est sorti acheter un paquet de cigarettes à l'angle de la rue de Sèvres et de la rue Vaneau.

Quant à Michel Daval, il ne doit pas aimer beaucoup les exercices physiques, ne faisant ni scoutisme ni patronage d'aucune sorte, maigre de poitrine, mais avec des mouvements très vifs, avec dans ses yeux cet acharnement qui doit lui permettre, lorsque le but lui semble en valoir la peine, de tendre tous ses muscles et de réussir mieux que certains de ses camarades plus étoffés;

la corde lisse doit être pour lui un supplice à moins qu'il ne l'ait intégrée à l'un de ses rêves, liane de forêt vierge, ou serpent avec lequel lutter corps à corps pour sauver quelque exploratrice en détresse ou les enfants d'un prince noir, ou filin attaché à une fusée interplanétaire, que l'on a déroulé à l'extérieur pour permettre au space-lieutenant Michel Daval d'accomplir le plus périlleux sauvetage...

Dans ce cas, ses mains se crispaient sur la corde, ses dents se serraient, il regardait la sciure au-dessous de lui sur laquelle tu venais de sauter; et la poussière que tu venais de soulever était pour lui l'atmosphère terrestre au travers de laquelle il essayait de distinguer la figure des continents.

Il ne lui restait plus qu'un mètre pour atteindre le crochet, et il se demandait s'il allait pouvoir faire cet effort, s'il n'allait pas être contraint de renoncer.

Respirant fort et régulièrement, montant chaque fois de quelques centimètres seulement, il a enfin touché le métal, il s'est laissé glisser pour descendre, épuisé, mais heureux d'avoir rempli sa mission, retrouvant soudain le monde réel en touchant le sol, s'apercevant qu'il était le dernier, que tous ses camarades étaient déjà en rangs, et que le professeur, M. Moret, qui ne savait pas encore son nom, sifflait pour l'appeler.

M. Hubert, dans l'amphithéâtre sous le toit, a expliqué à ses élèves de mathélem les transformations du poids apparent à l'intérieur d'un système en mouvement, ascenseur ou fusée interplanétaire.

Denis Régnier, comme à l'habitude, ne m'écoutait pas.

J'essayais de vous faire comprendre qu'il est impossible de représenter la terre avec précision sans la déformer, de même qu'il est impossible de faire passer la réalité dans le discours sans employer un certain type de projection, un certain réseau de repères dont la forme et l'organisation dépendent de ce que l'on cherche à mettre en évidence, et, corollairement, de ce qu'on a besoin de savoir

(ceci, évidemment, je ne vous l'ai pas dit en classe, c'est une idée qui me vient en écrivant),

et que notre représentation habituelle de ce qui se passe dans le monde contemporain, et de l'histoire universelle, est constamment faussée par la prééminence dans nos esprits de la projection cylindrique, dite projection de Mercator, employée dans presque tous les planisphères, ceux que l'on trouve dans les agences des compagnies de navigation, aussi bien que dans les écoles ou les dictionnaires, et qui a la particularité de majorer considérablement les surfaces des pays des zones tempérées et polaires au détriment de ceux de la zone équatoriale,

si bien qu'il nous faut souvent faire un effort considérable pour apprécier les véritables relations de masses qui existent entre des pays comme la France et l'Angleterre, par exemple, et d'autre part l'Inde ou la Chine.

Il a regardé dans ma direction pour voir si je ne faisais pas trop attention à lui; il a fait un clin d'œil à Jean-Pierre Cormier qui lui a passé, à travers l'allée, le cahier de préparation allemande de Jean-Claude Fage, assis juste derrière lui.

Il l'a conservé un instant sur ses genoux, s'est penché sur son pupitre en faisant mine d'écrire avec application, alors qu'il recouvrait en damier avec de l'encre noire sur son manuel, les carreaux d'un petit planisphère en projection de Mercator, a jeté un nouveau regard dans ma direction, a passé le cahier à son voisin, Bernard de Loups, qui l'attendait avec impatience et s'est mis à le recopier.

Si je ne suis pas intervenu, c'est non seulement que Denis Régnier est un assez bon élève, et qu'il a déjà entendu et pris en note tout ce que j'avais dit sur ce sujet l'année passée, mais aussi parce que j'avais déjà commencé la rédaction de ces notes, et que je prenais donc un intérêt nouveau au comportement de tes camarades, à leur jeu que je ne voulais pas troubler. Il faudra que je me surveille, car, si je me contentais désormais de les observer sans intervenir, leur comportement se transformerait d'une manière désastreuse pour moi; ils profiteraient et abuseraient de la situation dès qu'ils s'en seraient rendu compte, ce qui ne manquerait pas d'arriver fort vite.

En mettant les choses au mieux, en leur attribuant les meilleures intentions du monde à mon égard, le désir de collaborer à cet ouvrage que je leur consacre comme à toi, que je leur dédie comme à toi, que je leur adresse par ton intermédiaire, ils deviendraient de petits acteurs cherchant à attirer sur eux l'attention de ce regard extra-scolaire, ils se mettraient, dans le désir de paraître, de tenir une plus grande place à l'intérieur du livre, voyant que certains de leurs tours m'amusent, et que tous m'intéressent, à s'ingénier pour en découvrir de nouveaux qui risqueraient d'être plus graves.

M. Bonnini n'était pas non plus au lycée; lui aussi est libre le mercredi. Mais ce qu'il attendait, c'était l'ambulance qui devait venir prendre sa femme pour la transporter à l'hôpital où l'on devait l'opérer.

Dormant avec un souffle rauque, de temps en temps sa main se crispait puis se détendait, et elle avait alors un soupir plus long qui semblait racler sa poitrine.

Geneviève achevait de remplir la valise.

Je suis monté parler à mes philosophes du développement du capitalisme en France dans la seconde moitié du
XIXe siècle, des progrès des chemins de fer, de l'accroisse-
ment des villes, de la naissance des grands magasins, mais
j'ai eu du mal à faire cette classe, parce que je n'avais pu
revoir toutes ces questions ni la veille ni le matin, occupé
que j'avais été par la rédaction de ces notes.

J'ai eu des moments de flottement fort pénibles, et comme
je n'ai pas l'habitude d'improviser en ne me servant que
du manuel, les élèves s'en sont certainement aperçus, ce qui,
à cette époque de l'année, était assez ennuyeux. Il me faut
maintenant corriger cette impression-là, reprendre cette
classe en main.

Je ne me mettrai plus dans cette situation. Quelque hâte
que j'aie de mettre sur le papier ce que je sais, ce que j'ai
vu, ce que je me représente clairement et qui risque de
s'effacer, de se troubler, j'ai décidé, au sortir de cette heure
déplaisante, de ne jamais plus empiéter sur le temps consacré à la préparation des cours, et qui sera désormais fixé
dans ma semaine d'une façon aussi stricte que ces cours
eux-mêmes.

Tu étais arrivé rue du Canivet avant tes frères. Enfermé
dans votre chambre, tu as retiré tes chaussures, tu t'es
étendu sur ton lit, et tu t'es mis à lire le no 11 de la revue
Fiction sur la couverture duquel était marqué en lettres
d'imprimerie le nom et l'adresse de Michel Daval.

Après consultation de la table des matières, tu as jeté
ton choix pour commencer, sur la nouvelle de Fritz Leiber,
le Jeu du Silence :

« Lili se sentit réellement excitée lorsque le soldat américain passa sa large face blanche et son fusil à combustible
liquide à travers les feuilles de chêne à l'âcre odeur et appuya
son doigt sur ses lèvres, tout comme s'il connaissait le jeu
du silence... »

A l'arrivée de ton oncle Henri, rue du Pré-aux-Clercs,
avec tes deux derniers cousins, ta tante Rose :

« Est-ce que cela ne t'ennuierait pas de les emmener
chez le coiffeur une fois qu'ils auront goûté. Ils ne peuvent
pas aller déjeuner demain chez Jean avec des cheveux
pareils!

— Ne vaudrait-il pas mieux qu'ils fassent leur travail ce

soir pour vendredi, et que je les conduise chez le coiffeur demain matin ?

— Demain matin, je dois conduire François chez le dentiste, et je ne sais pas combien de temps cela va nous prendre. »

Le jeudi, ton oncle Henri, ta tante Rose, après avoir quitté tes parents, ont emmené leurs trois derniers enfants, Lucie, Claude et François, au Jardin des Plantes.

Le temps se couvrait; ils ont fait longuement queue pour entrer dans le vivarium. Quand ils en sont ressortis, il commençait à tomber quelques gouttes.

Dans le local de la patrouille des bisons, une chambre de bonne prêtée par les parents de ton second, donnant sur la Seine et Notre-Dame, une mansarde aux murs encore nus qu'il s'agissait de décorer, et dans laquelle il n'y avait alors d'autres meubles que de vieilles malles hors d'usage vous servant de sièges, tu t'exerçais avec tes camarades au jeu de Kim :

sur un foulard violet avec deux bandes rouges tout autour, tu avais disposé vingt objets différents : un mouchoir, un morceau de ficelle, une boîte d'allumettes, un canif, un bouton, celui d'une des poches arrière de ta culotte, un timbre, une pièce de cinq francs, une de vingt francs, un carnet sur lequel tu avais recopié les paroles des chansons que l'on t'apprenait, un petit caillou, la clé de cette chambre, un clou que tu avais arraché à l'un de ses murs, un petit crayon bleu au bout mâchonné, une épingle de nourrice, un sifflet, un lacet de chaussure, une ampoule électrique (celle du plafond), une cuiller et une fourchette de fer-blanc, un os à moelle.

tout cela recouvert par un autre foulard au moment où tu as ouvert la porte pour permettre d'entrer à tes six camarades qui attendaient silencieusement dans le corridor,

qui ont eu droit de considérer cette collection pendant trois minutes, montre en main, puis, les objets à nouveau cachés, ayant sorti chacun de leur poche un petit carnet, et un crayon ou stylo à bille, se sont efforcés d'en dresser la liste.

Rue du Pré-aux-Clercs, mais non chez ton oncle Henri, deux numéros plus loin, chez mon dentiste, M. Hubert, le frère de M. Hubert, votre professeur de physique et chimie, dans le salon d'attente, je feuilletais des illustrés, en compagnie d'une dame âgée et d'une jeune fille en imperméable, qui étaient toutes deux arrivées avant moi, qui n'étaient pas ensemble, qui allaient donc passer l'une après l'autre se faire soigner avant moi.

J'entre en classe et je monte sur l'estrade, je fais l'appel. Il n'y a que deux absents : Laurent Garrac et Georges Tannier. Mon cahier est ouvert à la page de votre classe : à gauche, la liste de vos noms par ordre alphabétique : Abel, Armelli, Baron..., puis les colonnes, chacune consacrée à une heure, où je marque les absences et les notes que je vous donne. J'ai commencé par le haut pour les interrogations d'histoire, par le bas pour celles de géographie, et d'après ce système, normalement ce devrait être à ton tour maintenant, mais j'hésite, je suis soudain troublé, je ne sais plus comment te regarder, quel ton prendre.

Je trouve une échappatoire dans le fait qu'Abel et Baron ayant été absents le samedi 9, ils n'ont pas encore de note eux non plus; je demande au premier de me faire un tableau succinct de l'Europe en 1600 et de ses divisions religieuses, au second, ce qu'il sait des Habsbourg et notamment de Philippe II.

Puis, considérant qu'il est fort dangereux de laisser interférer avec mon enseignement, même pour une question si minime, même sur un point que je suis le seul à apercevoir, pour l'instant (les élèves sont tellement à l'affût de tout ce qu'ils peuvent interpréter comme un passe-droit, que je ne saurais prendre trop de précautions), les relations de parenté qui nous unissent, et surtout cette relation si particulière, si curieusement intime qui naît de ce texte que j'écris pour toi,

je me ressaisis :

« Eller, parlez-moi maintenant plus précisément de la France au début du XVIIᵉ siècle. »

Je durcis mon regard, je t'observe, j'attends, mais il n'y a pas sur ton visage le moindre sourire de connivence; c'est comme si tu ne me reconnaissais pas; je ne suis plus en ce moment pour toi que le professeur qui te juges, et tu n'espères de ma part aucune indulgence; au contraire, la seule différence que je puisse remarquer entre ton attitude et celle de tes camarades, c'est une crainte plus accentuée, et je comprends pourquoi; c'est à cause des autres,

car, ou bien tu t'efforces de leur montrer que notre
parenté ne t'impressionne nullement et que, par conséquent,
tu es capable de profiter de la situation, de me déclarer la
guerre en classe, ouverte ou sournoise, provoquant les mauvaises notes ou prenant la tête de quelque chahut, ce qui
est impossible à cause du respect sincère que tu as pour
moi, de la véritable camaraderie qu'il y a entre nous hors
de l'enceinte du lycée,
    ou tu es obligé de te tenir bien, tu ne peux plus te per-
mettre d'écart, tu ne peux plus t'attirer de ma part une
seule remarque sarcastique sans sombrer dans le ridicule à
leurs yeux, sans que, sentant le pouvoir que j'ai sur toi,
ils ne se mettent à imaginer les multiples désagréments, les
conséquences longues et compliquées, la honte à l'intérieur
du cercle de famille, qui découleraient de tes faiblesses.
    Tous savent maintenant que je suis ton oncle, tous te
guettent avec leurs yeux tournés vers moi, et, comme tu
mets un certain temps avant de répondre, comme tu parles
lentement, doucement, avec de nombreuses hésitations, détachant tes mots, mettant d'assez longs silences entre tes
phrases, il me vient l'envie de te venir en aide en reformu-
lant mes questions de telle sorte qu'elles te guident mieux,
qu'elles forcent en quelque sorte les connaissances, les souvenirs estompés, dispersés, à se rassembler, à se réveiller,
mais tous ces regards, toutes ces oreilles me l'interdisent.
    Ces perches secourables que je pourrais tendre à d'autres
sans même qu'elles fussent remarquées, provoqueraient
immédiatement de légers sourires, des clins d'yeux, un
sourd scandale durable qui resterait toute l'année attaché
à nos deux visages; aussi, c'est avec un véritable soulagement que je t'entends enfin me parler d'Henri IV et m'expliquer intelligemment ce que c'est que l'édit de Nantes.
    De l'autre côté du mur derrière moi, ton oncle Henri
passe entre les rangs pour prendre sur chacun des pupitres
les dissertations françaises dont il a donné les sujets il y a
quinze jours; il range toutes ces feuilles de papier rayées
de lignes d'écriture dans un classeur défraîchi, prend les
noms de ceux qui n'ont pas remis leur travail, et déclare
que cette fois-ci, indulgent, il acceptera encore ceux qu'on
lui remettra demain.

Il y a dans l'ensemble que forment les élèves de cette classe avec leurs professeurs, trois groupes de trois personnes ayant entre elles des relations de parenté que je connais avec précision,

d'abord, celui que nous formons, ton oncle Henri, toi et moi,

celui de M. Bailly avec ses deux neveux plus éloignés d'un degré,

celui, déjà nettement plus lâche, de Denis Régnier le redoublant (il n'est pas le seul, il y a aussi Bruno Verger qui était avec moi l'an dernier, Georges Tannier qui était au lycée Buffon, Francis Hutter qui était à Bourges), avec M. Hubert et M. Bonnini.

J'ai réussi à identifier un quatrième groupe (c'est la ressemblance des noms qui m'a mis sur la voie), mais il ne pourra m'être que de très peu d'utilité, puisque ses membres ne se fréquentent pas en dehors du lycée, au moins pour l'instant. M. Hutter, le professeur d'allemand, n'avait jamais rencontré le jeune Francis avant de l'avoir pour élève, ignorait même son existence; en ce qui le concerne, du moins, il sait, et il m'a fait savoir, avec précision, quel était leur lien généalogique, tandis que pour Jean-Pierre Cormier, cela reste dans le vague et est même peut-être illusoire. Je complète cette quatrième triade en me servant d'une hypothèse que seul un hasard pourrait me permettre de vérifier; comment questionner en effet?

J'ai déjà situé l'activité de tous ces personnages lors de la deuxième heure de l'après-midi, de trois à quatre, le lundi 11 octobre 1954, le second lundi de cette année scolaire, la veille du jour où j'ai commencé à rédiger ces notes, vingt-quatre heures exactement avant cette leçon pivot sur la découverte et la conquête de l'Amérique.

Il s'agit maintenant de poursuivre et d'indiquer où se trouvaient, ce que faisaient à ce moment-là, dans cette zone d'une durée si bien jalonnée, ces trois autres personnages que j'ai déjà fait intervenir, et qui forment un cinquième groupe à l'intérieur duquel je puis seulement supposer une parenté, d'un degré certainement nettement plus élevé encore que dans le précédent, une parenté oubliée, en m'appuyant sur deux ressemblances, l'une très frappante, l'autre bien plus vague.

M. du Marnet était avec sa quatrième. Je sais que le lundi, pour l'instant, il leur fait de l'arithmétique, avant de les initier à l'algèbre, et il devait en être encore à la décomposition d'un nombre en facteurs premiers,

les appeler l'un après l'autre au tableau noir pour leur faire diviser par deux, puis par trois, puis par cinq, et les autres, de longs chiffres calculés spécialement, dont il avait trouvé une liste dans un recueil de problèmes.

Hubert Jourdan qui a le même nez, le même front, la même couleur d'yeux et de cheveux, ceux-ci seulement plus fournis, sans cet éclaircissement au centre, m'écoutait vous expliquer ce qu'est une heure, ce qu'est l'heure, que l'instant pivot, celui à partir duquel on mesure, midi, c'est bien en principe celui de la journée où le soleil est le plus haut, l'ombre la plus courte avant de commencer à croître,

mais que cela n'est vrai qu'au centre des fuseaux, et que les limites de ceux-ci sont déformées par les frontières politiques, si bien que l'on règle sa montre sur l'heure d'un lieu souvent fort éloigné du sien, si bien que l'heure des horloges et des radios ne coïncide que très rarement avec celle des astres,

et ceci d'autant plus que, dans certains cas, des considérations de commodité, tout un ensemble d'habitudes contraignantes, le lent glissement vers le soir de toutes les activités, amènent une transposition générale, soit pendant l'été, soit toute l'année comme en France aujourd'hui, de telle sorte que, sans nous en douter, nous réglons toute notre vie, non point sur le midi de notre ciel, mais sur celui de Prague et de Trieste;

et il se grattait l'oreille droite par derrière avec son index pointé vers le bas, geste caractéristique aussi de M. Tavera, le professeur d'espagnol, qui a le même horaire que M. Hutter, et donc était à ce moment dans une des salles de l'étage supérieur avec les quelques élèves hispanisants de philosophie, mathélem, ou bien sciences expérimentales;

mais si je suis capable de lire l'anglais et l'italien, si je sais quelques mots d'allemand, j'ignore tout de l'espagnol, et il m'est par conséquent très difficile de reconstituer son enseignement. Pour mener à bien cette description de notre classe, il me faudrait me mettre à étudier sérieusement tout ce que l'on peut y apprendre.

A l'heure suivante, Denis Régnier, ânonnant, a traduit le début de la tirade de Cassius, son cahier de l'an passé ouvert sur son pupitre, avec les notes de ce temps-là qu'il n'avait pas jugé bon de relire.

« Je sais bien que cette vertu est en vous, Brutus, aussi bien que je connais votre faveur extérieure.

— Qu'est-ce que cela veut dire cela, votre faveur extérieure?

— Eh bien, c'est une expression poétique; cela veut dire la gentillesse, la bonté qu'il a pour les autres.

— Ah oui?... Très ingénieux. Dites-moi, Régnier, vous étiez déjà en seconde l'an passé. Nous avons étudié ce passage, n'est-ce pas?

— Oui, Monsieur.

— On voit que cela vous a bien profité. Vous ne voyez pas qu'à côté du mot *favour*, il y a un petit 4 imprimé? Vous ne portez pas de lunettes, vous avez de bons yeux!

— Oui, Monsieur.

— Eh bien, il est bon que vous le sachiez, ce petit chiffre renvoie à une explication au bas de la page, que vous allez avoir l'obligeance de me lire et de me traduire.

— *Favour : personal appearance*, apparence personnelle.

— Que vous ne fassiez pas vos préparations, c'est tant pis pour vous, cela vous apportera de mauvaises notes et toutes sortes de désagréments, vous le savez bien, c'est à vos risques et périls; mais que vous ne soyez pas capable de tirer profit de ce que vous avez là sous votre nez, c'est à désespérer! »

Toute la classe a été prise d'un petit rire complice, immédiatement étouffé.

« Bien, veuillez me reprendre maintenant convenablement la traduction de ce vers.

— Aussi bien que je connais votre apparence extérieure.

— Mais oui! Il déclare : « Je sais qu'il y a de l'honneur en vous, Brutus, aussi bien que je sais qu'il y a un nez au milieu de votre visage que j'ai là sous les yeux. » Continuez! »

A côté, M. Bonnini faisait lire à tes six camarades italianisants le seul sonnet de la *Vita Nuova* qui se trouve dans leur manuel :

> *Tanto gentile e tanto onesta pare...*
> (Si bien née et bien élevée paraît...)

Je l'ai rejoint dans l'escalier après ma classe de troisième, l'ai arrêté pour lui demander la permission de consulter ses listes, lui ai posé quelques questions sur les auteurs qu'il étudiait, le programme qu'il comptait suivre. Il m'a répondu avec amabilité, m'a parlé de la maladie de sa femme, m'a quitté dès que nous fûmes arrivés dans la rue.

Je suis entré au café Taine pour téléphoner à Micheline Pavin; nous nous sommes donné rendez-vous pour le dîner.

Rue du Canivet, j'ai préparé mes leçons du lendemain matin :

la rotation de la terre pour les sixième (pas difficile, reprendre en plus simple, avec plus de dessins au tableau et de petites histoires, celle que je venais de vous faire l'après-midi),

le climat et la végétation de l'Afrique pour les cinquième (c'était autre chose, une question que l'on ne revoit jamais plus dans tout le cours des études secondaires, dont je n'avais donc pas eu l'occasion de parler depuis un an),

le sol et le relief de la France pour les troisième (que l'on revoit en première, mais je n'ai point de première cette année, je n'en avais point l'an passé).

Le lendemain, mardi, rue du Cardinal-Lemoine, après avoir regardé sa femme dormir dans la chambre aux rideaux tirés, sentant fortement la tisane, M. Bonnini a refermé la porte derrière lui, a rejoint dans la salle à manger ses deux enfants, Isabella et Giovanni, qui tournaient déjà leurs spaghetti autour de leurs fourchettes.

La sonnerie du début de l'après-midi; M. Tavera est allé dans une sixième.

Hubert Jourdan, au fond de la salle, a suivi sur la page un peu ensoleillée de son livre, ce que son voisin, Jean-Claude Fage, lisait à haute voix :

« car, dorénavant que tu deviens homme et te fais grand,
il te faudra issir de cette tranquillité et repos d'étude... ».

La sonnerie de la fin de l'heure; Hubert Jourdan a immédiatement refermé son livre, mais la main de ton oncle
Henri s'est levée,

« un instant, je vous prie, nous terminerons vendredi la
lecture et l'explication de cette lettre, et vous me préparerez de plus, veuillez le noter, l'étude de Gargantua selon
ses professeurs sophistes, jusqu'à la fin, page 32 : le liège
de ses pantoufles enflait en haut d'un demi-pied. Je vous
rappelle d'autre part que je veux voir demain, dans vos
cahiers, un résumé de la première préface de *Britannicus*,
avec, comme à l'habitude, une explication de tous les mots
qui vous auront arrêtés. Vous pouvez maintenant sortir ».

Les élèves criaient dans la cour.

M. du Marnet effaçait, sur le tableau noir d'une cinquième, les soustractions qu'il venait d'y faire faire. Il a
consulté son horaire, et s'est dirigé vers sa quatrième.

L'horloge de Saint-Hilaire a sonné trois coups. La sonnerie du lycée Taine a retenti.

Je sais que Jean-Claude Fage, au fond de la salle, à
côté d'Hubert Jourdan, derrière Jean-Pierre Cormier, qui
m'écoute dire :

« aujourd'hui je voudrais vous rappeler de quelle façon
s'est produit cet événement tellement important, cette multiplication par deux soudainement des dimensions de l'univers, la découverte et la conquête de l'Amérique... »,

n'est pas le cousin germain de son homonyme, Henri
Fage, qu'ils ne se connaissaient pas avant de se rencontrer
en classe.

Certes, le fait qu'ils s'appellent tous les deux Fage peut
être une simple coïncidence, car il s'agit peut-être d'un
surnom donné à des moments différents, dans des lieux
différents, à deux personnages n'ayant jamais eu la moindre
relation;

il est même possible qu'à l'origine il y ait eu deux sur-
noms différents qui se sont peu à peu déformés, peu à peu
rapprochés l'un de l'autre;

et quand bien même il y aurait eu un ancêtre commun,
jusqu'à quand faudrait-il remonter? Il existait peut-être,
à la fin du XVe siècle, deux frères ou deux cousins Fage,
qui se sont dit adieu au moment même où les navires de

Colomb quittèrent pour la première fois Cadix à la recherche
du Catai, et ne se sont jamais revus, dont les descendants
n'ont plus jamais eu de rapports jusqu'au jour où deux
d'entre eux ayant convergé vers Paris, deux des enfants, ou
petits-enfants (ou qui sait?) de ceux-ci, ont convergé vers
le lycée Taine et cette seconde.

Ainsi, prenant au hasard un professeur, par exemple
M. Martin, qui fait en ce moment dessiner les quatrième, il
est tout à fait possible qu'un de ses ascendants au XVIIIe siècle
ait rencontré un M. Fage de la branche à laquelle appartient
Henri, qu'un autre, au XVIIe, ait échangé une correspondance avec un ou une Fage de la branche à laquelle appartient Jean-Claude, et que, par conséquent, sans qu'aucun
des trois s'en doute, il soit un lien plus étroit entre ces
deux élèves, que le personnage, l'ancêtre, auquel renvoie
l'identité de leur nom, si du moins cet ancêtre existe. On
peut même imaginer des alliances.

Comme j'ai commencé cette description en vous prenant
par groupes de trois, rangés selon l'étroitesse décroissante
des relations de parenté qui les constituent, pourquoi ne
pas continuer, en associant Jean-Claude et Henri Fage,
comme m'y invite l'identité de leur nom de famille, et en
leur adjoignant, pour compléter la triade, n'importe quel
professeur, par exemple M. Martin, me contentant de pos-
tuler entre eux un lien généalogique encore plus reculé que
celui que des ressemblances m'ont fait imaginer entre
M. du Marnet, M. Tavera et Hubert Jourdan.

Henri Fage est assis derrière toi près de la fenêtre au
même pupitre que Jean-Pierre Cormier; il se cache, je le
soupçonne fort de ne pas écouter ce que je dis sur Marco
Polo, sur l'Inde et la Chine, sur cette splendeur lointaine
qui atteignait l'Europe occidentale et qui l'invitait au
voyage.

J'ai le plaisir de sentir tous les autres, autour de lui, dans
ce coin de la classe que je tiens sous mon regard, captés par
mon évocation, qu'ils aient les yeux tournés vers moi,
vers leurs cahiers où ils écrivent, leurs livres qu'ils ne lisent
plus, vers les nuages dans le ciel, ou sur ce vieux globe jauni,
oublié sur le coin de l'armoire.

Il étudie quelque chose, sans doute sa leçon de physique
pour l'heure prochaine; ses lèvres remuent, ses sourcils se
froncent. J'essaie de l'arracher à cela; je fixe les yeux sur

lui, hausse le ton; je veux le forcer à entrer comme les autres dans le cercle de mon discours.

Bientôt quelques-unes des têtes de ses camarades se tournent vers lui dans un mouvement brusque. Son voisin, Hubert Jourdan, lui donne un léger coup de coude. Il se redresse l'air fâché, se rend compte qu'il est un centre d'attention, se penche à nouveau sur sa table, se met à écrire avec une application appuyée.

Puis sa pose devient plus naturelle. Il écoute maintenant. Je le tiens pour quelques instants.

C'était le mardi 12 octobre.

Le clocher de Saint-Hilaire a sonné quatre coups.

Dans l'amphithéâtre, Jean-Pierre Cormier, qui observait le manège de Denis Régnier, assis devant lui, au degré inférieur, a avancé ses coudes, peu à peu, jusqu'à l'autre bord du pupitre, imprudemment, s'est appuyé sur ses avant-bras pour se soulever, avançant la tête pour essayer de distinguer, malgré sa vue assez faible (il porte de fortes lunettes), quels timbres se trouvaient dans le carnet à doubles.

« Mais qu'est-ce qui vous prend là-haut? Oui, c'est bien à vous que je parle, tout au fond; levez-vous! Comment vous appelez-vous?

— Cormier.

— Qu'est-ce que vous regardiez sur l'épaule de votre camarade?

— Je ne vois pas ce qui est écrit au tableau, Monsieur.

— Mais alors, pourquoi vous êtes-vous mis au dernier rang? Il y a encore de la place au premier. Allons, prenez vos affaires, et descendez. Que cela ne se reproduise pas! »

M. Hutter faisait lire *Egmont* à ses première.

Pour Francis Hutter, qui trouvait que la physique était décidément une chose bien ennuyeuse, l'incident Cormier était une diversion fort bienvenue; il a suivi avec amusement la descente de son camarade, son installation en bas de la salle. Puis, comme M. Hubert se retournait vers le tableau noir sur lequel il avait déjà tracé deux axes de coordonnées, et recommençait à parler de dynamomètres, d'allongements de ressorts, et de courbes d'étalonnage, il a lu sur la page ouverte de son manuel que le poids d'un homme adulte était de soixante à cent kilos, celui d'un wagon vide de dix à cinquante tonnes, et il a dessiné dans la marge de son cahier, au lieu de continuer à écrire, un minuscule bonhomme fait d'un point et de quelques traits, à côté d'un minuscule wagon.

Il a recouvert d'encre ce premier personnage, et en a dessiné un autre à l'intérieur du wagon.

Venait ensuite le poids de la tour Eiffel : huit mille tonnes. Il a accroché le wagon à une petite locomotive minutieuse avec ses bielles et son panache de fumée, et il a encadré le tout par l'arche d'une tour Eiffel dont il fallait colorier le drapeau à l'aide d'un crayon rouge qu'il a cherché au fond de sa serviette.

Relevant la tête, il a vu que la figure au tableau noir était complète. M. Hubert parlait d'abcisses et d'ordonnées, du point M, de la force F. Tout cela lui rappelait quelque chose, et il regrettait bien de ne pas avoir conservé ses cahiers de l'année passée.

Il aurait voulu se remettre à prendre des notes, mais maintenant la page était tellement illustrée qu'il faudrait écrire sur une autre, et y recopier ce qui était déjà sur celle-ci.

Heureusement, c'était un de ces cahiers à reliure spirale, dont on pouvait arracher les feuilles sans dommage. Il arrangerait cela le soir; il demanderait à un camarade de lui prêter le sien jusqu'au lendemain matin.

M. Hubert parlait de point d'application, d'intensité, de vecteur.

Après le poids de la tour Eiffel, venait celui d'un transatlantique : cinquante mille tonnes. Il a dessiné la ligne du sol, lui a fait faire un petit coude pour figurer un quai, contre lequel l'eau de la mer est venue battre, surmontée d'un paquebot à trois cheminées avec un drapeau.

« Un gros avion de transport, le *Lockheed-Constellation*, pèse quatre-vingt-quinze tonnes. »

Celui-ci s'est mis à voler au-dessus du rivage avec de brillantes cocardes.

Quant à la force de traction d'un cheval, c'est en moyenne soixante-dix kilos, mais pendant un coup de collier, quatre cents.

« Quatre cents, s'est dit Francis, c'est une énorme différence. »

Il est resté quelques instants avec son stylo immobile, mais non, représenter un cheval, c'était vraiment trop difficile, et il a rayé rageusement tout ce qu'il venait de dessiner.

L'horloge de Saint-Hilaire a sonné cinq coups.

En descendant l'escalier, Francis Hutter a arrêté son voisin habituel en classe, Alain Mouron, pour lui demander son cahier de physique.

« Pourquoi faire?

— Pour recopier la leçon d'aujourd'hui.

— Je n'ai pas tout pris.

— Tu as pris le plus gros.

— J'écris mal, tu ne t'y retrouveras pas.

— Tu sais, si tu ne veux pas me le prêter, je demanderai à quelqu'un d'autre.

— Oh, te fâche pas, mon vieux; mon cahier, c'est pas un modèle quoi, c'est tout.

— Eh bien, à qui je pourrais demander? A ton cousin? C'est ton cousin, Daval, hein?

— Ce n'est pas un cousin germain, c'est juste un cousin quoi; mais si tu t'imagines qu'il a pris beaucoup de notes...

— Alors?

— Tu n'as qu'à te servir de ton bouquin.

— Mais s'il regarde mon cahier?

— Où est-ce que tu étais l'année dernière?

— J'étais à Nancy. Il fallait avoir son cahier, et j'avais mon cahier de physique tout fait, parce que je redouble, tu comprends, j'ai été malade..., mais je l'ai laissé à Nancy.

— On voit bien que tu arrives de province. Avec tous les élèves qu'il a, si tu crois qu'il va s'amuser à rapporter les cahiers chez lui! Tu n'as pas besoin de t'inquiéter.

— Tu étais déjà ici l'an passé?

— Non, j'étais à Bourges.

— C'était la province aussi.

— D'accord, mais mon cousin m'a mis au courant.

— Il était là, lui.

— Pas dans ce lycée, mais à Paris. Il habite tout près de chez notre oncle, tu sais Bailly, le professeur d'anglais.

— Tu le connais bien?

— Un peu; et mon cousin, tu penses, ils habitent dans la même rue, les maisons à côté l'une de l'autre.

— Le professeur d'allemand a beau s'appeler Hutter (je crois que c'est un vague parent), je ne le connais pas du tout. Tu ne sors pas?

— Non, mon vieux, je vais à la leçon d'instruction religieuse. Toi pas?

— Moi? Je suis protestant.

— Sans blague?

— Comment, sans blague?

— Excuse-moi, je n'ai pas voulu...

— Alors, à demain. »

Alain Mouron a traversé la cour pour aller chez l'abbé Gollier qui avait déjà commencé à discourir, debout, au milieu de la pièce, un papier à la main.

Alain a refermé doucement la porte derrière lui; il est allé s'asseoir sur une des chaises restées libres, a regardé les meubles, les livres dans la bibliothèque, les images pendues au mur, ses camarades tout autour, et il a remarqué que toi, chef de la patrouille des bisons dans la troupe à laquelle il appartenait, tu n'étais pas là; tu considérais donc les allocutions de l'aumônier scout, le jeudi ou le dimanche, comme suffisantes, le cours de l'abbé Gollier comme inutile; il s'abstiendrait d'y venir la semaine suivante.

Rue Pierre-Leroux, M. Bailly s'est levé furieux, et il est allé jusqu'à la chambre du fond.

« René, tu n'as pas honte d'empoisonner comme cela ta petite sœur? Et toi, Georges, qu'est-ce que tu fais sur ce lit? Veux-tu descendre! Dites-moi, vous avez fini votre travail pour demain?

— Mais c'est elle qui nous ennuie!

— Ah oui, vraiment! Allons, Nisette, sèche tes larmes! Mets ta poupée dans ta voiture, et retourne avec moi au salon. Quel besoin avais-tu de te mêler à ces deux grands nigauds? Installez-vous chacun à votre table; je ne veux plus entendre un mot. Qu'est-ce que tu as à faire comme devoirs, René?

— J'ai fini mon analyse, mais il me reste des problèmes.

— Et des leçons.

— Un peu d'histoire et de grammaire.

— Et toi, Georges?

— J'ai fini ma copie; j'ai des opérations, je ne sais pas les faire.

— Tu n'as qu'à demander à ton frère de t'aider. Dépêchez-vous, voyons; vous savez l'heure qu'il est? Presque cinq heures et demie. Je laisse la porte ouverte. Vous viendrez me montrer vos cahiers quand vous aurez terminé. »

Il est retourné à son bureau. Il a ouvert le dossier qui contient ses quelques notes sur Wordsworth, un projet de thèse, qui, depuis des années, n'avance pour ainsi dire plus. La petite Agnès, à côté de lui, déshabillait sa poupée.

La clef a tourné dans la serrure de la porte d'entrée. Au même moment Georges a crié :

« Papa, René m'empêche de travailler. »

Élisabeth Bailly, tout en enlevant son manteau, s'est précipitée vers la chambre du fond, et a donné une gifle à chacun des garçons. Puis, elle est allée au salon où son mari l'attendait, debout, les mains pendantes.

« Tu t'imagines vraiment que les enfants travaillent si tu ne les surveilles pas? On croirait que tu n'as jamais fait d'enseignement. Agnès, viens à côté de moi. Il ne faut pas que tu distraies ton père.

— Cet appartement est vraiment trop petit; cela ne peut plus durer.

— Je ne demande certes pas mieux que d'en changer, mais je n'ai absolument pas le temps de m'en occuper. Allons, Agnès, tu as entendu? »

La petite s'est mise à pleurer.

« Ah, ça ne va pas commencer! Viens ici tout de suite. Nous allons voir ce qui se passe à la cuisine.

— Oh, laisse-la; de toute façon, il faut que je sorte. J'ai un rendez-vous.

— Tu es terrible. Comment veux-tu...

— D'accord, d'accord, c'est entendu. Fais comme tu veux. A tout à l'heure. »

Il a décroché son imperméable et ne l'a enfilé qu'après avoir claqué la porte derrière lui.

Il est allé jusqu'à la rue de Sèvres; les vitrines commençaient à s'éclairer. Il est entré dans un café pour téléphoner à Claire, qui n'était pas chez elle; il a décidé de faire un tour à Saint-Germain-des-Prés pour attendre le moment probable de son retour.

Michel Daval ne savait quoi faire de ses mains. Assis sur une chaise, dans le bureau de l'abbé Gollier, il écoutait celui-ci distinguer les diverses parties de la messe; mais il n'y avait pas moyen de prendre des notes, ni de lire en cachette ni de faire des petits dessins. Il tordait ses doigts autour de la poignée de sa serviette, allongeait le cou vers la droite pour essayer d'apercevoir le cadran du réveil qui tictaquait sur la table, posé sur une pile de livres reliés en toile noire, regardait ses camarades les uns après les autres, à la recherche d'une raison de sourire ensemble, d'être complice. La lumière baissait. Il a fallu allumer la lampe du plafond. Tout le monde a sursauté. A travers la fenêtre grillagée, on distinguait encore le mur de plâtre gris.

L'abbé Gollier tournait sur lui-même, levait la main comme s'il était en chaire, examinait les visages de ses élèves les uns après les autres, leurs mains, celles de Michel Daval qui se sont cachées sous sa serviette, et celle-ci est tombée à terre avec un bruit mat, s'est ouverte; les *Auteurs Français du Seizième Siècle*, le *Nouveau Cours d'Histoire pour la Classe de Seconde*, le *Manuel de Physique*, et le numéro d'octobre de la revue *Fiction*, se sont répandus sur le plancher non ciré.

L'abbé Gollier a attendu que le désordre se fût calmé pour parler de la communion.

Le lendemain mercredi, moi aussi j'avais dans ma serviette ce *Manuel de Physique* pour la classe de seconde, et son frère le *Manuel de Chimie*, ainsi que le *Manuel de Physique* pour les mathélem, que j'avais acheté lui aussi le matin, parce que je savais, ayant consulté les horaires de mes collègues, que c'était avec cette classe qu'était M. Hubert la veille, le mardi 12, entre trois et quatre heures, et que je voulais pouvoir mieux me représenter ce qu'il faisait, où il en était à ce moment-là, d'où il venait exactement lorsqu'il vous a retrouvés à l'heure suivante, un livre du même auteur que le vôtre, mais beaucoup plus épais, nettement mieux présenté.

J'avais aussi le livre d'italien dont se sert M. Bonnini.

Toute cette récolte, après avoir déjeuné dans un restaurant grec de la rue de l'École-de-Médecine, je l'ai rapportée, rue du Canivet, placée sur ma grande table à côté de la pile d'ouvrages scolaires que j'avais déjà achetés en vue de ces notes, les *Auteurs Français du Seizième Siècle*, et ses frères, ceux du XVIIe, du XVIIIe, du XIXe et *la Littérature Anglaise par les Textes* dont se sert M. Bailly.

J'ai pris mes propres livres de classe, ceux dont j'avais d'autant plus besoin pour mes leçons de l'après-midi, ce mercredi 13, que j'avais négligé de préparer celles-ci, trop occupé, la veille, à mettre en train cette entreprise, comptant

sur le fait que j'avais déjà donné tant de fois des cours
analogues :

l'*Europe Médiévale* pour les cinquième, avec, sur la couverture, l'image, imprimée en bleu et jaune sur le fond gris,
d'une salle gothique avec deux rangées de piliers,

le *Nouveau Cours de Géographie* pour votre classe, avec
la photographie d'une vallée bordée de rizières en terrasses,

l'*Époque Contemporaine* pour les philosophes, livre broché
et non relié, avec un schéma de la tour Eiffel,

et j'ai longé l'église Saint-Sulpice pour me rendre au lycée.

M. Bonnini est allé acheter une nouvelle valise pour sa
femme, car celle qu'il avait emmenée en Provence, avait
perdu l'un de ses coins lors du retour, et il voulait qu'elle
eût quelque chose de propre pour son séjour à l'hôpital.

Sa fille l'accompagnait, encore libre de son temps puisque
les cours n'avaient pas recommencé à la Sorbonne. Il n'aurait su choisir seul; ils allaient de boutique en boutique, le
long du boulevard Saint-Germain, il ne voyait même pas
les objets qu'on lui présentait. Elle s'est décidée finalement
pour quelque chose d'assez cher, en cuir noir, doublé de
soie. Quand ils l'ont rapportée, rue du Cardinal-Lemoine,
Geneviève, qui avait déjà préparé sur la table de la salle
à manger les chemises de nuit, la robe de chambre, les
objets de toilette, quelques livres, a eu un haut-le-cœur.

Il s'est dit : « Nous n'aurions pas dû choisir cette couleur, ce noir. » Il s'est assis dans un fauteuil, les mains sur
ses genoux. Il regardait les lattes du plancher.

Denis Régnier attendait, dans la salle de gymnastique,
qu'arrive enfin la sonnerie, que cesse enfin cette leçon.

Il regardait ses camarades s'amuser, jouir de leurs muscles;
et lui haletait si fort que sa poitrine lui faisait mal autour
du cœur, et il avait honte de cette fatigue, de cette douleur, de cette incapacité.

Il sentait autour de lui quelques regards ironiques, et il
s'est mis à brûler d'un désir atroce d'être fort, capable de
se battre, de se venger de la supériorité des autres, de leur
aisance à grimper à cette corde dont il n'avait jamais pu
atteindre le sommet, jamais, à se balancer, bras tendus, sur
ces deux barres parallèles. C'était comme s'il avait bu une
gorgée d'acide.

Il a serré les dents. Il aurait voulu voir leurs os se briser, une lèpre ronger leur peau, trouver un moyen, drogue

ou piège, de les rendre aussi faibles que lui, le redoublant, non point le seul redoublant de cette classe en réalité, mais pour tous ses professeurs de l'an passé, « le » redoublant, les attirer dans une impasse, chef de quelque bande sur qui il aurait toute autorité à cause de quelque savoir, d'une arme exceptionnelle, d'une supériorité reconnue dans l'audace du projet, dans le mépris des lois et des convenances, les tenir à sa merci, lire la crainte dans leurs yeux, les obliger à le supplier.

« Allons, rhabillez-vous », criait M. Moret.

Denis Régnier est allé remettre son veston; il a senti dans la poche intérieure son carnet de timbres en double. Il s'est retrouvé parmi ses camarades qui se bousculaient vers la sortie, ne comprenant plus du tout pourquoi il leur en voulait tant tout à l'heure, montant avec eux l'escalier, se disant :

« il ne faut plus penser à la gymnastique; qu'est-ce que c'est que la gymnastique? Il faut simplement s'arranger pour que le professeur n'ait pas de raison de m'en vouloir. Je ne serai jamais le premier en classe en quoi que ce soit. Il faut simplement m'arranger pour que je n'aie pas encore une fois à redoubler cette seconde. Mon père a abandonné ma mère, et il se moque de moi; il me dit que je ne serai jamais capable de rien, mais moi, un jour, je serai bien capable de lui déclarer que je le méprise, et que je méprise sa nouvelle femme qui essaie de m'amadouer. Quant à ceux-ci, je saurai bien leur faire envie avec mes timbres ».

La sonnerie.

Jean-Pierre Cormier qui avait disposé sur son livre ouvert le carnet de doubles que Denis Régnier venait de lui passer, en profitant d'un de mes moments d'inattention, examinait de très près, glissées sous les cinq petites bandes en papier transparent de la double page, les petites estampes :

à gauche, en haut, sous l'inscription Panama, un rectangle allongé, bleu de Prusse, avec le portrait d'un général, petites palmes brodées sur le col, vaste décoration sur la poitrine, au-dessous, son nom : Simon Bolivar,

dans la seconde rangée, deux timbres du San Salvador, pays que l'on distinguait à côté du Honduras dans un 15 centavos de ce pays-là, grisé, la rangée au-dessous,

comme plus bas, autour de la Bolivie, dans un 25 cen-

tavos bleu ciel de ce pays, le Pérou, le Brésil, l'Argentine,
et le Chili,
puis, tout en bas, de nouveau Bolivar, en Colombie, mais
il ne ressemblait pas plus à celui de la République de Panama
que le buste de César dans la salle de géographie à celui
du livre d'anglais;
à droite, à l'angle supérieur : États-Unis, trois rangées
plus bas : Philippines, puis Alaska,
là, un seul timbre, violet, de 3 cents, un paysage :
devant une montagne neigeuse, quelques pins, un petit
village, et un minuscule laboureur au milieu, poussant sa
charrue derrière un animal dont il était impossible de décider si c'était un cheval ou un bœuf.

C'était la première fois que Jean-Pierre Cormier voyait
un timbre de l'Alaska; repliant non seulement le carnet
mais la page du livre de géographie sur laquelle il était
posé, il l'a désigné du doigt à Denis Régnier en l'interro-
geant d'un regard.

Celui-ci lui a répondu par une moue de la lèvre qui le
félicitait sur son flair, levant le pouce et l'index de sa main
droite pour lui signifier qu'il n'avait l'intention d'échanger
un tel timbre que contre deux autres.

Jean-Pierre Cormier a haussé les épaules. C'est alors que
je suis intervenu, descendant de mon bureau, et marchant
dans l'allée jusqu'à leur niveau.

« Vous serez tous les deux collés demain deux heures.
Donnez-moi cela. Ah, c'est à vous, Régnier! Je vous le rendrai samedi, quand vous aurez fait votre punition. »

Je suis revenu au bureau.

« La projection de Mercator est faite à l'aide d'un cylindre,
mais on peut aussi prendre un cône... »

On n'entendait plus un chuchotement. Toutes les têtes
étaient penchées sur les cahiers. Jean-Pierre Cormier a bien
lancé quelques regards à droite et à gauche, affichant une
indifférence qu'il ne ressentait nullement, mais, ne ren-
contrant nulle réponse autour de lui, il a feuilleté son
manuel, puis s'est résigné à écrire sur son cahier : « la projection conique »; quelques instants plus tard, se reprenant, il a mis ces mots au pluriel.

Que faisait faire M. Hutter à ses cinquième?

Francis, bien loin, dans un cimetière lorrain, sous des
arbres dont le vent déjà frais arrachait les dernières feuilles,

les faisant voler devant les collines orange, au-dessus desquelles des filaments de nuages s'étiraient, en imperméable
beige marqué d'un brassard noir hâtivement faufilé, à côté
de son frère Jean-Louis et de sa sœur Adèle, suivait son
père et sa mère, effondrés tous deux,

regardant les cailloux du chemin, essayant sincèrement de
se rappeler quelque chose de ce grand-père enfermé dans la
boîte que l'on allait descendre dans la tombe au bout de l'allée.

L'horloge du clocher marquait quatre heures moins cinq,
au-dessus du mur et des branches; son esprit s'est tourné
vers la sonnerie qui mettait fin à la classe de géographie,
vers son voisin de pupitre, Alain Mouron, dont l'après-midi
allait être terminée, alors que la sienne, un mercredi ordinaire, aurait continué une heure encore, une heure d'allemand, avec ce M. Hutter qui était vaguement son parent,
mais qui n'était pas venu à l'enterrement, qui ignorait
encore la mort de ce grand-père, qui ne recevrait sans doute
le faire-part que le lendemain.

Alain Mouron est passé devant le porche de Saint-Hilaire;
il a longé un magasin de vêtements décoré de grands miroirs,
et il s'est vu, s'est arrêté, a examiné ses yeux gris-bleu, ses
sourcils assez épais, son nez un peu long, essayant plusieurs
sourires, se jetant un regard sévère, puis enjôleur; il a
aperçu, derrière sa propre épaule, les visages de quelques
passants, d'une vieille dame qui paraissait scandalisée, d'un
homme grand et gras, en pardessus épais, qui se moquait
de lui, d'un Nord-Africain, les joues et le front recouverts
de sparadrap, formant comme un casque de chevalier avec
deux fentes pour les yeux qui fixaient son reflet comme
pour le fasciner.

Il s'est remis en marche en laissant traîner son doigt le
long des murs, et il s'est souvenu de ses cheveux. Son père
lui avait encore répété aujourd'hui, pour la troisième fois,
qu'il lui fallait absolument aller chez le coiffeur.

Le lendemain, c'était jeudi; le surlendemain, la matinée
était consacrée au plein air, on irait au stade; il n'y avait
à préparer qu'un peu de grec (c'était là le plus difficile),
Homère, l'*Odyssée*, le début du chant VI, la suite de ce que
l'on avait lu le matin, Ulysse caché dans un fourré s'était
endormi couvert de feuilles, que cela était difficile, le passage qui suivait s'appelait : le rêve de Nausicaa, qu'allait-
elle rêver celle-là?

depuis le début jusqu'au vers 23, il n'y allait pas de
main morte le père Jouret, un peu de grec, si l'on peut
dire;

puis de la grammaire à apprendre, évidemment, toujours
ces maudits verbes, un peu de grec...,

et un peu de français, mais cela n'était rien, il suffisait
de lire, « l'étude de Gargantua selon l'étude... », enfin,
quelque chose comme cela, il y avait des tas de mots incom-
préhensibles mais...,

mais, mais, mais...;

donc, il n'y avait pas besoin de se presser tellement; il
fallait profiter du beau temps, chercher à loisir un coiffeur
plaisant, c'est-à-dire chez qui il y aurait des journaux illustrés assez nombreux, plus nombreux que chez celui de la
rue du Pré-aux-Clercs, où vraiment, quand on attendait,
on n'avait qu'à se tourner les pouces...

C'est pourquoi il a musé rue Saint-Sulpice (que voulait
donc ce Nord-Africain avec son regard noir entre les bandes
de sparadrap, avec ce nez couvert de sparadrap, ce regard
de loup affamé?), et il a finalement poussé une porte de
verre sur laquelle était inscrit en vieilles lettres émaillées :
« Coiffeur pour dames et pour messieurs ».

Trois garçons blousés de blanc maniaient leurs ciseaux.
Quatre personnes attendaient déjà sur des chaises de paille,
mais il y avait, sur un petit guéridon de rotin, une ample
pile de vieux hebdomadaires aux couvertures déchirées.

Comme il commençait à feuilleter, il s'est aperçu que,
devant le miroir, sur un des sièges, ce garçon à qui l'on faisait
un shampooing, c'était un de ses camarades de classe, un
de ceux du fond, dont il ne savait pas encore le nom.

Il lui a fait force clins d'yeux, mais l'autre ne regardait
même pas du côté de son reflet, il suivait avec attention le
lent trajet d'une mouche sur le plafond.

Il s'est levé d'un bond quand le garçon a défait la serviette blanche, toute humide maintenant, avec les petits
cheveux collés, s'est arrêté un instant à la caisse pour payer,
a disparu dans l'extérieur. Alain Mouron s'est replongé
dans ses images, un reportage sur les U. S. A., croisement
de routes aux portes de New York, le pont de Brooklyn,
des cireurs noirs, les balcons de fer de La Nouvelle-Orléans,
les costumes multicolores sur le campus d'une université,
un tramway de San Francisco.

René Bailly, seul rue Pierre-Leroux, tournait dans son
salon, resserrant peu à peu ses orbes autour du bureau de
sa femme, une petite table en acajou, Directoire, avec deux
tiroirs, tandis que le sien, acheté avant son mariage, était
de bois blanc teint au brou de noix, couvert de taches
d'encre anciennes,

deux tiroirs qui le fascinaient, fermés à clef
(il a cherché la clef sur les rayons de la petite bibliothèque
d'à côté, derrière les livres, dans les placards de la chambre,
l'armoire à glace, sous les piles de linge de sa femme, ses
bas de soie, s'efforçant de tout bien remettre en place,
dans la cuisine, ouvrant le garde-manger, la boîte à thé, la
boîte à sucre, revenant au salon),

« elle a dû prendre la clef dans son sac; si seulement je
pouvais savoir si la semaine dernière elle était encore dans
la serrure; est-ce que par hasard elle se doutait qu'aujour-
d'hui me viendrait l'envie de fouiller; c'est peut-être au
retour d'Orléans qu'elle a jugé bon de prendre certaines
précautions; mais alors c'est qu'elle a vraiment quelque
chose à cacher, des lettres qu'elle tient à conserver et qu'elle
ne veut pas que je lise ».

Alors il est allé chercher toutes les clefs de la maison,
celles de toutes les armoires et de tous les tiroirs, et il les
a essayées les unes après les autres. Quelques-unes entraient,
mais ne pouvaient pas tourner. Il est allé les remettre à leurs
places, et cela lui a pris longtemps.

Il était trop tard désormais pour téléphoner à Claire.
Moins le quart; il lui fallait se rendre au plus vite à la porte
du lycée d'Aulnoy pour ramener la petite Agnès qui devait
attendre déjà depuis un quart d'heure. Les garçons, René et
Georges, sortaient à ce moment même du lycée Buffon; eux
ne s'étonneraient pas de ne voir personne, prendraient le
chemin du retour, et, s'ils traînaient assez, il y avait une
minime chance de les rejoindre au carrefour Duroc ou dans
la rue de Sèvres; sinon, ils trouveraient l'appartement fermé.

Dans la rue, il a aperçu son neveu, Michel Daval, qui
rentrait chez lui, dans l'immeuble voisin, sa serviette sous
son bras, fort légère, puisqu'il n'y avait à l'intérieur que
son cahier et son *Manuel de Géographie*, et un autre livre
dans ses mains qu'il feuilletait; lorsqu'il a croisé son oncle,
il a rougi, s'est efforcé de le cacher; trop tard; M. Bailly,
avec un réflexe de professeur, l'a saisi; il a lu :

« *L'Odyssée*, poésie homérique, tome I, chants I à VII, traduction de Victor Bérard. »

« Mais tu as d'excellentes lectures, mon garçon! Et qu'en pense M. Jouret?

— On me l'a prêté.

— Ah! on te l'a prêté? Tu viens d'aller l'acheter en sortant du lycée, n'est-ce pas? Ce n'est pas la peine d'essayer de mentir. Eh bien, tu iras loin, mon garçon!

— Ne le... Ne le...

— Dépêche-toi de rentrer, ta mère doit se demander ce que tu fabriques. Tu as de la chance que je sois pressé, sinon je monterais avec toi. »

Il lui a rendu le livre, et il est parti à grands pas, l'air sévère. Michel Daval est resté un instant interdit; il ne parvenait pas à comprendre pourquoi son oncle, qui venait de le percer à jour, lui avait laissé ce volume qu'il a caché dans sa serviette avant de monter l'escalier.

Dans l'appartement, sa mère l'a accueilli avec de grands cris :

« Eh bien, que faisais-tu? Nous t'attendions. Est-ce que tu ne quittes pas le lycée à quatre heures, le mercredi? Nous avons une grande nouvelle à t'annoncer. »

Sa sœur Lucie se tenait derrière, rayonnante.

« Vous avez trouvé?

— Oui, nous venons de trouver, près de Saint-Sulpice; nous y sommes allées toutes les deux. Nous avons téléphoné à ton père à son bureau. Bien sûr, il faut qu'il le voie lui aussi, mais nous sommes sûres, n'est-ce pas Lucie? qu'il sera d'accord; c'est tellement mieux que tout ce que nous avions vu pour ce prix-là. Nous aurons enfin une salle de bains. Et il est libre, nous pourrions nous y installer tout de suite, car il a été repeint il n'y a pas longtemps. Il appartenait à une Américaine qui a été brusquement obligée de retourner dans son pays. Une véritable occasion!

— Est-ce qu'on ira le voir ce soir après le dîner, ou bien dès que papa sera rentré?

— Non, il faut attendre à demain. Nous avons rendez-vous avec l'agent au début de l'après-midi, et ton père a dit qu'il s'arrangerait pour se rendre libre. »

Le jeudi, avant de te rendre pour trois heures, au quai des Grands-Augustins, dans la mansarde qui sert de local de patrouille aux bisons, donnant sur la Seine et Notre-Dame, tu t'es retiré dans ta chambre, rue du Canivet, inquiet de la façon dont tu allais pouvoir occuper tes camarades. Tu as cherché dans ta petite bibliothèque le manuel du C. P., entre les *Auteurs Français du Seizième Siècle*, et le numéro d'octobre de la revue *Fiction* que t'avait prêté Michel Daval. Nouveau dans le métier, tu avais besoin d'aide et de conseils; tu avais été second de patrouille pendant toute l'année dernière, mais ce n'était pas la même chose; il n'y avait pas cette responsabilité... Ton C. P. n'avait été absent qu'une seule fois à une réunion de patrouille, à cause d'une petite angine; c'était toi qui avais eu à diriger les opérations, mais tu étais allé lui demander ses instructions, et tu avais fait tout ce qu'il t'avait dit.

Il faudrait aujourd'hui décider de la façon dont on allait décorer ce local, faire un programme de travaux; l'année dernière, dans la patrouille des bisons, on avait bien commencé quelque chose, mais on n'avait rien terminé; au mois de juillet, la chambre de bonne qui servait pour les réunions n'avait encore pour tout ornement, avec les quelques vieux meubles Louis-Philippe que les parents du prêteur y avaient laissés, un lit, avec son sommier, trois chaises dont la tapisserie avait maint accroc, et un guéridon branlant à plateau de marbre gris foncé, que quelques feuilles d'arbre séchées collées sur un carton blanc qui s'était terriblement gondolé, et une assez jolie collection de nœuds exécutés en ficelle verte et rouge, fixés avec des punaises sur un rectangle de contre-plaqué peint au ripolin noir. Cela n'était pas présentable; on n'avait jamais osé inviter ni les chefs ni d'autres patrouilles. Il fallait donc régler cette question-là, mais cela ne suffisait pas; il faudrait aussi organiser une sorte de programme d'études pour aider les scouts novices, ceux qui venaient d'entrer dans la troupe ou le mouvement, à passer les épreuves qui leur permettraient de faire leur promesse, puis celles qui leur donneraient les titres de scouts de seconde et de première classe.

Feuilletant ton livre, tu as eu l'idée d'organiser un jeu de Kim, et tu as collectionné pour cela divers objets que tu as glissés dans les poches du beau blouson de cuir que tes parents t'avaient offert l'avant-veille, le mardi 12 octobre, pour tes quinze ans :

un mouchoir, un morceau de ficelle, une boîte d'allumettes, un canif, un timbre ordinaire oblitéré, ton porte-

monnaie, ton carnet de chants, la clé du local, un petit
crayon bleu au bout mâchonné, une épingle de nourrice,
un sifflet.

Refermant le tiroir de ta table, tu t'es dit qu'il faudrait
autre chose, et c'est pourquoi tu es allé fouiner à la cuisine,
prenant dans le placard un couvert de fer-blanc, et, sur une
des assiettes, à côté de l'évier, un os troué, dont tu pourrais
faire plus tard une bague de foulard fort élégante, que tu
as lavé soigneusement avec de l'eau et du savon.

Tu es revenu au salon dire au revoir à la famille Jouret,
et remercier encore une fois ton oncle Henri pour le beau
stylo qu'il venait de t'offrir.

En chemin, tu as recueilli le petit caillou entre les racines
d'un arbre.

Je prenais mon café au Mabillon, réfléchissant à ces notes
que je te destine, que je destine à celui que tu seras devenu
dans quelques années, qui aura oublié tout cela, mais à
qui tout cela, et mille autres choses, reviendra en mémoire
par cette lecture, dans un certain ordre et selon certaines
formes et organisations qui te permettront de le saisir et
de le fixer, de le situer et apprécier, ce dont pour l'instant
tu es incapable, manquant de ce système de référence que
l'on cherche à te faire acquérir,

de telle sorte qu'en toi pourra naître une nouvelle conscience, et que tu deviendras apte à ressaisir justement cette
énorme masse d'informations qui circule, à l'intérieur de
laquelle, comme dans un fleuve boueux et tourbillonnant,
tu te meus ignorant, emporté,

qui glisse sur toi, qui se gâche, se perd, et se contredit,

qui glisse sur nous tous, sur tous tes camarades et tous
tes maîtres qui s'ignorent mutuellement,

qui glisse entre nous et autour de nous.

Ma dent me faisait mal malgré toute l'aspirine que j'avais
prise, et qui rendait ma tête lourde, mon regard incertain.

Tenant ma joue dans ma main, je me suis dirigé, le long
du boulevard Saint-Germain, oscillant jusqu'aux limites du
trottoir, évitant les passants de justesse, vers le salon
d'attente, rue du Pré-aux-Clercs, de M. Hubert le dentiste.

Alain Mouron avait réunion de patrouille dans l'immeuble
où il habitait, l'immeuble de ton oncle Henri, à côté de celui
où j'étais.

Seul dans l'appartement, il avait ouvert la porte à ses

camarades les uns après les autres; tous ensemble étaient
montés au septième.

Un seul manquait, un nouveau à l'air un peu niais, qu'on
avait vu pour la première fois le dimanche précédent, et
qui avait paru bien effarouché. On lui a punaisé sur la porte,
au-dessous de la carte de visite, ce petit message :

« Tu es en retard; nous sommes au septième, chambre 15.
Grouille-toi.

« CHAMOIS. »

Alain Mouron ouvrait la marche, le trousseau de clefs
dans sa main, propriétaire montrant ses domaines; et
pourtant ce n'était que la seconde fois qu'il montait dans
cette chambre.

Il observait l'effet que faisaient sur ses camarades les
longs corridors à maint coude. Il a ouvert la porte,
« voilà ».

C'était une pièce mansardée, très petite, éclairée seulement par un vasistas poussiéreux, tendu de toiles d'araignée,
vide, les murs tapissés de papier à fleurs mauves dont un
grand pan s'était décollé et retombait laissant voir le plâtre
travaillé par l'humidité, boursouflé, raviné.

« Il n'y a pas l'électricité », a demandé le chef de
patrouille. On a regardé; non, décidément, il n'y avait pas
l'électricité.

« Cela ne fait rien; l'hiver, on pourra prendre une lampe
à pétrole.

— Et il faudra aussi un poêle à pétrole parce que, sans
cela, on crèvera de froid ici. Qu'est-ce que ça sentira le
pétrole! On peut ouvrir cette fenêtre?

— Je n'ai jamais essayé. »

Ils ont essayé, mais, si bas que fût le plafond, ils ne par-
venaient pas à l'atteindre. Ils ont tenté divers types de
courte échelle; ils touchaient bien la poignée, mais n'avaient
pas suffisamment de force, dans cette position, pour la
décoincer.

« Eh bien, la première chose qu'il faut ici, c'est des sièges.
Tu n'as pas des chaises en trop dans ton appartement, toi,
par hasard? Ou des tabourets? Ou des caisses? Et vous?
Rien? Tâchez donc d'avoir des idées! Le mieux serait de
prendre des grosses bûches. Je crois qu'il y a du bois chez

moi dans la cave, mais je ne sais pas s'il y aura des morceaux
assez gros. Si ça ne vous ennuie pas, on va aller voir; et si
ça colle, on les ramène ici, ça sera fait. »

Alain Mouron a refermé la porte derrière lui. Toute la
patrouille est descendue quatre à quatre, et est allée à la
recherche de ces bûches qui ont été jugées magnifiques,
exactement ce qu'il fallait, et que l'on a transportées rue
du Pré-aux-Clercs, dans une petite charrette à deux roues,
que l'on a empruntée au patronage de Saint-Hilaire.

Chaque chamois a monté sa bûche sur ses bras dans l'escalier. C'était lourd. Il a fallu souvent s'arrêter. Cela a
laissé pas mal de poussière et d'échardes sur le tapis.

« C'est un bon début, a dit le chef de patrouille, on va
pouvoir arranger cela très convenablement. Bravo Alain! »

Les mains sur les hanches, il examinait le lieu tout autour
de lui; on le sentait bien, c'était lui désormais le propriétaire. Mais Alain Mouron se demandait un peu comment
tout cela se terminerait, car les choses s'étaient déroulées
beaucoup plus vite qu'il n'eût cru, et il s'est bien gardé
de révéler qu'il n'en avait pas encore parlé à son père.

Élisabeth Bailly venait de partir au Jardin des Plantes
avec ses enfants. Son mari, qui avait fait semblant de se
mettre au travail, étalant ses notes, ouvrant son Wordsworth,
une fois le silence bien établi dans l'appartement, les pas
bien éloignés dans l'escalier, a repoussé tout cela, dégoûté,
pris le téléphone,

« il faut absolument que je te voie, Claire. J'ai cherché à
t'atteindre plusieurs fois hier. Il y a un élément nouveau. Je
ne peux pas t'en parler comme ça, c'est trop compliqué. Tu
es libre cet après-midi?

— Tout de suite?

— Oui, je prends le métro, et j'arrive ».

Son imperméable, ses cigarettes dans sa poche, son
écharpe écossaise, sa boucle de ceinture;

la rue Pierre-Leroux, la rue de Sèvres, la station Vaneau
après la fontaine égyptienne, en face de la chapelle des
Lazaristes,

le ticket présenté au guichet, la plaque émaillée bleue avec
la liste des arrêts en blanc, la direction Auteuil, les marches,
les murs couverts de faïence blanche, le quai avec la petite
loge du chef de gare, les grandes affiches pour des vins ou
des détersifs;

le train, l'ouverture des portes, les soupirs de l'air
comprimé,
Duroc, Ségur, La Motte-Picquet, Émile-Zola ;
les arbres couverts de feuilles jaunissantes, les grandes
façades 1910 ou 1920, l'ascenseur ancien.
« Tu es en plein travail; je te dérange? Laisse-moi
reprendre ma respiration. Oui, verse-moi un peu de café.
Ce n'est pas la peine de le faire réchauffer. C'est ravissant
cet oiseau; toujours pour la maison Hermès? Je trouve que
tu fais de jour en jour des progrès. En ce qui concerne
Élisabeth... »
Rue Servandoni, dans l'appartement nu, M. Daval a
regardé sa montre,
« il faut absolument que j'aille au bureau. Tout cela m'a
l'air très satisfaisant. Je vous demande encore un peu de
réflexion, naturellement. Je vous téléphonerai demain matin,
disons, ma décision définitive. J'aimerais que les choses se
fassent assez rapidement.
— Mais bien sûr, Monsieur, cela sera très facile, Monsieur, ma cliente désire aussi en avoir terminé le plus vite
possible; dès que j'aurai votre réponse, j'appellerai son
homme d'affaires. Au revoir, Monsieur.
— Tu ne viens pas, Germaine?
— Non, si vous le permettez, si vous n'êtes pas trop
pressé, je voudrais examiner cela de plus près; nous allons
mesurer toutes les pièces, si vous n'y voyez pas d'inconvénient. Il vaut mieux se renseigner avant qu'après, n'est-ce pas?
— Mais bien sûr, Madame, je vous en prie, Madame,
vous avez entièrement raison; je vous demanderai seulement la permission de m'absenter quelques instants pour
donner un coup de téléphone.
— A propos du téléphone...
— Il marche, il marche; vous n'aurez qu'à reprendre
l'abonnement.
— Eh bien, c'est parfait, Monsieur, nous en avons au
moins pour une demi-heure; nous ne bougerons pas d'ici.
Michel, prends ce mètre, et mettons-nous au travail.
— Je vous laisse.
— Je descends avec vous. A tout à l'heure donc, Madame,
Mademoiselle, Monsieur ».
Ils étaient maintenant tous les trois seuls dans la plus
grande des quatre pièces, avec deux fenêtres donnant sur

la rue, sur les toits de la maison d'en face, au-dessus desquels, entre deux cheminées, ils auraient pu apercevoir les
fenêtres sur cour de l'appartement de tes parents, rue du
Canivet; mais Michel Daval ne s'en doutait pas.

Il mesurait la longueur et la hauteur des murs, dictait
les chiffres à sa sœur Lucie qui les notait sur un petit carnet, tandis que leur mère marchait de long en large, com-
mentant :

« c'est pour ainsi dire neuf; la peinture, la salle de bains...
Tout vient d'être remis en état. Il n'y a plus une seule
ampoule, on ne peut pas savoir comment fonctionnent les
interrupteurs. Oh, mon petit Michel, tu vas aller m'en acheter une dans un bazar, dès que tu auras fini avec cette
pièce. Nous nous arrangerons toutes les deux pour les autres.

— Voilà, c'est fait. Est-ce que tu veux les dimensions de
la cheminée et de la glace?

— Oui, cela vaudra mieux; il faut savoir à quoi s'en
tenir; elle est affreuse, cette cheminée, mais s'il y a un
rude hiver, on peut être content de l'avoir. Tiens, prends
mon porte-monnaie, et dépêche-toi ».

Michel Daval a descendu l'escalier quatre à quatre, il a
traversé la place Saint-Sulpice en courant, avec une impression de légèreté extrême, faisant de grandes courbes comme
un avion, passant d'un trottoir à l'autre, évitant de justesse les voitures dont les conducteurs l'injuriaient sans qu'il
y prît nulle garde, examinant les vitrines; passant devant
la terrasse d'un café, il a reconnu, assis à une table ronde,
l'agent immobilier qui fumait un petit cigare, buvait à
petites gorgées un verre de bière, l'air fort satisfait, se frottant les mains avec un sourire.

Alors, Michel Daval s'est dit :

« oui, c'est bien là que nous allons habiter; ce n'est plus
qu'une question de jours; il va falloir faire les bagages, tout
emballer ».

Il ne courait plus; mains dans les poches, la droite serrant le porte-monnaie de sa mère, il musait, rue Bonaparte
en sifflotant.

Lundi, comme ton oncle Henri, de l'autre côté du mur
derrière moi, faisait lire le portrait de la princesse d'Harcourt par Saint-Simon :

« ...une sorte de personnage qu'il est bon de faire connaître... »,

tu feuilletais, dans ton *Manuel de Géographie*, le chapitre
que j'allais vous expliquer,

images :

débâcle des glaces sur le Saint-Laurent devant Québec :
quelques toits avec des clochers à pointe et une girouette,
les blocs blancs se disloquant sur le fleuve, et l'autre rive
couverte de neige sous le ciel gris,

deux paysages à la même latitude : en haut, village de
la Nouvelle-Écosse (Canada), à l'hiver rude (façade est du
continent) : maisons basses mêlées de quelques conifères sur
une colline, sous un ciel pommelé, les poteaux indiquant les
limites des champs ou des prés, ponctuations sur la page
de la pente, zébrée d'ombres longues, avec le délicat dessin de quelques arbustes probablement épineux,

en bas, forêt de pins sur les dunes près d'Arcachon, à
l'hiver doux (façade ouest du continent) : les arbres para-
sols devant le ciel clair (c'est-à-dire d'un gris sombre sur
la photographie, traduisant le bleu), le sable brillant de la
grève le long de la mer calme.

J'ai demandé à Pelletier de me parler de la longitude, de
la façon dont un navigateur pouvait faire le point.

Régnier, se souvenant suffisamment de ses classes de
l'année passée, s'est débrouillé sur la projection de Mercator.

Spencer n'avait gardé que des notions vraiment confuses
sur la représentation du relief.

Aujourd'hui, j'ai émerveillé mes sixième,

les pyramides, Louqsor, les trésors de Tout-Ankh-Amon,
et les bas-reliefs du tombeau de Ti à Saqqarah;

je voyais leurs yeux s'ouvrir, l'envie du voyage se pro-
pager d'une tête à l'autre, comme un incendie d'arbre en
arbre dans une forêt sèche.

Ton oncle Henri vous rendait vos devoirs sur la journée
la plus remarquable de vos vacances, a commenté ton récit
de l'inauguration de la cabane dans les bois d'Herrecourt,
en s'arrangeant pour ne point laisser transparaître qu'il
était l'un des acteurs, discutant, non des faits, ou de la
situation des lieux que tu mentionnais, et qu'il connaissait
pourtant mieux que toi, ne relevant aucune des erreurs de
ce genre, en parlant avec détachement comme s'il en ignorait tout par ailleurs, insistant sur des fautes de français,
déclarant qu'à tel endroit il ne parvenait pas à comprendre

exactement ce qui s'était passé, alors qu'il le savait aussi
bien que toi,

ce qui était normal, évidemment, si l'on tenait compte
de l'ensemble de la classe, mais ne laissait pas de te paraître
injuste, de te troubler, donner un sentiment de malaise et
de découragement, de t'inquiéter pour tes prochains devoirs.

Tandis que, d'une oreille, Michel Daval m'écoute expliquer le mot mercantilisme, je sais bien que son esprit est
ailleurs, qu'il accompagne les déménageurs en train de
transporter les caisses, les malles et les meubles, de la rue
Pierre-Leroux à la rue Servandoni, où il ne couchera pas
encore ce soir, mais demain sûrement; il s'efforce de se
représenter sa nouvelle chambre, l'endroit où seront sa
table et ses livres.

M. Bailly commence avec ses philosophes *The Rime of
the Ancient Mariner*,

« remarquez l'archaïsme de tous les termes de ce titre.
Si l'on se contente de traduire : *le Chant du Vieux Marin*
(vous trouverez cela dans de nombreuses éditions françaises), on perd toute la couleur, toute la saveur particulière de ces mots-là. Il est temps maintenant pour vous
de ne pas vous contenter du sens littéral tel qu'il est indiqué par le dictionnaire, de l'objet désigné et que vous pouvez reconnaître, mais aussi de la façon dont il est désigné... »

Alain Mouron note ce que je dis des pirates et flibustiers, son manuel ouvert sous ses yeux, avec deux gravures
anciennes, reproduites sur la page de droite :

« les mines du Potosi :

dans cette montagne des Andes qu'ils ont creusée, des
Indiens presque nus attaquent à coups de pic les filons
argentifères, à la lueur des torches; d'autres acheminent le
minerai à l'extérieur, où il est chargé sur des ânes,

maison de planteur aux Antilles :

au fond, la maison du maître; sous des hangars, les
esclaves s'affairent à la préparation du *petun* (tabac), ou de
la farine de manioc ».

J'ai déjà situé pour cette heure de trois à quatre, le mardi 12 octobre, non seulement tous les professeurs qui te font la classe mais ceux aussi qui la font à tes camarades, qui leur apprennent l'allemand, l'italien ou l'espagnol, sauf M. Moret, le professeur de gymnastique, et l'abbé Gollier qui a évidemment un statut tout à fait spécial;

j'ai déjà présenté dans ces notes, fait entrer en quelque sorte sur la scène, neuf d'entre vous sur trente et un, et ce que je désirerais évidemment, c'est faire le portrait de chacun d'entre vous, situer chacun d'entre vous à l'intérieur du mouvement scolaire. Il y en a bien quelques autres qui ont comme passé la tête, mais incidemment, en tant que décor, sans que le foyer de l'objectif se soit encore fixé sur eux.

Jusqu'à présent, j'ai pu traiter ces personnages par triades, deux professeurs et un élève, toi, ton oncle Henri, moi; M. Bonnini, M. Hubert, Denis Régnier; M. du Marnet, M. Tavera, Hubert Jourdan, ou bien deux élèves et un professeur, Alain Mouron, Michel Daval, M. Bailly; Francis Hutter, Jean-Pierre Cormier, M. Hutter, grâce aux liens de parenté qui les unissent.

Après ces cinq groupes, j'en ai constitué un sixième à l'intérieur duquel ces relations, malgré ce leurre, l'identité de deux noms de famille, sont d'un degré indéfini, équivalentes, pour ce que j'en sais, à celles qui peuvent exister entre deux élèves pris au hasard et l'un de leurs professeurs dans n'importe quelle classe de n'importe quel lycée, Jean-Claude Fage, Henri Fage, M. Martin qui, à cet égard, ne se distinguent que par le fait qu'une circonstance extérieure les a fait prendre comme exemple.

Il est donc certain qu'il me faudra trouver pour tes camarades, si je veux continuer à les prendre par groupes, d'autres principes de liaison, mais il reste encore une possibilité que je veux exploiter pour ces deux professeurs qui restent (pas tout à fait des professeurs, le véritable titre de l'un étant moniteur, l'autre étant toujours nommé aumônier),

c'est de les faire intervenir en même temps qu'un élève avec lequel je puis à bon droit supposer qu'ils ont encore moins de relations familiales qu'avec n'importe lequel des autres, que l'origine commune est encore plus reculée;

or, la seule chose qui puisse faire supposer un tel éloignement, sans qu'il y ait la moindre certitude (la surprise sera la bienvenue), c'est une différence de race;

c'est donc sa couleur noire qui me fait choisir ici Maurice Tangala,

considérant, tant qu'une correction n'apparaîtra pas avec ses preuves, qu'il y a entre tous tes camarades dont nous allons parler dans les pages prochaines, plus de parenté qu'entre celui-ci et M. Moret ou l'abbé Gollier, à peu près autant qu'entre Jean-Claude et Henri Fage, moins qu'entre Hubert Jourdan et M. du Marnet.

M. Moret n'est pas au lycée. Je ne sais même pas son adresse, mais je puis la demander au secrétariat. Je crois ne jamais avoir eu de conversation avec lui. Est-il marié? J'ai négligé de remarquer s'il avait une alliance au doigt. Il faudra mettre bon ordre à tout cela, mais, quels que puissent être mes efforts, je sais bien d'avance que j'ai trop peu de sources de renseignements en ce qui le concerne pour arriver jamais à savoir avec précision à quel endroit il est pendant cette deuxième heure de l'après-midi, le mardi 12 octobre; et pourtant il est bien quelque part, il a bien son esprit tourné vers quelque chose; il a des ennuis ou des projets. Vois-tu, si je laisse cette case à peu près vide, c'est que j'ai trop peu d'éléments pour que mon imagination se dirige dans tel sens plutôt que dans tel autre, mais tu sais bien qu'il aurait fallu la remplir,

Pour Maurice Tangala, c'est tout autre chose. Il est dans la même salle que toi et moi; je le vois au dernier rang, à côté de Jacques Estier, avec qui il a l'habitude de chuchoter, mais il ne chuchote pas en ce moment,

car c'est un noir qui vient des Caraïbes, et toute cette leçon sur l'Amérique, sur le désir de l'Amérique, sur le malheur de l'Amérique, la vengeance de l'Amérique, son énigme, le touche particulièrement, mais, même s'il venait directement de l'Afrique, je crois que cette leçon l'intéresserait autrement que vous tous, car, du seul fait de sa couleur, il s'attacherait à tout ce qui peut retirer à l'Europe, aux blancs, à nous tous différents de lui par ce détail qui est le signe de tant d'autres différences, ce pigment dans sa peau grenue,

cette exclusivité de la civilisation qu'elle continue à s'arroger en dépit de toutes les preuves qu'elle a elle-même déterrées, et qu'elle continue elle-même à chercher et produire, nourrissant cette contradiction, cette grande fissure, ce grand mensonge qui la mine.

Ainsi, pour l'instant, si je parle de ce désir qui a amené Christophe Colomb à partir pour les Indes, si j'essaie de rallumer dans vos esprits cette hantise de l'or et des grandes villes éblouissantes (n'évoquant encore ni Mexico ni Cuzco alors inconnus, précisant bien que ce qui était en cause, c'était l'Asie, et plus particulièrement la Chine et sa soie, le Cathay, le personnage dont se dresse au milieu de vous la fabuleuse figure, par le pouvoir des citations de Marco Polo dont je vous fais lecture, n'étant pas Montézuma, mais Koubla Khan :

« ... Un grand palais tout de bambou sur de beaux piliers dorés et vernis... bâti de telle sorte que sans peine il peut le faire démonter et porter là où il veut; et quand il est rebâti, plus de deux cents fortes cordes de soie le maintiennent tout autour comme une tente... »),

je vois son visage noir, ses lèvres sombres, sourire tout autrement que les vôtres.

L'abbé Gollier, dans son bureau, prépare la leçon de ce soir, la première leçon de son cours sur la messe, cette leçon à laquelle tu n'assisteras pas; et il sait bien que vous serez peu nombreux; la semaine dernière, il s'en souvient, pour toutes les secondes, il n'y avait que vingt-cinq élèves. C'est pourquoi il a fait repasser une annonce.

C'était il y a un mois.

A la fin de la classe de physique, Hubert Jourdan, assis juste derrière Francis Hutter, regardait avec attention, par-dessus l'épaule de celui-ci, les dessins dont il commentait le tableau de la page 13 de son manuel : Ordre de Grandeur de quelques Forces.

Après le gros avion de transport, il a attendu le cheval de trait, et son collier, mais, au lieu de ce dessin-là, il a vu son

camarade rayer rageusement le petit train, la tour Eiffel,
et le *Lockheed Constellation.*

Hubert Jourdan se sentait lui aussi incapable de dessiner
un cheval, mais il restait encore une autre ligne du tableau
sans illustration : force de traction d'une locomotive :
4 800 kilos en marche, 6 300 au départ.

Certes, Francis Hutter en avait dessiné une, devant le
wagon qu'il avait ensuite encadré sous l'arche de la tour
Eiffel, mais tout cela était biffé maintenant.

C'est pourquoi, sur la page même de son manuel, au-dessus de l'illustration représentant une barque sur une rivière
devant une berge et un horizon marqués de quelques arbres
et de triangles que l'on pouvait interpréter comme des
meules ou des maisons, à côté du titre de la troisième partie
du chapitre : les éléments d'une force, représentation vec-
torielle, il a commencé à dessiner une machine, avec ses
bielles et ses cheminées; puis, comme son regard s'était
porté vers le plafond, et qu'il avait rencontré les lampes, il
s'est dit qu'au fond, il ne savait pas si ce dont il était question c'était une motrice à vapeur ou à l'électricité;

aussi, de l'autre côté du chiffre 3, il a dessiné un long
rectangle avec des fenêtres, qu'il a monté sur deux boggies
et qu'il a muni d'un pantographe, glissant quelques petits
traits parallèles indiquant non seulement le mouvement
mais la vitesse, le long d'un fil soutenu par des pylônes à
croisillons.

M. Hubert expliquerait la semaine suivante le chapitre 3,
Forces concourantes, et ferait faire par écrit l'un des
exercices terminant ce chapitre-ci. Avis donc aux amateurs,
ceux qui les auraient préparés auraient un grand avantage...

Le triangle noir à l'extrémité de la grande aiguille sur
l'horloge au-dessus de la porte a recouvert le chiffre 11.
La sonnerie a retenti dans l'amphithéâtre comme dans
toutes les classes.

M. du Marnet, après avoir considéré le tableau noir sur
lequel il venait de dessiner le lieu géométrique des points
équidistants de deux points donnés, a dit à ses troisième :
« vous pouvez sortir ».

Grand remuement de livres repliés, de serviettes fermées,
de pas et de conversations. Il a regardé la salle se vider. Le
dernier élève en passant la porte s'est retourné vers lui, a
hésité un instant comme s'il voulait lui demander une

explication, ou comme s'il était curieux de savoir ce qu'allait faire ce professeur de mathématiques devant le tableau noir, une fois qu'il serait tranquille, délivré de l'obligation de les surveiller et de les instruire, quelle mystérieuse opération il allait entreprendre;

mais M. du Marnet a attendu d'être absolument seul pour corriger la verticale qu'il avait tracée, et pour lui adjoindre, avec un morceau de craie verte qu'il a découvert sur le plancher, deux petites feuilles de part et d'autre, inspirées de celles du lilas, puis tout effacer.

Il a pris son chapeau à la patère, s'est sanglé dans son manteau, a fermé sa serviette de cuir noir; il a fait, dans les escaliers, dans le hall, quelques saluts à ses collègues, à moi notamment, puis il est allé au métro Odéon où il a pris la ligne porte de Clignancourt jusqu'à la station Château-d'Eau pour parvenir à son appartement, 7, rue des Petites-Écuries.

Rue du Cardinal-Lemoine, M. Bonnini a raccompagné le docteur, M. Limours, jusqu'à la porte.

« Il faut que l'opération ait lieu le plus vite possible, le mieux serait avant la fin de la semaine. Connaissez-vous un chirurgien?

— Un chirurgien?

— Vous n'avez pas subi d'intervention vous-même?

— Si, quand j'étais enfant, les...

— Mais récemment?

— Récemment? Non.

— Vous n'avez pas dans votre famille un chirurgien?

— Dans ma famille?

— Oui, un frère, un cousin, quelqu'un?

— Non, je ne vois pas, non.

— Et en ce qui concerne les cliniques vous ne...

— Les cliniques? Non...

— Le plus simple alors c'est de la conduire à l'hôpital, mais vous avez très peu de chance d'obtenir une chambre individuelle. Si la salle commune ne vous ennuie pas...

— Oui... Comment faut-il faire?

— Écoutez; je veux vous dire la vérité; ne vous inquiétez pas outre mesure, il y a très bon espoir; on a vu dans des cas comme celui-là des guérisons complètes très rapides; mais c'est réellement assez urgent. Voulez-vous que je m'en occupe?

— Vous pourriez vous en occuper? Maintenant?

— J'ai encore plusieurs personnes à visiter, mais je pense que je vais pouvoir arranger cela. Vous restez ici ce soir naturellement? Est-ce que vous pourriez la faire transporter demain dans l'après-midi?

— Demain? Cela tombe très bien, je suis libre toute la journée. Je n'ai pas de classe au lycée, et de toute façon, vous pensez...

— Bien, alors je vous téléphonerai ce soir après le dîner. Vous pouvez vous en remettre à moi.

— Je vous remercie, monsieur le Docteur, vous avez été extrêmement aimable, et je vous suis, je vous suis...

— Au revoir, à ce soir sans faute; ne vous tourmentez pas trop.

— Au revoir, merci encore, téléphonez-nous le plus tôt possible... »

Il a fait un petit signe de la main dans l'escalier; sa tête a été masquée par une marche. M. Bonnini a refermé doucement la porte sur le palier, et est allé retrouver sa belle-sœur Geneviève à la cuisine.

« Il a l'air très bien, n'est-ce pas, ce docteur. Il m'a dit qu'il s'occuperait de tout. Elle partira demain pour l'hôpital. Il téléphonera ce soir après le dîner pour nous dire exactement... Il n'y a plus qu'à attendre.

— Bien. Il n'y a plus qu'à attendre, j'espère que cela ne sera pas trop long.

— Il faut que j'aille la prévenir maintenant. Cela ne la surprendra pas. Tout peut très bien se passer encore. Nous pouvons avoir bon espoir.

— Bien sûr, calmez-vous, remettez-vous, essuyez-vous les yeux avant d'entrer dans sa chambre; il ne faut pas qu'elle vous voie avec une tête pareille. Ce dont elle a besoin avant tout, c'est qu'on lui redonne confiance, et pour cela il faut que vous, vous ayez confiance. Je vous assure, c'est un excellent médecin, il a une très bonne réputation, sinon je ne vous l'aurais pas conseillé.

— J'avais si peu l'habitude des médecins avant tout cela. A quelle heure reviennent les enfants?

— Ils seront là pour le dîner, sûrement; ils ne m'ont rien dit de spécial.

— Ils n'auront même pas l'idée de quitter leurs camarades un peu plus tôt pour venir ici.

— Cela vous servirait à quoi? Ils sont aussi troublés que vous; ils n'osent pas revenir parce qu'ils voudraient vous montrer bon visage, vous encourager, vous consoler, vous aider un peu; alors ils cherchent à se calmer les nerfs. Vous devriez aller la trouver maintenant. Je suis bien certaine qu'elle se ronge, qu'elle compte les minutes, anxieuse du résultat; faites attention, votre regard est plus important que ce que vous lui direz. »

La malade sur l'oreiller a vu s'ouvrir cette porte qu'elle fixait depuis le départ du médecin; elle s'est redressée, tenant son drap sur sa poitrine; de ses yeux cernés grands ouverts, elle interrogeait son mari, et il y lisait une telle méfiance qu'il avait une extrême peine à conserver le sourire qu'il s'était si laborieusement composé.

« Eh bien, finalement, cela ne sera pas grand-chose. Il faudra évidemment faire une petite opération, et le plus tôt sera le mieux. Le docteur s'occupe de tout; il est vraiment d'une grande gentillesse. Demain, si tout va bien, on pourra te conduire à l'hôpital. J'espère que tu auras une chambre individuelle, mais ce n'est pas absolument sûr, et, la semaine prochaine, tu pourras revenir ici.

— Le docteur est vraiment d'une grande gentillesse, et les enfants, quand vont-ils revenir? Est-ce qu'ils savent que demain je serai à l'hôpital?

— Mais on dirait que tu as peur de l'hôpital! C'est très bien installé; ce n'est plus du tout comme autrefois. Tu as un rein malade, il faut l'arranger, cela se fait couramment. Après, il te suffira de prendre quelques précautions, et tu seras en parfaite santé.

— Ils ne t'ont pas dit quand ils rentreront. Ils n'ont pas de cours en ce moment...

— Non, ils n'ont pas de cours; ils sont avec des amis sans doute; je ne leur ai pas demandé de précisions, mais il n'y avait aucune raison pour changer quoi que ce fût à leur programme, remettre leurs rendez-vous. Grâce à Dieu les choses n'en sont pas là. Ils seront ici pour dîner, comme à l'habitude.

— Évidemment, il n'y avait aucune raison...

— Mais non, il faut que nous prenions cette précaution; c'est tout, c'est une précaution, mais il faut la prendre, tu comprends; je ne peux pas ne pas la prendre.

— Alors, tu penses que j'irai dans une salle commune.

Il faudra demander à Geneviève de venir m'aider à préparer ma valise.

— Tu as le temps; elle s'occupera de tout; tu sais comme elle est dévouée.

— Cela ne m'ennuie pas du tout, Antoine. Approche-toi, je suis fatiguée, Antoine. Je crois que, je t'assure, cela ne m'ennuie pas du tout, je crois que tu as raison, cela ne m'ennuie pas du tout, le docteur est vraiment très gentil, il a raison de prendre cette précaution. Ne veux-tu pas me lire un peu? Il y a si longtemps que nous n'avons pas lu ensemble. Je ferme les yeux, mais je ne dors pas; je ferme les yeux seulement parce que la lumière me fatigue un peu, oui, même cette lumière-là; mais tu peux allumer la lampe du plafond pour me lire ce que tu voudras, ce qui te plaira, ce que tu leur as lu en classe. »

M. Bonnini est allé chercher dans sa serviette, sa *Littérature Italienne par les Textes*. Revenu près d'elle, il s'est aperçu qu'elle était vraiment endormie, et il s'est installé pour guetter le moment où sa respiration changerait de rythme, et la bercer immédiatement de beaux vers.

Le lendemain, le mercredi 13, de trois à quatre, M. du Marnet, non point avec vous dans la classe de seconde A comme huit jours avant ou huit jours après, mais dans la salle des professeurs au rez-de-chaussée à côté des sixième, où nous avons chacun notre petite armoire dont, pour la plupart, nous ne nous servons pas, et notre boîte aux lettres où nous trouvons parfois les plaintes des parents ou des communications personnelles de la direction, et où sont affichées, grande aubaine pour moi (je n'avais jamais consulté, jusqu'à cette année, ce tableau établi avec tant de minutie), les obligations, heure par heure, de chacun de nous professeurs, sauf pour les moniteurs de gymnastique qui auraient sans doute le droit de venir se reposer là, mais que l'on n'y voit jamais (ils ont leur vestiaire particulier), et l'abbé Gollier,

dans cette salle des professeurs parce qu'il n'a pas eu autant de chance que moi, parce que M. le Proviseur n'a pas réussi à faire se compenser dans son horaire les heures qu'il doit dans telle ou telle classe une fois tous les quinze jours

(lorsque je ne suis pas chez vous le mercredi, je fais de l'histoire en sixième),

corrigeait les exercices qu'il avait donnés à ses première
le vendredi précédent, et qui lui avaient été rendus le lundi
matin.

Hubert Jourdan, au fond de la salle, entre la fenêtre et
Jean-Claude Fage, derrière Henri Fage, m'écoutant parler
des projections coniques, de la façon dont apparaissait, sur
les différents types de cartes, le trajet le plus court pour
aller de New York à Tokio, se passait la main dans les
cheveux, se rappelant que sa mère, après le déjeuner, lui
avait fait promettre d'aller chez le coiffeur en sortant de
classe.

Quant à M. Tavera, le professeur d'espagnol, puisque
M. Hutter était avec les cinquième au rez-de-chaussée,
il devait y être aussi, dans une salle voisine où il y avait
vraisemblablement beaucoup moins d'élèves.

Tous deux sont montés au premier étage, et le professeur
d'allemand est venu prendre ma place dans cette salle de
seconde, mais ne sont restés là que fort peu d'entre vous,
six seulement, puisqu'il n'y en a que huit à étudier l'allemand, et que, parmi ces huit, Francis Hutter et André Knorr
étaient absents. Jean-Claude Fage est venu se mettre à
côté de Bernard de Loups à la place que venait de quitter
Denis Régnier,

qui est passé devant la loge vitrée du concierge en compagnie de Jean-Pierre Cormier, tous les deux regardant, fort
mortifiés, les bulletins que j'avais signés, les condamnant
à venir passer deux heures au lycée le lendemain en m'établissant une liste des capitales de tous les pays du monde
avec leur nombre d'habitants.

Sortis tous les deux, ils se sont aperçus qu'ils prenaient les
mêmes rues, se sont rapprochés l'un de l'autre, se sont
demandé leurs adresses.

« Rue du Cardinal-Lemoine, et toi?
— Rue de Jussieu. Tu prends le métro?
— Pas forcément, et toi?
— Ah si, forcément; la rue de Jussieu, c'est assez loin; et
si je veux avoir fait un peu de travail avant le dîner...
— C'est demain jeudi.
— Oui, mais nous devons nous retrouver au bahut grâce
à cette vieille vache de Vernier. Pour un professeur d'his-
toire et géo...
— Tu ne l'avais jamais eu?

— Non, et toi? Il est connu?

— Moi, je redouble, mon vieux; je l'ai déjà eu l'année dernière, dans cette même salle. Je les ai déjà entendues, toutes ces histoires de projection de Mercator, de projections coniques, d'échelles, de représentation du relief; je connais ça par cœur, mon vieux, et je te jure que tout le reste de l'année, ça ne sera pas plus amusant...

— Prends le métro avec moi; tu descendras à Cardinal-Lemoine. Tu as bien de la chance de savoir ça par cœur; moi, à ta place j'aurais déjà tout oublié.

— Bien sûr que je ne sais pas ça vraiment par cœur, mais je m'en souviens suffisamment pour pouvoir te dire que c'est ennuyeux. »

Ils descendaient l'escalier du métro Saint-Hilaire.

« A propos, comment feras-tu pour trouver la liste des capitales avec leur nombre d'habitants?

— Oh ça, ce n'est pas difficile; il faut évidemment faire ça avant de venir au lycée demain. Tu sais, le surveillant se fiche pas mal de ce qu'on fabrique pourvu qu'on reste tranquille. C'est une punition qu'il avait déjà donnée l'année dernière, pas à moi mais à un copain. Tu prends un dictionnaire *Larousse*. Tu as bien un petit *Larousse?* Et tu cherches à tous les noms de pays, et tu vois : capitale, tel bled; ensuite, tu cherches au nom du bled, et tu vois le nombre d'habitants; puis tu mets tout cela en ordre alphabétique.

— Mais pour savoir le nom de tous les pays?

— Tu regardes sur les cartes des cinq continents. Tu apprends quelque chose, tu sais, ce n'est pas complètement idiot. Mais ne te fais pas d'illusions, tu en as pour toute la soirée. On vérifiera l'un sur l'autre. »

C'était la station Maubert-Mutualité; les portes se refermaient avec un soupir.

« Et pour le timbre?

— Celui de l'Alaska?

— Oui.

— Pour l'instant, c'est M. Vernier qui l'a.

— Mais il te le rendra samedi.

— D'accord, je n'ai pas d'inquiétudes à ce sujet. Tu sais que je ne l'échangerai que contre deux autres. Il faudrait que je voie si tu en as qui m'intéressent.

— Je t'apporterai mon carnet demain. Il faudra s'arranger pour que le surveillant ne nous sépare pas. Tu le connais?

— Il y en a plusieurs, et il y en a peut-être de nouveaux depuis l'an passé, mais, en général, ça leur est bien égal, tu sais. Où étais-tu l'année dernière?

— J'étais à Taine moi aussi, mais en troisième.

— Et tu n'as jamais été collé?

— Une ou deux fois.

— Autant que moi. Tu sais, quand on est deux, on s'arrange très bien. C'est Cardinal-Lemoine; je descends ici, vieux. A demain; n'oublie pas tes timbres. »

Quelques immeubles avant le sien, Denis Régnier a vu s'arrêter une ambulance. Un petit attroupement s'est formé. Un infirmier en est sorti. Denis Régnier a poursuivi son chemin.

L'infirmier est monté chez M. Bonnini; c'est Geneviève qui lui a ouvert. Oui, tout était prêt; la malade pouvait descendre; inutile de faire monter la civière, d'appeler le chauffeur.

Le professeur d'italien a soutenu sa femme sous un bras, l'infirmier sous l'autre, et ils ont commencé très lentement, marche à marche. Geneviève était restée sur le palier.

Au bout de deux étages, M. Bonnini n'en pouvait plus; il haletait autant que sa femme, et il a fallu tout de même aller chercher du secours.

Puis, on a installé la pauvre Clara sur la couche dans l'automobile. M. Bonnini s'est assis à son chevet, les genoux écartés, les mains jointes, la tête penchée branlant à chaque secousse, à chaque feu rouge, à chaque doublage. Cinq heures sonnaient lorsqu'ils ont franchi le porche de l'hôpital.

Je suivais la rue Saint-Sulpice, et je n'avais qu'une idée en tête : comment éviter que ces notes que je suis en train de rédiger à ton intention, et à l'intention de tes camarades aussi, moins directement, et, par ton intermédiaire et leur intermédiaire, à l'intention de tous ceux qui auront été élèves de seconde, et même, je crois qu'il faut aller jusque-là, à l'intention de tous ceux qui se trouveront en rapport avec des gens ayant passé par une classe de seconde,

comment éviter que la rédaction de ces notes, que ce travail si nouveau et si harassant, si profondément tyrannique, déjà je m'en rendais compte, troublât mes obligations professionnelles;

car il fallait absolument empêcher que de nouveau se

produisît dans mes leçons un flottement comparable à celui
de l'heure d'avant, devant les élèves de philosophie;
   or, je voyais que non seulement je ne pouvais pas me permettre de préparer mes classes moins soigneusement qu'auparavant, mais que, bien au contraire, étant donnée cette
occupation différente que je m'étais imposée, cette orienta-
tion nouvelle de mon esprit et de mon attention, qui transformait mon attitude pendant tous les instants de la journée
et en particulier pendant les classes, puisque je regardais
mes élèves tout autrement, dans une autre intention, puisque
je me dédoublais en quelque sorte, et ne pouvais plus accor-
der à mon enseignement qu'une partie de l'effort, de l'énergie sur le moment même, qu'il exigeait auparavant,
   il me fallait les préparer bien plus en détail, leur consacrer
beaucoup plus de temps en dehors de mes heures de présence
au lycée.
   Pour mener à bien cette entreprise, il m'était donc nécessaire de m'établir une règle extrêmement stricte, monacale,
de réserver un certain nombre de moments à la préparation
des classes, un certain nombre d'autres à cette description, et
de me tenir absolument à ce que j'aurais décidé, sans jamais
permettre à l'un des domaines d'empiéter sur l'autre, sinon,
ou bien mon métier s'en ressentirait, ou bien je ne viendrais
jamais à bout de cette tâche commencée la veille.
   C'est pourquoi, rentré chez moi, rue du Canivet, la première chose que j'ai faite, ç'a été de prendre mon horaire,
cette fiche de carton rose quadrillée sur laquelle sont marqués
verticalement les cinq jours de la semaine scolaire : lundi,
mardi, mercredi, vendredi, samedi, le jeudi étant toujours
libre, horizontalement les heures, de neuf à douze le matin,
puis, après une double barre, celles de l'après-midi, de quatorze à dix-sept, avec, à l'intérieur des cases ainsi détermi-
nées, les matières à traiter, histoire ou géographie, et les
diverses classes,
   et de le reproduire sur une feuille beaucoup plus vaste
représentant la semaine entière, les sept jours, avec toutes
leurs heures depuis neuf le matin, jusqu'à onze, le soir, où
je me couche habituellement.
   Avec les nombreux imprévus, rendez-vous, visites, retards,
il me fallait compter à peu près une heure de préparation
pour chaque heure de classe; ainsi, les matinées du lundi, du
mercredi, du vendredi, du samedi, se sont trouvées automa-

tiquement consacrées à la mise au point des leçons de l'après-midi, mais toute la matinée du mardi étant prise au lycée Taine, j'ai dû placer la préparation des six heures de classe de ce jour-là le lundi soir de cinq à sept, puis, après dîner, de huit à minuit.

Il en résulte que ce jour-là il m'est impossible d'écrire une ligne pour moi, pour toi, une de ces lignes; je me rattrape pendant le reste de la semaine où je consacre régulièrement à ce travail les deux heures d'avant le dîner, même le jeudi et le dimanche, comme si j'étais allé au lycée, consacrant les deux matinées de ces jours-là à l'étude systématique des matières qu'enseignent mes collègues en me servant des manuels qu'ils utilisent, temps qui n'a pas tardé à se révéler dérisoirement insuffisant, réservant les deux après-midi pour les courses indispensables.

J'ai établi cet horaire, cette règle, le mercredi 13 octobre, et je m'y suis tenu depuis sans y faire trop d'infractions; j'ignore si j'en serai capable encore longtemps; inutile de te dire que c'est un terrible carcan.

Et le jeudi après-midi, tandis que ton professeur de physique, M. Hubert, recevait ses beaux-parents,

son petit cousin, ton camarade, son élève Denis Régnier, au rez-de-chaussée du lycée Taine, dans une salle qui sert habituellement à l'une des cinquièmes, assis à côté de Jean-Pierre Cormier qui lui avait apporté son carnet de timbres en double, pas aussi bien rangé que le sien, des vignettes de pays différents voisinant sur la même bande, sans aucun souci de classement géographique,

tout en jetant de temps à autre un coup d'œil du côté de la chaire pour voir si le surveillant était toujours plongé dans sa lecture,

les examinait un par un d'un œil méprisant, et chaque fois vérifiait sur la liste des capitales avec leur nombre d'habitants que je lui avais demandé d'établir, s'il avait bien porté celle de ce pays-là;

ainsi, il désignait, avec la pointe de son crayon à bille, un timbre de Suisse, 30 centimes bleu outremer, représentant une chute d'eau, indiquait d'un clignement d'yeux qu'il l'avait déjà, que cela ne l'intéressait pas, puis consultait sa liste et constatait qu'il y avait bien Berne, 146 000,

Danemark, 25 ore, bleu pâle, une caravelle, je l'ai déjà, Copenhague, 1 168 300,

Norvège, vermillon, 20 ore, un lion héraldique couronné, tenant une hache dans ses pattes, je ne l'ai pas, mais il y a une petite déchirure, cela ne vaut plus rien, tu devrais le savoir, Oslo, 434 000,

République libanaise, la citadelle de Tripoli, azur, 25 p., que veut dire p.?, peut-être...

Il l'a détaché soigneusement avec ses doigts, l'a déposé sur le bois noir à côté du carnet, puis a cherché sur sa liste, sans parvenir à trouver la République libanaise; alors il a fait signe de la main à Jean-Pierre Cormier que tout était arrêté pour l'instant, qu'il fallait attendre; il a caché tous les timbres sous son avant-bras, puis il a feuilleté son dictionnaire *Larousse* qu'il avait amené par précaution,

R,

République (la), dialogue de Platon..., ce n'était pas cela,

République (De la), traité politique et philosophique de Cicéron...,

République (De la) ou *Du Gouvernement*, ouvrage de philosophie politique par Bodin, qui était celui-là, Bodin?

République française, la République a été quatre fois proclamée en France...

Et le mot suivant était « Requesens : général et homme d'État espagnol. »

Il n'y avait pas de République libanaise?

Il a pris un carnet dans sa serviette, en a arraché la moitié d'une feuille, et y a inscrit sous les yeux de son camarade : « la République libanaise, sa capitale, tu l'as mise? »

Jean-Pierre Cormier a regardé sur sa propre feuille, et il a désigné la ligne sur laquelle se trouvait marqué :

Liban, Beyrouth, 201 000.

« Tu es sûr que c'est la même chose?

— Évidemment.

— On ne sait jamais dans ces pays-là... »

Le surveillant avait redressé la tête; de sa main, il a masqué un bâillement.

« D'accord. Attention. Merci. »

Denis Régnier a rajouté le Liban entre le Laos et le Libéria, et s'est remis à regarder les timbres, se disant :

« j'ai fait une erreur; il aurait bien mieux valu laisser ma liste des capitales incomplète, car M. Vernier n'ira sûrement pas tout vérifier, et ne pas montrer à Jean-Pierre Cormier

que, manifestement, je n'ai pas un seul timbre du Liban
puisque je lui ai posé cette stupide question ».

Celui-ci, en effet, venait d'inscrire sur la demi-feuille de
carnet :

« il en vaut deux ».

Et Denis Régnier, tout en regardant le timbre suivant,
Luxembourg, l'archiduchesse, rouge groseille, 30 centimes,
Luxembourg, 62 000,

réfléchissait, se disait que ce qu'il fallait absolument c'était
se procurer des timbres du Liban le soir même ou le lendemain afin de pouvoir les montrer à son camarade samedi,
et que le mieux serait, pour l'impressionner davantage, de
les glisser dans son carnet de doubles, comme s'il en avait à
foison, au moment où je le lui rendrais, à la fin de la classe
d'histoire.

Or, il ne connaissait qu'une seule personne qui pût lui
donner de l'argent pour cela sans demander d'explications;
c'était son père, qu'il lui suffirait d'aller voir le soir, son père
qu'il avait décidé de ne plus voir, qu'il avait fait passer
en jugement devant lui-même et qu'il avait déclaré cou-
pable,

qui l'accueillerait avec son sourire habituel, un peu méprisant, qui lui ferait fumer une cigarette, qui lui proposerait de
rester dîner,

son père à qui il s'était promis de ne plus adresser la
parole, sauf pour lui cracher son mépris à la figure, à qui il
avait commencé d'écrire une lettre pour lui expliquer pourquoi désormais il refusait de se considérer comme son fils,
pourquoi désormais ils n'auraient plus le moindre rapport,

lettre qui en était restée évidemment à la première ligne
parce qu'il n'avait pas voulu en parler à sa mère, et que tout
seul il aurait eu trop de mal à tourner ses phrases,

parce que, surtout, il craignait que la réaction de son père
en lisant une telle lettre fût tout simplement de s'esclaffer
en voyant des fautes d'orthographe.

Ce père détenait les clefs des timbres du Liban, et pour
les obtenir, il suffirait de retarder d'un jour le grand éclat, la
grande brouille noble, le grand silence, le grand isolement
méprisant,

comme si sa décision, il ne l'avait pas encore prise, comme
s'il ne devait la prendre que ce soir après l'avoir vu une
dernière fois, lui avoir donné une dernière chance...

La pointe du crayon oscillait devant le visage oblitéré de
la grande-duchesse.

Or, le cousin germain de son père, M. Bonnini, était dans
une salle d'hôpital entre deux lits, assis sur une chaise de
métal peinte en blanc. Sa belle-sœur Geneviève, debout
dans son manteau noir, avec son chapeau noir, posait une
main sur l'épaule de son beau-frère. Isabella et Giovanni
étaient de l'autre côté du lit, et ces quatre visages, les yeux
grands ouverts, regardaient s'agiter sur l'oreiller cet autre
visage jaune et amaigri, méconnaissable, aux cheveux gris
décoiffés, ces lèvres qui se tordaient, cette bouche qui n'arrivait pas à se desserrer, ce nez qui se fronçait, ces petites rides
aux tempes qui se marquaient et s'atténuaient et brusquement se marquaient de nouveau, ces paupières comme collées
qui, de temps en temps, se gonflaient, et puis qui se sont
ouvertes, et alors ces prunelles vides, errantes, dans lesquelles peu à peu apparaissait la peur, les lèvres s'entrouvrant
alors, laissant échapper un gémissement, et tout d'un coup
le corps entier agité d'un soubresaut avec une terrible grimace, le buste qui s'est jeté en avant avec les bras et les
mains crispées, rejetant les draps.

Les yeux de tous les autres visiteurs se sont tournés vers
elle, des mères qui venaient voir leur petit garçon opéré de
l'appendicite, des camarades d'atelier venant voir l'accidenté,
de la jeune femme au chevet de son mari qui avait eu la
jambe cassée dans une collision d'autos.

Sa sœur l'a saisie aux épaules, l'a recouchée très doucement, et, à ce moment, elle a reconnu les siens, elle s'est
passée la main sur le front.

« Ne parle pas, n'essaie pas de parler. Tout s'est très
bien passé, m'a dit le médecin. Tu pourras rentrer à la maison
dans une quinzaine. Je te promets que je viendrai te voir
tous les jours. Tu n'as pas trop mal, n'est-ce pas? Je vois
que cela te fait déjà moins mal. Isabella et Giovanni vien-
dront aussi. Il fallait le faire, ma chérie. Rendors-toi, maintenant. Il est quatre heures, nous sommes obligés de nous
en aller. Tous les visiteurs sont déjà partis. »

Les quatre coups à l'horloge de l'hôpital, les quatre coups
à l'horloge de Saint-Germain.

Rue du Pré-aux-Clercs, M. Hubert, non pas Bernard
Hubert ton professeur de physique et chimie, mais René
Hubert, son frère, mon dentiste, a ouvert la porte en appelant :

« Monsieur Vernier. »

Il m'a serré la main en me disant :

« Je m'excuse de vous avoir fait attendre. »

Il y avait une heure et demie que je m'impatientais, bourré d'aspirine, dans ce petit salon surchauffé.

« Asseyez-vous. Ouvrez la bouche. C'est celle-ci. Vous avez très mal? Oh, tout cela est en bien mauvais état! »

Il me tapait les dents avec le manche de métal d'un de ses instruments.

« Nous sauverons les autres, mais celle-ci, il n'y a plus qu'à l'arracher. Je vais vous insensibiliser. »

Il a pris une seringue dans une boîte en fer et il a ajusté l'aiguille.

« C'est en général au moment de la rentrée des classes que je vous vois. Vous avez pris de longues vacances. Vous avez laissé vos dents s'abîmer et puis vous retournez chez moi. Mais cette fois-ci, il est bien tard. Vous aurez une dent de moins. »

J'ai entendu la sonnerie de la porte d'entrée. La femme de chambre est allée ouvrir; elle est arrivée pour annoncer le nom du visiteur et l'inscrire sur le bloc, puis le timbre du téléphone a retenti; elle a saisi le récepteur, a écouté, a répondu :

« Ah, bien »,

avec un sourire,

« je vous le passe tout de suite »,

et, tendant l'appareil,

« c'est M. Bernard.

— M. Bernard?

— Oui, votre frère.

— Ah, mais naturellement! »

Je pensais :

« Bernard Hubert, cela me dit quelque chose; où donc ai-je rencontré ce nom-là? » La tête renversée, je considérais la grosse lampe qui m'éclairait, et les courroies de transmission de la fraiseuse, avec leurs petites poulies étincelantes.

Il a raccroché; il est revenu vers moi.

« Excusez-moi. C'était mon frère. »

Il a enfoncé l'aiguille dans ma gencive; il a commencé à pousser le piston. Je regardais sa main crispée dans l'effort.

« Voilà! Il faut attendre un peu. Mais vous le connaissez
peut-être. C'est bien au lycée Taine que vous êtes. Je sais
bien que vous êtes si nombreux que vous ne devez pas avoir
beaucoup de relations les uns avec les autres. Il y est professeur de physique et chimie. Vous sentez encore quand
j'appuie? Il a dans sa classe un de nos neveux, le fils de notre
cousine germaine, une histoire lamentable, elle s'est séparée
de son mari, elle a obtenu le divorce; celui-ci s'est remarié,
le garçon va de l'un à l'autre, il est tout à fait perdu. Cela
n'aide pas son travail scolaire. Je crois qu'il a été obligé de
redoubler cette année. Vous l'avez peut-être dans une de vos
classes, ou vous l'aurez peut-être un jour; c'est un brave
gosse, vous savez. Je ne le vois que très rarement, parce que
sa mère, depuis ces événements, ne fréquente pour ainsi dire
plus personne; cela fait déjà deux ou trois ans que cela dure.
Mais vous devez avoir tant d'élèves...; il vous est difficile de
faire attention à chacun d'entre eux. Combien de ces visages
pouvez-vous voir dans la semaine? Je crois que nous pouvons y aller. »

Il parlait, il parlait, je n'essayais même pas de lui
répondre; j'enregistrais ces informations si précieuses qu'il
me donnait. Il a pris sa pince et il a commencé à faire bran-
ler la dent.

Cela a été assez long. Il m'a conseillé de prendre de l'aspirine, et de me coucher de bonne heure, puis il a consulté
son agenda, et m'a donné rendez-vous pour le mercredi
20 octobre, au moment où je sortirais du lycée, vers cinq
heures un quart. Cela m'ennuyait, parce que cela allait
m'empêcher de me tenir ce jour-là, pour la rédaction de
ces notes, à l'horaire que j'avais si soigneusement établi
la veille; mais il m'a expliqué que le jeudi, toute la journée,
il avait toujours de nombreux écoliers, et que je risquais
par conséquent d'attendre longtemps; je me suis rendu à
ses raisons.

Le coup de la demie à la tour de Saint-Germain-des-Prés;
le coup de la demie à la grande horloge de Notre-Dame.

Dans la mansarde, quai des Grands-Augustins, tu as
consulté ta montre. Le jeu de Kim était terminé depuis
longtemps, avec des résultats plutôt décourageants. Tu
t'efforçais de mettre au point avec tes camarades, un programme d'activités pour les réunions suivantes. Tous étaient
assis par terre le long du mur, toi seul, en tant que chef, tu

avais un siège, une des trois vieilles malles qui se trouvaient
là.

L'un avait été nommé trésorier, l'autre secrétaire, et
celui-ci, très sérieusement, notait sur son petit carnet à
reliure spirale, les décisions que l'on prenait.

Il y avait deux points importants : premièrement l'installation de ce local, le problème des sièges, et des meubles
en général (allait-on se contenter de ces malles? n'y aurait-il
pas moyen, même, de s'en débarrasser, de les descendre à
la cave, par exemple? il y avait bien une cave..., mais oui,
les parents ne s'en offusqueraient pas; il fallait les prévenir,
évidemment, en y mettant les formes; bien, cela déblaierait
le terrain; et alors? fabriquer des tabourets? trop long,
trop difficile; prendre des bûches? c'était vieux jeu au
possible, presque toutes les autres patrouilles faisaient cela;
on le verrait bien quand on irait leur rendre visite; il fallait
découvrir autre chose, les avoir à l'originalité; et pourquoi
pas des pliants? acheter des pliants? mais oui, pourquoi
pas? cela ne devait pas coûter si cher, au Bazar de l'Hôtel-
de-Ville par exemple, le trésorier s'occuperait de la chose;
si chacun voulait bien faire un petit effort...; il suffirait
d'augmenter la cotisation du mois; et l'année dernière,
qu'y avait-il comme sièges dans le local des bisons? oh, de
vieilles chaises qui appartenaient aux parents du chef de
patrouille, et qu'il n'était pas question de récupérer; d'ailleurs, chacun savait bien que si la patrouille des bisons
s'était distinguée l'an passé de bien des façons, ce n'était pas
par l'installation de son local; de ce côté, il valait mieux
repartir à zéro, tout le monde était bien d'accord; donc,
des pliants, mais il n'était pas nécessaire de les acheter tous;
chacun avait bien chez soi, dans une cave, ou un grenier,
un vieux pliant à la toile déchirée, qui ferait parfaitement
l'affaire; de toute façon, on achèterait de l'étoffe solide aux
couleurs de la patrouille, et on la clouerait sur le bois avec
des clous de tapissier; il suffirait d'un après-midi pour en
venir à bout; donc, chasse aux pliants; il faudrait qu'ils
soient là pour la semaine prochaine, pour savoir combien
d'autres il en faudrait acheter, faire les comptes, calculer
le surplus de la cotisation; et sur les murs? on n'allait pas
se mêler de repeindre, il fallait simplement donner une
certaine atmosphère; alors, des feuilles séchées? cela s'ef-
fritait vite; des nœuds? on en avait trop vu, et cela ne servait

à rien; alors, des inscriptions? la loi, les principes, tous ces
trucs-là? les bouquins étaient faits pour ça; des dessins?
des scènes de la vie scoute? qui s'en chargerait? des photographies? il faudrait des agrandissements, et cela reviendrait trop cher; des cartes de géographie? oui, cela c'était
très commode...

« écoutez, ce qu'il faudrait, c'est un grand plan de Paris,
comme le plan du métro, et aussi une carte de la région
parisienne, pour pouvoir préparer les sorties »,

et l'un de tes novices a dit :

« j'ai un de mes frères qui a toute une collection de
cartes Michelin.

— Ce serait formidable! Tu crois qu'il te les prêtera?

— Je peux toujours lui demander.

— Tout est dans la manière; débrouille-toi, mon vieux »,
deuxièmement, la préparation des épreuves. Il était bien
entendu qu'au cours de cette année tous les novices devaient
avoir passé celles qui leur permettraient de prononcer leur
promesse, tous ceux qui l'avaient déjà prononcée devaient
devenir scouts de deuxième classe, ceux de deuxième de
première classe, ceux de première devaient devenir écuyers,
passer des brevets, et que tout cela demandait un effort
soutenu de tous, et une organisation sans défaillance. On
se réserverait, bien sûr, des semaines pour le loisir; on irait
même au cinéma ensemble à l'occasion; mais il fallait
prévoir des heures de répétition, ceux qui étaient de l'autre
côté d'un examen, transmettant leur savoir et leur expérience à ceux qui devaient s'y présenter.

Ainsi l'on a décidé qui allait prendre en charge qui, et
à quels moments, en établissant un programme et un rou-
lement qu'a soigneusement notés le secrétaire, qui devait
les recopier sur une grande feuille avec des encres de plusieurs couleurs, afin de les punaiser sur le mur à la réunion
prochaine.

Le lendemain, vendredi 15 octobre à trois heures, tu étais
sous les yeux de ton oncle Henri dans la classe de seconde A.

Vous veniez d'en finir avec le grec; il vous avait accordé
quelques instants de flottement, mais il ne vous avait pas
laissés sortir.

Il a rangé comme vous son livre de grec dans sa serviette;
il a sorti comme vous ses *Auteurs Français du Seizième
Siècle,*

il a tourné la page de son cahier, a considéré la liste de
vos noms par ordre alphabétique, devant laquelle il y avait
une colonne par jour, pour les notes et remarques, celle
de ce vendredi 15 étant déjà la huitième, les sept premières
ponctuées de chiffres ici et là et de petits *a* désignant les
absences.

Il a marqué trois nouveaux *a* sur les rangées d'André
Knorr, de Bernard de Loups, et de Jacques Estier; puis il
a tapé quelques coups avec le bout de son crayon sur le bois
de son bureau, a attendu le silence, a croisé ses mains, relevé
la tête,

« Messieurs, j'aimerais vous faire remarquer qu'il est
déjà trois heures trois, et qu'il est grand temps que nous
commencions. Mardi dernier, nous avons lu ensemble la
lettre de Gargantua à son fils Pantagruel, dans laquelle il
lui expose ce qu'il désire lui voir étudier. Rabelais a écrit le
livre consacré à Gargantua après le premier livre de Pantagruel, et certaines idées esquissées là pour la première fois,
nous allons les retrouver, dans le second ouvrage, considérablement développées. Ce que nous allons lire aujour-
d'hui, est un exemple de mauvaise éducation. Nous verrons,
lundi prochain, le programme détaillé d'une éducation
raisonnable, raisonnable pour un géant, cela va sans dire.
Vous avez déjà lu ce texte, puisque vous l'avez préparé, et
je suis sûr que certains d'entre vous, à certains moments,
s'y sont reconnus. Gargantua a d'abord étudié sous la
direction d'un très mauvais professeur; son père Grand-
gousier lui en cherche un bon, trouve Ponocrates. Celui-ci,
avant de commencer son enseignement, veut voir où en est
son élève. Ce qui est très important, c'est qu'il ne se contente
pas de l'interroger, il le regarde vivre. La mauvaise éducation produit une manière de vivre vicieuse, et c'est toute
la façon de vivre de Gargantua, dans ses moindres aspects,
que Ponocrates s'efforcera de redresser. Eh bien, Abel,
voulez-vous lire? Je crois que je n'ai pas encore entendu le
son de votre voix.

— Ce fait, voulut de tout son sens étudier à la discrétion
de Ponocrates; mais icelui, pour le commencement, ordonna
qu'il ferait à sa manière accoutumée, afin d'entendre par
quel moyen, en si long temps, ses antiques précepteurs
l'avaient rendu tant fat, niais et ignorant...

— Arrêtons-nous là pour l'instant, et voyons ce que vous

avez compris dans ce que vous venez de nous lire. Prenons donc les choses par le commencement; analysez-moi le premier mot, ce tout petit mot, ce; allons, faites-m'en une analyse grammaticale.

— C'est un adjectif démonstratif...

— Si c'est un adjectif, il y a bien un mot auquel il se rapporte.

— Il se rapporte à fait.

— Et fait, alors, qu'est-ce que c'est?

— C'est un nom commun masculin singulier.

— Et qui a quelle fonction dans la phrase, s'il vous plaît? Allons, cherchez; vous n'allez tout de même pas me dire que fait est le sujet de voulut; quel est le sujet de voulut?

— Ce doit être Pantagruel...

— Mais non! Pas Pantagruel, Gargantua! C'est de Gargantua qu'il s'agit maintenant. « Ce » n'est pas un adjectif, c'est un pronom, et « fait » est un participe passé; c'est comme s'il y avait : cela fait, une fois cette chose-là faite. Quelle est donc cette chose qu'il a faite? Mais regardez la note qui est en bas de page! Lisez-la!

— Ceci fait (la restitution des cloches volées).

— Qu'est-ce que c'est que cette histoire de cloches? De quelles cloches s'agit-il? Abel, Abel, vous n'avez pas préparé votre texte.

— Mais si, Monsieur.

— Comment, mais si?

— Je puis vous montrer mon cahier, il y a tout le plan du passage.

— Je sais bien que vous pouvez me montrer votre cahier; je vous ai bien vu tout à l'heure pendant que nous faisions du grec. Il s'agit des cloches de Notre-Dame de Paris que Gargantua a volées à son arrivée, et il n'y avait pas besoin d'aller chercher bien loin; il n'y avait qu'à regarder en haut de cette page même que vous avez sous les yeux. Voyons si vous allez pouvoir vous rattraper; que veut dire sens, de tout son sens?... »

Tu regardais, sur ton cahier ouvert, l'analyse que tu avais faite de ce morceau :

« lignes 1 à 5, introduction,

lignes 6 à 29, le lever et le petit déjeuner,

lignes 30 à 47, Gargantua se justifie,

lignes 48 à 61, la matinée,
lignes 62 à la fin, le déjeuner ».
Tu l'avais mis bien à ta droite pour que Michel Daval
pût plus facilement le recopier.

C'était un autre de tes camarades que tu entendais lire
maintenant :

« ...puis se gambayait, penadait et paillardait, parmi le
lit quelque temps, pour mieux esbaudir ses esprits animaux... »

et que ton oncle poursuivait de ses questions :

« que veut dire se gambayait? »,

« que veut dire se penadait? »,

« comment emploie-t-on aujourd'hui le mot parmi? »,

« qu'est-ce que les esprits animaux? »

Tu notais docilement :

« se gambayer : agiter les jambes,

se penader : agiter les pieds... »

A l'étage supérieur, je parlais du Middle-West américain
avant de passer à la région des Rocheuses, à l'ancien Far-
West, au désert du Colorado, aux divers parcs nationaux,
à la Californie avec Los Angeles et son boulevard du Crépuscule, avec San Francisco et sa porte d'or, ses merveilleux ponts, ses tramways escaladant les pentes, et
finalement à l'Alaska, évoquant sa ruée vers l'or avec le
film de Chaplin, devant les élèves de philosophie que je
devais retrouver le mardi suivant à la même place à quatre
heures.

M. Bonnini venait d'expliquer à certains d'entre eux, le
sixième chant du *Purgatoire*, racontant la rencontre du
poète mantouan Sordello, et il s'était demandé, en les
regardant, s'il pourrait jamais lire à nouveau ces vers à sa
femme.

Denis Régnier, comme je vous parlais du trafic des
esclaves noirs, des rafles au Soudan, du débarquement de
cargaisons aux Antilles, au Brésil, et en Virginie, avait
gardé les yeux fixés sur cette illustration :

les mines du Potosi, une montagne abrupte en forme de
pain de sucre, avec une plaie béante dont il était facile de
voir qu'elle n'existait pas dans la réalité, mais qu'elle avait
été ouverte par le dessinateur afin de montrer mieux ce
qu'il fallait faire voir, et, dans cet antre ne communiquant
avec le jour que par un orifice rond au sommet semblable à

la bouche d'un cratère, montant et descendant le long d'une
échelle de corde, semblable à la contrepartie infernale de celle
du songe de Jacob,

des hommes entièrement nus portaient sur leur dos des
sacs remplis de minerai, ou les ramenaient vides, avec des
attitudes d'épuisement, vers ceux de leurs compagnons de
chaîne qui maniaient la pioche ou la pelle, entièrement
démunis donc, sauf des signes de leur dépendance, de leur
avilissement, quelques-uns brandissant des flammes,

ces hommes dont il sentait que la sueur devait couler le
long de leurs membres jusqu'au sol raboteux, cailouteux,
ce plancher de caverne taillé lui-même à coups de pics,

ces hommes dont l'agitation était semblable à celle intérieure à une montagne volcanique,

dont le travail haineux, dont la fureur garrottée, dont la
fermentation constamment contenue par des polices et des
clergés que l'image ne montrait pas, faisait vomir par le
cratère un peu d'argent transporté à grand mal, à grandes
pertes, à grande cruauté, jusqu'aux ports, puis, à travers la
mer, jusqu'à l'Espagne,

avant de fendiller tout ce nouvel empire, mûrissant et
cuisant peu à peu une énorme vengeance sournoise, dont
les fumées ne se développeraient que beaucoup plus tard,
n'avaient pas terminé sans doute même aujourd'hui leur
expansion;

la phrase de Rabelais qu'il avait lue la semaine précédente lui trottait dans la mémoire comme un refrain dont
on ne parvient pas à se débarrasser :

« tous les métaux cachés au ventre des abîmes »,

et il songeait à ses timbres de Bolivie, aux pièces de cent
francs dans son porte-monnaie;

M. Hubert, dans l'amphithéâtre de physique, venait
d'exposer à ses élèves de mathélem les principales formules
concernant la résistance de l'air; il leur avait parlé des
souffleries, des régulateurs à ailettes, des parachutes, des
ondes de choc, de la façon dont on étudiait le profil d'une
aile d'avion, des transformations de forme qu'amenait le
dépassement de la vitesse du son; il avait fait plusieurs
dessins au tableau pour illustrer ses dires, avec des craies
de plusieurs couleurs; il avait expliqué le tourbillonnement
des feuilles tombant des arbres en automne,

de ces feuilles que tu pouvais apercevoir à ce moment,

bien au-dessous de toi, puisque tu étais près de la fenêtre
sur le dernier gradin de l'amphithéâtre, en train d'écouter,
avec tous tes camarades, M. Hubert vous faire une leçon
qui l'intéressait bien moins que la précédente, vous donner
quelques notions élémentaires sur la poulie, sur la composition des forces concourantes, faisant au tableau quelques
schémas sommaires, mais ne se résolvant pas à effacer les
belles images qu'il avait tracées avant quatre heures,

et tu te demandais, sous la classification de Mendéléiev,
en contemplant émerveillé, non les dessins qu'il était en
train de faire, quelques stupides flèches avec des pointillés,
trahissant l'ennui, même le dégoût, mais ceux, si captivants
et si soignés, qui étaient déjà là lorsque vous êtes entrés
après m'avoir quitté,

à quel moment enfin vous quitteriez ce purgatoire de
platitude, ces balbutiements des premières leçons de physique, vous pourriez enfin pénétrer dans ce si merveilleux
domaine, le profil des ailes d'avion;

l'un de ces appareils, aux ailes si finement dessinées,
dont le calcul avait demandé tant de soin, tant d'étude,
passait à ce moment dans le ciel jaune et gris au-dessus des
cheminées.

C'était le mardi 19 octobre, et je parlais à mes philosophes
du Canada, empire des bois et des blés, empire des glaces.

Je ne vous ai pas vus le lendemain. Comme tous les quinze
jours, le mercredi, de trois à quatre, au lieu d'être avec
vous, j'étais avec mes sixième, au rez-de-chaussée, à qui
j'ai fait réciter la leçon de la veille sur la religion, sur les
temples, et sur les tombeaux de l'Égypte ancienne, avant de
les transporter à l'autre extrémité du croissant fertile, de
leur décrire les marais de la Mésopotamie, d'évoquer pour
eux, qui en entendaient parler pour la première fois, la
civilisation de Sumer, les trésors d'Ur, les inscriptions
cunéiformes, les murailles de Babylone, le *Code d'Hammou-
rabi*, les guerres d'Assourbanipal, Nabuchodonosor, les zig-
gurats, les astrologues, l'invention du zéro, les lions hittites,
le roi Crésus, l'antiquité de l'Iran, la céramique de Suse,
Cyrus et Darius, les ruines de Persépolis, la brique émaillée,
l'adoration du feu, Ormuzd et Ahriman, les tours du silence
où les oiseaux dépeçaient les cadavres.

Vous étiez avec M. du Marnet; vous lui avez remis votre
premier devoir :

algèbre :

« simplifiez les expressions : $3(a + b + c) - 2(a - b + c) + 5(a - b - c)$ et $(x + y)(a + b) + (x - y)(a - b) - (ax + by)$,

effectuez l'opération : $39 + 65 - 26$ le tout sur $- 13$ »,

géométrie :

« par le point O intersection des diagonales du quadrilatère ABCD, on mène la parallèle à BC qui coupe AB en E, la parallèle à CD qui coupe AD en F, la parallèle à AB qui coupe BC en H, et la parallèle à AD qui coupe CD en G; montrer que EF et GH sont parallèles à BD; que peut-on dire du quadrilatère EFGH quand O est au milieu de AC? »;

puis il vous a parlé des puissances, des carrés et des cubes, des racines et des opérations que l'on peut faire sur elles, couvrant le tableau d'expressions chargées d'exposants, et de ces grands V dissymétriques que l'on nomme, vous a-t-il dit, des radicaux.

Et ton oncle Henri?

Je me rends compte qu'à plusieurs reprises j'ai parlé de nous sans parler de lui, contrevenant ainsi à la règle de narration que je m'étais imposée au début afin de parvenir à te décrire cette classe dans tout son volume, comme j'ai parlé plusieurs fois de M. Bonnini et de Denis Régnier, sans parler de M. Hubert,

de M. du Marnet et d'Hubert Jourdan, sans parler de M. Tavera; mais dans ce dernier cas, cela n'est pas très grave, car il est bien entendu que les relations de parenté entre ces trois personnages sont déjà très lâches, que ce qui les réunit avant tout c'est une double ressemblance qui m'a frappée, très nette entre M. du Marnet et Hubert Jourdan, beaucoup plus fugitive entre celui-ci et M. Tavera.

Ils ne peuvent pas me donner d'informations les uns sur les autres; s'il est donc normal que cet élève et son professeur de mathématiques s'attirent l'un l'autre dans le déroulement de ma description, dans la rédaction de ces notes, il est normal aussi que je passe souvent à quelqu'un d'autre en sautant, en oubliant M. Tavera.

En ce qui concerne Denis Régnier, on peut dire que sa parenté est du même degré pour M. Hubert, le cousin germain de sa mère, et M. Bonnini, le cousin germain de son père. Le fait qu'il vive avec sa mère, et n'aille voir son père remarié que de temps en temps, le fait que M. Régnier père soit un objet de scandale pour la famille Bonnini qui a cessé de le fréquenter, semblerait d'abord lier Denis plus fortement avec son professeur de physique. Or, c'est le contraire qui se produit, et ceci parce qu'un autre élément intervient dont l'importance au point de vue de l'organisation de ce récit s'accentue de plus en plus, la proximité de leurs domiciles.

M. Bonnini et Denis Régnier habitent tous les deux rue du Cardinal-Lemoine, à quelques maisons de distance, tandis que M. Hubert loge avenue Émile-Zola.

Donc, dans ce système de triades que j'ai employé jusqu'à présent, et qu'il me faudra de toute façon compléter pour faire entrer en jeu, les uns après les autres, tous tes camarades, il y a des dissymétries si fortes qu'elles ont tendance à briser ces groupes de moins en moins solides, aux liens internes de plus en plus lâches, jusqu'à devenir le contraire de liens, des liens négatifs, en ce qui concerne Maurice Tangala, le noir, M. Moret et l'abbé Collier.

Je puis, certes, continuer à me servir de ces triades même tronquées en me disant que je comblerai par la suite les lacunes de mon récit, mais je crains bien que le développement de ce travail ne m'écarte de plus en plus de ces trous que j'aurais laissés au lieu de m'y ramener pour les remplir, que je n'y puisse revenir que dans bien longtemps, trop tard, si bien que mon attitude d'esprit ne sera plus du tout la même, que je ne pourrai pas, sans quelque tricherie, rajouter quelque chose à cet endroit-là de mon texte.

Il est possible que je me trouve obligé, dans la suite de ces notes, d'opérer une réorganisation générale; ce qu'il faudrait, c'est que cette organisation nouvelle jaillisse en quelque sorte de celle-ci, et pour cela il est nécessaire que je me tienne à celle-ci le plus longtemps possible, que je reprenne force en sa rigueur, et par conséquent, pour l'instant jusqu'à ce qu'une solution m'apparaisse, je ne me permette plus de briser la plus dense de ces triades, celle que nous formons, ton oncle, toi et moi,

qu'une dissymétrie locale extrêmement forte, le fait que j'habite sur le même palier que toi, pour ainsi dire dans le même appartement, fera sans doute un jour éclater,

mais dans laquelle les relations de parenté, de fréquentation, d'information sont tellement solides, que c'est grâce à elle, à cette structure qui nous lie tous trois, que j'ai pu commencer cette entreprise,

que j'ai pu imaginer vaincre ces difficultés énormes qui m'étaient apparues avant que je me décide à écrire la première ligne,

ces difficultés qui se dévoilent à moi maintenant, à chaque page, de plus en plus vertigineuses, et qui sont liées aux contradictions mêmes de cette société que nous constituons, élèves et professeurs,

contradictions que je cherche par ce texte à te présenter pour qu'en toi quelques-unes au moins se résolvent,

difficultés de rédaction et de représentation dont je n'ai encore effleuré dans ces lignes que quelques-unes.

Les relations que j'ai avec ton oncle Henri sont telles que je sais exactement de quoi il parlait, ce mercredi 20 octobre de trois heures à quatre heures, de l'autre côté du mur devant toi, à ses première moderne :

Iphigénie, acte I, scène 2,
Agamemnon, Achille, Ulysse,

« Quoi? Seigneur, se peut-il que d'un cours si rapide... »

Je le sais parce qu'il me l'a dit, parce qu'il m'a permis de consulter et de noter le programme détaillé qu'il a établi pour lui-même. Littéralement, c'est tout ce que je sais, et si je veux poursuivre ma description, je suis obligé d'imaginer; et je suis obligé de pousser plus loin ma description, sinon dans ce cas-là, du moins dans d'autres cas, pour que puisse se former en toi une représentation.

Mais il faut aller bien plus loin encore : au moment où j'ai écrit : « C'est tout ce que je sais », j'ai cru dire une vérité, mais à ce moment même où je l'écrivais, je sentais bien que cette vérité « littérale » se transformait immédiatement et fatalement en mensonge, car il est faux que cela soit tout ce que je sais, puisque je connais ton oncle Henri, parce qu'il est ton oncle Henri, et parce qu'il est mon collègue et mon ami,

et que par conséquent, ces vers d'*Iphigénie*, je sais quel est le ton avec lequel il a pu les lire;

je ne sais pas exactement quels gestes de la main il a faits à ce moment-là, mais je sais très bien quelle sorte de gestes;

je crois le voir, je crois l'entendre provoquer ses élèves, leur demander :

« un tel, pouvez-vous me dire où se trouve exactement l'Aulide? »,

et pour les vers suivants :

« où sont la Thessalie, Lesbos? »

Donc, non seulement je suis obligé d'imaginer pour toi, mais nécessairement j'imagine pour moi; ces mots que j'ai écrits ou bien que je prononce, en disant « Je ne sais que cela », ces mots mêmes n'ont de sens pour moi que parce que je sais bien autre chose, que bien autre chose est présent à divers degrés d'historicité;

ce fait qui est comme un clou fixant mon texte et l'empêchant de s'égarer, il n'a finalement d'existence pour moi, pour toi, pour nous tous, que parce qu'il apparaît comme un foyer au milieu de toute une zone d'imaginations et de probabilités,

et cette imagination est d'autant plus forte et d'autant plus juste que je suis capable de relier ce moment de la vie de ton oncle, par des catégories grammaticales ou autres, à d'autres moments,

cet homme à d'autres hommes, ce lieu à d'autres lieux, cette citation au reste de la tragédie, cette tragédie aux autres de Racine, ce fragment de culture à d'autres,

apportant un peu de lumière au milieu de cette confusion énorme où nous nous débattons, un peu de lumière qui se projette sur cet instant, qui le rend visible, observable, qui se réfléchit sur cet instant pour venir éclaircir un peu l'obscur présent

(c'était le mercredi 20 octobre),

et je sais par le même moyen, de la même façon, que le mardi 26 octobre, donc quinze jours exactement après cette heure-pivot, cette leçon d'histoire pendant laquelle je vous ai parlé de la découverte et de la conquête de l'Amérique, et que toutes ces explorations dans les heures d'avant ou d'après doivent t'aider à situer,

à partir de ce lieu, de ce temps, de ce milieu dans lequel tu te trouveras lorsque tu liras enfin ces lignes qui te sont destinées,

je sais que ton oncle Henri était encore une fois avec sa classe de première moderne, dans la salle derrière mon dos, et qu'il donnait le corrigé du devoir que ses élèves lui avaient remis huit jours auparavant, le 19, dont il avait donné les sujets le premier mardi de l'année, le 5 octobre, sujets se

rapportant au programme qu'ils avaient suivi l'an passé,
c'est-à-dire lorsqu'ils étaient en seconde, comme toi maintenant :

« l'éducation chez Rabelais et chez Montaigne ».

« Racine écrit dans la préface de *Bérénice :* « La principale
« règle est de plaire et de toucher. Toutes les autres ne sont
« faites que pour parvenir à cette première. » Qu'en pensez-
vous? »,

« Boileau nous déclare dans l'*Art poétique :*

« Il n'est point de serpent ni de monstre odieux,
Qui par l'art imité ne puisse plaire aux yeux. »

Commentez cette pensée en vous servant d'exemples tirés
de la peinture. »

Et ce que je voudrais, c'est te rendre capable, grâce à
toutes les circonstances, à toutes les conjonctures que je
t'aurai transmises, de te représenter avec suffisamment de
précision et de vraisemblance ce qu'a pu être un tel corrigé,
ce qu'il a pu leur dire à ces élèves de première moderne,
tandis que toi, de l'autre côté du mur, tu m'écoutais parler
du début de la guerre de Trente Ans;

je voudrais pouvoir te remettre en mémoire ce moment,
cette heure qui est déjà tellement passée pour moi que,
malgré l'attention que je te portais, que je vous portais à
tous, je suis incapable de retrouver avec certitude quels
gestes tu as pu faire, à quels moments tu as été attentif, à
quels distrait.

Pour t'aider à te représenter ce que tu as été toi-même,
donc d'où tu viens, donc dans quelle direction tu vas, quel est
le vecteur de ton présent, il me faudrait faire un grand effort
d'imagination méthodique déjà, de reconstruction, d'hypothèse, que je me mette à ta place, que j'essaie de me voir
moi-même par tes yeux, que je te donne la parole par conséquent, faisant basculer l'équilibre de ce récit.

Voici les faits :

je sais qu'à côté de toi, il y avait Michel Daval et devant
toi son cousin Alain Mouron et, à côté de celui-ci, Francis
Hutter avec son brassard noir, que j'ai interrogé ce jour-là,
à qui j'ai donné la note 15

(mais quelle question lui avais-je posée exactement, et
comment, par quels mots m'avait-il répondu? il faudrait que
je note tout, et je ne puis pas tout noter, je ne puis même

pas noter tout ce dont je sais déjà que je pourrai en avoir
besoin pour ce récit, pour cette description, cette opération
que je tente; ne suis-je pas suffisamment dévoré par cette
entreprise qui gonfle et prolifère?

ce qui est sûr, c'est que la question que je lui ai posée
concernait certainement ce dont je vous avais parlé à la
leçon précédente, c'est-à-dire les successeurs d'Élisabeth, la
révolution puritaine, la dictature de Cromwell),

et derrière toi Henri Fage, mais que Jean-Pierre Cormier
était absent.

Je puis donc reconstituer tout ton voisinage, je puis te
remettre à ta place au milieu de ce que tu pouvais voir, te
redire avec un degré d'approximation suffisant ce que tu
entendais.

Grâce à tout ce que je sais de toi, je puis à bon droit mettre
dans ta bouche des paroles comme : je pensais ceci, je me
disais cela,

de telle sorte que tu sois capable de te reconnaître ou,
au contraire, ce qui serait encore mieux, que tout à coup un
démenti de détail surgisse en toi au cours de ta lecture,
faisant se dresser par conséquent devant toi tout un pan de
ce passé, de cet enseignement qui sera passé, dont je voudrais que tu prennes enfin cette possession hors de ta portée
pour l'instant.

Je sais que Zola lui aussi était absent, que j'ai interrogé
aussi Garrac et Guillaume, que j'ai mis un 4 au premier, un
11 à l'autre, que tu devais penser encore à la classe de français qui avait précédé, déjà à celle de physique qui allait
suivre, que tu avais ton cahier ouvert sous tes yeux, et que
tu as noté sous ma dictée :

« la guerre de Trente Ans, première partie, la Bohême »,

que je vous ai expliqué ce qu'était la Bohême au début du
XVIIe siècle, rappelé la décision de la diète d'Augsbourg en
1555, *cujus regio, ejus religio*, que je vous ai fait rire, comme
je fais rire chaque année les élèves de seconde, en racontant
la défenestration de Prague.

Les paroles que j'ai prononcées au cours de cette heure me
reviennent en mémoire, et je sais que longtemps encore je
serai capable de les transcrire à peu près à ma volonté, sans
trop de risques de déformation, assez longtemps, c'est-
à-dire encore quelque temps, quelques semaines ou quelques
jours; après cela, il faudra que je les imagine.

C'était le mardi 26 octobre.

C'est un joli temps de novembre.

Vous avez rangé vos livres de français, ouvert votre cahier, votre *Manuel d'Histoire*.

Je fais l'appel, je vous regarde :

Abel au second rang, Armelli au premier, Baron derrière celui-ci et à côté d'Abel, Buret deux places plus loin à côté du mur de la porte, Cormier à la table derrière la tienne, non point Cormier, la place vide de Cormier, et je marque un A en face de son nom dans la colonne d'aujourd'hui, mardi 9 novembre.

Absents aussi Francis Hutter, Denis Régnier.

Pour décevoir les prévisions, alors que, pendant tout le mois d'octobre, je n'avais point posé de questions en histoire à ceux qui avaient déjà une note en géographie, je fais parler ceux-là mêmes que j'avais fait parler la veille,

Rémy Orland sur la jeunesse de Louis XIII (incapable de dire un mot), sur Léonora Galigaï (c'est comme s'il entendait ce nom pour la première fois),

François Nathan sur les débuts de Richelieu, sur le siège de La Rochelle,

Alain Mouron.

Caché derrière lui, tu feuillettes ton *Manuel*, ce que j'interdis pendant la récitation des leçons, et je néglige de te réprimander. Je ne veux pas te troubler, je t'observe.

Tes yeux glissent sur les pages et tu t'arrêtes, tu te mets à lire quelque chose qui ne doit pas être imprimé comme le reste du texte; j'imagine que c'est cette reproduction d'un numéro de la *Gazette* de Théophraste Renaudot, que je m'étais amusé à vous faire déchiffrer samedi :

« De Constantinople, le 2 avril 1631 :

« Le roy de Perse avec 15 000 chevaux et 50 000 hommes de pieds assiège Dille à deux journées de la ville de Babylone; où le grand Seigneur a fait faire commandement à tous ses janissaires de se rendre sous peine de la vie, et continue nonobstant ce divertissement-là à faire toujours une aspre guerre aux preneurs de tabac qu'il fait suffoquer à la fumée... »

De l'autre côté du mur, derrière moi, ton oncle Henri donne à ses élèves trois nouveaux sujets de devoirs à lui remettre huit jours plus tard, le mardi 16 :

« un Persan d'aujourd'hui, connaissant très bien le

français, écrit à l'un de ses amis de Téhéran pour lui raconter ce qu'il a vu et entendu dans les cafés parisiens »,
  « un contemporain de Montesquieu se trouve soudain
transporté dans le Paris d'aujourd'hui; de retour à son
époque, il décrit son aventure et ses étonnements à un ami »,
  « inversement, imaginez qu'en rêve vous vous retrouviez
pour une journée dans le Paris du xviiie siècle; à votre
réveil, vous racontez votre expérience à un ami ».

Au premier rang, à ma droite, la place de Philippe Guillaume est vide; il est peut-être malade, une petite grippe, un peu de fièvre; de son lit, il regarde la fenêtre qui donne sur une cour, content de ne pas être en classe; il se tâte les mains, pas de sueur; il se dit qu'il n'aura pas de fièvre le soir, qu'il lui faudra sans doute retourner au lycée demain. A côté de cette place vide, Bruno Verger, l'un des plus âgés d'entre nous, né en avril 38 (Laurent Garrac en mars de la même année, Claude Armelli en février, et seul Henri Buret en 1937), ce qui lui fait donc seize ans, tandis que j'en ai eu quinze aujourd'hui,

s'est arrêté de prendre des notes, et t'écoute comme nous tous nous lire :

« ...parce qu'en raison de la légèreté du bambou, le vent le jetterait par terre.

Et vous dis que le grand Can demeure là trois mois de l'année... ».

En septembre, Alain Mouron avait été confié par son père, qui surveillait l'emménagement de ses meubles rue du Pré-aux-Clercs, à M. Bailly qui l'avait emmené avec lui dans le Finistère.

Il a fait assez beau au milieu de ce mois, et il est donc possible que le second mardi, le 14, à l'heure où maintenant, semaine après semaine, nous suivons tes leçons d'histoire, Alain ait pu accompagner ses petits cousins sur la plage, René, Georges et Agnès.

Ils se sont déshabillés tous les quatre dans la cabine rayée de vert et de blanc; mettons que la marée fût basse; ils ont bâti un château et creusé des fossés tout autour avec des canaux pour faire venir l'eau de la mer qui commençait de monter. Lorsque les tours seraient submergées, ce serait la bonne heure pour le bain.

M. Bailly était dans sa chambre, à l'Hôtel de la Plage. Sa femme l'avait quitté pour huit jours, en lui disant qu'il lui fallait rejoindre une parente malade à Orléans, qu'elle était la seule à pouvoir la soigner, les autres membres de sa famille étaient si peu compréhensifs, ils avaient quitté à peu près toute relation avec elle depuis son divorce...

Mais Alain Mouron savait bien que son oncle René ne croyait pas aux explications de sa tante Élisabeth et qu'il pensait que la fameuse cousine n'était pas si malade que ça, s'attendant à ce que sa femme revînt en lui disant comme déjà une autre fois : ce n'était qu'une fausse alerte,

que la famille d'Orléans n'était pas si méchamment, si petitement province que ça, tous ceux qu'il avait vus s'étaient montrés, mon Dieu, fort agréables, qu'il y avait une autre raison à ce séjour, à cette absence;

Alain Mouron savait bien que ce n'était pas à sa femme qu'il écrivait dans sa chambre, venant de temps en temps à la fenêtre à demi masquée par le feuillage d'un pin, et dont le soleil faisait briller l'un des carreaux, pour les surveiller sur la plage,

mais à cette Parisienne qu'il n'avait jamais vue, mais dont il avait entendu son père parler à mi-voix une fois, qui était artiste, avait-il dit, décorait des foulards de soie pour une grande maison chic, faisait même un peu de peinture.

C'est le 28 qu'ils sont rentrés, toute la bande. Ils occupaient à eux six presque tout un compartiment; il n'y avait en dehors d'eux qu'un vieux couple de paysans grignotant de l'andouille de Vire.

Ils approchaient de Chartres, mais la pluie battait les vitres et l'on ne verrait rien.

Mme Bailly avait mis ses lunettes pour tricoter; M. Bailly était absorbé par un roman policier anglais. La petite Agnès commençait à s'agiter. Son père a demandé s'il n'était pas temps de sortir le pain et le chocolat; sa mère a répondu qu'il fallait attendre quatre heures.

Alain Mouron, près de la fenêtre, en face de son cousin René, très fier de ses neuf ans que l'on venait de lui fêter au bord de la mer la semaine précédente, avait relevé la tablette pour pouvoir jouer aux cartes, à ce jeu démodé que l'on appelle la crapette, très en honneur dans la famille Bailly, qu'il ne connaissait pas très bien,

et il s'amusait à se faire aider par le petit Georges qui avait assez souvent l'occasion de réparer ses inadvertances, avec des petits sourires de triomphe,

parce qu'il était très préoccupé par sa prochaine arrivée à Paris, sa vie dans cette grande ville où il n'était allé que quelquefois passer quelques jours de vacances, en particulier au moment de Noël (il descendait alors avec son père dans un hôtel de la rue Vaneau), lorsqu'il fallait faire la tournée des visites d'oncles, de tantes et de cousins, les Mouron, les Bailly, les Daval et les autres,

par cette installation nouvelle dans cet appartement qu'il ne connaissait pas, dans une rue dont le nom l'intriguait, rue du Pré-aux-Clercs, dans lequel il allait retrouver une partie des meubles qui étaient à Bourges mais disposés différemment, méconnaissables,

par ce lycée nouveau où il savait qu'il était inscrit, où son oncle René était professeur d'anglais, serait peut-être son professeur d'anglais, cela n'était pas sûr, il n'avait rien pu lui promettre, on ne saurait cela avec certitude que le jour de la rentrée,

où son cousin Michel serait comme lui en seconde A, mais il y aurait peut-être deux secondes A.

Pourtant, le lundi 4 octobre, ce n'est pas à côté de son cousin Michel Daval qu'il s'est assis, mais près de la fenêtre, au premier rang, par volonté sans doute de mettre tous les atouts dans son jeu pour cette année scolaire qu'il pressentait difficile.

C'était notre première leçon de géographie; son livre était encore tout neuf, sans couverture, sans nom marqué, sans salissures ni griffonnages d'aucune sorte, son beau cahier bleu à petits carreaux, encore vierge.

Il a marqué sur la première page, en grosses capitales :
« Alain Mouron
Seconde A
Lycée Hippolyte Taine
Géographie
Professeur Monsieur... »,
et il s'est penché vers son voisin de table Francis Hutter pour lui demander, en te montrant du pouce, quel était ton nom, qu'il ignorait lui aussi. Alors il s'est tourné vers son cousin Michel Daval, puis vers moi.

M. Bailly, quelques salles plus loin, demandait à ses troisième d'inscrire sur une feuille de papier, leur nom, leur adresse, etc.

Et le lendemain, dans la même salle, M. Hutter a retrouvé ceux de leurs camarades qui faisaient de l'allemand, tandis que son lointain neveu Francis, inscrivait un grand « I » en haut de la première page de son cahier rouge et lentement calligraphiait le titre de ta leçon :
« la fin du moyen âge »,
et celui de sa première partie :
« l'écroulement de l'Empire romain et la formation de la chrétienté »;
celui-ci à son tour, lors de la première leçon de mathématiques, le mercredi 6, a demandé à son voisin Alain Mouron, en désignant du pouce le professeur, quel était son nom.

Alain Mouron l'a fait taire d'un mouvement de la main, en haussant un peu les épaules, fronçant les sourcils, et s'est remis à écrire les règles de la multiplication des nombres algébriques : plus par plus donne plus, plus par moins donne moins..., se disant qu'il demanderait ce renseignement à son oncle René qui, chez lui, comme il avait l'intention de faire étudier *Macbeth* à ses élèves de première, regardait quelles scènes en étaient citées dans sa *Littérature Anglaise par les Textes*,

le moment où les sorcières, après avoir prononcé leur charme, se taisent à l'entrée de Macbeth qui se retourne vers Banquo pour lui déclarer qu'il n'a jamais vu encore de jour à la fois aussi beau et aussi horrible, ignorant encore à quel point ce qu'il dit est vrai,

qu'il pourrait choisir lui aussi comme début, ce qui lui permettrait de commencer cette lecture dès le vendredi (il était vain d'espérer que les élèves fussent en possession de leur *Macbeth* complet avant la semaine prochaine),

puis les extraits de *Jules César*, pièce qu'il avait coutume de faire expliquer en seconde, extraits largement suffisants.

Il s'agissait maintenant de trouver quelque texte poétique assez long, du XIXᵉ siècle, pour les philosophes. Le livre s'est ouvert presque de lui-même au *Rime of the Ancient Mariner*. C'était comme une fatalité. Oh! il fallait bien qu'ils connussent le nom de Coleridge. La semaine prochaine, le 12 octobre, ils feraient encore une explication improvisée, du sonnet de Keats, par exemple, sur la première fois qu'il a lu la traduction d'Homère par Chapman, puis le vieux marin, le trouble-noce, le pays de la glace et des sons terrifiants...

C'est donc dans ce manuel qu'il a fait lire à ses première, le samedi, après les avoir adjurés d'apporter leur *Macbeth* intégral le lundi suivant, tout en sachant très bien que ceux qui ne l'avaient pas encore acheté ne pourraient pas l'avoir le surlendemain, mais espérant qu'en se fâchant alors, en frappant du poing sur la table au besoin, il parviendrait à leur inspirer suffisamment de saine terreur pour que la question fût définitivement réglée à la fin de cette autre semaine,

ce passage où les sorcières, quand le capitaine victorieux leur demande d'où elles peuvent tenir « cette étrange intelligence », et pourquoi sur cette lande dévastée par l'orage, elles arrêtent son avance avec une telle salutation prophétique, leur ordonnant, les adjurant de parler, se riant de ce commandement sans pouvoir, s'évanouissent, disparaissent dans l'air, tandis qu'approche la première confirmation de leur dire, les messagers Ross et Angus, qui viennent annoncer à Macbeth qu'il est nommé seigneur de Cawdor, ce qui fait prononcer à son ami Banquo cette parole : « Quoi, le démon peut-il dire la vérité? »

De l'autre côté du mur, Alain Mouron t'écoutait nous raconter, (après avoir interrogé Armelli, de Loups, et Buret, sur ce que tu nous avais dit le mardi précédent), ce sur quoi tu nous interrogerais le mardi suivant, la Réforme, t'efforçant de nous faire sentir la liaison entre la mise en question de la tradition universitaire par les humanistes à propos des textes littéraires, scientifiques ou philosophiques de l'antiquité, et la mise en question de la tradition ecclésiastique par Luther à propos des textes sacrés,

en regardant la carte de l'Europe occidentale sur laquelle étaient indiqués les principaux foyers de ce déchirement, Wittemberg, Genève et Londres

(c'était le samedi 9 octobre),

à côté de Francis Hutter le protestant, qui, le lendemain, avenue Émile-Zola, est allé examiner dans le bureau de son père absent une gravure ancienne représentant Calvin, dans sa famille depuis des générations, a sorti du rayon la grande Bible d'autrefois que personne ne lisait plus, se demandant soudain ce que c'était au juste que cette aventure religieuse dont on lui avait parlé la veille, sur laquelle il pouvait être interrogé le surlendemain, en quoi cela le concernait exactement, lui qui n'était pour ainsi dire jamais allé au temple,

et en particulier ce que cela pouvait signifier pour cet homme qui avait le même nom que lui, qui participait à la même tradition familiale, qu'il n'avait jamais vu avant cette semaine, avec lequel ses parents n'avaient jamais eu de commerce auparavant, mais qu'ils avaient repéré sur leur arbre généalogique,

M. Alfred Hutter, son professeur d'allemand, qui, rue de Jussieu, où il était venu s'installer seul avec ses trois enfants, Henri qui était en philosophie au lycée Taine, Gérard en sixième, et Geneviève en seconde à Sévigné, dans un grand appartement occupé autrefois par un des cousins de son père, mort l'année précédente, le frère aîné du grand-père de Francis, choisissait les textes allemands qu'il allait faire lire à ses philosophes, et replaçait dans sa bibliothèque le théâtre de Gœthe à côté de la traduction de la Bible par Luther.

Son fils Gérard le lendemain, au dernier étage du lycée Taine, sous la surveillance de M. Martin qui avait composé une petite nature morte : quelques livres, une bouteille et un torchon (le buste de César était encore au milieu de la salle),

s'est baissé pour ramasser un crayon rouge qui traînait, l'a fait tourner entre ses doigts, a lu le nom de son propriétaire tracé à l'encre sur le bois décapé avec soin : Jean-Claude Fage,

et comme l'un des livres de la nature morte avait une couverture rouge, il a commencé à colorier le rectangle correspondant sur son dessin.

M. Martin s'est approché :

« Contentez-vous pour aujourd'hui du noir, nous verrons après si vous pouvez peindre avec de la gouache. »

Gérard Hutter a enfilé le crayon rouge dans la poche intérieure de son veston de drap bleu.

Jean-Claude Fage se penchait vers son voisin Hubert Jourdan pour lui demander s'il n'avait pas vu son crayon rouge, car il aurait voulu souligner dans son cahier le sous-titre que tu venais de nous dicter :

« la ligne de changement de date ».

C'était le lundi 11 octobre, l'après-midi; jusqu'à présent, tous les petits faits que tu as rapportés, ou que tu m'as fait rapporter, sont situés dans l'après-midi. N'est-il pas temps de commencer à faire intervenir les matinées, en particulier celle de ce mardi 12 octobre, journée pivot de ce récit ou plus exactement de cette enquête?

A dix heures, l'oncle Henri nous a donné un sujet de version latine, un passage du *De Signis* de Cicéron, le pillage de la Sicile par Verrès, que nous devions lui remettre le mardi suivant, puis nous avons commencé le quatrième livre de l'*Énéide*, dix-neuf vers jusqu'à :

« Pour celui-ci seul, peut-être, j'aurais pu succomber à la tentation. »

Mon oncle Henri est parti, plus de la moitié de mes camarades sont partis, M. Bailly est entré dans la salle, a fait l'appel, a noté l'absence de Philippe Guillaume, nous a

rappelé que nous devions lui remettre, le lundi suivant, la
version qu'il nous avait donnée la veille, les charmes de
l'hiver par Thomas de Quincey (ainsi le programme de nos
soirées commençait à se charger), puis nous a fait reprendre
la lecture de *Jules César* :

« Voyons, Eller, nous n'avions pu finir hier ce que je vous
avais donné à préparer; recommencez donc cette tirade de
Cassius depuis le vers 35 :

« Moi, comme Énée, notre grand ancêtre... »

Après avoir quitté ta classe de troisième (le sol et le relief
de la France), tu as attendu M. Bailly en haut de l'escalier,
tu lui as demandé la liste des treize élèves de seconde A
qu'il a dans sa classe, ce que nous traduisions en ce moment;
vous avez parlé de Jules César.

Vous vous êtes quitté devant le kiosque à journaux sur
le trottoir du café Taine.

Tu m'as vu passer avec mes frères, le petit Jacques qui
transportait dans sa serviette son manuel et son cahier de
géographie, cette leçon sur le sol et le relief de la France
qu'il aurait à te réciter dans huit jours, et Denis, mon aîné,
qui, lui, cette année, n'est pas ton élève.

Tu as attendu que tout le monde à peu près fût sorti en
examinant les couvertures des hebdomadaires, puis tu as
demandé à la marchande si elle avait la revue *Fiction*.

Elle te l'a donnée en te regardant avec un drôle d'air.
La prochaine fois, il vaudrait mieux l'acheter un peu plus
loin du lycée.

Nous rattrapant peu à peu, tu nous as suivis jusqu'à la
rue du Canivet.

Tout le monde t'attendait dans la salle à manger. Il y
avait sur mon assiette plusieurs grands paquets et, sur la
desserte, un baba dans lequel étaient plantées quinze bougies de diverses couleurs.

Sur la même rangée que moi, la place d'André Knorr est
vide; il était déjà absent hier. Son voisin, François Nathan,
aux cheveux crépus, au teint assez sombre, t'écoute nous
lire :

« ...tantôt dans le palais de marbre, tantôt dans celui de
bambou... »

L'an dernier, tu n'as pas fait cette lecture à tes élèves de seconde, à mon frère Denis en particulier, tu n'as pas consacré une leçon entière à la découverte et à la conquête de l'Amérique;

le mardi de la deuxième semaine, puisque tu avais à peu près le même horaire que cette année, un peu moins bien arrangé seulement (au lieu de donner aux troisième leur leçon de géographie le mardi de onze heures à midi, tu étais obligé de revenir pour eux le mercredi matin à la même heure, pour eux, c'est-à-dire pour nous, puisque j'étais dans cette classe) de trois à quatre, tu as tracé déjà le tableau de l'Europe en l'an 1600, Élisabeth, Philippe II, Ivan le Terrible, Soliman le Magnifique, Henri IV, et moi j'avais alors terminé ma journée, je rentrais à la maison, rue du Canivet, après la leçon d'anglais de M. Bailly.

Je me souviens de notre surprise, à mon frère Denis et à moi, lorsque nous l'avons vu arriver au milieu du mois d'août, avec sa femme et ses trois enfants, dans l'Hôtel de la Plage, à Saint-Cornély. Nous descendions de notre chambre en costume de bain, et nous les avons vus, avec tous leurs bagages, devant la loge du portier; nous ne pouvions en croire nos yeux et nous nous demandions comment nous pourrions faire pour éviter d'être reconnus pendant les trois jours qu'il nous restait à passer dans cet hôtel.

Tu revenais de Bourges, où tu étais allé passer un grand week-end dans la propriété d'un de tes vieux camarades aux environs, profitant de l'occasion pour voir la vieille ville, sa cathédrale et la maison de Jacques Cœur; tu commençais la seconde partie de la *Description du Monde du sieur Marco Polo*, dit aussi *Livre des Merveilles*, « ci devise de tous les faits du grand Can », tout en songeant à ton prochain voyage en Grèce.

Quelques semaines plus tard, à Mykonos, en compagnie de Micheline Pavin, tu as mangé des homards grillés dans un petit restaurant, en regardant les barques se balancer dans le port éblouissant.

« Pourquoi rentrer dès ce soir à Athènes, il faudrait passer quelques jours ici, retourner demain à Délos... »

Je quittais Paris, j'allais rejoindre l'oncle Henri aux Étangs où je devais passer toute la fin de septembre; mon frère Denis en face de moi lisait un roman policier, quant à Jacques, il était resté rue du Canivet à cause d'une forte angine.

Il est venu nous rejoindre avec les parents au week-end suivant. Il avait encore besoin de se reposer, il est resté étendu sur son lit lorsque nous sommes allés les raccompagner à la gare (cela fait bien deux kilomètres), le lundi après-midi, tous en bande, mon frère Denis, l'oncle Henri et les quatre cousins, même le petit François qu'il a fallu bien vite porter sur nos épaules à tour de rôle.

Tu descendais les ruelles du vieux Naples avec Micheline Pavin, le bateau qui vous attendait dans le port devait repartir pour Marseille à quatre heures.

Vous avez aperçu les côtes de Provence, à travers les hublots, pendant le déjeuner du lendemain.

Aux Étangs, l'oncle Henri au milieu de la table, Gérard à sa droite, Lucie à sa gauche, la tante Rose en face, Claude à sa droite, François à sa gauche, nous les cousins aux deux bouts, Denis d'un côté, Jacques et moi de l'autre (il était encore assez pâle), nous regardions brûler les trente-neuf bougies piquées sur le gâteau.

Denis a remis à notre oncle le livre sur la peinture italienne que nos parents avaient apporté à son intention, bien emballé dans son papier brun, Gérard une cravate noire et bleue, Lucie un paquet de tabac anglais.

Alors la tante s'est écriée :

« Claude, François, où sont vos cadeaux? »

Les deux petits se sont levés tout rougissants, et sont allés chercher les dessins qu'ils avaient cachés sur le buffet, derrière un grand plateau, l'un représentant la cabane que nous étions en train de construire, et l'autre le gâteau lui-même avec ses trente-neuf bougies allumées.

Comme c'était jour de fête, nous les grands nous avons eu droit à du café et même à un peu de cognac, dans le bureau de l'oncle Henri. Sur sa grande table noire, la tante Rose avait disposé un magnifique bouquet de fleurs des champs que nous étions allés cueillir tous ensemble.

Puis Denis a donné le signal du départ. Jacques estimait qu'il s'était bien assez reposé et que, de toute façon, comme c'était jour de fête, il avait bien le droit d'aller voir avec nous cette fameuse cabane, mais la tante a été inflexible; il lui a fallu monter dans sa chambre; à quatre heures, il aurait le droit d'accompagner les deux petits qui lui montreraient le chemin pour nous apporter le goûter.

Sur le seuil, nous avons annoncé la grande nouvelle que nous tenions en réserve; malgré tous nos efforts, nous n'avions pas pu terminer la cabane pour la fête de notre oncle, mais les travaux étaient considérablement avancés et nous espérions que l'inauguration pourrait avoir lieu le lendemain.

Tu avais accompagné Micheline Pavin jusqu'à sa cabine; tu étais retourné dans la tienne pour ranger tes affaires et fermer ta valise. Un bon petit vent faisait danser le bateau.

Michel Daval a jeté par terre le numéro de *Fiction* qu'il venait de lire, étendu sur son lit, dans la chambre chaude et sèche, a dévalé les escaliers en criant à sa mère qu'il allait rejoindre sa sœur Lucie.

« Elle devait descendre à la côte avec la bande.

— Justement, je veux profiter de la voiture. »

Dans cette bande, on avait vu souvent le frère et la sœur Bonnini, mais ils étaient partis chez leurs grands-parents en Italie à ce moment. Le professeur promenait sa femme près d'une fontaine.

En fait, ce n'est que le mardi suivant qu'a pu avoir lieu l'inauguration; il avait fallu réparer les dégâts provoqués par l'orage. Mon frère Jacques, complètement remis, nous avait beaucoup aidés, et c'est lui qui a fait le café, ce jour-là, aux compliments de tante Rose.

Tu surveillais les examens de passage au lycée Taine, songeant à Micheline Pavin que tu n'avais pas encore revue depuis votre retour de Grèce, te promettant de lui téléphoner à son bureau une fois l'épreuve terminée,

ce que tu as recommencé le lundi suivant. Elle était bien à Paris cette fois, elle était passée dans la matinée, mais comme elle faisait des transformations dans sa chambre, elle avait demandé une prolongation de huit jours qu'on lui avait

accordée, car les affaires n'avaient pas vraiment repris; elle
ne reviendrait que le 4 octobre, le jour de la rentrée des
classes; non, elle n'avait pas encore le téléphone; son adresse,
tu la connaissais déjà.

Sorti de la cabine, tu as rédigé la lettre suivante :

« Chère Micheline Pavin,

« nous nous étions promis de nous revoir à Paris. J'ai cherché à vous joindre à votre bureau. Pourriez-vous me faire
signe un de ces jours pour que nous déjeunions ensemble?
« Bien à vous.

« Pierre VERNIER. »

Mes parents avaient ramené Jacques et nous étions restés,
Denis et moi, avec toute la tribu Jouret, en principe pour
aider à faire les bagages et à surveiller les petits pendant le
trajet du lendemain.

Il faut dire que ç'a été un rude branle-bas. Il a fallu
déjeuner à toute vitesse. Les deux petits, Claude et François,
étaient dans une excitation folle. Tante Rose leur a dit de
m'accompagner chez M. Moreux à qui j'ai rappelé que nous
l'attendions avec sa camionnette à quatre heures moins le
quart au plus tard. Gérard et Lucie avaient été réquisition-
nés pour essuyer la vaisselle réduite au minimum. Denis
aidait l'oncle Henri à descendre du premier étage les ballots
de draps et de couvertures.

Dans un restaurant de la rue des Saints-Pères, tu t'efforçais d'examiner froidement Micheline Pavin qui t'avait
appelé chez mes parents avant même d'avoir reçu ta lettre,
qui avait déjà perdu le hâle de son voyage (Delphes, Délos),
épiant ses sourires, la façon dont elle clignait les yeux,
relevait ses cheveux, étudiant ses mains, ses ongles, ses
mouvements pour essuyer sa bouche avec sa serviette, allumer une cigarette.

Le clocher de Saint-Germain-des-Prés a sonné deux heures.
« Pourquoi ne viendriez-vous pas prendre le café chez moi?
— Vous savez faire le café?
— Ce n'est pas tellement difficile et si vous avez trop peur,
eh bien, vous savez que je loue une chambre chez une de
mes sœurs; elle est sûrement là, elle est revenue hier d'un
week-end à la campagne; c'est une excellente cuisinière et

elle sait en particulier très bien faire le café. Vous n'avez
rien à craindre.

— Je ne voudrais pas la déranger. Si elle peut nous prêter
un instant sa cuisine, je vous montrerai, moi, que je sais
bien me débrouiller, mais en général les sœurs n'aiment pas
beaucoup prêter leur cuisine aux amies de leurs frères.

— Nous nous arrangerons, venez. »

Boulevard Saint-Germain, rue Bonaparte, place Saint-
Sulpice.

En entrant dans ta chambre tu t'es dit que si tu te mettais
vraiment à avoir envie de vivre avec cette femme, il te faudrait chercher un autre logement.

Certes, le lit n'était pas très bien fait. Tu es allé chercher
ma mère qui, quelques instants plus tard, elle, à qui tu ne
permets jamais d'ordinaire de pénétrer dans ton recoin,
même pour y faire le ménage, vous a apporté un plateau
avec deux tasses, la cafetière, le sucrier et même deux bou-
teilles, cognac et cointreau, avec deux petits verres, ce que
tu ne lui avais pas demandé.

Elle n'a pas dit un mot, comme si elle avait été une ser-
vante; tu n'as pas osé faire les présentations. Elle a considéré ton amie avec beaucoup de curiosité et d'intérêt;
elle a fermé la porte derrière elle sans faire le moindre
bruit.

J'étais rentré dans la maison de l'oncle avec les deux
petits, Claude et François, mission remplie. Avec Denis, il
cordait les malles d'osier. On m'a chargé de fermer les persiennes du premier; de chaque fenêtre, j'ai dit au revoir au
jardin, avec ses quelques arbres fruitiers, aux champs semés
de grosses meules, à ces bois dans lesquels le baron d'Herrecourt nous avait permis de construire une cabane, qui déjà
changeaient de couleur, aux étangs qui scintillaient devant
les collines de Bresles, au clocher parmi les tilleuls, souligné
de son coq comme d'un accent doré.

M. Bonnini était rentré à Paris depuis huit jours. La
santé de sa femme s'était de nouveau aggravée et elle est
restée l'après-midi dans son lit.

Michel Daval remontait la vallée du Rhône avec sa
grande sœur et sa mère qui lui disait :

« Imagine-toi que je viens de recevoir une lettre d'Henri
Mouron, mais si, tu sais bien, l'oncle Henri Mouron mon
cousin qui a perdu sa femme; il était à Bourges, il est venu

nous voir l'an passé avec son fils Alain, rappelle-toi. Eh bien, il s'installe à Paris; il a trouvé un appartement rue du Pré-aux-Clercs et Alain est inscrit au lycée Taine, en seconde A comme toi. Vous serez probablement tous les deux ensemble.

— Avec l'oncle René aussi? Il est aussi neveu de l'oncle René.

— Exactement comme toi. Vous allez peut-être vous retrouver tous les trois dans la même salle lundi prochain.

— Il avait l'air assez gentil.

— Ton oncle compte sur toi pour le piloter un peu.

— Je serai nouveau moi aussi au lycée Taine.

— Tu connais déjà le quartier. Je crois que c'est un assez bon élève. Vous pourrez vous entraider.

— Et l'oncle René? Je crois qu'il est assez sévère.

— Il faudra marcher droit; il est probable qu'il vous surveillera particulièrement si vous êtes tous deux dans sa classe, mais amicalement.

— Peut-être qu'il ne fait pas d'anglais, lui.

— Henri ne le précise pas. »

Le dimanche, descendant les Champs-Élysées, Micheline Pavin :

« Alors c'est demain la rentrée des classes?

— Pour vous aussi. Vous allez retourner à votre bureau?

— Vous pourrez m'y téléphoner. Vous avez combien d'heures de cours?

— Dix-huit.

— Et vous vous plaignez!

— Vous ne vous rendez pas compte à quel point cela est fatigant.

— Vous n'avez pourtant pas tant de devoirs à corriger en histoire et géographie.

— Ah, ce n'est pas cela; il y a les préparations, bien sûr...

— Mais vous devez connaître tout cela par cœur depuis le temps.

— Non, et pourtant j'ai la chance d'avoir les mêmes classes que l'an passé, mon horaire n'a presque pas changé, il s'est seulement un peu amélioré. Il me fallait aller au lycée deux matinées par semaine, maintenant une seule.

— Vous allez vous mettre à cet ouvrage dont vous m'aviez parlé, à cette description de votre classe?

— Je n'en sais rien. »

Devenu le chef des bisons, au local, près de Saint-Hilaire,

je prenais le nom de mes scouts, leur adresse, date de naissance, la profession de leurs parents.

Le jour de la rentrée, mes deux frères et moi, nous avons raconté comment s'était passée notre première matinée. C'était moi qui avais le rôle le plus intéressant, puisque j'avais été pendant deux heures avec l'oncle Henri que Denis n'avait pas eu comme professeur l'an dernier parce qu'il y avait deux classes de seconde A.

J'ai préparé ma serviette pour l'après-midi. J'aurais dû emporter mon carton à dessin, du papier, du fusain, mais il était d'usage de faire comme si on ignorait tout cela, d'attendre que le professeur nous réclamât de nous munir de ces instruments.

Seul dans un petit restaurant, carrefour de l'Odéon, pas encore bourré d'étudiants, pensant à Micheline Pavin, aux plats qu'elle t'avait servis, espérant bien qu'elle t'inviterait encore un de ces soirs et te disant que si tu te mettais à la fréquenter assidûment, il te faudrait sans doute remettre à plus tard l'exécution de ce projet littéraire dont vous aviez parlé ensemble et qu'elle t'encourageait à réaliser,

tu as regardé ta montre; il était temps de te rendre au lycée pour ta première classe de l'année, histoire en quatrième, la découverte de l'Amérique, puis avec nous en seconde, présentation de la Terre (je t'avais déjà eu comme professeur l'année dernière, j'étais habitué à toi dans ce rôle, cela ne me troublait pas comme pour l'oncle Henri), histoire pour les troisième, pour mon frère Jacques en particulier, la révolution et l'indépendance des États-Unis.

Devant la loge du portier, M. Bailly :

« tiens, Vernier, vous voilà de retour; alors, d'attaque pour une nouvelle année? Il faudra que vous veniez déjeuner chez nous un de ces jours.

— Comment va Mme Bailly?

— Son métier l'ennuie de plus en plus.

— Il nous ennuie tous.

— Je crains qu'il ne l'ennuie bien plus que moi. Vous avez une mine florissante.

— C'est le voyage en Grèce.

— Ah!... Félicitations, vous nous raconterez ça. Vous ne pourriez pas venir demain, par exemple? S'il y avait un empêchement, je vous préviendrais dès ce soir. Vous êtes toujours rue du Canivet? »

La cloche a sonné. Au rez-de-chaussée, tu as demandé aux
quatrième d'inscrire leur nom sur un plan de la salle, date
de naissance, adresse, la profession de leurs parents, puis,
après les conseils d'usage, tu leur as parlé de Marco Polo,
tu leur as lu la description de Cambaluc, aujourd'hui Pékin,
   « c'est au milieu de ces murailles, qu'est le palais du
grand Sire... »,
   tu leur a raconté les périples de Diaz, de Vasco de Gama
et surtout de Christophe Colomb,
   leçon que tu avais préparée avec soin en pensant que la
semaine suivante tu nous la referais avec plus de précisions
et de commentaires, parce que tu avais l'intention de te
servir de cette heure-là comme de pivot pour cet essai de
description dont tu avais parlé à Micheline Pavin.

   Deux étages plus haut, sous la verrière, M. Martin :
   « Vous êtes pourtant d'âge à comprendre que l'on ne
peut faire de dessin sans une feuille de papier et sans un
carton pour l'appuyer. Je félicite ceux d'entre vous qui ont
pensé à apporter ces instruments indispensables; je veux
que tous les autres en soient munis pour lundi prochain
sous peine de colle. Pour aujourd'hui, nous nous conten-
terons d'une petite esquisse. Je vais vous distribuer des
quarts de feuilles de papier Ingres, que vous pourrez poser
sur des cahiers. Nous allons essayer, cette année, de dessiner des visages. Voyez cette tête de plâtre, c'est un des
portraits de César, vous allez en faire des croquis, et ensuite
vous la reprendrez grandeur nature. Notez bien vos places
pour les retrouver lundi prochain. »

   Première leçon de géographie : tu nous décrivais l'intérieur de la Terre, son noyau de nickel et de fer, dit-on, son
enveloppe visqueuse de silice et de magnésium, sa croûte
discontinue de silice et d'alumine; Michel Daval, tout en
prenant assez soigneusement des notes sur son cahier encore
propre, rajoutait quelques ombres sur le croquis qu'il avait
fait au crayon de la tête de César.

   Quelques salles plus loin, M. Bonnini regardait la nouvelle
peinture de sa troisième.

   Le lendemain matin, M. Bailly nous a dicté un passage
d'une conférence de Coleridge sur *Jules César.*

   J'ai attendu Denis à la sortie, mais il avait déjà renoué
avec de nombreux camarades, et il est passé devant moi,

accompagné de deux grands gaillards, me signalant à eux d'un geste de la tête avec ces mots :

« mon premier frère ».

Ils ont semblé me reconnaître. Jacques arrivait de l'autre bout de l'étage, et tu le suivais à quelques pas. Denis l'a croisé devant l'escalier et l'a signalé du même geste de la tête,

« mon second frère ».

Jacques m'a attendu; nous sommes descendus ensemble. Nous avons tourné derrière Saint-Sulpice, et nous sommes arrivés rue du Canivet, bien avant Denis. On s'est mis à table sans lui. Mon père était furieux,

« cela commence bien! »

Ma mère a essayé de le calmer. Denis est entré la tête haute, comme nous étions déjà au fromage.

A la porte de la seconde A, tu avais retrouvé ton collègue Bailly.

« Vous avez un neveu dans votre classe, Vernier; eh bien, moi, imaginez-vous que j'en ai deux, pas au premier degré comme vous, c'est le fils d'un de mes cousins germains, Alain Mouron, et celui d'une de mes cousines germaines, Michel Daval; tous les deux sont pour la première année au lycée. Je n'ai jamais eu de parents dans ma classe; vous, je sais que vous y êtes habitué, vous aviez déjà un de vos neveux en seconde l'an passé, et celui qui est cette année dans notre classe, son frère Pierre, vous étiez déjà son professeur l'an passé; mais moi, je suis assez curieux de savoir ce que cela va donner.

— Tout dépend des relations que vous avez avec eux par ailleurs. Vous savez que j'ai ce projet, c'est encore assez vague, je ne sais pas quand je m'y mettrai, de faire la description d'une classe. Si vous pouviez me donner des renseignements sur les occupations et les opinions de vos deux neveux, vous me rendriez grand service. »

Le métro à Saint-Hilaire; Odéon, Mabillon, Croix-Rouge où l'on ne s'arrête pas, Sèvres-Babylone, Vaneau où vous êtes descendus; la statue de l'Égyptien, les magasins et les cafés; vous avez tourné dans la rue Pierre-Leroux, vous êtes montés.

Mme Bailly était allée chercher les trois petits à leurs lycées; repas plutôt morose; dès passé le seuil, ton collègue a quitté sa bonne humeur, il n'a pour ainsi dire pas prononcé un mot en mangeant.

Mme Bailly t'observait. Leurs relations se distendaient de plus en plus, c'était comme s'ils évitaient perpétuellement de se regarder et les trois enfants en profitaient pour faire toute sorte de petites saletés.

Dans le métro, après le café, M. Bailly a retrouvé sa cordialité. Ta serviette était fort lourde, puisqu'elle contenait, en plus des manuels du matin, ceux de midi.

A la table derrière la mienne, Jean-Pierre Cormier a écrit sous ta dictée :

« deuxième partie, la scission du monde romain en deux empires rivaux, son expression religieuse dans le Grand Schisme ».

Au rez-de-chaussée, M. du Marnet faisait décomposer en facteurs premiers à ses quatrième, les nombres 1 492 et 1 954.

Le mercredi matin, Denis est encore passé devant moi avec ses camarades. Je n'ai pas attendu Jacques, estimant qu'il serait bien capable, maintenant qu'il était en troisième, de rentrer tout seul rue du Canivet, et j'ai suivi mon frère aîné à une certaine distance.

Il est entré dans un café, s'est installé à une table ronde près de la paroi vitrée.

J'ai traversé la rue, l'ai observé un bon moment.

Il ne se doutait pas que j'étais là; ils ont commandé trois verres de bière, il a sorti son porte-monnaie pour payer son écot.

Je me suis dit que la semaine suivante, à partir du moment où j'aurai quinze ans, j'aurai droit moi aussi à un peu d'argent.

Ils sont sortis, je me suis caché dans l'ombre d'une porte cochère. Ils sont passés devant moi; l'un des grands lui a offert une cigarette, je ne l'avais jamais vu fumer, je n'avais jamais fumé moi-même. Il n'a pu retenir une petite toux, mais il s'en est tiré bravement. Ce ne devait pas être la première fois; probablement, il avait commencé avec eux l'an passé.

J'ai fait un grand détour par la rue de Vaugirard en courant, parce que je voulais arriver rue du Canivet avant lui, et j'ai réussi, mais trop tard tout de même; on s'était déjà mis à table.

A l'entrée de Denis, mon père s'est fâché.

« Je vous rappelle à tous les deux que nous déjeunons à

midi et demi; vous avez amplement le temps d'être à l'heure; je ne veux pas que vous traîniez ainsi dans les rues. »

Jacques était l'image même de la bonne conscience. Denis s'est assis sans mot dire et il a déplié lentement sa serviette en me regardant, je me suis demandé un moment s'il ne m'avait pas aperçu.

Nous sommes partis tous les trois ensemble, nous avons traversé la place Saint-Sulpice ensoleillée sans nous parler, nous sommes passés devant le café de la matinée, sans paraître ni l'un ni l'autre le remarquer.

Ma serviette était fort légère, seulement le livre et le cahier de mathématiques.

Assis à une terrasse, sirotant ton café, tu nous as vus, tu as regardé ta montre, tu as appelé le garçon, tu nous as rattrapés comme nous entrions au lycée, où nous nous sommes séparés, moi pour aller vers la salle de gymnastique, Denis et Jacques pour monter.

Tournant à gauche dans la cour, tu es allé retrouver tes quatrième, guerres d'Italie, le pape Jules II, Bayard le Chevalier sans peur et sans reproche, la bataille de Marignan, Charles-Quint devient empereur.

Une heure plus tard Michel Daval, à côté de moi, considérait notre professeur de mathématiques dont nous ne savions pas encore le nom, qui nous rappelait que pour la division, la règle des signes est la même que pour la multiplication : ...moins par plus donne moins, moins par moins donne plus.

Rue du Cardinal-Lemoine, près de sa femme qui sommeillait, volets clos, éclairé seulement par une petite lampe, M. Bonnini relisait les deux premiers chants de l'*Inferno* :

Nel mezzo del cammin di nostra vita...
(Au milieu du chemin de notre vie...),

pour les résumer avec justesse à ses première le vendredi.

L'oncle Henri auquel je commençais un peu à m'habituer dans son rôle de professeur, et que je n'avais jamais vu en dehors du lycée depuis notre retour des Étangs, nous avait donné à préparer l'*Épître à Lyon Jamet.*

C'était juste après la leçon de grec; nous étions restés, lui à son bureau, moi à ma place.

Il a commencé par nous rappeler le devoir que nous avions à lui remettre le mardi suivant; il a regardé sur le plan de la classe et, relevant la tête brusquement dans ma direction, mais en clignant des paupières, comme pour éviter de me voir :

« Dites-moi, monsieur Mouron, que savez-vous de Clément Marot? »

C'était comme s'il avait eu d'abord l'intention de m'interroger, et qu'au dernier moment il se fût ravisé, tombant sur celui qui était juste devant moi.

Tu parlais de la préhistoire française, des âges de la pierre, des peintures de Lascaux, des bois de renne gravés, de la découverte des métaux, des monuments mégalithiques et de l'invention de l'écriture.

Le samedi, de nouveau, à midi, en sortant de la classe de mathématiques, j'ai vu passer mon frère Denis avec ses deux grands camarades, que j'ai suivis aussi discrètement que j'ai pu, mais, cette fois, je crois qu'il se doutait de quelque chose, et il a regardé derrière lui à plusieurs reprises.

Heureusement, j'avais pris la précaution de passer sur l'autre trottoir. Ils sont entrés dans le même café. J'ai continué, je me suis retourné quelques pas plus loin et j'ai vu qu'ils en ressortaient, que Denis avait un paquet de gauloises à la main, qu'il en offrait.

Je suis rentré en me demandant combien pouvait coûter le paquet de gauloises, et combien Denis pourrait s'en acheter par mois avec l'argent de poche que mes parents lui donnaient, avec cette somme qu'ils allaient bientôt me donner à moi aussi, dès que j'aurais quinze ans, le mardi suivant, cinq cents francs, en principe pour que nous puissions nous payer nous-mêmes nos tickets de métro pour les sorties scoutes, et des fournitures scolaires.

Il ne pourrait certainement pas se payer beaucoup de bière ou de cigarettes avec ça, cinq cents francs, c'était ce qu'il avait l'an dernier à la même époque, quand il avait encore quinze ans, mais peut-être qu'il avait été augmenté depuis qu'il en avait seize, peut-être qu'il avait mille francs par mois, je ne pouvais pas savoir, il ne m'en avait jamais parlé, et cela se passait en cachette; peut-être qu'il serait encore augmenté à partir du 10 novembre, son prochain anniversaire, mais de toute façon, il ne pourrait pas continuer longtemps à faire des largesses à ses camarades.

En quittant la maison, après le déjeuner, j'ai bien remarqué le paquet dans sa poche et la boîte d'allumettes qu'il a

sortie, avec laquelle il a joué un instant, la lançant et
la reprenant en traversant la place Saint-Sulpice, me regardant du coin de l'œil comme pour me narguer. Je n'ai rien
dit, je savais qu'il finirait par m'en offrir une.

Boulevard Saint-Germain, à la même terrasse, à la même
table peut-être, mais non plus seul, avec une dame que nous
n'avions jamais vue, tu ne nous as pas reconnus, et tu es
arrivé en retard au lycée, après l'avoir raccompagnée à son
métro, courant comme un élève en entendant sonner deux
heures, pour arriver dans ta quatrième qui commençait à
faire du bruit et où il a fallu que tu tapes du poing sur le
bureau pour obtenir le silence, honteux d'en être réduit à
cette méthode,

« cette année nous avons à étudier l'Europe ».

Sa situation, sa médiocre étendue, son importance his-
torique, le rôle qu'elle jouait encore, les changements qui
la guettaient; puis tu es monté chez nous.

Michel Daval, tandis que tu nous parlais de Luther,
rayait avec une espèce de rage, sur son livre, le nom d'Ignace
de Loyola, inscrit sur la carte présentant les principaux
centres de la Réforme, à côté de la ville de Rome.

Deux salles plus loin, M. Bonnini faisait lire à ses première le passage où Dante demande à Virgile qui sont ces
gens qui se lamentent si fortement et où le Latin lui répond
qu'il s'agit de ceux que rejette même l'enfer parce qu'ils
ont vécu sans infamie et sans louange, sans même plus
l'espérance de mourir, leur vie aveugle tellement basse
qu'ils sont envieux de n'importe quel autre sort.

Dimanche matin, première sortie de patrouille, nous
avons parcouru les corridors de correspondance à Denfert-
Rochereau, suivant d'assez près les tigres où est entré
Jacques, suivis d'assez près par les chamois.

Comme nous attendions le train de Massy-Palaiseau, les
premières gouttes se sont mises à tomber. J'avais encore
mon blouson de drap bleu presque plus imperméable,
enviant beaucoup ceux de mes camarades qui avaient un
blouson de cuir et j'avais déjà suggéré à ma mère de m'en
donner un, mardi, pour mon anniversaire.

Dans ma poche, les instructions; nous avons essayé de
les décrypter dans le train, mais ce n'est qu'au moment du
déjeuner, dans les bois froids et déjà trempés, que nous
avons réussi à en trouver la clef.

Mon oncle Henri t'a dit qu'il n'y aurait pas de garçons
parce que Gérard, son fils aîné, était passé chez les scouts
cette année, à la troupe Saint-Hilaire, dans la patrouille
des écureuils et qu'il était en sortie avec Jacques et moi,
« un bien mauvais temps pour manger dehors »,
et que les deux autres avaient été invités par leur grand-
mère Jouret. Oui, Lucie était là, elle est venue te dire bonjour.

Vous êtes passés dans le bureau de l'oncle Henri pour le
café et vous avez commencé à parler du lycée, des programmes et de moi.

Jean-Pierre Cormier, l'après-midi, est allé dans un cinéma
regarder des cavaliers galoper dans les forêts des montagnes
Rocheuses, mettre pied à terre, allumer un feu et se fabriquer
du café. M. du Marnet, avec sa femme, avait rendu
visite à ses beaux-parents qu'il n'avait pas vus depuis la
rentrée.

Le lundi, la routine avait déjà commencé; une semaine
complète de classe avait tourné. Nous avions bien pris
connaissance de notre horaire et nous savions que, dans la
matinée, au grec succéderait le latin, le texte de Tite-Live,
dans le gros livre de *Lettres latines* ouvert sous nos yeux, le
passage des Alpes par Hannibal.

L'oncle Henri nous a rappelé que pour le lendemain nous
avions à préparer le début du quatrième chant de l'*Énéide*,
les dix-neuf premiers vers, depuis :

« Mais la reine déjà gravement atteinte de son mal »,

avec une note expliquant que le mot traduit ici par mal,
le mot *cura*, qui veut dire habituellement « souci », ou
« soin », désignait l'amour,
jusqu'à ce moment du discours de Didon :

« Pour celui-ci seulement peut-être, j'aurais pu succomber à la tentation »,

que pour le mercredi nous devions poursuivre notre
défrichement de Tite-Live.

La cloche a sonné; certains sont sortis, sont rentrés à la
seconde sonnerie.

C'en était fini avec Clément Marot. L'oncle Henri nous
a raconté la vie de Rabelais, nous a fait lire l'épisode du
deuil que mena Gargantua à la mort de sa femme Badebec,
nous a rappelé que nous devions lui remettre le lendemain

notre devoir sur la journée la plus remarquable de nos
vacances, nous a demandé de préparer la lettre que Gargantua envoya à son fils Pantagruel pour lui donner un
programme d'éducation.

Rue du Canivet, tu mettais au point tes trois leçons de
l'après-midi :

pour la quatrième, la conquête et l'exploitation de l'Amérique, ce qui était pour toi particulièrement important,
car tu voulais nous en parler à nous aussi le lendemain, dans
la seconde partie de cette heure qui pourrait être le point
de départ de ta description,

pour nous, la Terre dans l'espace, ses mouvements, la
mesure du temps,

pour la troisième, les débuts de la Révolution française et
la Déclaration des droits de l'homme.

Tu es allé déjeuner rue des Saints-Pères et tu t'es dit qu'il
n'y aurait pas de meilleur endroit pour m'emmener dîner le
lendemain.

L'après-midi, Henri Fage s'est retourné vers son homonyme, qui n'est pas plus son parent que moi, pour récupérer
le crayon rouge qu'il venait de lui passer pour souligner le
sous-titre que tu venais de nous dicter :

« l'année ».

Dans la cour, M. Moret faisait respirer méthodiquement
tous les élèves de cinquième.

M. Mouron avait déjà mis son pardessus quand il est
entré dans la chambre de son fils Alain, et qu'il en a ouvert
les volets.

« Il est déjà huit heures moins cinq, dépêche-toi, le café
chauffe. »

Il a claqué la porte du palier derrière lui. Alain a ouvert
les yeux péniblement, il s'était couché tard, la veille, pour
terminer son devoir de français. Il était seul dans l'appartement; la femme de ménage n'arriverait qu'à neuf heures.
Il a rejeté les draps et les couvertures, boutonné la veste
de son pyjama, est entré dans la salle de bains. Il n'y avait
pas d'eau chaude.

En prenant son café sur la table de la cuisine, couverte
d'une toile cirée encore presque neuve, sentant fort, il a relu
son devoir et il y a ajouté quelques virgules. Ce n'était que
pour l'après-midi. Il n'avait pas eu le temps de terminer
ses préparations de grec et de latin pour la matinée, il

n'y avait qu'en anglais qu'il était tranquille avec ce passage
de *Jules César*, à peu près tranquille; pour le reste, il fallait
espérer qu'il ne serait pas interrogé.

Quand il est arrivé au lycée, plusieurs minutes après la
sonnerie, le portier, encore bon prince en ce début d'année,
n'a pas noté son nom.

« Allons, allons, dépêchons-nous! »

Les couloirs, les galeries étaient vides et silencieux. Un
seul autre élève, plus âgé, grimpait l'escalier.

Il a ouvert avec précaution la porte de notre classe. L'oncle
Henri a relevé la tête.

« Comment vous appelez-vous?

— Mouron.

— Ah oui, Mouron, en effet! Je n'ai pas besoin de vous
dire, Mouron, que vous êtes en retard pour la seconde fois.
Si cela se reproduit, je serai dans la douloureuse obligation
de mettre ma menace à exécution. Ah, je n'ai pas besoin
d'explications. Rejoignez votre place, je vous prie, vous avez
suffisamment troublé la classe. »

Ulysse aborde enfin à la bouche du fleuve dans l'île des
Phéaciens. Il vient de supplier le dieu Poséidon d'avoir
pitié de lui.

Un autre lisait, que mon oncle reprenait. Francis Hutter
a indiqué le vers à son voisin :

« Toute sa peau était enflée; la mer lui ruisselait de la bouche
et du nez... »

Ainsi jusqu'à l'effroi qu'il pourrait s'endormir et être
dévoré dans son sommeil par quelque fauve.

« Demain nous terminerons ce chant V, cela fera une
préparation un peu plus longue; excellent pour votre grec.
Ulysse va se cacher dans un buisson, se camoufler le mieux
possible, et céder à son épuisement. »

Certains sont sortis, rentrés. D'Homère on passait à Virgile. Après nous avoir fait noter le texte de la version que
nous aurions à lui remettre le mardi suivant (ainsi les devoirs
commençaient à s'accumuler), il a demandé à Michel Daval
de traduire :

« Mais la reine, déjà gravement atteinte de l'amour,
Nourrit sa blessure en ses veines et se consume d'un feu
aveugle;

La multiple valeur de cet homme, le multiple honneur de
                                                    sa race
Reviennent la hanter... »,

mais Michel Daval, qui avait déjà été interrogé en latin
la semaine précédente, n'avait pas jugé utile de préparer ce
passage, et moi j'avais compté sur le fait qu'un oncle n'aurait pas le cœur de risquer de me mettre une mauvaise note
le jour de mon anniversaire, si bien que j'étais incapable de
le tirer d'embarras.

Je voyais que mon oncle Henri aimait ce qu'il nous lisait,
qu'il aurait voulu nous communiquer cet amour, nous
commenter en détail ces mots sur lesquels mon voisin ânon-
nait, exaspéré d'être obligé d'en rester aux corrections les
plus élémentaires;

je sais bien que Michel Daval était exaspéré contre lui-
même, qu'en cet instant il s'en voulait cruellement d'être
incapable de mieux lire.

Il a bien fallu continuer, avancer, déblayer le terrain, dans
l'ennui qui grandissait. Cela n'a pas marché beaucoup mieux
avec Pelletier ou avec Orland. Les traits de l'oncle Henri se
sont accusés de fatigue. Il a regardé sa montre, l'heure allait
sonner.

Christophe Colomb, sa première traversée de l'Atlantique,
son premier débarquement aux îles des nouvelles Indes
pleines de périls inconnus, dans ces Antilles qu'il avait prises
pour le Catai; au fond de la classe Louis Pelletier, craignant
d'être interrogé par M. Jouret le lendemain, recopie, bien
caché derrière les épaules robustes de Bernard de Loups, une
page d'un cahier de préparations apporté par Rémy Orland
son voisin, les notes prises par le frère aîné de celui-ci, deux
ans plus tôt, lorsqu'il était en seconde avec l'oncle Henri,
sur le passage des Alpes par Hannibal.

Rémy Orland dessine en marge du cahier une petite caravelle sur la proue de laquelle il inscrit *Santa Maria*, s'inspi-
rant d'une image qu'il a vue sur un timbre d'Espagne, les
vagues de la mer, le rivage d'une île escarpée.

Le soir, tu as commencé à rédiger ce texte que je continue,
ou plus exactement que tu continues en te servant de moi,
car, en réalité, ce n'est pas moi qui écris mais toi, tu me
donnes la parole, tu t'efforces de voir les choses de mon
point de vue, d'imaginer ce que je pourrais connaître et que

tu ne connais pas, me fournissant les renseignements que tu
possèdes et qui seraient hors de ma portée.

Ce texte, tu me l'adressais, tu l'écrivais dans l'intention
de me le faire lire, une fois qu'il serait achevé, une fois
que je serais en état d'en comprendre l'intérêt et tous les
mots, que j'aurais fini de gravir cette échelle qu'est
l'enseignement secondaire, et tu ne te doutais pas encore en
m'attendant, rue du Canivet, ce mardi 12 octobre 1954, que
tu allais m'y introduire de cette nouvelle façon, te servant
de moi comme narrateur, et ceci en faisant écrire, non point
le Pierre Eller que j'étais ce jour-là, qui certes n'aurait
aucunement pu s'exprimer de cette façon, mais celui que je
serai peut-être dans ces quelques années.

Tu m'avais donné rendez-vous à dix-neuf heures, mais,
comme l'oncle Henri m'a retenu assez longtemps, ce n'est
qu'au quart que je suis arrivé rue du Canivet, sonnant pour
une fois à ta porte, au lieu de celle de mes parents.

Tu as quitté ta machine pour venir m'ouvrir, tu m'as
montré, sans me les faire lire, les quelques pages déjà rédigées, m'expliquant brièvement tes intentions et me demandant ma collaboration.

Tu désirais évidemment éviter toute méprise, il ne s'agi-
rait nullement d'espionnage ou de cafardage, et tu t'engageais
à ne faire aucun usage scolaire des informations que je te
fournirais. Pour m'enlever tout scrupule, tu as insisté sur le
fait que je pourrais retarder autant que je voudrais tel ou
tel renseignement. Il s'agissait seulement de te rapporter,
disons, les petits événements de la classe, de te permettre de
consulter régulièrement mon cahier de textes, de te donner
mes impressions sur mes camarades, ou sur tes collègues.

Je sentais qu'il y avait là quelque chose d'un peu dangereux, qu'il me faudrait faire attention à ne jamais laisser
transparaître cette espèce de mission secrète, et cela m'exci-
tait beaucoup; c'était un jeu bien plus sérieux que tous ceux
auxquels m'avaient habitué le scoutisme, ou que nous avions
inventés pendant nos vacances, mes frères, mes cousins et
moi.

Avant de sortir, nous avions scellé une sorte de pacte.
Ainsi doté d'un rôle et comme d'un regard nouveau, c'est
alors que j'ai vraiment eu l'impression d'avoir quinze ans,
d'avoir franchi un seuil. Il y avait eu les cadeaux, cette première mensualité de cinq cents francs que l'on m'avait

donnée; il y avait maintenant cette entrée dans une aventure singulière à laquelle je ne comprenais pas grand-chose, sinon que tu lui attachais beaucoup d'importance et que, grâce à elle, tu te mettais à m'attacher une importance toute nouvelle.

Rue des Saints-Pères, pour la première fois, j'ai pu choisir moi-même le menu, puis, boulevard Saint-Germain, dans ce café à la terrasse duquel nous t'apercevions assez souvent en allant au lycée l'après-midi, tu m'as offert un verre de bière et surtout une cigarette, sans te douter de ce que cela signifiait pour moi, à savoir que je n'aurais plus besoin d'attendre la générosité de Denis, me disant que l'année dernière, le 10 novembre, quand nous avions fêté ses seize ans, il n'avait sans doute pas eu droit à de telles cérémonies.

Nous nous sommes revus le lendemain en classe (M. Martin, sous la verrière, avait demandé à ses troisième de tracer chacun la première lettre de son nom et de la décorer à sa guise; la tête de César nous attendait);

la représentation de la Terre,

tu nous commentais ces figures si obscures pour nous dans notre manuel, montrant ce que sont les projections orthographiques ou stéréographiques, nous expliquant leurs utilités,

lorsqu'au fond, Jean-Claude Fage a poussé un soupir à fendre l'âme, nous faisant tous retourner vers lui en riant.

« Cela vous ennuie donc tellement?

— Oh, non, non, Monsieur, pas du tout. »

Sans trace d'insolence, désolé au contraire d'avoir troublé la leçon, mais il commençait à s'y perdre comme nous tous, ce que tu as bien senti.

Apaisé le léger tumulte avec un mouvement de la main, attendu quelques instants le silence.

« Maintenant, marquez comme sous-titre : les échelles. »

Le jeudi, Francis Hutter, dans le train, un brassard noir cousu sur son manteau bleu, à côté de son frère Jean-Louis et de sa sœur Adèle, de sa mère voilée de noir et de son père aux yeux rougis, regardait passer le paysage de la Champagne, en revenant du village où l'on venait d'enterrer son grand-père.

Le professeur d'allemand promenait sa fille Geneviève et son fils Gérard au Jardin des Plantes, de la singerie à la

fauverie; un léger rayon de soleil projetait l'ombre des barreaux sur les bêtes qui s'agitaient.

Le vendredi, de l'autre côté du mur devant moi, M. Bailly,
après avoir ramassé les versions, un passage d'une conférence
de Coleridge sur *Macbeth* (cinq ou six, dont mon frère Denis,
ayant déclaré qu'ils n'avaient pu la terminer, seraient collés
s'ils ne l'apportaient pas le lendemain, et seraient collés aussi
tous ceux qui n'auraient pas le lundi une édition intégrale
convenable de la pièce),

« prenons maintenant notre manuel, pour ceux qui n'ont
rien d'autre, page 177. Obscurément l'idée du meurtre
commence à poindre dans l'esprit de Macbeth. Il est tellement absorbé par ses nouveaux sentiments qu'il ne fait plus
attention à ceux qui l'entourent, et Banquo est obligé de le
rappeler au présent ».

Devant le mur, devant la chaire, Alain Mouron lisait :
« Ponocrates lui remontrait que tant soudain ne devait
repaître au sortir du lit... »,

et il écrivait, le lundi, sous ta dictée, la définition du
climat; son oncle à l'autre bout de l'étage avec ses troisième,
livre de la jungle;

et le mardi, M. Hutter étant avec d'autres troisième,
Francis avec son brassard noir, n'écrivant plus depuis
quelques instants, les yeux fixés sur l'illustration du manuel,
maison de planteur aux Antilles, avec ses hangars et sa
cour, ses palmiers divers, ses esclaves noirs, vêtus de cale-
çons longs, faisant sécher des feuilles de tabac, ou râpant du
manioc (manioc?), bien des détails restant obscurs, ce qui cui-
sait dans cette marmite au centre, ce qu'étaient ces galettes
disposées sur les toits de chaume,

rêvait qu'il entrait par la petite porte de la demeure de ce
maître dont il distinguait la minuscule silhouette blanche
près d'un buisson, non pas de roses sans doute, mais de
fleurs plus grandes et plus odorantes encore;

et à l'intérieur de cette maison, il y avait des meubles
assez semblables à ceux qu'il avait vus dans le salon de son
grand-père, lors de l'enterrement, la semaine précédente,
mais tout en argent;

les murs étaient recouverts de carreaux de faïence à dessins bleus représentant des épisodes de la Bible dont les
titres étaient écrits en allemand dans un alphabet ancien,

les fenêtres donnaient sur d'immenses plantations de

tabac dont les feuilles et les fleurs ondulaient au vent chaud;
avec des nuées de perroquets et de perruches qui s'envo-
laient de temps en temps;
    au loin le port avec les grands voiliers, chargés de lingots
d'argent, qui allaient partir pour l'Espagne; et de quelques
trous dans les montagnes montaient les plaintes des esclaves
et le bourdonnement produit par leurs coups de pioche.
    « De quoi suis-je en train de parler, Hutter? »
    Il s'est levé, il a fait tomber son livre.
    « De l'Amérique.
    — Mais encore?
    — Du trafic des esclaves.
    — Montrez-moi votre cahier. Je vois. Il faudra que vous
mettiez cela à jour, mon garçon. Vous n'aurez qu'à demander à votre voisin. »
    Tu regardais son brassard noir, tu n'avais pas envie de le
punir, il l'a senti, s'est dit qu'il aurait de toute façon tout à
recopier, et qu'il était donc inutile, pour le restant de l'heure,
de se fatiguer à écrire ce que tu disais; il avait d'ailleurs
complètement perdu le fil de ta leçon, compagnies, liberté
des mers, droit international, mais comme il était au premier rang et qu'il désirait de toute manière être un bon
élève et donc être bien vu de toi, il lui fallait au moins faire
semblant de prendre des notes; c'est pourquoi, sur une
feuille vierge de son cahier,
    « Le planteur est assis près de sa fenêtre. Le planteur
fume sa pipe. Le planteur a enterré son grand-père la semaine
précédente. Le planteur sait que l'esclavage est interdit. Le
planteur sait qu'il est damné. »
    Médusé par la phrase même qu'il venait d'écrire, il s'est
redressé, l'a cachée avec sa main, car son voisin, Alain Mouron, tournait la tête vers lui comme pour la lire. Il l'a soigneusement raturée, puis tout son texte jusqu'au haut de la
page. Il a posé son stylo, considéré longuement ces lignes
noires.
    « Monsieur Hutter, je suis désolé, mais vous serez collé
jeudi prochain. »
    Le mercredi, Alain Mouron, après s'être passablement
tiré, au tableau noir, de l'extraction de la racine carrée de
2642, de retour à sa place a cherché sa bouteille d'encre afin
de remplir son stylo.
    Mal bouchée, elle avait taché son cahier de textes et la

couverture de la revue *Fiction*, qu'il a sortie un instant pour
la sécher avec son buvard, et que Francis Hutter a regardée
avec des yeux d'envie.

Quelques instants plus tard, se baissant pour remettre en
place sa serviette qui lui était tombée sur le pied, bon
prince, il a repris ce numéro et l'a posé sur les genoux de son
voisin

(M. du Marnet, au tableau, corrigeait les nombreuses
erreurs de Bernard de Loups),

griffonnant au crayon ces quelques mots sur son cahier :
« Pour occuper ta colle. Rends-le vite; pas à moi. »

Sous la pluie lumineuse d'octobre, M. Bailly arpentait
l'avenue Émile-Zola, ne se résolvant pas à entrer dans la
maison de son amie, car s'il était venu pour lui dire qu'il
était enfin décidé au divorce, qu'il avait eu une scène
atroce avec Élisabeth, mais que le meilleur moyen pourtant
d'obtenir la chose, comme il n'avait réussi finalement à
recueillir contre elle aucune vraie preuve, c'était de faire
considérer par le tribunal que les torts étaient de son côté à
lui

(il aurait donc besoin de sa complicité, il faudrait aussi
trouver un avocat complaisant),

au moment de le dire, de prendre les premières mesures,
celui lui semblait monstrueusement lourd et pénible; il avait
l'impression soudain que cela n'en valait pas la peine, que
tout aurait pu peut-être s'arranger très décemment, ce qui
serait tellement plus simple pour les enfants.

Il devait être chez Claire à trois heures; une horloge, dans
la vitrine d'une épicerie, marquait déjà la demie passée;
elle devait s'inquiéter; il a franchi le seuil, en raffermissant
son visage.

Et les élèves de philosophie, le mardi suivant, n'ont pas
compris pourquoi il est devenu soudain si nerveux, lorsqu'il
leur a expliqué le passage où l'invité de la noce entend la
musique nuptiale, sans pouvoir rejoindre la fête, contraint
d'écouter l'« ancient mariner », le vieillard aux yeux étince-
lants, raconter son voyage au pays de la glace et des bruits
terribles.

Alain Mouron notait sous ta dictée :

« développement de la guerre de Trente Ans; les merce-
naires, l'aventure de Wallenstein ».

Maintenant tu l'interroges sur l'œuvre de Richelieu, en

particulier sur sa politique coloniale; il est un peu pris au
dépourvu, car, comme les deux autres, Nathan et Orland,
tu l'as déjà interrogé la veille en géographie.
    M. Bailly, après avoir ramassé les devoirs, passe à la
deuxième partie : le brouillard s'éclaircit, le bateau entre
dans l'océan Pacifique, navigue vers le nord jusqu'à l'équateur, s'arrête dans le calme plat.

En 1952, dans la classe où étaient Joseph Jourdan, Philippe Fage, après avoir interrogé sur la Renaissance et sur la Réforme, tu as fait un tableau de l'Europe vers 1600 et tu as terminé ta leçon par le portrait de Philippe II et celui d'Henri de Navarre.

Au rez-de-chaussée, un professeur dont j'ai oublié le nom nous faisait décomposer en facteurs premiers quelques nombres, en particulier 1 952.

Puis les vacances; mon père ayant pris les siennes en septembre, nous a emmenés, mes frères et moi, dans un petit village de Provence, Saint-Florentin.

Tu étais à Saint-Cornély, dans l'Hôtel de la Plage que M. Bailly t'avait recommandé.

A mon frère Denis, qui avait quinze ans, à François Cormier, Bertrand Fage, Denis Régnier, qui est tombé malade peu après, ce qui l'a obligé à redoubler,

la fin du moyen âge, la prise de Constantinople par les Turcs et la découverte de l'Amérique.

J'avais treize ans, j'avais terminé ma journée au lycée, je suis rentré rue du Canivet avec une serviette légère, seulement mon cahier et mon livre d'anglais, sans devoirs à faire pour le lendemain, simplement des préparations en grec, en latin, en français.

J'ai eu quatorze ans le lundi suivant. Je suis entré en classe d'anglais, fier de ma serviette neuve avec sa boucle de cuir jaune, que j'ai fait circuler entre mes nouveaux camarades,

assis près de la fenêtre mais au troisième rang, près d'Henri Fage qui m'a vite exaspéré parce qu'il parlait vraiment trop.

Quelques salles plus loin, la Terre dans l'espace, la mesure du temps, ce qu'est un jour, ce qu'est une heure, un mois, un an, une saison.

Le lendemain après-midi en sixième, l'Égypte, cadeau du Nil.

Alain Mouron, à Bourges, n'avait pas du tout le même horaire que moi. Comme il aurait trouvé cela trop bizarre, si je lui avais demandé comment étaient arrangées ses heures de l'année dernière et comme tu m'avais dit que cela t'intéresserait de le savoir, j'ai dû recourir à la ruse; je lui ai volé un de ses cahiers de troisième qu'il employait pour ses brouillons, et sur lequel j'avais remarqué qu'il avait collé le tableau de sa semaine. Donc l'après-midi du 13 octobre 1953, après une leçon de géographie, il a fait des mathématiques pendant une heure, regardant peut-être son professeur, dont il a sans doute déjà oublié le nom, expliquer en dessinant la figure sur le tableau noir, que le lieu géométrique des points équidistants de deux points donnés est la perpendiculaire élevée au milieu du segment de droite qui joint ces deux points.

Au lycée Taine, l'oncle Henri faisait lire à ses première moderne, le passage de Saint-Simon sur la mort de monseigneur le Dauphin.

A tourné la roue de l'année scolaire avec tous ses mois jusqu'aux dernières leçons. La veille du 14 juillet, nous étions déjà en vacances; la distribution des prix avait eu lieu le matin. Tu faisais passer les oraux du bac au lycée Buffon; je préparais mon sac de couchage et toutes mes affaires de camp pour partir avec la troupe Saint-Hilaire.

Nous en avons parlé, mon frère Denis et moi, une après-midi, à Saint-Cornély, il pleuvait; dans le salon de l'hôtel, une jeune fille faisait des exercices au piano, Jacques lisait *De la Terre à la Lune* dans la bibliothèque verte et nous, assis sur des fauteuils de rotin, nous étions plongés dans des journaux illustrés abandonnés là par divers clients.

« J'ai quitté la troupe; en septembre, je devrais entrer chez les routiers, mais je me demande si cela en vaut la peine. Il y a le bac à la fin de l'année, je crois qu'il faudra que j'en mette un coup. Toi, évidemment, tu ne seras qu'en seconde. Tu goûteras la joie d'être chef de patrouille en toute tranquillité. »

Je me suis levé sans lui répondre, je suis allé m'asseoir à l'autre bout de la pièce, j'étais vexé.

Pour te protéger de la pluie, tu es entré dans une librairie du boulevard Saint-Germain et après avoir feuilleté plusieurs livres, tu as acheté la *Description du Monde.*

Le lundi suivant tu visitais la maison de Jacques Cœur.

Il faisait fort beau, même à Saint-Cornély. Tous les trois sur un grand rocher que nous avions bâti de maisons imaginaires, telle anfractuosité, un salon, cette autre, un cabinet de toilette, un vivier, un jardin, une prison, nous apercevions, se baignant un peu plus loin, deux de ces filles avec qui nous regrettions de ne pas avoir fait mieux connaissance, qui auraient bien peuplé notre ville humide et minérale, que nous aurions parées de colliers de varech.

Nous avions nommé ce récif nos Indes; nous guettions les vaisseaux des pirates envieux de nos filons d'or et de nos sources de rhum.

Revenant de Bourges (la moleskine de la banquette, chauffée par le soleil, collait), tu as ouvert la *Description du Monde* au chapitre 75 : ci devise de la cité de Ciandu et du merveilleux palais du grand Can.

Aux Étangs, l'oncle Henri, sans doute se promenait seul dans les bois de bouleaux, s'enfonçant dans les grandes fougères, comme dans les eaux épaisses d'un fleuve calme très poissonneux.

Alain Mouron faisait la sieste au creux d'un grand rocher sec d'où il apercevait les clochers de Saint-Florentin et de Saint-Gatien, au milieu de l'immense paysage brûlé, rêvant de vie au grand air, de camps, d'explorations, de feux la nuit avec des chants, tandis que crissaient les cigales.

A la fin du mois, nous nous sommes retrouvés, mes frères et moi, dans le Paris désert des vacances; nous ne savions pas très bien comment employer nos après-midi. Une fois, nous sommes allés à Versailles. Il y avait une foule énorme dans le parc. Nous avons fait un peu de bateau sur le grand canal et Jacques a trouvé moyen de tomber à l'eau. Il sait nager, bien sûr, mais il a pris froid, parce qu'il n'a pas pu changer de vêtements avant le retour à Paris.

Tu étais à Delphes. Tu n'as rencontré Micheline Pavin que le lundi suivant, dans le bateau grec qui vous menait à Mykonos; guide bleu à la main, elle cherchait le nom des îles, tu l'as aidée.

Je préparais mes bagages avec Denis, car nous devions partir le lendemain aux Étangs pour passer la fin des

vacances. Jacques n'était pas encore remis de sa forte
angine.

Au retour de Délos, tu as donné la main à Micheline Pavin
pour sortir du caïque chargé de touristes. Vous aviez très
faim tous les deux. Le soleil flambait sur le quai. Vous avez
trouvé un restaurant frais et vous y avez commandé des
homards. La fatigue de la visite, les secousses dans le petit
bateau, la chaleur, tout cela vous rendait muets.

L'oncle Henri, avec ses deux aînés, a pris le chemin de la
gare pour nous accueillir à notre descente du train, traversant le grand bois de tilleuls, anciennes allées d'un parc
au sol tout couvert de très tendres mousses; un peu plus
loin c'étaient surtout des chênes; comme ils étaient nettement en avance, ils ont fabriqué de petits bonshommes
avec la tête formée d'un gland, en principe pour Claude et
François qui étaient restés jouer dans le jardin.

Il pleuvait à Saint-Cornély. Le jeune René Bailly dont on
avait fêté les neuf ans au déjeuner, avait reçu entre autres
cadeaux une sorte de jeu de l'oie; Alain Mouron essayait
d'en comprendre les règles et de les enseigner à ses petits
cousins. De l'autre côté du mur, ils savaient que leur mère
préparait ses valises, car elle devait les quitter tout à
l'heure pour aller à Orléans.

C'est le dimanche que nous sommes allés voir le baron, le
propriétaire des bois, pour lui demander la permission de
construire une cabane, Denis, mon cousin Gérard et moi;
Jacques était arrivé la veille avec les parents, mais on
l'avait obligé à faire la sieste.

Un chien roux a aboyé quand nous avons fait grincer la
grille; dans le vestibule, nous avons senti les carreaux
blancs et noirs basculer doucement sous nos pieds. Il nous
a reçus dans son bureau triste, avec une salamandre pour
l'hiver, un tapis râpé, percé d'énormes trous, laissant voir
le parquet non ciré creusé de profondes brûlures.

Tu traversais l'isthme de Corinthe avec Micheline Pavin.
Le bateau s'enfilait dans l'énorme entaille.

Vous avez déjeuné à Naples, le lendemain, dans un restaurant fort modeste aux environs du Musée national, puis
vous avez commencé à vous promener dans les vieilles
ruelles.

Après leur sieste, Alain Mouron a conduit ses petits cousins à la plage. Ils se sont déshabillés dans la cabine rayée

de vert et de blanc; se tenant par la main tous les quatre, ils sont allés se tremper les pieds dans l'écume. La petite Agnès, très gaie jusque-là, s'est mise à hurler.

Alain l'a prise dans ses bras, l'a consolée, tout en sur- veillant René et Georges qui s'éclaboussaient à cœur joie, a fait un trou dans le sable où il a découvert un petit coquil- lage jaune d'or qu'il lui a donné et qui l'a calmée, qu'elle est allée laver soigneusement.

Alain Mouron se disait que son oncle l'avait fait venir comme bonne d'enfants, parce qu'il savait bien que la tante ne resterait pas avec eux pendant tout le mois de septembre.

L'oncle Henri marchait devant nous sur le chemin de la gare en compagnie de mon père. Nous avions dépassé les grands tilleuls; c'était les chênes; puis ils ont tourné autour de la mare et les saules les ont cachés.

Tous les deux, manteau sur le bras, chapeau sur la tête, et grands gestes avec la canne. Nous les avons rejoints sur le quai, assis sur un banc près de la baraque pour les brouettes et les lanternes. Sur le pont passait une charrette. Le train est arrivé, mes parents sont montés; ma tante Rose a pris la valise des mains de Denis et l'a tendue à mon père.

Alors il m'est apparu quelque chose dont je ne m'étais jamais vraiment rendu compte auparavant, le fait qu'ils étaient frère et sœur.

Le train est parti, nous l'avons regardé diminuer; mon oncle a embrassé ma tante longuement.

Donc le lendemain c'était son anniversaire, et à la fin du déjeuner, il a soufflé les trente-neuf bougies.

Alain Mouron, à la petite table qu'avait choisie, long- temps avant son arrivée, la famille Bailly, regardait les autres tables, les autres garçons, les filles qu'il n'osait pas aborder, se sentant toujours dans l'obligation de s'occuper de ses cousins; c'était le prix de sa pension.

Il est monté avec eux dans les chambres pour les faire coucher, tandis que son oncle Bailly buvait son café, puis il est descendu dans le salon, s'est installé dans un fauteuil de rotin

(à travers la vitre, il voyait les autres garçons et les filles partir en bande pour une excursion, se serrer dans deux grandes automobiles décapotables; il n'avait pas osé deman- der à son oncle la permission de se joindre à eux, et celui-ci,

taciturne, enfermé dans ses pensées, se reposant entièrement du soin de ses enfants sur son neveu, maintenant
que sa femme était partie, ne s'était probablement même
pas aperçu de son envie),
a retrouvé la pile de journaux illustrés.

Son oncle est venu interrompre sa lecture; à trois heures
et demie, il est monté réveiller les cousins, aider Agnès à
s'habiller.

L'oncle Henri s'était levé dans son bureau et nous regardait dans le chemin creux, Denis et moi, nous diriger vers
les bois d'Herrecourt; il a sorti sa pipe de sa poche, l'a
bourrée de tabac anglais. Le bouquet de fleurs sauvages
frémissait devant la fenêtre ouverte.

Denis Régnier revenait de Savoie avec sa mère et sa
sœur. Il lui fallait tenter l'examen de passage; dans les
mains sa géographie, mais il ne pouvait en lire un seul mot.

Or, M. Hubert se trouvait dans le même train, il revenait à
Paris pour corriger cet examen et la seconde session du bac.

Jacques est venu nous rejoindre avec les deux petits
Jouret, Claude et François, qui lui ont servi de guides à
travers les bois, nous apportant dans un panier le pain
beurré, les pommes, que nous avons mangés dans la cabane
presque achevée, sauf le toit qu'il fallait recouvrir de fougères. Les murs étaient bien calfeutrés déjà, et l'on s'y sentait en sécurité, nous avions ménagé une fenêtre qui donnait
sur une belle échappée, avec le mercure d'un étang au
travers des bouleaux.

Munis chacun d'un canif, nous avons fauché des fougères
jusqu'à la tombée du soir.

Le bateau est entré dans le port de Marseille. Tu es descendu à terre, précédé de Micheline Pavin, dont tu portais
la valise avec la tienne. Comme vous ne connaissiez ni l'un
ni l'autre de nom d'hôtel, tu as dit au chauffeur de taxi de
vous mener au Terminus.

Dans le crépuscule, nous avons rassemblé nos outils. Une
moitié seulement du toit était couverte, mais le vent fraîchissait; les petits commençaient à avoir peur. Nous avons
repris le chemin de la maison; nous espérions encore que
la cabane serait finie le lendemain.

Mais il y a eu un terrible orage qui a duré jusqu'au soir
et nous avons dû passer l'après-midi à jouer au loto dans la
salle à manger.

Il faisait beau dans la vallée du Rhône entre Valence et
Lyon. Micheline Pavin, en face de toi, lisait un journal
féminin,

« ...car c'est la plus grande ville qu'on puisse trouver au
monde et l'on y peut goûter tant de plaisirs, que l'homme
s'imagine être au paradis... »

Les examens de passage ont commencé le 20 septembre;
tu as surveillé Denis Régnier. Mes deux frères et moi, avec
Gérard et Lucie, nous coupions des fougères pour achever
enfin le toit de la cabane. Elles étaient humides, mais cela
n'avait plus grande importance maintenant, la rentrée
approchait.

Le mardi, surveillant toujours ces examens, tu t'es mis
à penser à cette année qui allait recommencer, à cette vie
de solitude et de stérilité qui t'attendait. Il y avait pour toi
deux moyens d'en sortir : la littérature ou le mariage.

L'oncle Henri a bu son café avec nous, dans la cabane
enfin achevée. Le soleil de ce jour-là avait à peu près séché
les fougères déjà jaunies. Alain Mouron dans le salon de
l'hôtel songeait à sa vie dans la grande ville.

Le dimanche 26 septembre, on a rempli les grandes
malles, sous la direction de tante Rose. L'oncle Henri,
désœuvré, passait d'une pièce à l'autre en fumant sa pipe.
Tu te promenais dans les salles grecques du musée du
Louvre.

Tu es allé au lycée le lendemain voir le censeur et lui
demander quel serait ton horaire pour cette année. Il
était semblable à celui de l'année précédente, sauf sur un
point qui constituait une grande amélioration, la classe de
géographie, en troisième, le mercredi matin, était reportée
au mardi.

Tu es entré au café Taine pour essayer de joindre par
téléphone Micheline Pavin qui devait être rentrée à Paris.

Mme Bailly, retour d'Orléans, dirigeait les emballages à
Saint-Cornély. Il n'avait cessé de pleuvoir depuis le matin.

L'oncle Henri, pour la dernière fois de l'année, se promenait solitaire parmi les bois, sous la pluie fine qu'il sentait à
peine, tandis que nous rangions.

Le 28, toute la famille Bailly a mangé de bonne heure; il
fallait prendre le train d'une heure et demie. Le patron de
l'hôtel a emmené tout le monde dans sa voiture avec les
bagages. Alain Mouron a grimpé le premier dans un wagon

où il a découvert un compartiment avec seulement deux personnes, un vieux couple de paysans qui mangeaient de l'andouille de Vire.

L'oncle Henri descendait du premier étage, avec l'aide de mon frère Denis, les ballots de draps et de couvertures; puis ils ont cordé les malles d'osier.

Denis Régnier était rentré de chez son père en larmes, sa mère a essayé de le consoler; il lui a raconté toute la scène.

Il lui avait annoncé son échec à son examen de passage et au lieu de le plaindre, il s'était esclaffé.

« Je ne comprends pas, avait-il dit, pourquoi ta mère s'obstine à vouloir te faire continuer ces stupides études secondaires... »

M. Hubert promenait doucement sa femme enceinte, du côté du pont Mirabeau.

M. Moreux nous a aidé à charger les colis sur sa camionnette. Je me suis installé à côté de lui près du volant, Denis s'est serré contre moi en claquant la porte, toute la famille Jouret comme des sardines, derrière, avec les bagages.

Nous n'avons pas pu trouver de compartiment pour nous tous; d'un côté se sont installés l'oncle et la tante avec les deux petits, d'un autre Lucie et Gérard; Denis et moi sommes restés debout dans le corridor.

Dans ta chambre, tu parlais à Micheline Pavin de cet ouvrage que tu poursuis; tu lui dessinais des schémas d'organisation sur des feuilles de papier blanc; tu lui montrais l'un après l'autre tes *Manuels d'Histoire et Géographie*.

A cinq heures, vous êtes allés prendre le thé dans un café de Saint-Germain. Elle t'a proposé de venir dîner chez elle.

Tante Rose a sorti du panier les tranches de pain beurré, les pommes. Le paysage défilait. Nous approchions de nos parents, de la rue du Canivet, du lycée Taine. Nous ne disions mot. Il pleuvait.

Le lendemain après-midi, Denis, Jacques et moi, sommes allés chercher la liste des manuels dont nous aurions besoin pour cette année. La mienne était presque semblable à celle de Denis l'an passé. Il me transmettrait ses *Grecs* de seconde, ses *Auteurs Français du Seizième, du Dix-Septième Siècle*, sa *Géographie Générale*, son livre d'histoire. J'avais déjà les *Latins* et les *Anglais;* la *Physique*, la *Chimie* et les *Mathématiques* avaient changé; il faudrait aller faire la queue chez un libraire pour se les procurer.

La liste de Jacques était presque semblable à la mienne de l'an passé.

Tous ces *Manuels d'Histoire et de Géographie* en pile sur la table, tu les feuilletais te disant qu'il serait bien nécessaire de renouveler tout cela, d'apporter dans tes classes, sous peine d'asphyxie pour toi, d'ennui mortel pour nous, quelque ferment nouveau.

Le samedi, tu es allé sonner chez l'oncle Henri; tante Rose t'a dit qu'il était allé accompagner les enfants dans leurs courses de papeterie. Nous les avons rencontrés en effet dans un grand magasin où nous cherchions les mêmes choses : cahiers, crayons, gommes, copies, plumiers...

Le dimanche, en prenant le café avec Micheline Pavin, tu lui as demandé si elle n'aurait pas envie d'aller au cinéma. Oui, mais voir quoi? Le plus simple était de prendre le métro jusqu'à Étoile, puis de descendre les Champs-Élysées et de se fier au désir du moment.

Elle avait posé la main sur le bord de la table et tu hésitais à la prendre.

L'oncle Henri avait invité à goûter un certain nombre des camarades de son fils Claude dont on venait de fêter les dix ans.

Alain Mouron, dans le local de la troupe Saint-Hilaire où il avait pénétré pour la première fois ce jour-là, faisait connaissance de la patrouille des chamois dont il allait faire partie.

Revenu rue du Pré-aux-Clercs le lendemain après sa première matinée de lycée Taine, il a raconté à son père qu'il avait eu une classe de grec, une de latin et qu'il aurait dû en avoir ensuite une de français, toujours avec le même professeur, mais qu'il y avait eu un malentendu, que ce professeur était parti et qu'ils avaient passé une heure sous la garde d'un surveillant.

Oui, il était bien dans la même seconde que son cousin Michel Daval et il avait reconnu l'un des chefs de patrouille de la troupe où il était entré la veille.

Il ne se doutait pas que ce professeur de lettres était deux étages au-dessus dans le même immeuble, recueillant les impressions de ses enfants sur cette première matinée de l'année scolaire, Gérard en quatrième, Lucie en cinquième, Claude et François en septième et neuvième, que tante Rose était allée chercher à la porte du petit lycée Taine parce que

l'oncle Henri, se fiant à l'horaire inexact qu'on lui avait
donné, était rentré chez lui dès onze heures. Mais le proviseur lui a téléphoné comme il était encore à table et lui a
demandé de passer le voir à deux heures pour régler ce
détail.

Alain Mouron a mis dans sa serviette son livre de géographie nouveau, son livre d'anglais qu'il avait déjà utilisé à
Bourges, son carnet de textes et deux cahiers vierges.

Et tandis que M. Hubert, dans son amphithéâtre que
venait de quitter Denis et les première, faisait connaissance
de sa classe de mathélem, prenant leurs noms, adresses,
divers autres renseignements, avant de les mettre en garde
sur l'incertitude des grandeurs physiques et de les initier
au calcul des erreurs, nous nous étions retrouvés, Alain
Mouron, toi et moi, et Denis Régnier, à la même place que
l'an passé, t'écoutait pour la seconde fois résumer l'histoire
de la terre, vérifiait sur son cahier que le nom des différentes
ères et périodes géologiques n'avait pas changé, a contemplé
la photographie du grand canyon du Colorado avec les couches
de terrains divers au milieu desquels l'érosion brutale a fait
une coupe si parlante, jusqu'à ce que la cloche sonnât, indiquant le changement de matière.

Pour toi, il s'agissait d'aller à l'autre bout de l'étage faire
la connaissance de ta troisième dans laquelle se trouvait
Jacques, prendre les renseignements habituels, dresser le
plan de leur classe avant de leur parler de la révolution
américaine, pour moi d'attendre ici le professeur d'anglais; je
ne savais pas encore si ce serait M. Bailly comme l'an passé.

Après la sonnerie, j'ai retrouvé Jacques dans l'escalier,
Denis nous a rejoints dans le vestibule. Nous sommes rentrés
en échangeant nos impressions sur nos nouveaux professeurs.
Tu ne nous a suivis qu'un quart d'heure plus tard, à cause
des nombreuses mains que tu avais eu à serrer.

Le lendemain, l'oncle Henri, à onze heures, savait déjà
que ce n'était pas le mardi mais le lundi qu'il devait nous
faire classe de français et il est rentré rue du Pré-aux-Clercs,
très heureux d'avoir échappé ainsi à une heure de travail.

Alain Mouron a fait la dictée d'anglais puis l'a passée à
son voisin, non point Francis Hutter, mais un camarade
de seconde A'.

Quand il est rentré rue du Pré-aux-Clercs, la femme
de ménage achevait de préparer le déjeuner. Quand elle est

venue servir le café, elle lui a expliqué ce qu'il aurait à faire
réchauffer le soir, puis a pris congé.

La tante Rose apportait un grand plat de fruits.

Hubert Jourdan, près de la fenêtre au fond de la salle,
gêné par le très beau soleil est parti d'un magnifique éternue-
ment; c'était le tout début de l'année, tu n'as fait qu'en
rire et tu as gagné beaucoup de sympathies par cette indulgence. Redressant l'index comme un chef d'orchestre pour
obtenir le parfait silence, tu nous as dicté le titre de la troisième partie de ta leçon :

« La menace musulmane. »

M. Tavera avait rassemblé ses quelques troisième dans la
salle à côté de celle de Jacques.

Fatigué en quittant le lycée, après tes six heures de classe
dans la journée, au lieu de rentrer directement, tu as fait
tout un grand détour jusqu'à l'île de la Cité, les quais de la
Seine et le Louvre jusqu'au Pont-Royal; soir merveilleux
sur les Tuileries et la gare d'Orsay, la voûte du grand
palais transparente; tu as traîné dans les petites rues et tu
n'es rentré rue du Canivet que passé six heures et demie.

Pas encore de devoirs à faire, mais déjà des leçons à
apprendre et surtout les préparations pour le lendemain
matin, les classes de l'oncle Henri, le début du passage des
Alpes par Hannibal, et les vers 400 à 416 du cinquième chant
de l'*Odyssée*.

Or, comme il n'y a pour nous trois qu'un seul dictionnaire
Bailly et un seul Gaffiot, nous nous sommes disputés pour
savoir qui l'aurait le premier et nous avons perdu beaucoup
de temps à nous attendre mutuellement, si bien que je
n'avais pas encore fini mon Homère quand tu es venu pour
dîner.

J'avais bien senti, l'année précédente, que Denis n'avait
plus tout à fait la même familiarité avec toi, qu'il se taisait
toujours à table quand tu étais là et je me suis tu ce soir là;
je t'avais déjà eu comme professeur l'an passé, mais cette
année c'était plus grave pour nous tous, même Jacques n'a
rien dit; nos parents étaient assez étonnés; tu avais l'air sou-
cieux.

Point de préparation française à faire ce soir-là, parce que
l'oncle Henri, le lendemain, nous a raconté la vie de Racine
et nous en a dicté un résumé, nous disant aussi qu'il nous
faudrait nous acheter pour la semaine suivante un exem-

plaire de *Britannicus* dans une édition classique commode,
Larousse, *Hatier*, ou n'importe quelle autre,

ce qu'Alain Mouron a noté, non point sur son cahier de
textes, un petit cahier, presque un carnet, mais sur un petit
carnet de comptes qu'il a tiré de la poche intérieure de son
veston et je l'ai envié,

car, s'il avait un carnet de comptes, c'était qu'il avait déjà
de l'argent de poche comme mon frère Denis, alors que moi
je n'en aurais qu'à partir de la semaine suivante, lorsque
j'aurais atteint quinze ans,

et j'ignorais son âge, mais j'avais l'impression qu'il était
plus jeune que moi.

Rentré chez lui, Mme Davez lui a dit que son père avait
téléphoné qu'il ne viendrait pas déjeuner. Il a mangé vite,
puis est parti en exploration le long de la Seine, un cahier
vierge et son livre de mathématiques dans sa serviette.

Lorsque la tante Rose est arrivée avec son grand soufflé
qui commençait à s'effondrer, elle a vu les taches d'encre
dont étaient couverts les doigts de Gérard et lui a crié d'aller
se récurer; l'oncle Henri a regardé ses mains, elles étaient
couvertes de craie.

Le professeur de mathématiques dont aucun d'entre nous
ne connaissait encore le nom, consultant le plan de la classe
qu'il venait de nous faire établir,

« voyons, vous, Denis Régnier, qui étiez déjà en seconde
l'an passé, tout cela ne doit pas présenter la moindre difficulté pour vous, venez donc au tableau ».

M. Hubert, aux mathélem, parlait du mouvement circulaire.

Après ta première leçon d'histoire aux philosophes, le
monde après 1848, rentré rue du Canivet, repensant au dîner
de la veille, tu t'es dit que les choses ne pourraient pas durer
comme cela, qu'il fallait essayer de rétablir la situation d'une
manière ou d'une autre, soit en cessant de venir prendre tes
repas chez mes parents, mais la solitude t'effrayait, soit en
trouvant un moyen de dévier cette transformation de nos
rapports, ce à quoi pourrait servir l'œuvre imaginée.

Pour ce soir, il y avait encore une solution, téléphoner au
bureau de Micheline Pavin et lui demander si elle était
libre. Non, elle devait sortir avec un collègue. Quand alors?
Le lendemain peut-être; elle retéléphonerait.

Comme ce lendemain c'était un jeudi, je me suis senti,
ce soir-là, l'esprit parfaitement libre, comme si les vacances

venaient de recommencer. Bien sûr, en principe, j'aurais pu, comme on dit, m'avancer, commencer cette narration dont l'oncle Henri nous avait déjà donné le sujet, mais aucun courage. Denis venait de rentrer avec Jacques; ils ont tous les deux jeté leur serviette sur le canapé. Denis a sorti de la sienne un roman de la série noire qu'il est allé lire dans la salle à manger, Jacques une petite enveloppe transparente avec deux timbres.

Étendu sur le lit, feuilletant mon livre de géographie, le grand canyon du Colorado, le soleil de minuit au cap Nord, la pointe du Raz..., je l'ai vu examiner les deux petits rectangles de papier avec beaucoup de soin et les placer dans son album.

Denis est entré en coup de vent; il cherchait une gomme.

« Tu en veux des timbres? Tiens, je vais t'en apporter. »

Je me suis dressé sur le lit en attendant la suite. Il est revenu avec une boîte de carton pleine de vieilles enveloppes sur lesquels il y avait inscrit : Albanie, Allemagne, Angleterre...

« Voilà. »

En sortant, il m'a adressé un sourire narquois. C'est que, toute l'année précédente, voyant bien qu'il ne s'intéressait plus à sa collection, je l'avais supplié de me la donner au moins en partie. Il m'avait fait mainte promesse et avait obtenu de moi toutes sortes de choses par ce chantage.

Et maintenant, voilà qu'il passait tout à Jacques. J'étais furieux. J'ai essayé de le lui prendre, criant que cela me revenait, mais il ne l'entendait pas de cette oreille. Maman a dû nous séparer.

Après avoir ragé longtemps tout seul dans la salle à manger, je suis revenu dans la chambre,

« va, je te les donne, puisque tu y tiens tant; je vais t'aider à les ranger ».

Ce jeudi, pas de réunion scoute, les chefs supposant que nous avions trop à faire pendant cette première semaine. En réalité, nous ne savions pas encore très bien où nous en étions. Il pleuvait. Chez d'autres cousins, avec les Jouret, nous avons joué autour d'une grande table à une sorte de jeu de l'oie. On riait très fort, mais ce n'était pas vraiment amusant.

Devant tes piles de manuels, tu griffonnais le schéma de nos relations de parenté : sur la ligne supérieure, ton nom,

Pierre Vernier, puis celui de ma mère née Anne Vernier, celui de mon père Jean Eller, celui de tante Rose, née Rose Eller, celui de l'oncle Henri Jouret,

à la ligne inférieure, relié par un trait vertical à la croix de Saint-André unissant mon père et ma mère, le mien Pierre Eller, entre ceux de mes deux frères Denis et Jacques, à qui tu as donné le lendemain sa seconde leçon d'histoire, les difficultés de l'Ancien Régime.

Alain Mouron a répondu à l'oncle Henri que Clément Marot était un poète du début du XVIe siècle, qu'il avait suivi François Ier en Italie, qu'il avait eu des ennuis pour ses opinions religieuses, qu'il avait écrit des ballades et des épîtres, une traduction des psaumes à la fin de sa vie.

« Eh bien, ce n'est pas trop mal. Vous aviez à préparer l'une de ces épîtres, celle à Lyon Jamet, qui peut me dire qui est ce personnage? Voyons, monsieur Knorr? »

Au matin suivant, Alain Mouron, bien qu'il ne dût venir qu'à dix heures, pour la classe d'éducation physique, est arrivé en retard. Nous courrions déjà dans la sciure tout autour de la grande salle.

Puis nous sommes montés tous ensemble retrouver M. du Marnet, rapports de deux segments ou deux vecteurs. Nous avions réussi à savoir son nom; Alain Mouron l'a inscrit sur la couverture de son cahier sous le titre Géométrie.

L'oncle Henri, libre toute la journée du samedi, s'était levé tard et il est venu à la porte du petit lycée chercher Claude et François. Gérard les a rattrapés place Saint-Germain-des-Prés. Tante Rose était déjà rentrée avec Lucie qui a mis le couvert, coupé le pain, servi le thon.

Le Concile de Trente, la Contre-Réforme, Denis Régnier qui avait déjà entendu tout cela l'an passé et, certes, l'avait oublié, regardait dans son manuel la double page de cartes en projections diverses, indiquant les itinéraires des principaux voyages de découverte, celui de Vasco de Gama jusqu'aux Indes Orientales, dont tu ne nous as pas parlé, celui de Christophe Colomb jusqu'aux Indes Occidentales dont tu devais nous parler la semaine suivante, beaucoup plus longuement que tu n'avais fait l'an passé, celui de Magellan et de Sébastien del Cano tout autour du monde.

M. Hubert lisait près de sa femme qui se reposait sur son lit, le ventre énorme, un roman de la série noire, avant de venir nous donner notre première leçon de chimie.

L'art et la pensée au milieu du XIXe siècle, pour tes
philosophes, Darwin, Pasteur, Taine, Marx, aller au Louvre
pour Courbet, Daumier, au Jeu de Paume pour Manet,
Degas, Monet, à l'Opéra pour y entendre du Wagner lorsqu'une troupe allemande viendrait,

ta dernière leçon de cette première semaine. Dans deux
jours tout allait recommencer. Tu es entré dans ton café du
boulevard Saint-Germain, as commandé un demi, rempli ta
pipe, regardé les gens passer.

Après avoir pris une tasse de thé (maman fait toujours du
thé le samedi parce que papa est là), je me suis enfermé dans
ma chambre avec Jacques, et sachant bien que le lendemain
soir je serais trop fatigué en rentrant de ma sortie scoute
pour travailler sérieusement, j'ai préparé pour le lundi matin
la suite du passage des Alpes par Hannibal et les vingt vers
du cinquième chant de l'*Odyssée* (vraiment l'oncle Henri n'y
était pas allé de main morte),

« Il put tenir le coup, mais au retour, le flot l'assaillit... »

Heureusement Denis a eu pitié de moi et m'a ressorti de
sa bibliothèque les traductions dont il s'était servi l'an
passé.

Le dimanche matin, Alain Mouron, en uniforme scout a
assisté à la messe dans l'église Saint-Hilaire, à deux rangs
devant moi.

Il avait cru bon de communier, comme quelques-uns de
nos camarades, mais il n'avait pas songé à emporter un
petit déjeuner, s'imaginant sans doute qu'il lui serait possible d'aller prendre un café au lait dans un bar du quartier,
mais, son chef de patrouille, le second et la plupart des
autres chamois ayant mangé amplement à leur faim avant
de partir de chez eux, lorsqu'il a demandé timidement où
il pourrait prendre quelque chose, on lui a répondu assez
vertement qu'il n'avait qu'à entamer les provisions qu'il
avait dans son sac, ou, à la rigueur, s'acheter en vitesse un
croissant dans une boulangerie.

Après bien des conciliabules et discussions, les dernières
instructions reçues, la patrouille des chamois est partie
devant la nôtre vers la station de métro Odéon pour atteindre
Denfert-Rochereau.

L'oncle Henri, dans son lit, a vu qu'il était dix heures,
temps pour lui de se lever, se raser, s'habiller pour être

prêt lorsque ses enfants rentreraient de la messe avec leur
mère.

Il n'y avait que les trois derniers. Mon oncle a demandé
ce que faisait Gérard.

« Mais voyons, tu sais bien qu'il est en sortie, avec ses
scouts. Comme il faut que je prépare le déjeuner, je te rappelle que nous recevons Pierre Vernier, voudrais-tu aller
conduire ceux-ci chez ta mère, en leur faisant faire un brin
de promenade. »

Aussi, au lieu d'aller directement rue Guynemer, l'oncle
Henri, tenant par la main Claude et François, a poussé
jusqu'à la Seine, mais la pluie s'est mise à tomber et il a
vite tourné dans la rue Bonaparte, s'abritant sous les portes
cochères et progressant ainsi par petits bonds.

Les enfants étaient trempés en arrivant chez leur grand-
mère, car ni l'un ni l'autre, sauf en uniforme de louveteau,
n'aurait consenti à l'humiliation de porter un chapeau.

La vieille Mme Jouret les a vite essuyés avec de superbes
serviettes-éponges.

« Tu vas bien rester un peu? »

Mais il a regardé sa montre et a répondu que c'était
impossible, qu'il attendait quelqu'un pour déjeuner, un de
ses collègues.

L'après-midi, Hubert Jourdan est allé avec son frère
Joseph voir *L'Inconnu du Nord-Express*.

M. Tavera, dans son atelier, boulevard Montparnasse,
garni de superbes tapis, recevait sa fille Gisèle dont son
ancienne femme avait la garde. Il avait pour elle un placard plein de jouets et de déguisements. La pluie faisait
grand bruit sur la verrière; de grosses gouttes tombaient
dans une casserole près du poêle.

La pluie qui avait semblé se calmer et avait repris de
plus belle, t'empêchant de traîner le long des quais, tu t'es
abrité sous les portes cochères de la rue de Beaune, pensant
à moi, à mon frère Jacques, à mon cousin Gérard, bison,
écureuil, tigre, dans les bois trempés.

Tu t'es installé au Royal-Saint-Germain pour attendre
Micheline Pavin.

Vous avez commandé du thé et c'est alors que tu lui as
parlé de cette conjonction de relations familiales à l'intérieur de ta classe de seconde, de cette occasion à ne pas
manquer, cette constellation dont on ne pouvait raisonna-

blement espérer qu'elle se reproduirait une année prochaine; c'était donc le moment où jamais d'entreprendre
la description.

« Mais bien sûr, il faut absolument que vous vous y
mettiez.

— J'ai peur que cela me prenne beaucoup de temps, que
mes leçons en pâtissent.

— Echappatoires...

— J'ai une espèce de crainte, que voulez-vous...

— De ne pas réussir?

— Oui, à cause de ce nombre de choses sur quoi je vais
avoir à me renseigner.

— Mais, n'est-ce pas, avant tout, ce qu'en principe on
demande à n'importe quel élève de seconde?

— C'est que je ne suis pas un élève et qu'il me faudra le
savoir et le comprendre tout autrement.

— N'est-ce pas ce que vous cherchez, ce que vous m'avez
expliqué?

— J'hésite, j'ai l'impression...

— Ah, je commence à vous connaître, vous aimez prendre
les choses au tragique. Vous voulez des encouragements?
Je vous les donne. De l'aide? Je ferai ce que je pourrai. A
nous deux...

— Sérieusement?

— Allons, est-ce que je puis dire plus?

— Il me faut quelque chose de plus, sans quoi je ne pourrai rien faire.

— Demandez-moi donc! Allez-y! J'espère que ce n'est
pas trop extravagant.

— C'est extravagant.

— Allez-y!

— Il me faut un ordre.

— Un ordre?

— Il faut que vous m'ordonniez de me lancer dans cette
aventure.

— Vous employez de bien grands mots.

— Vous aurez tous les droits sur moi si vous êtes capable
de me donner cet ordre et moi je serai capable alors de
mener l'aventure à terme envers et contre tout. Vous seule
pouvez découvrir en moi...

— Ne tremblez pas comme ça. C'est entendu. Je vous
ordonne d'entreprendre cet ouvrage, et je vous interdis de

l'abandonner tant que je n'en serai pas satisfaite. Cela vous suffit-il? Tout cela n'est pas si difficile, allez; je sais que vous ferez cela si bien, j'en attends beaucoup de plaisir.

— Vous allez être bien déçue.

— Je prends mes risques.

— Et maintenant que désirez-vous?

— Marcher dans la pluie.»

Éclats de rire; les clients se sont retournés sur votre passage. La nuit tombait rapidement.

Nous nous dirigions le plus vite possible vers la gare à travers les bois qui s'obscurcissaient, puis le village, fatigués pour la plupart, mon soulier gauche trempé (j'avais enfoncé le pied dans une flaque).

Nous sommes arrivés juste à l'heure; le train était bondé; d'autres troupes scoutes, d'autres mouvements de jeunesse, serrés dans la vapeur, et certains chantaient.

Nous nous sommes dispersés à Denfert-Rochereau. J'ai donné à mes bisons mes consignes pour la réunion du jeudi.

Jacques et moi nous sommes rentrés, harassés; je portais son sac; il n'en pouvait plus, mais il avait l'air enchanté.

Les parents s'étaient déjà mis à table avec Denis. Nous sommes allés enlever nos chaussures et nos chaussettes, mettre nos pantoufles avant de venir manger notre soupe qui refroidissait.

« Eh bien tu es propre! Pour la première sortie de l'année, tu es déjà couvert de boue. Tu avais bien besoin, en effet, d'un autre blouson. »

Je n'ai rien répondu à mon père, mais cette remarque m'a rempli de joie, car j'y ai vu le signe sûr que j'aurais le surlendemain, pour mon anniversaire, un nouveau blouson, peut-être en cuir.

Lorsque M. Mouron a réveillé son fils, celui-ci avait encore des courbatures; il s'est levé, a attendu que la porte fût refermée, puis est retombé sur son lit, s'étirant longuement et refermant les yeux

(sur sa chaise, son uniforme, le chandail bleu avec les insignes, la culotte courte, le ceinturon à boucle de cuivre, le foulard avec sa bague formée d'un lacet tressé suivant la figure nommée tête de Turc);

quand il les a rouverts, il s'est aperçu avec terreur qu'il était déjà neuf heures moins vingt. Il est allé chercher dans son armoire son pantalon long, son veston, une chemise

propre et une cravate. Il s'est à peine lavé, n'a pas pris le
temps de se coiffer;

Auteurs Grecs et *Auteurs Latins, Auteurs Français du
Seizième,* et les trois cahiers leur correspondant;

il a avalé son café au lait sans le faire chauffer ni le sucrer,
couru pendant tout le trajet, mais il était déjà neuf
heures dix quand il a franchi le seuil du lycée. Heureusement le portier regardait ailleurs.

« Quel est votre nom?, a dit l'oncle Henri.

— Alain Mouron.

— Ah, en effet, Alain Mouron. Dites-moi, je sais bien
qu'il est pénible de se lever le matin, mais c'est une chose à
quoi il faut vous résoudre. Je vois que vous n'avez même
pas pris le temps de vous coiffer. Continuons. »

Francis Hutter s'est levé pour permettre à Alain Mouron
d'atteindre sa place. Celui-ci m'a cligné de l'œil.

Ulysse s'accroche à un rocher pour résister à la vague
qui l'emporte pourtant, puis réussit à gagner à la nage
la bouche d'un fleuve, au dieu duquel il adresse cette
prière :

« Écoute-moi, Seigneur, qui que tu sois. »

Plusieurs d'entre nous dormaient à demi. Nous étions
un peu mieux réveillés pour patauger dans Tite-Live,
comme les soldats d'Hannibal dans les Alpes, comme les
soldats en mission secrète que nous étions la veille, dans les
bois de Verrières.

Lui l'oncle Henri, pour tous les autres que moi M. Jouret, nous lui en voulions presque d'avancer dans les fourrés
de ces longues phrases avec tant d'aisance, de s'y reconnaître si facilement dans ces subjonctifs et ces imparfaits,
s'amusant, c'était visible, de quelques-unes de nos erreurs,
mais agacé de nos lenteurs, de nos bâillements.

A travers les vitres, les nuages s'ouvrant, un triangle
déchiqueté de ciel bleu, il s'est arrêté lui aussi de parler
pour le regarder, puis il a frappé sur son bureau du bout des
ongles avec gentillesse, et cet instant de détente a suffi pour
donner à celui qui s'est remis à lire, Maurice Tangala, le
noir, de nouvelles ressources de courage et de confiance.

Et pendant la définition des tropiques, l'après-midi,
comme il rêvait de cette Afrique qu'il n'avait jamais vue,
regardant les taches que le soleil peignait sur les cheveux
et sur les livres de ses camarades proches de la fenêtre,

l'abbé Gollier, dans son bureau, préparait sa classe pour les première.

Comme la nuit tombait derrière les tours de Saint-Sulpice, après avoir fini de revoir rapidement les classes du lendemain matin, tu t'es hâté de préparer l'Égypte don du Nil, les États-Unis atlantiques et surtout cette leçon pour nous de trois à quatre, presque hors programme, la découverte et la conquête de l'Amérique, qui devait jouer le rôle de point de départ et d'appui.

Tu as emporté sous ton bras le *Marco Polo*, pour montrer à Micheline Pavin quels passages tu voulais nous en lire pendant cette heure essentielle.

Après avoir dîné avec mes parents et mes frères, il a bien fallu que je me mette à écrire cette narration que l'oncle Henri avait eu la mauvaise idée de nous demander pour le lendemain. J'ai longtemps mâchonné mon crayon, repassant dans ma tête nombre de souvenirs. Il aurait sans doute été plus prudent de choisir un jour où je n'étais pas avec l'oncle Henri, mais l'heure tournait et ce que je me rappelais le mieux, c'était tout de même l'inauguration de notre cabane dans les bois d'Herrecourt près des Étangs.

J'ai mal dormi cette nuit-là; je me suis réveillé en sursaut à quatre heures du matin. J'ai allumé la lampe, j'ai regardé la pendule; Jacques s'est retourné dans son lit, m'a demandé pâteusement :

« Qu'est-ce qu'il y a?

— Rien, dors. »

J'ai éteint, pour rallumer un peu plus d'une heure plus tard, l'esprit agité par l'idée que je n'avais fait mes préparations ni en grec, ni en latin, ni en anglais, ni en français, je n'avais étudié ni ma leçon d'histoire ni celle de physique. Pour toi et l'oncle Henri, j'espérais bien que vous n'auriez pas la cruauté de m'interroger le jour de mon anniversaire, mais M. Bailly et M. Hubert, s'ils connaissaient en principe ma date de naissance, puisque tous les deux nous l'avaient fait écrire lors de notre première leçon, n'y feraient sûrement aucune attention. Jacques ne bougeait pas; j'ai éteint, j'ai attendu, je ne me suis pas rendormi.

Pour toi aussi la journée qui allait commencer serait différente des autres, devait amener une transformation dans ta vie. Tu as ouvert les yeux à six heures moins le quart, allumé ta lampe, ouvert ta fenêtre.

Il faisait encore nuit. La rue déserte. Tu es revenu te coucher. *Marco Polo* sur ta table de chevet. Les fastes de Koubla Khan.

Michel Daval dormait calmement dans sa chambre rue Pierre-Leroux. Sa mère a allumé sa lampe à sept heures et demie, car il lui fallait très longtemps toujours pour se préparer.

M. Bailly s'est levé. Sa femme dormait encore près du lit qu'il venait de quitter. Elle a sursauté, a vu l'heure qu'il était, enfilé sa robe de chambre, est allée réveiller les enfants.

Il est entré dans son cabinet de toilette, a commencé à se raser, honteux de son visage qui le fascinait dans le miroir. Il avait bien le temps; il ne devait se rendre au lycée que pour nous rejoindre à onze heures.

Améric Vespuce et les autres navigateurs.

L'un à côté de l'autre au premier rang, Claude Armelli et Gabriel Voss, le premier petit, cheveux noirs, yeux vifs, l'autre plus grand, blond, taché de son, iris curieusement verdâtres, leurs mouvements de mains presque parallèles.

« Les civilisations précolombiennes, état de l'Amérique au moment de la découverte. »

Claude et François, en pyjama, sont venus dire bonsoir à l'oncle Henri dans son bureau, interrompant sa lecture de *Britannicus* dont il nous avait donné à préparer pour le lendemain la première préface. Lucie est entrée à la fin du second acte,

« Et, pour nous rendre heureux, perdons les misérables »,

tout habillée encore, naturellement,

« tu as fini tes devoirs? Tu as appris toutes tes leçons? Eh bien, va vite te coucher »,

Gérard lorsque, resté seul sur scène,

« Burrhus, enfin Néron découvre son génie »,

pour avouer qu'il trébuchait sur sa première version latine de l'année, qu'il devait remettre le lendemain; mais son père a été inflexible et lui a ordonné de venir lui montrer son devoir une fois terminé.

Il est venu à dix heures moins dix, l'air penaud; son père a examiné la feuille et lui a permis d'aller se coucher tout en lui disant de ne pas s'étonner s'il n'avait pas une très bonne note.

Alain Mouron cherchait dans le dictionnaire de Gaffiot les mots obscurs du passage des Alpes par Hannibal, puis il a pris son *Britannicus*,

« de tous les ouvrages que j'ai donnés au public... »,

avant d'aller dire bonsoir à son père qui fumait sa pipe tout seul en écoutant un concert à la radio.

Le lendemain matin, c'est par moi que mon oncle a commencé pour l'explication de Tite-Live. Inutile de dire que j'avais été incapable de préparer quoi que ce fût avec tout ce qui s'était passé la veille; il aurait bien dû s'en douter; il ignorait, bien sûr, que j'avais passé la soirée avec toi, et qu'il y avait eu entre nous cette espèce de pacte qui me faisait le regarder et regarder tous mes camarades avec une curiosité toute nouvelle. Heureusement, Michel Daval avait une traduction, mais comme Francis Hutter était absent, il avait bien du mal à se cacher.

Pendant la classe de français j'étais tranquille, l'oncle ne m'interrogerait plus de quelques jours. Michel Daval, tout en écoutant d'une oreille distraite l'explication de la première préface de *Britannicus*, terminait furtivement la lecture du numéro d'octobre de *Fiction*, posé sur ses genoux, revue que je n'avais jamais vue, mais qu'évidemment, une envie folle m'a pris de connaître, à cause de notre conversation de la veille, ce qu'avait pu lire mon voisin ces jours-ci, et je lui ai demandé de me passer ce numéro, ce qu'il a fait fort gentiment, en me demandant de ne pas le garder trop longtemps.

Dans une grande librairie, tu faisais la queue pour acheter d'occasion les livres scolaires dont nous nous servons, physique et chimie de seconde et aussi physique de mathélem, car c'était la classe que faisait M. Hubert le mardi de trois à quatre, dans un autre rayon les livres d'italien dont se sert M. Bonnini, puis tu as déjeuné dans le restaurant grec de la rue de l'École-de-Médecine.

De quelle façon, et avec quels instruments, mires, théodolites, avions photographes, on dresse une carte. Henri Fage, juste derrière moi, considérait dans notre manuel les trois figures de la région du Mans à différentes échelles, qui l'intéressait particulièrement parce qu'il avait passé ses vacances à Saint-Mars-la-Brière, dont le nom n'était pas mentionné sur le plan du bas de la page, mais entier dans celui du milieu, tronqué par le cadre dans celui d'en haut.

Dans la cour, M. Moret faisait respirer mon frère Jacques et ses camarades.

Le jeudi, avant déjeuner, revenu de chez le coiffeur, j'ai préparé ma réunion de l'après-midi.

Plongé dans les *Auteurs Français du Seizième Siècle*, mon carnet de textes devant les yeux, que tu avais soigneusement recopié, tu as lu avec une attention particulière, puisque c'était notre programme pour l'heure qui avait précédé immédiatement celle de la découverte et de la conquête de l'Amérique, la lettre de Gargantua à son fils Pantagruel :

« maintenant toutes disciplines sont restituées... ».

Comme ta dent recommençait à te faire mal, tu es allé prendre, dans ton cabinet de toilette, deux cachets d'aspirine. Puis, avant d'aller déjeuner seul rue des Canettes, tu as sonné chez nous; c'est ma mère qui t'a ouvert et tu lui as demandé de me remettre mon carnet de textes, ce qui l'a bien étonnée, mais tu as préféré ne pas lui donner d'explications.

Dans l'escalier, tu as rencontré toute la famille Jouret qui venait déjeuner chez nous.

Jean-Pierre Cormier, l'après-midi, se méfiait du surveillant, mais il avait la satisfaction d'avoir marqué un point contre Denis Régnier. Il comptait bien maintenant avoir le timbre de l'Alaska contre son timbre du Liban. Il faudrait ruser encore, mais la brèche était faite et des relations commerciales solides, d'estime réciproque, allaient pouvoir s'établir. M. du Marnet et sa femme visitaient le Jardin des Plantes.

La matinée du vendredi étant consacrée aux activités de plein air, ce n'est pas du lycée que je suis rentré à midi le 15 octobre, mais du stade de la Croix-de-Berny, par le train de la ligne de Sceaux, comme pour une sortie scoute. Plus de la moitié de nos camarades étaient descendus à Denfert-Rochereau pour prendre un métro, mais nous avions continué jusqu'à Luxembourg. Quand je suis arrivé rue du Canivet, tout le monde mangeait déjà ses salsifis. Puis tous les trois, nous avons pris nos livres.

Tu avais déjeuné chez M. Hubert pour la première fois. Tu lui avais posé discrètement quelques questions sur sa méthode, sur ce qu'il pensait des élèves. Il s'était amusé de ta curiosité. Sa femme était très fatiguée; l'heureux événement ne tarderait pas.

« Il faut attendre encore un mois, en principe. »

Vous avez pris le métro tous les deux jusqu'à Saint-Hilaire; vous vous êtes quittés dans l'escalier du lycée au premier étage; tu es allé parler à Jacques et à ses camarades des clubs révolutionnaires, cordeliers, feuillants, jacobins...

Puis Michel Daval m'a demandé si j'avais terminé le numéro de *Fiction* qu'il m'avait prêté. Non, mais je pourrais le lui rendre le lendemain matin.

« ...un gros bréviaire empantouflé, pesant tant en graisse qu'en fermoirs et parchemin... ».

M. Bonnini, les yeux de plus en plus cernés, faisait traduire à ses première :

« Mon fils, dit le maître courtois,
Ceux qui meurent dans la colère de Dieu,
Tous convergent ici de quelque lieu qu'ils viennent... »

Mais il ne les écoutait pas; il lisait pour lui-même :

Figliuol mio, disse il maestro cortese...,

comme si c'était un voyage dont il se souvenait et une grande partie de ceux qui étaient dans sa classe, suspendus à ses lèvres et à ses regards perdus, l'écoutaient se plaindre ainsi devant eux, par l'intermédiaire de Dante.

Tu as revu Micheline Pavin, le dimanche suivant, pour la première fois depuis le lundi précédent, depuis cette classe décisive, depuis que tu t'étais embarqué dans la rédaction de cet ouvrage, dont avant tout il a été question, naturellement; elle a été ravie quand tu lui as dit comme cela avançait, t'a donné tous les encouragements que tu désirais quand tu lui as parlé des difficultés que tu commençais à rencontrer, n'a montré un peu d'inquiétude que lorsque tu lui as fait voir comme le programme de ta semaine s'était resserré, et c'est elle qui a décidé qu'il fallait prévoir à l'avance les moments de vos rencontres.

Vous promenant ensemble le long de la Seine, vous avez convenu de dîner ensemble tous les mardis (après les six heures de classe et les deux heures d'écriture projetées, il était absolument nécessaire, a-t-elle dit, qu'il y eût quelque diversion) et aussi tous les vendredis, journée plus calme,

où donc tu pourrais parler un peu de ce travail. Et les
dimanches..., cela dépendrait des dimanches.

Je n'avais pas de sortie scoute ce jour-là; au secret de
toute ma famille, tu m'avais donné rendez-vous au Royal-
Saint-Germain à quatre heures, parce que Micheline avait
envie de me connaître.

Comme il m'était difficile de ne pas parler de tout cela à
mon frère Denis! Mais comment aurais-je fait pour lui en
parler? Il s'était caché de moi les jours précédents, maintenant c'était moi qui me cachais de lui, parce que j'étais
convenu avec toi que j'irais te faire un compte rendu,
t'apporter ma moisson de renseignements en revenant du
lycée, avant de rentrer dans l'appartement, et que je ne
voulais pas qu'il me vît, qu'il me posât des questions.
J'étais sûr que je ne réussirais pas à lui expliquer les choses
proprement et qu'il se moquerait de moi, qu'il en parlerait aux
parents d'une façon stupide qui pourrait te gêner toi aussi.

Or, ce lundi, sans doute un de ses camarades préférés
était-il absent. J'ai eu la surprise de le voir au bas de l'escalier du lycée, qui m'attendait avec Jacques. Nous avons
fait quelques pas ensemble. Je cherchais désespérément un
moyen de leur fausser compagnie. Heureusement, j'ai aperçu
Alain Mouron de l'autre côté du boulevard et j'ai déclaré
qu'il me fallait absolument lui demander un renseignement.

Ils n'y ont pas prêté attention. Ils m'ont laissé filer. Je
les ai suivis à distance. J'ai attendu dans l'escalier, rue du
Canivet, qu'ils aient claqué la porte de l'appartement.

C'est alors seulement que je suis monté, et je suis
entré chez toi qui m'attendais avec assez d'impatience,
parce que tu étais invité à déjeuner chez M. Hutter (l'an
passé, tu fréquentais fort peu tes collègues, à l'exception de
l'oncle Henri et de M. Bailly); je t'ai raconté mes difficultés,
je t'ai fait recopier la nouvelle page de mon carnet de textes,
je t'ai dit que le numéro de *Fiction* était maintenant chez
Alain Mouron, et que c'était à l'enterrement de son grand-
père paternel que Francis Hutter était allé dans son village
de Lorraine. Tu m'as demandé de revenir l'après-midi.

« Décidément, a dit mon père quand je suis entré dans la
salle à manger, il y en a toujours un qui est en retard. »
J'ai marmonné quelque chose sur un camarade, tout en
pensant à part moi qu'il faudrait trouver une meilleure
solution.

Tu as fait la connaissance de Mme Hutter, de sa fille Geneviève; Henri est ton élève en philosophie, Gérard en cinquième. Vous avez parlé de Francis, de la mort de son grand-père (cousin germain de son père à lui), de ses parents, son frère, sa sœur.

Vous avez pris le métro tous les quatre; Henri Hutter est monté au second étage, son père au premier, Gérard Hutter a tourné à gauche dans la cour, toi à droite pour parler à Gérard Jouret, à Jean-Louis Hutter, à Claude Jourdan et leurs camarades,

de la transformation des sociétés européennes après la découverte de l'Amérique, de l'élévation du coût de la vie,

citation de Jean Bodin :

« Il est incroyable et toutefois véritable qu'il est venu du Pérou depuis l'an 1533... plus de cent millions d'or et deux fois autant d'argent... »,

l'essor prodigieux des banquiers, Fugger, Médicis, l'abaissement du niveau de vie dans les classes pauvres.

La température et ses variations au cours d'une année ou d'une journée, selon les lieux; Michel Daval, l'esprit tout occupé de son prochain déménagement, m'expliquait à mi-voix qu'on avait déjà tout emballé chez lui, qu'il coucherait le lendemain soir à sa nouvelle adresse, rue Servandoni, et je n'avais pas de scrupule à l'écouter attentivement au lieu de t'écouter; je savais que tu ne me punirais pas, que tu ne le punirais pas sauf nécessité absolue, trop heureux d'apprendre par moi, quelques instants plus tard, des renseignements de cette importance pour ton entreprise, mais lui, Michel Daval, ignorait tout cela, prenait les plus grandes précautions, avec des moments d'inquiétude et de silence, et je ne pouvais pas le rassurer, lui faire partager mon secret; il me fallait au contraire mimer la crainte, faire semblant de me cacher.

Comme il n'arrivait plus à parler, M. Bonnini a fait faire à ses troisième un thème sans dictionnaire, texte pris dans un journal du jour, qu'il a lentement inscrit au tableau noir.

Le lendemain, au lieu d'écouter le discours de César, je songeais au moyen de donner à Denis une explication vraisemblable sur ma conduite de la veille. Il avait vu que je l'évitais; il l'avait découvert alors que je me cachais pour qu'il passât devant moi sans me voir. Cela n'était rien;

mais, comme cela se reproduirait certainement, il fallait un prétexte.

« Eh bien, voici que vous êtes comme Cassius, vous avez *a lean and hungry look*, vous pensez trop, pensez plutôt à votre texte. »

Et j'ai lu :

« il pense trop, de tels hommes sont dangereux ».

J'ai eu un peu peur, je n'ai pu m'empêcher de t'appliquer cette parole, en particulier à cause de ce regard nouveau que tu as pris, comme affamé. Je me suis efforcé de chasser tout cela de mon esprit et de concentrer toute mon attention sur le passage de Shakespeare, mais il n'y avait plus rien à faire, ton visage maigre, tes yeux plus durs, plus enfoncés qu'avant, revenaient troubler les lignes imprimées.

Sortant du lycée, tu m'as fait un clin d'œil à peine perceptible, auquel j'ai répondu de même façon. Je t'ai laissé t'éloigner. Denis est passé devant moi avec ses camarades. Il leur a offert une cigarette. Cela m'a donné une idée : je lui ferais croire que je ne veux pas qu'il me voie fumer.

Jacques m'avait rejoint; je ne pouvais semer Jacques aussi. Tant pis, je n'irais pas chez toi avant le repas, l'après-midi seulement, ce serait très facile, ni Denis, ni Jacques ne restait au lycée jusqu'à cinq heures.

Aussi, ce jour-là, c'est Denis seulement qui a été en retard pour le déjeuner. Je n'avais pas très faim, je savais que tu m'attendais, je me demandais si je réussirais à te faire comprendre pourquoi il me fallait prendre tant de précautions à l'égard de mes frères, si tu ne te moquerais pas un peu de moi, si tu ne déciderais pas de te passer de moi puisque cela me troublait à ce point. Il faudrait jouer serré, se protéger de toute part pour conserver cette passionnante complicité.

Au bout d'une demi-heure, l'envie t'a pris de venir sonner chez nous pour voir si j'étais rentré, mais tu as bien senti le caractère bizarre qu'aurait eu cette curiosité, et pendant que moi, je me torturais à table, tu t'es dit simplement que j'avais dû oublier, que, de toute façon, nous voir deux fois par jour était inutile, qu'il faudrait arranger cela plus économiquement, et tu es parti déjeuner rue des Canettes, avec, dans ta serviette, le *Manuel d'Histoire de Seconde*, dans lequel, comme tu nous parlais des corporations, Jean-Pierre Cormier, derrière moi, a regardé avec attention une illustration représentant la foire Saint-Germain. M. du Marnet parlait à ses quatrième des cas d'égalité des triangles rectangles.

Le mercredi, nous avons déjeuné ensemble toi et moi chez mes parents, moi assis à côté de toi, sous prétexte que j'étais ton préféré, Jacques à ma droite. Mes parents t'ont donné un livre sur la peinture espagnole. Au dessert, ma mère est allée chercher le gâteau, m'a fait signe dans la porte, et je suis allé la rejoindre; c'est moi qui ai allumé les trente-cinq bougies que tu as soufflées peu après avec un sourire gêné. Nous avons tous eu droit pour l'occasion à un peu de cognac; nous sommes partis vers le lycée dans une grande excitation.

Ta première heure de l'après-midi, c'était, comme tous les quinze jours, l'histoire en quatrième : Charles-Quint, François Ier, Henri VIII. M. Moret nous faisait tourner dans la cour au pas gymnastique,

« un, deux, un, deux, sur place maintenant »,

marquait le temps avec un petit sifflet très aigu.

Puis M. Bonnini est rentré rue du Cardinal-Lemoine avec son fils aîné dont ils avaient fêté tristement les dix-neuf ans. Geneviève, en ouvrant la porte, leur a demandé :

« Comment était-elle?... Elle t'a bien reconnu, au moins?

— Oh oui, oui, elle avait l'air heureuse. »

Michel Daval m'expliquait comment était arrangée sa nouvelle chambre, rue Servandoni.

« Est-ce que vous allez vous taire?

— Mais, Monsieur, je ne disais rien.

— Comment, vous ne disiez rien? Venez au tableau pour l'instant. Si vous ne répondez pas convenablement, vous serez collé demain. »

Il n'a pas répondu convenablement.

Le lundi suivant, après avoir noté les absents, Tannier et Zola, tu nous as demandé de prendre une copie blanche, d'y inscrire notre nom et notre classe en haut à gauche, puis de mettre comme titre : Interrogation de géographie.

« Vous voudrez bien répondre aux questions suivantes : » (tu les as inscrites au tableau noir)

« 1° qu'est-ce qu'un isotherme?

2° quels sont les points les plus chauds et les plus froids du globe et pourquoi?

3º qu'est-ce qu'une inversion de température?

Vous avez un quart d'heure; après nous parlerons de la circulation atmosphérique, c'est-à-dire du vent. »

Pour la première question, je n'ai pas eu trop de difficulté, une ligne qui joint les points d'égale température soit extrême soit moyenne; pour la seconde, j'ai pu me rappeler qu'il y avait un pôle du froid en Sibérie, que les maxima de chaleur devaient se trouver dans le Sahara et dans les déserts analogues; mais pour l'inversion de température, il m'a fallu regarder ce que faisait Michel Daval à côté de moi, qui n'en savait rien lui non plus, ce que faisait Alain Mouron devant moi.

Le mardi, Jacques est tombé malade, une angine encore, simplement. Il n'est pas allé en classe, est resté dans son lit, n'a pour ainsi dire pas déjeuné.

Nous sommes allés les uns après les autres lui faire un peu de conversation et tu es venu prendre de ses nouvelles en lui apportant des bonbons à la menthe.

Puis tu as parlé à tes sixième des Hébreux, de leur religion, de leurs livres sacrés qui forment la Bible.

L'oncle Henri nous a donné un nouveau devoir de français :

« que pensez-vous des idées de Rabelais sur l'éducation? comparez l'enseignement actuel avec celui que combat Rabelais et avec celui qu'il propose »,

à remettre le mardi 9 novembre,

avant de nous faire lire ce que nous avions à préparer pour ce jour-là, l'éloge de l'herbe merveilleuse dite Pantagruelion, c'est-à-dire du chanvre,

« ...sans elle, seraient les cuisines infâmes... ».

Après cela, M. Bonnini a fait traduire en classe par écrit à ses philosophes, le début du passage du *Purgatoire* sur la vallée des Princes; Michel Daval, à côté de moi, notait sous ta dictée :

« les interventions scandinaves ».

Il y a eu trois jours de vacances au moment de la Toussaint; tu en as profité pour avancer considérablement dans la rédaction de cet ouvrage et l'étude de nos manuels.

Ainsi, le mardi après-midi, jour des morts, tu as relu l'*Iphigénie* de Racine que l'oncle Henri faisait étudier à ses première moderne.

Je campais avec les autres chefs de patrouille dans le parc d'un petit château de Seine-et-Oise. La pluie nous avait obligés à nous réfugier dans une étable désaffectée. Il y avait là une grande table branlante, des caisses qui nous servaient de tabourets, un vieux petit fourneau à bois sur lequel nous faisions bouillir de l'eau pour le thé.

La semaine suivante, la routine a repris sans accroc. Quand tu es venu dans notre classe, tu as noté l'absence de Francis Hutter et Denis Régnier, tu as interrogé Rémy Orland sur les nuages et les systèmes de nuages, François Nathan sur les pluies et les autres précipitations : brouillard, bruine, grêle, rosée et neige.

Les photographies illustrant la leçon qui allait suivre, climats et types de temps :

deux vues des Nouvelles-Hébrides, une de Saint-Pierre-et-Miquelon : petite maison à l'horizon oblique au-dessus des sapins rampants, une autre prise aux environs de Mexico : clôture de hautes plantes grasses semblables à des cierges.

Mon frère Denis a été malade à son tour, une bonne grippe, son pick-up auprès de son lit, qu'il avait fabriqué lui-même avec des pièces que lui avait fournies un de ses camarades. Beaucoup de grésillements, mais il était très fier de son œuvre, et il le faisait marcher aussi fort qu'il pouvait. Nous l'entendions de la salle à manger pendant le déjeuner.

« Mais il va se fatiguer avec tout ce bruit.

— Laisse-le, cela lui fait du bien; tant que les voisins ne se plaignent pas... »

Remontant pour prendre tes livres de l'après-midi, tu es passé lui donner un petit quarante-cinq tours, repiquages de Duke Ellington, qui l'a touché au cœur et qu'il a immédiatement essayé ; malheureusement quelque chose ne marchait pas bien avec les vitesses. Il a tout arrêté, s'est mis à démonter le mécanisme, éparpillant les pièces sur le lit.

Tout cela m'intéressait fort, mais il était temps de partir. J'ai couru, je t'ai dépassé dans la rue, tu étais avec Jacques.

En entrant au lycée, tu m'as fait un clin d'œil. Nous avions rendez-vous pour le soir, réunion d'information.

Interrogation écrite aux sixième :

« que savez-vous de la Crète?

que savez-vous des Phéniciens? »

avant de leur parler des poèmes homériques et en particulier des voyages d'Ulysse. Prétendant que c'était pour les récompenser de leur bonne tenue, tu leur as lu, dans la traduction de Victor Bérard, l'arrivée dans l'île des Phéaciens :

« Mais Pallas Athéna eut alors son dessein... »
Nous avons remis à l'oncle Henri notre devoir sur l'éducation selon Rabelais; il nous a raconté la vie de Calvin.

Maintenant M. Bonnini, tout vêtu de noir, continue avec ses philosophes, la lecture du *Purgatoire*.

Michel Daval dessine une paire de lunettes sur le portrait de Turenne par Lebrun.

Je dis maintenant, mais ce n'est pas vraiment maintenant, de même que ce n'est pas vraiment moi qui écris ; il y a déjà longtemps que cette heure est finie et ce présent que j'utilise est comme la pile d'un pont reliant ces autres présents :

celui où tu écris, celui où je te lirai et mes camarades aussi,

à cette heure centrale qui s'éloigne de plus en plus et que tu distingues de toutes les autres, qui l'entourent avec de plus en plus d'épaisseur,

en utilisant pour elle un immobile présent narratif,

alors que cette heure-ci, ce milieu de l'après-midi le mardi 9 novembre 1954, la prochaine fois que tu y reviendras, fixant le foyer de ton esprit sur un autre élève et un autre professeur, comme tu voudras elle aussi la situer parmi d'autres heures, non seulement après celles qui l'ont précédée, mais avant celles qui l'ont suivie,

tu me la feras décrire au passé.

En octobre 1953, M. Bailly avait presque le même horaire et par conséquent, le mardi après-midi, entre trois et quatre, il était avec ses philosophes, et le second mardi de l'année scolaire, le 13 octobre, il était sans doute en train de leur faire lire le sonnet de Keats sur sa première lecture de la traduction d'Homère par Chapman,

« ... Ou, tel le dur Cortès... »,

à moins qu'il n'eût déjà commencé celle du *Vieux Marin*.

Pour lui aussi sont venues les vacances et, le 10 août, il est arrivé avec sa femme et ses trois enfants à l'Hôtel de la Plage. Denis et moi, nous avions déjà été ses élèves, mais il ne nous a pas reconnus, comme nous descendions vers l'eau, trop préoccupé par les bagages et l'installation.

Le portier les a fait monter au second étage où on leur avait réservé deux chambres avec une porte de communication.

Sa femme est partie pour Orléans le 7 septembre. Il l'a regardée faire ses valises sans l'aider. La pluie battait les vitres. De l'autre côté du mur, Alain Mouron expliquait aux trois enfants, d'un ton de professeur, les règles de cette espèce de jeu de l'oie que l'on avait donné au petit René pour ses neuf ans.

Mme Bailly a fermé les serrures.

« Voilà, je suis prête.

— Il faut dire au revoir aux enfants. Avec ce temps-là, il vaut mieux qu'ils restent ici; heureusement que nous avons Alain pour les surveiller. »

Il a ouvert la porte.

« Maman veut vous dire au revoir. »

Tout le monde s'est levé, marquant un peu d'impatience.

« Restez assis, continuez à jouer, je viens juste vous embrasser. Je vais à Orléans et puis je reviendrai très vite. Vous ne vous apercevrez même pas que je suis partie. »

Georges et Agnès, les plus jeunes, se sont rassis avec docilité. Alain Mouron se sentait de trop, s'appuyait au lit, et regardait à travers la fenêtre et la pluie, les branches luisantes du cèdre, les rochers estompés au delà du petit mur. René s'est mis à fondre en larmes.

« Il faut être raisonnable pour le jour de ta fête », lui a dit son père, puis à sa femme :

« je crois qu'il est temps ».

Il a refermé la porte, pris les deux valises, descendu l'escalier, mis son imperméable qui était pendu dans l'entrée près de la loge du portier.

Il est parti dans la pluie, sans se retourner vers sa femme qui le suivait. Il n'y avait que dix minutes jusqu'à la gare.

Elle est montée dans le train; ils ne se sont pas fait de signes d'adieux.

Au lieu de rentrer à l'hôtel, il a tourné dans le village, mains dans les poches. Pour la première fois depuis qu'il était à Saint-Cornély, il a exploré systématiquement les bistrots et les marques de bière que l'on y vendait.

Le lundi 13, il a reçu une lettre lui disant que contrairement à ce qui avait été convenu, elle ne pourrait pas revenir le 15 à Saint-Cornély, ses affaires à Orléans s'avérant beaucoup plus compliquées qu'elle n'avait pensé au premier abord.

Elle ne donnait aucun détail sur celles-ci, mais certaines devaient concerner ce professeur de physique et chimie qui était déjà venu plusieurs fois leur rendre visite à Paris.

Leur grande erreur, se disait-il en relisant la lettre dans sa chambre après le déjeuner, se demandant comment il allait y répondre, et surtout annoncer la nouvelle aux enfants, n'avait-elle pas été de se marier entre professeurs d'anglais? Si les disciplines avaient été différentes... Il sentait bien qu'il se mentait à lui-même; cette thèse qui n'avançait que de plus en plus lentement; ce qu'il aurait fallu savoir, c'était si ce professeur d'Orléans dont le nom lui échappait toujours, n'avait pas quelques travaux en train, tout près de l'achèvement, qui pourraient lui apporter tout d'un coup, très prochainement, cette notoriété sur laquelle lui ne comptait plus, sur laquelle sa femme avait tellement compté pour lui;

et il se demandait en regardant, depuis la fenêtre ouverte, par-dessous la grande branche du cèdre au delà du petit mur, sur la plage dorée entre les rochers scintillants, ses trois enfants se trempant les pieds dans l'écume sous la conduite de son neveu Alain,

qui soudain a pris dans ses bras la petite Agnès vraisemblablement pour la consoler,

petites silhouettes maigres et muettes au milieu du bruit des feuilles et des vagues,

ce qui se passerait si ce brillant jeune professeur était nommé l'année suivante à Paris et surtout s'il était nommé au lycée Taine.

Espérant contre toute probabilité un télégramme de contre-ordre qui aurait calmé ses craintes, il avait préféré attendre pour annoncer la chose et, le mardi au déjeuner, comme personne n'avait fait allusion au retour prévu pour le lendemain, il n'avait pas osé mettre la question sur le tapis, s'efforçant de croire que peut-être ses enfants avaient oublié cette date, qu'ils n'y faisaient plus attention, qu'ils l'accueilleraient quand elle serait là, que la rentrée des classes était encore trop lointaine pour qu'ils se fussent déjà mis à compter les jours, à regarder chaque matin la date; mais un tel oubli, déjà invraisemblable pour le petit René, était parfaitement inadmissible pour Alain Mouron dont les yeux tranquilles et tristes n'avaient cessé de l'observer.

Il était monté coucher les enfants (quelle bonne idée de l'avoir fait venir, mais s'il n'avait pas été là, peut-être sa femme aurait-elle eu plus de scrupule à le laisser, lui, seul avec eux; elle avait eu un si étrange sourire lorsqu'elle l'avait accueilli, ce petit cousin orphelin, elle avait pris tant de soin à l'instruire dans ce rôle de gardien),

il redescendait maintenant; M. Bailly, qui terminait son café, le voyait traverser le hall, pénétrer dans le grand salon froid presque toujours vide.

Il s'est essuyé la bouche et il est allé le rejoindre. Il s'est installé dans un autre fauteuil de rotin en face de lui, tous deux seuls entre les murs sales et humides, près de la fenêtre donnant sur le jardin désert, avec les taches de soleil sur le gravier, qui oscillaient avec le mouvement des branches devant l'horizon marin indécis.

« J'ai reçu une lettre de ta tante, elle ne sait pas encore quand elle reviendra.

— Ah oui.

— Je sais bien que pour toi cela n'a pas tellement d'importance...

— Oh mais...

— Oui, ce n'est pas ce que je voulais dire, mais tu me comprends bien.

— Ce sont les cousins?

— Entendons-nous; elle m'avait dit à moi et à toi aussi peut-être, qu'elle reviendrait demain mercredi, mais je n'arrive plus à savoir si elle l'avait dit aussi aux enfants et dans ce cas-là, s'ils s'en souviennent. Elle m'écrit qu'on a tellement besoin d'elle à Orléans qu'elle ne pourra nous retrouver que le 26. Si par hasard les enfants l'attendaient pour demain, il faudrait évidemment leur expliquer. Sinon, autant leur annoncer tout simplement que...

— Ils ne m'ont parlé de rien.

— Nous verrons bien, bonne lecture. »

Mais quelque deux heures plus tard

(dans la salle à manger des Étangs, mon oncle Henri prenait le thé tranquillement avec la tante Rose, tous les deux seuls dans la maison, puisqu'ils venaient d'envoyer mon frère Jacques avec les deux petits, Claude et François, nous apporter notre goûter à la cabane en construction dans les bois d'Herrecourt),

Alain Mouron qui se séchait au soleil sur le sable

(il y avait un vent assez frais),

a vu le petit Georges Bailly sortir de l'eau en frissonnant, claquer des dents;

il l'a frictionné vigoureusement avec une serviette-éponge, a ordonné à tout le monde de se rhabiller;

et de l'extérieur, car ils ne tenaient pas à tous les quatre dans la cabine, il l'a entendu demander à son frère aîné René, à quelle heure leur mère arriverait le lendemain et celui-ci répondre qu'il s'informerait auprès du cousin Alain, ce qu'il a fait lorsqu'ils sont remontés à l'hôtel.

« Demain? Mais ce n'est pas demain qu'elle doit revenir, pas avant la semaine prochaine.

— Comment?, s'est écrié le petit Georges, mais je t'assure que c'est demain. Il faudra aller l'attendre à la gare.

— Qui t'a dit cela?

— Mais c'est René.

— Elle nous a dit ça le jour où elle est partie.

— Mais non, elle a dit qu'elle reviendrait sans doute un mercredi, mais elle n'a jamais dit que ce serait ce mercredi-là, peut-être celui de la semaine prochaine et encore cela n'est pas sûr.

— Mais après on sera rentré à Paris.

— Ne vous inquiétez pas, elle sera là avant que l'on parte d'ici, vous n'avez rien à craindre.

— J'étais pourtant sûr que c'était demain. Papa m'avait dit lui aussi que c'était demain.

— Quand ça?

— Je ne sais plus, il n'y a pas longtemps.

— Nous en avons parlé tout à l'heure, il vient de me dire que ce serait la semaine prochaine.

— Ce doit être cette cousine qui est malade.

— Oui, sûrement.

— Papa a dû recevoir une lettre.

— Oui, il a reçu une lettre.

— Il y a longtemps que nous n'avons pas reçu une lettre.

— Elle vous embrasse sûrement dans celle qu'elle a envoyée à l'oncle René.

— Pourquoi, alors, il ne nous l'a pas montrée?

— Est-ce qu'il vous montre toutes les lettres qu'il reçoit?

— Toutes celles où maman nous embrasse. Et s'il sait quand elle rentre, il faut qu'il nous le dise, parce que nous pensions qu'elle rentrait demain; c'est ça que René avait entendu...

— Oui, c'est ça que j'avais entendu et je croyais que tu l'avais entendu aussi, Alain; alors, si elle a changé d'avis, c'est qu'il est arrivé quelque chose...

— Ah non, Agnès, tu ne vas pas te mettre à pleurer! Le mieux, c'est que nous allions voir tous ensemble tout de suite l'oncle René et il vous donnera toutes les explications que vous pourrez désirer. »

Ils sont montés au second, ont mis leurs slips et leurs serviettes à sécher près du lavabo, ont frappé à la porte de M. Bailly qui n'était pas là. Alors Alain a commencé à s'inquiéter; il a pris Georges et Agnès par la main et il est allé à la recherche de son oncle dans les rues de Saint-Cornély; il faisait très beau mais le vent fraîchissait, les rayons horizontaux du soleil faisaient des taches sur les murs de granit, la mer lapait les galets; des cris d'oiseaux, des bicyclistes retour d'excursion; ils ont trouvé M. Bailly dans un café

sur le port, Alain avait aperçu son visage derrière la vitre;
après un instant d'hésitation, il est entré, il a fait entrer
ses cousins; un appareil à disques hurlait un vieux tango.
    M. Bailly était seul à sa table, ils l'ont entouré, muets, il
leur a dit de s'asseoir.
    Mon oncle Henri nous attendait aux Étangs, fumait sa
pipe au premier étage en regardant le soir s'étaler tout
doucement sur les champs et les bois. Ma tante Rose s'était
déjà enfermée dans la cuisine pour préparer le dîner.
    Au détour du chemin, près des trois chênes, il nous a
aperçus qui revenions avec le panier plein d'outils. Une ou
deux étoiles perçaient. C'était un coucher de soleil drama-
tique, des nuages s'amoncelaient au-dessous des collines de
Bresles, et des sautes de vent faisaient claquer le linge étendu
dans le jardin près des groseilliers.
    Mais alors qu'il a plu le lendemain sur une moitié de la
France, il faisait fort beau sur la vallée du Rhône que tu
remontais en face de Micheline Pavin, le soleil éclairant
les pages de ton livre entre Avignon et Valence, au chapitre 135 où il est question de ces idoles du Catai qui ont
pour fonction de faire retrouver les choses perdues.
    A Saint-Cornély, c'était pluie battante, et Alain Mouron
avait bien du mal, dans sa chambre, à faire tenir tranquilles
ses trois cousins. Heureusement, il y avait cette espèce de
jeu de l'oie que l'on avait donné au petit René pour son
anniversaire. Aucun n'avait voulu dormir. Ils étaient déjà
restés enfermés toute la matinée et ils étaient tous trois
au bord de la crise de larmes. Agnès n'avait pas voulu se
mêler au jeu, grondait sa poupée de l'autre côté du lit. Le
plus insupportable, c'était que l'on entendait, de l'autre côté
du mur, M. Bailly marcher de long en large et marmonner
tout seul.
    René a jeté les dés en criant :
    « Double six!
    — Tu triches, a répondu Georges.
    — Menteur!
    — Je t'ai vu.
    — Qu'est-ce que tu as vu?
    — Alain, hein qu'il a triché?
    — Recommençons.
    — Pourquoi recommencer, j'ai double six.
    — Allons, tu peux bien recommencer, ce n'est qu'un jeu.

— Ce qu'il peut être mauvais joueur!

— Moi, mauvais joueur, c'est toi qui triches!

— Je n'ai pas triché, je recommence, double six! Ah, tu as vu, je n'ai pas triché.

— D'accord. A moi.

— Ah, mais non, mon vieux, j'ai encore un coup, j'avais double six.

— Mais alors, moi, je ne joue jamais.

— Attends un peu.

— C'est toujours toi qui gagnes dans ces jeux-là.

— Ce n'est pas vrai. Avant-hier tu as gagné, n'est-ce pas, Alain?

— Oui, mais moi je n'ai pas triché.

— Ah, c'est trop fort! Mais moi non plus! J'en ai assez! »

La porte de communication s'est ouverte. M. Bailly, furieux, serrait le poing, puis il s'est calmé et il a dit très doucement avec un sourire d'ironie :

« Est-ce que ça va bientôt être terminé vos bêtises? »

Il a refermé la porte derrière lui. Alain Mouron a demandé à ses deux cousins :

« On continue?

— Non, a dit le petit René, il est trop bête. J'ai une idée.

— Ah oui?

— Nous allons écrire une lettre à maman.

— Qui va écrire une lettre?

— Nous tous, on va la faire ensemble.

— Non.

— Non? Tu ne veux pas écrire à maman?

— Je veux bien écrire à maman, mais j'écrirai ma lettre à moi, tu écriras ta lettre à toi.

— Oh, si tu veux, tout à fait d'accord, on verra bien.

— Et moi? a dit Agnès qui s'était approchée, tirant sa poupée par un bras.

— La tienne, nous l'écrirons ensemble, a répondu Alain Mouron; nous allons sortir pour acheter des cartes postales au bureau de tabac, mettez vos imperméables. »

Il a frappé à la porte de communication. M. Bailly a crié d'un ton presque hargneux :

« Qu'est-ce qu'il y a?

— Nous sortons acheter des cartes postales.

— Qu'ils ne fassent pas d'idioties dans les flaques! »

Scènes que tu reconstitues d'après ce que je t'ai rapporté
de ce que m'en a dit Alain.

Et l'oncle Henri, dans la salle à manger des Étangs,
fumant le tabac que sa fille lui avait donné la veille, jouait
avec nous au loto, tandis que la pluie faisait rage et que le
tonnerre grondait.

Il a plu presque tous les jours jusqu'à la fin de septembre,
en particulier en Bretagne. La pluie battait les carreaux
de la salle à manger, tandis que M. Bailly relisait la lettre
qu'il avait reçue de Paris en même temps que celle de sa
femme, postée à Orléans, l'avertissant qu'elle arriverait le
vendredi soir pour passer le dernier week-end et faire les
bagages. A travers la porte vitrée, il apercevait son neveu
Alain, assis solitaire au salon.

Il a fallu toute la journée du lundi pour ces bagages. Pas
même une demi-heure. Il y avait une terrible agitation dans
les deux chambres contiguës et Mme Bailly passait continuellement de l'une à l'autre.

« René, apporte-moi tes culottes, mais non, pas toi, ton fils;
Georges, les tiennes, mais dépêche-toi, voyons; tiens, celle-ci
a un trou, ça ne m'étonne pas et je pense que tu t'es promené avec ça pendant trois jours avant que l'on s'en aperçoive.

— Personne ne s'en est aperçu.

— Ah, c'est complet! Eh bien, les gens ont dû bien rire!
Mon pauvre René...

— Mais ce n'est pas moi qui ai un trou à ma culotte,
c'est celle de Georges.

— Mon Dieu, que ces enfants peuvent être sots! Ce n'est
pas à toi que je parle, petit imbécile, c'est à ton père. Oh,
ce n'est pas la peine de pleurer pour ça, et si tu veux pleurer,
il vaut mieux quitter cette pièce, tu m'entends? Va dans la
salle de bains, où tu voudras, que je ne t'entende plus, tu
reviendras quand tu auras les yeux secs. Mon pauvre René,
je me demande vraiment ce qui nous est passé par la tête le
jour où nous avons donné à cet enfant le même prénom
qu'à toi, cela devient de plus en plus malcommode. Veux-tu
me passer tes chemises. Ah, il pleurniche derrière la porte.
Écoute, René, comme tu ne sais pas comment t'occuper, tu
tournes comme un ours en cage, va donc le retrouver et
emmène-le quelque part. Georges et Alain suffiront bien
pour empêcher Agnès de venir se fourrer dans mes jambes.
Si tu prends ton imperméable, prends aussi le sien. »

M. Bailly a refermé la porte derrière lui; il a mouché le petit René, lui a enfilé son imperméable.

« Il pleut un peu, mais cela ne fait rien, nous allons faire un tour dans les rues, un tout petit tour, pour la dernière fois, demain soir nous serons à Paris; nous allons regarder les maisons et l'église, et un peu les rochers, et puis tu boiras une orangeade, ou ce que tu voudras. »

Le lendemain, la salle à manger de l'hôtel était encore vide lorsqu'ils se sont mis à table tous les six; les deux malles dans le vestibule, avec la valise moyenne d'Alain Mouron, les trois petites des enfants; M. Bailly regardait perpétuellement sa montre; il a aperçu par la fenêtre la voiture du patron de l'hôtel; il a vite essuyé sa bouche, jeté sa serviette en paquet sur son assiette où il restait encore la moitié du morceau de camembert qu'il s'était servi, a claqué des mains, comme s'il était en classe, pour faire dépêcher tout le monde. Un serveur a apporté la tarte aux prunes de l'adieu; les trois petits en ont chacun pris un morceau qu'ils ont englouti tandis que leur mère et Alain Mouron leur enfilaient leurs imperméables.

Et l'après-midi, le train dans lequel ils se trouvaient s'est rapproché peu à peu du train dans lequel nous étions. Quand nous avons demandé à l'oncle Henri, debout dans le corridor, s'il voulait goûter, il nous a répondu :

« non, merci »,

et puis ç'a été comme si nous l'avions tiré d'un songe

(il ne pensait pas à la rue du Canivet, mais à la rue du Pré-aux-Clercs; il ne pensait pas à mes camarades de classe mais à ses collègues),

il a passé la tête par la porte du compartiment et a crié à tante Rose :

« j'allais oublier; il faut que j'aille réserver des places pour le wagon-restaurant, s'il en est encore temps ».

Il est revenu un quart d'heure plus tard triomphant, brandissant un éventail de minces tickets bleus.

« C'est pour le premier service, à six heures et demie. Voilà, il y en a bien huit. »

Or, c'était à six heures trente-cinq que le train dans lequel voyageaient la famille Bailly et Alain Mouron, devait arriver gare du Maine; il n'était donc pas question de wagon-restaurant, le goûter était fini depuis longtemps, les enfants s'étaient remis à jouer aux cartes, mais ils somnolaient un peu et la petite Agnès dormait en gémissant, la tête sur les genoux de sa mère, dont le visage sévère s'attendrissait.

Alain avait l'esprit préoccupé : son père pourrait-il quitter son travail à temps pour venir le chercher à la gare, guider ses premiers pas d'habitant de Paris? Il lui avait écrit qu'il l'espérait bien, mais qu'un imprévu était toujours à craindre et qu'il ne lui faudrait pas être trop déçu s'il ne l'apercevait pas; il lui suffirait de rentrer avec les Bailly rue Pierre-Leroux où il viendrait le prendre avant le dîner.

Il se répétait : il ne réussira pas à se dégager, il est très improbable qu'il vienne, il est sans doute beaucoup plus simple pour lui d'aller directement chez l'oncle René, son bureau est peut-être très loin de la gare du Maine, ce n'est presque pas la peine de regarder sur le quai, je regarderai tout de même parce que ce serait trop stupide, si jamais il était là, de le manquer, de l'obliger à venir chez l'oncle René, de rater si bêtement, par ma propre faute, mon entrée dans la ville de Paris. S'il est là, je l'apercevrai, je ne me précipiterai pas vers lui, je lui ferai signe, je dirai à l'oncle René qu'il est là, j'attendrai qu'ils se soient salués, je dirai au revoir, j'embrasserai les enfants, il prendra ma valise, nous les regarderons partir et, après, il m'emmènera dîner; mais il ne viendra pas.

Georges lui disait :

« Tu ne joues pas? »

La lampe s'était allumée. La pluie s'était arrêtée. Le crépuscule tombait sur la banlieue. Le train a ralenti. Il a fallu remettre les imperméables, descendre les valises des filets.

Alain s'est penché par la fenêtre, il n'a vu personne. Sur le quai, il n'a vu personne. Son oncle René lui a dit :

« cela m'étonnerait bien qu'il ait pu venir, tu vas rentrer avec nous, tu nous rendras bien service ».

Mais il était là, juste après la barrière où l'on donne son billet, en pleine foule, et Alain Mouron s'est creusé un chemin au milieu des dos et des bras pour le joindre.

« Ah, te voilà! Mais où sont tes cousins?

— Ils arrivent.

— Nous allons les accompagner jusqu'à leur taxi.

— Nous allons dîner chez eux?

— Oh, ta tante a suffisamment à faire avec ses enfants...

Alors, ce voyage s'est bien passé? Pas trop fatigués, les petits? Je crois qu'on sera bien dans son lit. »

Ils les ont accompagnés jusqu'à leur taxi, comme si c'était M. Mouron qui était Parisien depuis des années, comme si les Bailly étaient des cousins de province.

« Nous vous attendons demain pour déjeuner », a lancé la tante Élisabeth en agitant la main par la portière de la voiture qui s'ébranlait.

« Tu es content? Demain nous dînerons à la maison, tu feras la connaissance de Mme Davez qui viendra faire le ménage le matin et qui nous préparera nos repas, mais ce soir, nous allons nous payer le restaurant. »

Le lendemain, tu as déjeuné avec nous. C'était la première fois que je te revoyais depuis ton retour de Grèce et, après le départ de papa, comme tu sirotais au salon une seconde tasse de café, nous t'avons demandé tous les trois, Denis, Jacques et moi, des précisions sur ton voyage, car les récits que tu nous avais faits pendant le repas étaient loin de nous satisfaire.

Aussi, tu nous a donné des précisions sur les bateaux, sur le trafic des ports, les tramways d'Athènes, les menus des restaurants; puis maman est venue t'interrompre, nous rappelant qu'il nous fallait aller au lycée Taine chercher la liste des manuels scolaires dont nous aurions besoin cette année. Elle a emporté le plateau à café à la cuisine et tu es retourné dans ta chambre.

Il était convenu que nous irions goûter chez l'oncle Henri, et que le lendemain jeudi, échange de bons procédés, les petits Jouret viendraient déjeuner chez nous tous les quatre.

Pendant que nous faisions la queue au secrétariat, l'oncle Henri était chez le coiffeur de la rue du Pré-aux-Clercs, M. Dumarnet (je crois que c'est un cousin éloigné de notre professeur de mathématiques, qui, lui, orthographie son nom en deux mots : du Marnet), bien rafraîchi sur les tempes, qui commencent à grisonner, pas trop sur le front qui commence à se dégarnir, un shampooing, mais pas de friction.

Au moment où il est sorti, Alain Mouron est entré; c'était leur première rencontre, ils ne savaient pas qu'ils habitaient dans le même immeuble à quelques pas, ils ne savaient pas qu'à partir de la semaine suivante, ils allaient se trouver onze heures par semaine enfermés dans la même salle.

La veille de la rentrée, M. Bailly, appuyant son bras sur celui de Claire, descendait les Champs-Élysées à la recherche d'un film.

« Élisabeth est dans tous ses états; elle vérifie tous les boutons des manteaux et des tabliers. René va entrer en huitième, Georges en dixième, Agnès en onzième; eh oui, elle a déjà dépassé l'âge du jardin d'enfants, il a fallu leur acheter à tous de nouveaux livres, même ceux de René sont trop vieux pour Georges. Quand j'ai quitté la maison, juste avant de te téléphoner, ils étaient en train de se disputer pour la couleur des couvertures. Élisabeth leur a acheté hier de grandes feuilles bleues, vertes et roses; je ne comprends pas pourquoi elle ne les a pas emmenés avec elle pour les choisir; elle est comme ça, elle s'imagine toujours qu'elle peut imposer sa volonté à ceux qui vivent avec elle, pour les moindres choses, mais voilà, ses enfants eux-mêmes commencent à ne plus marcher, quant à moi... Le résultat était bien facile à prévoir, personne ne veut du papier rose. Agnès était en larmes; Georges, méchamment, a déchiré une feuille que René commençait à plier; Élisabeth lui a donné une paire de gifles et l'a enfermé dans la salle de bains où il n'a eu rien de plus pressé que d'ouvrir tous les robinets, alors, je me suis fâché, on est parvenu à un compromis en lui abandonnant le papier vert dont René avait commencé à se servir, j'ai fait comprendre à René qu'il était un grand garçon, qu'il devait céder devant le caprice de son petit frère et j'ai promis à Agnès que je lui achèterais du papier jaune dès que je le pourrais, ce qui a paru la calmer. Tu vois cette existence; elle n'a rien de plus pressé que de fuir cette maison; demain elle va retourner à son lycée et moi au mien, jusqu'au jour où elle trouvera quelque prétexte pour passer un week-end à Orléans, car je suis absolument sûr, maintenant, qu'elle me trompe à Orléans, ce qui m'enlèverait tout scrupule, s'il en était besoin, mais il n'en est pas besoin, il n'y a qu'à te regarder, voir tes yeux, voir ta patience, il faudra que j'amène peu à peu les enfants chez toi, il n'est pas question de les séparer d'elle complètement, mais tu seras tellement autre chose pour eux, tu leur apporteras tellement autre chose; je voudrais que, de temps en temps, ils puissent rester avec toi, seuls, l'un ou l'autre, à tour de rôle, en toute tranquillité, qu'ils goûtent un peu et le plus tôt possible, à cette vie différente.

Il espérait que les autres jours il irait plus vite; il éprouvait devant les difficultés qu'il venait de rencontrer un intense découragement.

Gérard Jouret frappait au bureau de son père qui, sur un autre cahier, recopiait une troisième fois la liste des élèves de notre classe :

« Pelletier, Louis, né le 6 août 1939,

Régnier, Denis, né le 14 décembre 1938 »,

(dans la marge, à gauche, il a dessiné la lettre R, redoublant)

« Spencer, Robert, né le 20 janvier 1939 »

(dans la première colonne, à droite, il a dessiné la lettre A, absent)...

« Eh bien, tu en as mis un temps pour l'apprendre, cet alphabet grec.

— J'ai fait d'autres choses aussi.

— Tu le sais maintenant?

— Oui, je peux te le réciter. »

Les yeux fermés,

« alpha, bêta, gamma, delta, epsilon...

— Très bien, mais ce que je voudrais voir, c'est si tu es capable de lire. Tiens, viens ici. Voilà un passage d'Homère que j'ai donné à préparer à mes élèves de seconde, à ton cousin Pierre en particulier, pour demain matin. Vas-y, allons, qu'est-ce qui t'arrête?

— *A, u,* cela se prononce comme en français au, ou bien *a, u?*

— Comme en français et un peu plus loin *o, u,* se prononce ou comme en français; tu vois que ce n'est pas difficile.

— Et là, *a, i,* cela se prononce ai?

— Non, *ay,* comme dans rail; il y a tout de même des différences, sinon ce serait trop facile. Eh bien, lis-moi ça, maintenant.

— *Autar Athènaiè, kourè Dios, alla noèsen.*

— Très bien, tu vois, bientôt tu comprendras ce que cela veut dire.

— Pierre comprend tout ce que cela veut dire?

— Je verrai cela demain, peut-être, si je l'interroge. Il est probable qu'il fera quelques erreurs; il y a des tas de choses qu'il ne connaît pas encore.

— C'est un bon élève?

— Je l'espère. Je n'en sais rien.

— Denis n'était pas dans ta classe l'année dernière?

— Non, il y avait deux secondes A.

— Mais Jacques, l'an prochain?

— Sans doute.

— Et moi, l'année suivante?

— Nous verrons bien. Tu n'as rien d'autre à apprendre? Je voudrais terminer ceci avant le dîner. »

Le lendemain matin, M. Bailly avait appelé au tableau un seconde A', et lui avait fait récrire tout le texte de la dictée en rectifiant chaque erreur.

« Nous notons sur 20; vous enlevez un point par faute. Faites rapidement vos calculs. »

Quelqu'un a levé la main.

« Oui?

— Et la ponctuation?

— Laissons la ponctuation tranquille pour cette fois-ci. Je vais prendre maintenant les notes des élèves de seconde A. Voyons, Abel? »

C'est son voisin, Charles Baron, qui a répondu :

« 9.

— Baron? »

C'est Abel qui a répondu :

« 7.

— Daval? »

Et c'est moi qui ai répondu :

« 11. »

Je l'ai vu rougir de soulagement. Je ne savais pas encore qu'il était le neveu de M. Bailly. Cela a continué jusqu'à Bruno Verger et Gilbert Zola, puis sont venus les seconde A' et les B. La cloche a sonné avant que l'on eût terminé.

M. Bailly a ramassé nos dictées, a rangé son gros livre rouge et nous a permis de sortir.

Jean-Claude Fage, après avoir noté la date de la prise de Constantinople par les Turcs, n'a pas rangé ses livres et ses cahiers dans une serviette, pour monter à l'amphithéâtre, mais il les a serrés dans une longue sangle qu'il tenait par un bout, et il les balançait dans l'escalier en les faisant parfois taper contre une marche.

J'étais à côté de lui; nous étions déjà ensemble l'année précédente, en troisième. Comme nous croisions d'autres élèves qui descendaient, la sangle lui a échappé; j'ai rattrapé le paquet et j'ai vu qu'il y avait écrit, sur la couverture de ses livres, non pas Jean-Claude mais Bertrand Fage, lycée Taine, seconde A, année scolaire 1953-1954.

« C'est ton frère?

— Oui, c'est lui qui vient de passer.

— Il connaît peut-être le mien, Denis.

— Peut-être. Dis donc, il paraît que le professeur de lettres aussi, c'est ton oncle?

— Qui est-ce qui t'a dit ça?

— Je ne sais plus, mais c'est vrai?

— Oui, c'est vrai.

— Eh bien, mon vieux, quelle famille! »

Et le soir, avant le dîner, Gérard Jouret demandait à son père qu'il venait d'interrompre dans sa préparation de l'exposé sur la vie de Racine, le lendemain matin chez nous, l'après-midi chez les première moderne (son profil se détachait devant la fenêtre crépusculaire) :

« Je voudrais savoir quelque chose.

— Oui?

— M. Vernier, ton ami M. Vernier, le professeur d'his- toire et géographie, c'est l'oncle de Denis, de Pierre et de Jacques.

— En effet.

— Toi aussi, tu es l'oncle de Denis, de Pierre et de Jacques.

— Comme leur père, M. Jean Eller est votre oncle.

— Mais alors, pourquoi M. Pierre Vernier n'est-il pas notre oncle, un oncle un peu plus éloigné?

— Non, non, il n'est pas votre oncle du tout; je vais t'ex- pliquer : ta mère est la sœur de l'oncle Jean, M. Vernier est le frère de ta tante Anne, voilà.

— Alors, pour nous, ça ne compte pas.

— Il est simplement M. Vernier. Tu le sais bien, pourquoi me demandes-tu tout cela?

— Parce que c'est mon voisin de table qui me l'a demandé.

— Tiens?

— Il s'appelle Claude Jourdan et il a un frère qui est dans la même classe que Pierre; alors il m'a posé la question et j'y ai pensé maintenant parce qu'il faut que j'apprenne une leçon pour lui demain, sur la découverte de l'Amé- rique. »

Alain Mouron était chez son cousin Michel Daval, rue Pierre-Leroux; ils avaient décidé qu'il était beaucoup plus

simple, rationnel, de conjuguer leurs efforts et de se partager
le travail, notamment en ce qui concernait les préparations
qui terrorisaient particulièrement le provincial.

Ils avaient pris le thé sous la surveillance discrète de
Lucie Daval qui s'était ensuite retirée. La difficulté c'était
de s'installer, parce qu'il n'y avait qu'une seule table dans
la chambre et bien trop petite pour qu'on pût y travailler
commodément à deux.

Après vaine exploration de l'appartement, Michel a estimé
que le mieux, ce serait qu'Alain s'installât confortablement,
puisqu'il était l'invité et qu'il fît la préparation de grec,
parce que c'était le plus difficile et qu'il était normal que
le plus difficile fût fait par le mieux installé.

Quant à lui, Michel, il avait l'habitude de travailler à
plat ventre sur son lit, cela ne le gênait pas du tout, il se
chargerait du latin.

Chacun donc s'est armé de son dictionnaire.

Ulysse apercevait la terre et la forêt, s'élançait pour
prendre pied. Après cela c'était le vers 400, c'était la nuit
qui recommençait.

> *All' oté tosson apèn...*

Rien; tout le peu de grec qu'il avait appris à Bourges, il
l'avait perdu pendant les vacances, mais il ne fallait pas le
montrer à Michel, là, derrière, vautré sur le lit, mâchonnant
son crayon en feuilletant ses *Auteurs Latins* d'un air désin-
volte.

Les mots un par un.

All',

Oté,

Tosson...

Les pages, les colonnes dans les pages, toutes ces citations, l'ordre alphabétique : pi, ro, sigma, tau...

« Mais comme il était éloigné... »

Et il a continué sa recherche harassante jusqu'à six heures
et demie, tandis que Michel Daval sifflotait, se levait, faisait un tour dans l'appartement, revenait s'étendre sur le
lit, soupirant :

« quel emmerdeur, ce Tite-Live! ».

« J'ai fini, a dit Alain Mouron, il faut que je rentre.

— Attends que j'aie recopié ton cahier. Mais moi, je n'ai
pas fini. Poh, il ne manque que les dernières lignes...

— Tu as tout compris?

— A peu près. Tu sais, il n'y a pas besoin de faire une traduction; j'ai l'impression que tu te donnes trop de mal. Mais tu as cherché tous les mots!

— Sans cela, je n'y comprends rien.

— Mais si, mon vieux, on s'arrange toujours.

— Toi, tu lis ça et tu comprends?

— Il ne faut rien exagérer.

— Et Tite-Live, tu peux m'expliquer de quoi il s'agit?

— Vaguement. Laisse-moi ma table pour que je recopie ton vocabulaire. »

Alain Mouron, debout, a regardé le cahier de son cousin, cinq ou six mots griffonnés, qu'il a confrontés avec le passage de Tite-Live, essayant de le lire, mais, là encore, il ne comprenait rien. Il faudrait se remettre au travail après le dîner. Cette collaboration ne lui semblait pas s'annoncer comme très profitable.

L'oncle Henri relisait la traduction que Victor Bérard avait donné des vers en question :

« il n'était déjà plus qu'à portée de la voix : il perçut le ressac qui tonnait sur les roches... »,

vérifiant certains mots dans le Bailly, ajoutant dans la marge quelques nouvelles annotations et corrections.

Le lendemain, M. Bailly n'avait pas classe. Il avait remis son travail de préparation à l'après-midi et rouvert le dossier contenant ses quelques fiches en vue de cette thèse sur Wordsworth chaque année plus improbable. Il devait aller chercher ses deux garçons au petit lycée; il a refermé son dossier se disant : « Il faut que je demande conseil à Claire. »

L'après-midi, à la fin de notre première leçon de mathématiques, tandis qu'Alain Mouron, Michel Daval, moi-même, tous ses voisins, nous rangions le plus rapidement possible nos affaires dans nos serviettes pour nous échapper, car cette sonnerie marquait pour nous non seulement la fin d'une classe mais la fin de l'après-midi, Francis Hutter est demeuré à sa place, a sorti un cahier neuf et son livre d'auteurs allemands. Il ne savait pas encore que le professeur qu'il attendait portait le même nom de famille que lui; il ne l'avait encore jamais vu.

Celui-ci venait de faire la connaissance de ses cinquième.

Ce jour-là, c'est Michel Daval qui est allé chez Alain
Mouron. Installés dans la salle à manger, chacun à un bout
de la table, ils avaient mis entre eux, en guise de goûter,
un paquet de petits-beurre trouvé à la cuisine.

Ils faisaient leur travail pour le surlendemain, le vendredi,
afin d'avoir la paix toute la journée du jeudi qu'ils devaient
passer ensemble, car Alain n'avait pas de réunion scoute ce
jour-là.

Or, le vendredi, il n'y avait que deux classes l'après-midi,
la matinée étant réservée aux activités de plein air (le professeur de gymnastique leur avait donné rendez-vous à neuf
heures dans le hall du lycée pour aller tous ensemble à la
gare du Luxembourg prendre le train pour la Croix-de-
Berny),

grec, français, une douzaine de vers d'Homère et l'*Épître à
Lyon Jamet* de Clément Marot.

Alain aurait bien voulu que cette fois ce fût Michel
qui se chargeât du grec, mais celui-ci s'est défilé en déclarant que, comme c'était le travail le plus ennuyeux et le
plus difficile, c'était à celui qui avait toutes ses affaires sous
la main que cela revenait de droit.

« Mais alors, c'est toujours moi qui planche. Une explication française, ce n'est rien du tout!

— Que tu dis.

— Cela ne se compare pas avec le grec.

— Si on voulait faire ça convenablement...

— Convenablement ou pas...

— Si tu n'as pas envie que je la fasse pour toi, je la ferai
chez moi en demandant à Lucie de m'aider. Qu'est-ce que
tu veux, ce n'est pas de ma faute, si tu n'as qu'un seul dictionnaire Bailly...

— Tu rigoles.

— On peut bien rigoler un peu.

— Mais alors fais ça bien, l'*Épître à Lyon Jamet*.

— Impeccable, mon vieux, tu vas voir. »

L'oncle Henri vérifiait la traduction de l'*Antigone* de
Sophocle dans la Collection Guillaume Budé.

Puis est venue l'heure du dîner. Il a entendu tante
Rose :

« Claude, François, vous êtes-vous lavé les mains? Nous
allons nous mettre à table. »

Il est passé lui-même dans la salle de bains. Quand il est

sorti, sa femme apportait la soupière. Dépliant sa serviette, il a demandé :

« Demain, nous allons tous chez Denise?

— Non, les enfants seulement, du moins pour le déjeuner. Nous irons les chercher à l'heure du thé.

— Tout le monde a fini ses devoirs? Ils seront fourbus après cette petite orgie de famille. »

M. Mouron était rentré.

« Alors ce grec, ça marche bien? Tu transmettras mon meilleur souvenir à tes parents, Michel. Ah, mais c'est vrai, nous venons chez vous demain. Bon appétit, Michel, et bonsoir. Et maintenant, mon petit Alain, débarrasse-moi cette table et mets le couvert pendant que je vais à la cuisine voir ce que Mme Davez a prévu pour nous. »

Après avoir déjeuné seul dans un restaurant de la rue des Canettes, tu es remonté rue du Canivet et nous t'avons croisé dans l'escalier, comme nous descendions sans enthousiasme prendre le métro pour aller chez la tante Denise.

La tante Rose avait dit à l'oncle Henri :

« Pendant que les enfants sont chez leur tante, nous en profiterons pour ranger le placard. »

Pots de confiture vides, bocaux, vieux plats, ils ont tout essuyé, lavé, puis tout remis en place après avoir étendu sur les planches de nouveaux rectangles de toile cirée.

Michel Daval avait eu l'intention d'amener Alain Mouron au zoo de Vincennes, mais la pluie avait ruiné ce projet.

« Faites quelque chose, a dit sa mère, ne restez pas ainsi à soupirer en regardant les vitres.

— On pourrait aller au cinéma.

— Tu as envie d'aller au cinéma? Allons, Alain, c'est à toi que je parle, réponds, ne sois pas timide comme ça.

— Je veux bien.

— Tu allais souvent au cinéma à Bourges?

— Pas très souvent.

— Mais tu aimes ça?

— Oh oui, j'aime beaucoup ça, mais il n'y a pas tellement de cinémas à Bourges.

— Je ne me souviens plus si ton père aime ça.

— Papa? Le cinéma? Il adore ça, il me dit tout le temps qu'il devrait m'y emmener plus souvent.

— Et qu'est-ce que tu as vu depuis que tu es à Paris?

— Oh, on n'a pas encore eu le temps d'y aller. Le soir, on arrange un peu l'appartement; ça n'est pas encore très au point, vous savez.

— C'est évidemment un peu idiot de te faire aller au cinéma alors qu'on t'a fait venir pour te montrer un peu Paris, mais c'est encore la meilleure solution. A moins que nous allions au musée du Louvre...

— Oh, tu sais, maman, je crois qu'il est un peu tard; cela doit fermer vers quatre heures; nous irons une autre fois, jeudi prochain, par exemple.

— Ah, mais jeudi prochain, j'ai une réunion scoute.

— Eh bien, l'autre jeudi, nous avons le temps, l'année est longue.

— Mais s'il fait beau, il vaudra peut-être mieux en profiter pour aller au zoo de Vincennes.

— D'accord, on n'ira au Louvre, ou dans un autre musée si tu préfères, parce que, tu sais, ce n'est pas ça qui manque à Paris, que s'il fait mauvais. Pour l'instant, on va au cinéma. Il faut que tu nous passes un peu d'argent, maman, parce qu'Alain a peut-être de l'argent dans sa poche, mais moi je n'en ai plus.

— Il ne faut pas qu'Alain dépense son argent pour cela; c'est toi qui l'invites, Michel.

— Alors, qu'est-ce qu'on va voir? »

Le lendemain, M. Bailly a dicté à ses première un passage d'une conférence de Coleridge sur *Macbeth* et leur a demandé de lui en remettre la version le vendredi suivant, 15 octobre, précisant que ceux qui ne l'apporteraient pas ce jour-là, non seulement auraient un zéro, mais seraient collés le jeudi d'après.

Petit exposé sur Shakespeare, se procurer si possible pour le lendemain une édition convenable, car les extraits dans le manuel ne suffiraient pas, préparer la scène trois du premier acte jusqu'au moment où Ross, l'un des deux messagers du roi Duncan, déclare au vainqueur qu'il est nommé thane de Cawdor, c'est-à-dire vient lui confirmer la première prédiction des sorcières.

Il était à peu près dix heures, le lendemain matin, quand il a rouvert les *Œuvres Complètes* et que ces sorcières ont recommencé à parler pour lui.

« Acte premier, scène première, un endroit désert, tonnerre et éclairs; entrent trois sorcières; la première

When shall we three meet again
In thunder, lightning, or in rain?
(Quand se va-t-on trois retrouver
Par tonnerre, éclair, ou par pluie? »)

Elles ont rencontré Macbeth, et celui-ci s'est mis à tuer, le roi Duncan d'abord, Banquo, son ami, par la suite; et lorsque l'horloge, sur la cheminée, lui a montré qu'il était temps d'aller chercher ses deux garçons à la sortie du petit lycée Taine, il en était à :

« une caverne, au milieu un chaudron en train de bouillir, tonnerre, entrent les trois sorcières ».

A la leçon d'histoire suivante, tu nous parlerais de la découverte et de la conquête de l'Amérique. Francis Hutter a souligné de deux grands traits bien droits à l'encre rouge la fin du chapitre de ce jour :

« la Renaissance et la Réforme »,

puis il a séché soigneusement sa page avec un buvard rose, il a contemplé son œuvre et, satisfait, a refermé et rangé son cahier pour se rendre, comme nous tous, à notre première leçon de chimie.

M. Hutter se promenait avec son fils aîné sur les quais de la Seine. Il désirait profiter du beau temps pour visiter Notre-Dame de Paris.

Avant le dîner, Gérard Jouret est entré dans le bureau de son père.

« As-tu fini d'apprendre tes leçons? Tu as une sortie scoute demain, je crois.

— Oui, il y avait un peu de grammaire grecque, un peu de grammaire latine et, pour M. Vernier, une leçon d'histoire.

— Tu sais que M. Vernier vient déjeuner ici demain; s'il me parle de toi, il faut que je puisse lui dire que tu as fait ton travail correctement. Qu'est-ce que tu avais à apprendre?

— Les guerres d'Italie.

— Apporte-moi ton livre. »

Ferdinand d'Aragon et Isabelle de Castille, Maximilien de Habsbourg, le pape Jules II, Charles VIII, Louis XII et François Ier, l'empereur Charles-Quint; puis le tour de sa sœur Lucie, qui elle aussi avait une leçon d'histoire pour le lundi, l'empire de Justinien, l'église Sainte-Sophie, Constantinople.

Claude est venu montrer ses problèmes, François ses exercices grammaticaux sur les adjectifs possessifs.

Alain Mouron a terminé sa préparation d'Homère; Michel Daval lui avait dit qu'il ferait cela le dimanche soir, lui qui n'avait pas de sortie scoute.

« ... Alors, aie pitié de moi, Seigneur, je déclare que je suis ton suppliant. »

Le couvert, pendant que son père faisait réchauffer la soupe; et, comme ils mangeaient silencieusement tous les deux,

« tu n'as pas envie d'aller au cinéma? Il serait temps que nous commencions à voir les salles du quartier.

— Je suis allé au cinéma avec les Daval, jeudi.

— C'est vrai et qu'est-ce que tu as vu, déjà?

— Un film de cow-boys.

— Dans quelle salle?

— Le Sèvres-Pathé.

— Nous en trouverons une autre. Va me chercher le journal qui est dans la poche de mon manteau. Tu as terminé ton travail?

— Bien sûr.

— Il ne faut rien laisser pour demain, car, avec ta sortie scoute, tu ne pourras rien faire, tu rentreras crevé, et je ne voudrais pas t'empêcher de faire un devoir.

— Non, non, je n'ai pas de devoirs, pas encore, simplement des préparations, quelques leçons, cela se fait très vite ».

Et il pensait :

« il y a encore ce maudit Tite-Live et le passage de Rabelais, et, pour l'après-midi, la leçon de géographie : présentation de la Terre, et la scène de *Jules César;* mais je téléphonerai demain soir après le dîner à Michel Daval, et il m'expliquera en deux mots de quoi il s'agit... »

« Eh bien, nous pourrions aller au Bonaparte, ce n'est pas loin, juste en face de l'église Saint-Sulpice. Ah, mais les séances sont à huit et dix heures; pour huit heures, c'est raté, et pour dix est-ce que cela ne fait pas un peu tard pour toi? A quelle heure as-tu rendez-vous demain matin?

— Pour la messe de neuf heures à Saint-Hilaire.

— C'est humain. Tu seras couché vers minuit et demi. Il nous reste encore une petite heure; nous allons voir ce qu'il y a à cette radio.

— Dis, papa, quand est-ce que le téléphone sera installé?
— On m'a promis que je l'aurais dans un mois. Prends une
pomme, ça te fera du bien. Ah, c'est vrai, il faut que tu
emportes un déjeuner froid pour demain. J'espère que
Mme Davez y aura pensé. »

Le réveil de M. Bailly a sonné à huit heures; Élisabeth
n'était pas là; c'est vrai, elle était à Orléans, ouais, Orléans.
Les enfants commençaient à s'agiter. Elle avait tout préparé
pour le petit déjeuner, elle lui avait laissé un papier avec
tout ce qu'il fallait faire, sur sa table de chevet, sous le
réveil.

« Le lait est sur le fourneau, ouvrir le compteur, allumer,
le surveiller pour qu'il ne se sauve pas. Pour le grand déjeuner, demander aux enfants de mettre le couvert; ne pas
oublier que la famille Daval vient au grand complet. Mme Doi-
gnet sera là pour la cuisine et la vaisselle, elle a toutes les
instructions... »

Les enfants s'habillaient tout seuls, s'entraidant; ils met-
taient leurs habits du dimanche; en général, ils allaient à la
messe avec leur mère à l'église Saint-François-Xavier et
M. Bailly restait dans son lit jusqu'à leur retour, mais aujour-
d'hui? C'était quelque chose qui n'était pas prévu, qui
n'était pas sur le papier.

Ils savaient tous les trois que leur père n'allait jamais à
l'église et ils se demandaient sans doute comment il allait
se comporter; ils avaient fait leur toilette plus soigneusement
que d'habitude, et d'eux-mêmes enfilé leurs gants.

Tout le monde a pris le petit déjeuner, et M. Bailly, tenant
par la main Agnès à droite et Georges à gauche, le petit René
ouvrant la marche, s'est rendu à l'église Saint-François-
Xavier où il n'est arrivé qu'à neuf heures et quart.

Georges s'est aperçu qu'il avait oublié son livre de messe.

« Moi non plus, je n'ai pas mon livre de messe, a répondu
son père, l'important c'est que tu fasses ta prière bien sage-
ment. »

C'était déjà l'Offertoire; l'orgue tonnait; ils se sont embrouil-
lés dans leurs génuflexions.

Michel Daval ouvrait un œil. Sa mère, à la porte de sa
chambre,

« si tu veux aller à la messe de dix heures, il est grand
temps de te lever; n'oublie pas que nous devons aller déjeuner chez les Bailly, et, comme ton oncle René est ton pro-

fesseur d'anglais, je crois qu'il vaut mieux que nous ne
soyons pas trop en retard ».

L'après-midi, M. Martin a emmené ses deux enfants au
zoo de Vincennes. Jean-Claude Fage disait à son frère Bertrand :

« Qu'est-ce qu'elle a maman en ce moment?

— Qu'est-ce qu'elle a? Elle est de mauvaise humeur; les
femmes, ça leur arrive de temps en temps.

— Tu en connais beaucoup?

— Mon vieux, je me suis dit : « Pas de complications avant
le bac », et si je puis te donner un conseil, c'est d'en faire
autant.

— Si tu veux me donner des conseils, j'aimerais mieux
que ce soit pour ce salaud d'Homère.

— Mon vieux, je n'y peux rien; je n'ai pas eu un tel casse-
pied l'année dernière comme professeur de lettres et je
n'ai jamais traduit ton Homère. Si vous le laissez vous
donner des préparations terribles comme ça sans mot dire,
dès le début, ça continuera toute l'année, et vous ne pourrez
plus rien faire. Si j'étais à votre place, je te jure que je prendrais des mesures d'urgence pour me saboter ce gars-là.

— Mais toi, tu la fais bien, ta préparation grecque.

— Moi, mon vieux, j'ai le bac à la fin de l'année et, en
plus, cela m'intéresse.

— Mais, moi aussi, ça m'intéresse.

— Alors, de quoi tu te plains?

— Cela m'intéresse, mais je n'y comprends rien.

— Tu fais ton boulot, moi je fais le mien. Vous avez aussi
Vernier en histoire et géographie?

— Oui, on a pour demain la structure, oui, c'est ça, structure, et l'histoire de la Terre.

— Méfie-toi; il a l'air gentil, mais il ne faut pas s'y frotter.
Je n'ai jamais vu son pareil pour vous coller avec le sourire.
Mon vieux, quatre heures approchent; si tu as fini ton petit
travail, je crois qu'il serait temps de partir pour le cinéma. »

Avant le dîner, l'oncle Henri a demandé à Gérard comment s'était passée la sortie.

La pluie, le jeu, la patrouille des tigres, le chef de patrouille,
les autres chefs de patrouille, chamois, écureuils et moi en
particulier, bisons, mais tante Rose, entendant sa voix,
entrant dans le bureau,

« ah bien, tu es propre! Tu raconteras tout cela plus

tard. Tu vas commencer par te déshabiller et me prendre un bain ».

L'oncle Henri s'est replongé dans la traduction de Victor Bérard,

« les immortels aussi n'ont-ils pas le respect d'un pauvre naufragé... »,

pestant comme à l'habitude contre le mauvais goût de celle-ci, tous ces maudits alexandrins blancs, se disant que, cette fois, il avait probablement forcé la dose, qu'il y aurait bien peu d'élèves, le lendemain matin, a avoir fait sérieusement cette préparation tout entière.

Seule parmi les enfants, Lucie a dîné tout habillée; les trois garçons étaient en pyjama, dormaient sur leur soupe, même Gérard, et ils se sont couchés dès la dernière bouchée avalée.

Après son bain, Alain Mouron avait brossé et plié son uniforme, puis remis son costume de ville. Le dimanche, Mme Davez ne venait pas de la journée et, par conséquent, il n'y avait pas de cuisine faite, c'est pourquoi le père et le fils sont allés dîner dans le restaurant de la rue des Saints-Pères, dames en robes du soir, messieurs qui riaient très fort, parlaient de pièces de théâtre, plats italiens, vin italien, dont Alain sans doute a bu un peu trop, cassata pour finir.

A neuf heures et demie, il a demandé s'il pouvait téléphoner. Il est tombé sur Mme Daval; Michel était en train de se coucher, mais elle est allée le chercher.

« Ici c'est Alain Mouron. Comment ça va? La sortie scoute? Oui, cela s'est bien passé, mais évidemment ce n'était pas le temps idéal. Est-ce que tu as fini tout ton travail pour demain? L'anglais? Ah, parfait! Apporte-moi ton cahier demain matin, je le recopierai au moment du déjeuner. Ce qui m'ennuie le plus c'est le latin; si tu pouvais me dire en quelques mots de quoi il s'agit... Tu n'en es pas sorti? Oui, j'ai terminé mon Homère hier soir, mais je n'ai pas mon cahier ici, je te téléphone d'un restaurant. »

La nuit, Michel Daval a entendu le réveil de ses parents sonner dans la pièce à côté. Sur sa table de chevet, sa grammaire grecque, parce que l'oncle Henri nous avait donné à réviser la première déclinaison et qu'il avait eu sincèrement l'intention de le faire avant de se lever; il a allumé la lampe, ouvert le livre, jeté un coup d'œil sur la page en

question, l'a refermé, a éteint, s'est retourné, a ramené ses
draps sur son épaule, s'est assoupi.

M. Bailly avait mal dormi; de fort mauvaise humeur, il a
enfilé ses pantoufles, est allé se raser dans la salle de bains,
allumer le gaz sous les casseroles de lait et café, est entré
dans la chambre de ses deux fils, dont il a ouvert les volets
aussi bruyamment qu'il a pu, puis de sa fille qu'il a réveillée
tout doucement.

Dans la cuisine le lait se sauvait.

Les trois enfants sont entrés pour prendre leur petit
déjeuner.

« Peignez-vous, tout de même! »

Il leur fallait se dépêcher. Comme Élisabeth était à Orléans,
il fallait que tout le monde passât d'abord par le petit lycée
d'Aulnoy pour y accompagner Agnès, avant que l'on se
rendît au petit lycée Taine.

L'après-midi, au premier rang, à ma droite, Philippe Guillaume était encore là; peut-être la sueur perlait-elle déjà
à son front, commençait-il à sentir les premières atteintes
de cette grippe qui allait l'immobiliser plusieurs jours.

Saisons, leur inversion d'un hémisphère à l'autre, la différence entre la durée des jours, et des nuits.

Bruno Verger, à côté de lui, très grand, avec ses cheveux
presque roux, sa barbe qui commençait à pousser et qu'il
devait être obligé de raser déjà une ou deux fois par semaine,
mâchonnait son crayon en t'écoutant, zones terrestres, tro-
picales, tempérées, polaires, sans prendre de notes, parce
que lui aussi, redoublant mais d'un autre lycée, avait son
cahier déjà plein.

Sortant de table, l'oncle Henri a embrassé Claude et François qui sont allés au lit sans trop faire de difficultés, pour
une fois. Tante Rose s'était installée près du poste de radio
pour tricoter des chaussettes chaudes à l'intention de Gérard
qui faisait semblant, comme Lucie, d'étudier ses leçons,
grammaire grecque et latine, tout en suivant distraitement
la pièce policière.

Enfermé dans son bureau, l'oncle Henri, après avoir allumé
sa pipe, cherchait dans notre livre de textes latins un sujet
de version à nous proposer le lendemain pour que nous la lui
remettions la semaine suivante,

après de nombreuses hésitations, a porté son choix sur un
passage du *De Signis*,

le pillage de la Sicile par Verrès »,

venio nunc ad istius...
(j'en viens maintenant à la passion de celui-ci...),

puis a pris dans sa bibliothèque son Rabelais pour y lire
le chapitre du *Pantagruel* dont nous avions un passage à
préparer pour le lendemain, pages 25 à 27 de nos *Auteurs*,
en entier depuis
« Pantagruel étudiait fort bien... »
jusqu'à
« ...tel était son esprit entre les livres comme est le feu
parmi les brandes, tant il l'avait infatigable et strident »,
s'est levé de son fauteuil, a rebourré sa pipe, est allé
retrouver tante Rose à la salle à manger, dire à Gérard et
Lucie qu'il était grand temps pour eux d'aller se coucher.

Alain Mouron, après avoir dit bonsoir à son père, s'enfilait
dans son lit et comme il n'avait pas trouvé le temps de faire
sa préparation française, parce qu'il avait eu suffisamment
de mal à terminer son devoir, notre premier de l'année, sur
la journée de ses vacances qui lui avait paru la plus remarquable, celle de son arrivée à Saint-Cornély,

ceci parce qu'il n'avait pas osé, par crainte du ridicule,
écrire la vérité, à savoir que le moment qui avait été pour
lui le plus heureux et passionnant, c'était celui de son arrivée à Paris,

il y a donc lu cette lettre de Gargantua, depuis
« maintenant toutes disciplines... »,
jusqu'à la signature.

Au cours de la nuit, se retournant brusquement, d'un
geste de la main, il a fait tomber le livre par terre.

L'oncle Henri a senti que tante Rose se levait. Un enfant
pleurait à côté.

« Qu'est-ce que c'était?

— Claude, un petit cauchemar. Je l'ai fait boire un peu.
Il s'est rendormi. »

Denis Régnier rêvait à de merveilleux timbres de Troie
avec des remparts, d'Ithaque avec des bateaux, de Carthage
avec l'effigie d'Hannibal, d'Utopie, énormes, avec celle de
Gargantua et avec celle de César, tachés de sang, de la
république romaine.

M. Bonnini, ne pouvant dormir, est allé ouvrir ses volets,
a attendu l'aube.

Au premier rang, tout près de la porte, Paul Coutet se penche sur son cahier pour recopier le schéma des deux Amériques sur le tableau noir, que tu viens de surcharger de trois ellipses à l'intérieur desquelles tu inscris en grosses capitales :

« Incas, Mayas, Aztèques »;

Gilbert Zola, son voisin, relève la tête.

Pyramides, temples, or, plumes.

C'était il y a bien des mois.

A dix heures du soir, M. Bailly n'était pas encore rentré rue Pierre-Leroux. Puisque Élisabeth lui avait laissé les enfants sur les bras pendant deux jours, elle pouvait bien s'en occuper un peu maintenant, toute seule. Après le dîner, Claire et lui avaient décidé d'aller au cinéma voir un film d'Hitchcock. Il regardait à peine l'écran. Il caressait sa main et embrassait de temps en temps ses ongles. Sortis, descendant les Champs-Élysées jusqu'à la Concorde,

« je ne sais pas comment cela va tourner, notre affaire.

— Quelle affaire?

— Notre affaire à tous les trois, Élisabeth, toi et moi, ou plutôt à tous les quatre, car je suis sûr qu'il y a ce type à Orléans...

— Comment voudrais-tu que ça tourne et pourquoi voudrais-tu que ça tourne? Cela va durer comme ça, un certain temps, et puis vous vous raccommoderez; nous nous verrons de moins en moins...

— Pourquoi me parles-tu comme cela? J'espérais au moins que toi...

— Tu veux que je te dise que je t'aime? Mais oui, je t'aime; profitons-en de ce moment où nous en sommes sûrs. Tu le sais bien que tu n'as pas de moyen de te séparer d'elle; tu le sais bien que tu n'as que de vagues soupçons.

— Cela va peut-être changer.

— Nous nous retrouverons au même point.

— J'ai fait une erreur, j'ai fait une terrible erreur quand je l'ai épousée; pendant des années je savais bien que ça ne marchait pas, mais je faisais comme si ça marchait, je donnais toutes les apparences, tu comprends? J'essayais de me convaincre moi-même; je me disais : « C'est peut-être un peu difficile à admettre, mais c'est cela ce bonheur dont on parle, ce n'est pas autre chose que cela, je n'aurais pas pu trouver mieux »; je me nourrissais ainsi d'illusions tristes, jusqu'au moment où je t'ai rencontrée, où j'ai compris que, si j'avais attendu, mais c'est toute une autre vie maintenant que nous pourrions avoir ensemble. Et tu me dis que cela est absolument irréparable?

— Voilà, je t'aime, nous nous aimons, nous sommes heureux en nous promenant tous les deux; tu éprouves une sorte de terreur en pensant au moment où tu vas rentrer chez toi. Ta femme sera endormie dans son lit, toute seule. Tu feras attention à ne pas faire de bruit pour ne pas réveiller tes enfants, et surtout pour ne pas la réveiller elle; et tu te coucheras dans ton lit à toi, tout seul, à côté du sien, pas beaucoup plus loin d'elle que quand vous aviez encore votre lit à deux; et moi aussi je pense avec horreur à ce moment, dans quelques instants, à la station Vaneau, où tu vas me quitter, où tu vas descendre sur le quai, tandis que je resterai dans le wagon pour aller jusqu'à Émile-Zola, et remonter dans mon atelier toute seule. Si seulement...

— Oui?

— Parlons d'autre chose.

— Mais, que voulais-tu dire?

— Rien, rien, je t'assure; marchons un peu plus vite, je commence à avoir froid.

— Écoute, dis-moi ce que tu as sur le cœur.

— Si seulement j'étais sûre que...

— Tu étais sûre de quoi?

— Pourquoi ne veux-tu pas te contenter...

— Tu étais sûre qu'elle me trompe?

— Mais non, il n'est que trop probable qu'elle te trompe, encore que...; si je me mets à te faire une scène de jalousie...; mais elle est bien trop fine, je crois, pour que tu puisses avoir la preuve, ce n'est pas ça du tout que je voulais dire, malheureusement.

— Comment ça, malheureusement?

— Eh bien, puisque tu le veux absolument, voilà, voilà ce qui allait m'échapper, mais, avant, je veux t'assurer que je t'aime, que je n'aime personne que toi, que je sais, je le sais, tu m'entends, que tu m'aimes; ce qui allait m'échapper c'est ceci : si seulement, hein, j'avais commencé comme ça, si seulement j'étais absolument sûre que tu n'as dit ça à aucune autre femme depuis ton mariage. Voilà, c'était ça, tu es content?

— Tu es en larmes, ma chérie, calme-toi. Là, ça va mieux.
A quoi cela sert, tout cela? Et alors, si tu en étais absolu-
ment sûre, qu'est-ce que cela changerait?
— Rien. »
M. Daval est entré brusquement dans la chambre de son
fils.
« Veux-tu éteindre ta lampe! Il est près de minuit, voyons!
Demain tu ne pourras encore pas te lever. »
Michel a attendu que le silence fût revenu, que la lumière
du corridor ne filtrât plus par la rainure sous la porte.
Alors, rallumant, il a sorti de dessous ses draps la revue à
couverture jaune qu'il avait achetée le matin et il a repris la
nouvelle de Fritz Leiber, *Le Jeu du Silence*,
« ...le soldat lâcha doucement son fusil et leva les mains
vers elle dans un mouvement d'interrogation... ».
A la fin,
« ... Lili se rendit compte que, dans un moment, elle
serait capable de parler »,
il était une heure moins le quart; trop fatigué pour se
mettre à « hors de la tanière » *(wolves don't cry)* (il savait
assez d'anglais pour traduire en réalité : les loups ne pleurent
point),
« le loup-garou est une créature familière de l'attirail
fantastique traditionnel... »,
il a posé la revue près de la lampe qu'il a éteinte, s'est
endormi en murmurant :
« tous les métaux cachés au ventre des abîmes ».
Nous étions rentrés rue du Canivet. Tu as relu tes quelques
notes déjà prises pour cet ouvrage qui se poursuit, couvert
quelques pages de signes pour organiser ton récit.
Jacques et Denis dormaient dans notre chambre. Je me
suis déshabillé dans le noir. Je n'arrivais pas à dormir. J'avais
quinze ans. J'étais détenteur d'un secret. Tu m'avais confié
une mission, je me demandais comment faire pour obtenir
tous ces renseignements que tu désirais; se faire inviter par
mon voisin Daval, par son cousin Mouron qui est scout à
Saint-Hilaire; donc les faire venir ici pour goûter par exemple,
ou sous prétexte de travail en commun, ils me donneraient
presque sans s'en douter des informations sur M. Bailly;
ensuite, j'attendrais d'autres instructions.
Trois heures à Saint-Sulpice.
A huit heures et quart, juste avant de quitter son appar-

tement, M. Mouron a réveillé son fils qui, cette fois, s'est levé d'un bond.

Sa grammaire grecque ouverte sous sa lampe de chevet, tout en enfilant sa chemise et son pantalon, il a lu à haute voix le tableau de la troisième déclinaison que l'oncle Henri nous avait donnée à réviser pour ce matin-là.

Dans la salle de bains, un peu d'eau sur les yeux, se disant qu'il se laverait plus complètement au moment du déjeuner, un peigne à travers les cheveux.

Il a bu son café au lait froid, parce qu'il n'avait plus le temps de le faire chauffer, puis il a descendu l'escalier quatre à quatre.

Il faisait très beau; le soleil du matin jouait dans les feuilles jaunes. En traversant la place Saint-Germain-des-Prés, il a vu qu'il n'était que moins dix.

Bien la peine de tant se presser, son réveil devait avancer, il a ralenti, s'attardant devant les vitrines, en particulier devant les cartes et les globes de chez Taride.

Mais au carrefour de l'Odéon, neuf heures sonnaient.

Il lui faudrait se faufiler devant le portier, essuyer les sarcasmes de M. Jouret. Cette fois ce serait la retenue à coup sûr, avec ce que cela comportait d'humiliation, non point tant devant les camarades de classe, mais devant les autres scouts de la patrouille des chamois, puisque ça l'empêcherait de venir à la réunion.

Son père accueillerait la nouvelle avec cette résignation triste qu'il lui connaissait si bien.

Mais non, coïncidence merveilleuse, M. Jouret lui aussi était en retard. Il venait de la porte du petit lycée où il avait mené ses plus jeunes fils; ils se sont croisés devant la loge du portier.

Sourire un peu gêné; il soufflait lui aussi, il venait de courir, ce qui était un peu ridicule à son âge.

Alain l'a laissé passer. Ils sont entrés l'un après l'autre dans la classe. Il y a eu un autre retardataire ce matin-là, François Nathan, mais mon oncle Henri ne lui a pas fait la moindre remarque.

« Abel?

— Présent.

— Armelli?

— Présent.

— Baron... »

Absents André Knorr et Francis Hutter; Philippe Guillaume était rentré.

« Bien. Maintenant, vous aviez pour aujourd'hui à me revoir la troisième déclinaison... »

Octave de Joigny, Laurent Garrac, Bertrand Limours.

« Pour vendredi, vous me réviserez la déclinaison des adjectifs. Nous allons passer à notre cher Homère. Vous aviez donc à préparer les vers 474 à 493 du chant V, c'est-à-dire la fin du chant V; après-demain, nous aborderons le chant VI, le rêve de Nausicaa. Qui peut nous faire le résumé des chapitres précédents, si j'ose dire, et en particulier de ce que nous avons lu hier. Voyons, Mouron.

— Ulysse est sorti du fleuve; il est sur la berge, mais il a peur d'avoir froid et il a peur aussi des animaux sauvages, des loups, des fauves...

— C'est cela. Nous nous étions arrêtés au vers 473 :

Deidia mè thérèssin élor kai kurma génomai,

J'ai peur que des bêtes sauvages, la pâture et la proie je devienne,

— je vous remercie. Et maintenant, que va-t-il se passer? Monsieur Limours, je crois que je ne vous ai jamais entendu lire de grec; faites-nous ce plaisir. »

Ulysse est allé se cacher dans un buisson d'olivier et s'y est endormi.

« Pour vendredi, vous me préparerez le début du chant VI jusqu'au vers 23. Il est l'heure. Ceux qui ont envie de sortir cinq minutes peuvent le faire. »

Rémy Orland, Louis Pelletier, Robert Spencer ont ânonné sur le chapitre 34 du livre XXI de Tite-Live.

« Pour lundi prochain, vous me préparerez le 35. Il est l'heure. Ceux d'entre vous qui veulent sortir... »

Représentation du relief, hachures et courbes de niveau, Maurice Tangala, au fond de la salle, reprenait dans sa tête un air qu'il avait entendu dans la rue en passant devant un café à juke-box, y ajoutant à chaque retour de nouvelles notes. Jacques Estier lui a fait signe de se taire; quelques-uns de leurs voisins commençaient à l'entendre, à tourner la tête vers lui.

L'abbé Collier, dans son bureau, préparait sa classe d'instruction religieuse pour les philosophes.

A six heures, comme le jour baissait beaucoup, tu es
allé fermer tes volets, après avoir allumé ta lampe. Il faisait
encore très beau, il y avait un souffle de vent chaud, le ciel
était vert derrière les tours de Saint-Sulpice, avec de longues
plumes lumineuses; quelques oiseaux criards passaient, et
les exclamations des enfants, qui traversaient la place, leur
répondaient dans le doux grondement des voitures.

Revenu à ton bureau, tu as considéré ce programme que
tu venais de mettre au point pour te permettre de réaliser
cet ouvrage, chaque heure de chaque jour de la semaine ou
presque ayant sa tâche déterminée, et soudain une idée t'a
traversé l'esprit, c'est qu'il n'y avait pas beaucoup de place
dans tout cela pour Micheline Pavin...

Il y avait les soirées, sauf celle du lundi; vous en parleriez
tout à l'heure ensemble...

Aussi, chassant ces préoccupations, tu as repris le classeur dans lequel tu avais rangé les notes rédigées la veille
et, conformément à cet horaire tout neuf, tu as poursuivi
ta recherche et ta rédaction jusqu'à sept heures,

notant et te remémorant ce qui avait eu lieu huit jours
exactement avant cette leçon de la veille que tu avais voulue
décisive, la découverte et la conquête de l'Amérique,

à savoir la fin du moyen âge, et tu en as commencé le récit,

indiquant en même temps, d'après les informations qu'il
t'avait données le dimanche, ce que faisait alors l'oncle
Henri,

puis tu es passé à ce qui avait eu lieu deux jours exactement avant cette heure pivot, à savoir cette conversation du
dimanche entre vous deux, tandis que je participais à un
grand jeu scout dans les bois de Verrières, sous la pluie, avec
ma nouvelle patrouille,

et tu as continué le repérage de l'après-midi du lundi, en
faisant entrer en ligne de compte ce qui s'était passé pour
nous trois de deux à trois,

ce qui s'était passé de trois à quatre pour trois autres,
pour M. Bailly et pour ses neveux...

Ta dent recommençait à te faire mal. Tu es venu téléphoner chez nous à ton dentiste, M. Hubert, qui t'a donné
rendez-vous pour le lendemain trois heures,

à Micheline Pavin qui n'était plus à son bureau. T'avait-
elle ou non donné rendez-vous dans ce café des Champs-
Élysées à huit heures?

Nous nous mettions à table. Jacques et Denis parlaient
beaucoup. Papa les a fait taire parce qu'il voulait écouter
les informations à la radio. Moi, je sentais mon billet de
cinq cents francs dans ma poche et je me demandais ce
que j'allais faire faire à mes scouts le lendemain après-
midi.

Après le dessert, je me suis enfermé dans notre chambre.
Denis est entré, je lui ai dit tout de suite que j'avais à travailler.

« C'est demain jeudi.

— D'accord, mais il faut que je prépare ma réunion.

— Ah, c'est vrai, tu es chef de patrouille, maintenant;
eh bien, elle va être belle, cette patrouille!

— Elle sera aussi belle que la tienne l'année dernière.

— Pour moi, mon vieux, c'est fini ces trucs-là; on voulait
me faire passer chez les routiers, mais j'ai bien autre chose
à faire.

— Qu'est-ce que tu as de tellement important?

— J'ai à préparer mon bachot.

— C'est tout?

— Comment, c'est tout?

— Tu ne vas pas y passer toutes les heures du jour et de
la nuit, jeudi et dimanche compris.

— Mais, dis-moi, tu es devenu bien curieux depuis que
tu es chef de patrouille. Tu crois que je vais me mettre à te
rendre un compte de mes actions? Tu crois que j'ai besoin
d'avoir le scoutisme pour m'occuper? Tu crois qu'il n'y a
pas autre chose à faire?

— Oh, j'ai bien autre chose à faire, et ça ne m'empêche
pas de faire du scoutisme si ça m'amuse.

— Et qu'est-ce que tu as, toi, de si important d'autre à
faire, en dehors de ton travail de classe? La seconde, mon
vieux, je suis passé par là, et je sais que ce n'est pas tellement compliqué.

— Je crois que tu n'as pas tellement à te vanter de ce
que tu as fait en seconde.

— Mais tu deviens un vrai pion! Alors, en dehors de tes
devoirs, de tes leçons (je vois bien comment tu les apprends)
et de tes gravissimes responsabilités de chef de patrouille?

— En dehors de ça, mon vieux, je me renseigne.

— Oh, formidable! Et il y a longtemps que tu te renseignes?

— Non, non, ça m'a pris récemment.

— Eh bien, avec ta permission, je vais faire une version latine, et je te jure qu'elle est calée, mon vieux, tu n'en comprendrais pas la première ligne. Comme c'est la première de l'année... »

Il s'est installé en effet. Il a pris le dictionnaire de Gaffiot. Je l'entendais soupirer derrière moi, feuilleter les pages.

Une fois sûr qu'il ne me regardait plus, j'ai sorti de ma serviette le numéro de *Fiction* que Michel Daval m'avait passé le matin. Au fond, j'aurais tout le temps, le lendemain avant le déjeuner, de préparer cette réunion de patrouille.

La première nouvelle s'appelait *La Rhu'ad;* cela avait l'air long, ne me disait rien.

La seconde, *Le Train 1815*, était de Claude Farrère, de l'Académie française; comment? De l'Académie française? Je n'en croyais pas mes yeux; mais alors cette revue était tout autre chose que ce que je croyais! Tout de même, de l'Académie française, il ne saurait probablement pas me donner ce dont j'avais envie.

L'introduction de la troisième, *Le Jeu du Silence*,

« Fritz Leiber, qui suivit d'abord au théâtre les traces de son père, éminent acteur shakespearien... »,

bien, bien, on verrait.

« Lili se sentit réellement excitée lorsque le soldat américain passa sa large face blanche et son fusil à combustible liquide... »

Au bout d'un certain temps, Denis a retourné la tête.

« Tu travailles?

— Et toi?

— J'en ai un peu marre. Je continuerai demain.

— Moi, je reste.

— Tu prépares ta réunion de patrouille?

— Oui, et je lis un peu, je vais peut-être leur lire quelque chose.

— Un roman scout?

— Je ne sais pas encore, cela dépend. Tu vas dans la salle à manger?

— Je vais écouter la radio. »

Quand il eut refermé la porte derrière lui, j'ai respiré; il n'avait pas vu ce que je lisais; j'avais peur de ses commentaires.

« Lili regarda la chose visqueuse qu'elle tenait dans les mains, se demandant si le cancer donnait cette sensation... »

Alain Mouron n'est sorti de son lit qu'à neuf heures. Son père l'avait bien réveillé, comme tous les matins, avant de quitter l'appartement, mais comme il n'y avait pas classe, il n'avait jugé bon de se lever qu'après avoir entendu la clé de Mme Davez tourner dans la serrure.

Elle ouvrait les volets de la chambre de son père, quand il a traversé le corridor pour aller dans la salle de bains en pantoufles et pyjama.

« Mon Dieu, monsieur Alain, vous n'êtes pas encore habillé? Allez, vous avez bien raison, on vous fait tant travailler dans vos écoles. Vous n'avez pas encore pris votre petit déjeuner? Préférez-vous que je vous le fasse chauffer tout de suite? Cela sera prêt en un rien de temps. Vous avez bien une robe de chambre? En tout les cas, Monsieur votre père en a une. Je vais vous la chercher, voilà. »

Elle lui a fait griller des tranches de pain dans le four.

« Alors, vous vous débrouillez bien le soir tous les deux pour faire réchauffer ce que je vous prépare? disait-elle en les beurrant, expliquez-moi un peu comment cela se passe. Ah! c'est un peu triste, hein, un homme et son fils tout seuls comme ça dans un appartement parisien. Je ferai tout ce que je pourrai pour vous rendre la vie plus facile, mais tout de même ce n'est pas la même chose. Il y a longtemps que vous avez perdu votre mère? »

Il était un peu intimidé au début, puis il s'est mis à parler de sa vie à Bourges, de ses souvenirs. A dix heures et demie, Mme Davez s'est écriée :

« Mon Dieu, mon Dieu, comme le temps passe! Nous bavardons, nous bavardons et le ménage n'avance pas; je crois qu'il est grand temps de vous préparer, monsieur Alain. »

Quand il est sorti de la salle de bains, elle rangeait sa chambre.

« Venez un peu auprès de moi que j'arrange votre cravate.

— Je sors; je serai rentré avant midi.

— Promenez-vous bien, mon petit, promenez-vous bien. »

L'oncle Henri lisait quelques-uns de nos devoirs sur la journée la plus remarquable de nos vacances. Celui de Michel Daval avait pour décor la Provence, celui de Denis Régnier la Savoie, celui de Francis Hutter le pays basque; il avait envie de marquer sur une carte la distribution des villégiatures de ses élèves, et se demandait quelle évolution pourrait apparaître s'il recommençait cela tous les ans.

Le devoir d'Hubert Jourdan décrivait une chasse en Sologne, dans une grande propriété bordée de bruyères et d'étangs, le retour le soir au château, avec les perdreaux, les faisans et les lièvres, les photographies, le long dîner fourbu avec tous les cousins dans la grande salle à manger faux gothique.

Or, l'après-midi de ce jeudi-là, Hubert Jourdan était avec ses deux jeunes frères, Claude et Charlie, chez l'oncle possesseur de ce domaine, et il entendait parler de la maladie de sa grand-mère, tout en préparant des tableaux vivants qui devaient être montrés aux grandes personnes à l'heure du thé, comme on avait fait plusieurs fois pendant les vacances.

M. Tavera, dans son atelier, profitait de la lumière pour avancer la nature morte, compotier, guitare et perdreau, qu'il avait commencée la veille.

Tu es rentré rue du Canivet, étourdi par ta séance chez le dentiste. Ta mâchoire te faisant très mal, tu as repris de l'aspirine, puis, pour tenter de te conformer à ce programme dressé la veille, tu t'es remis à ton manuscrit, et quand tu es arrivé à mon oncle Henri au milieu de l'après-midi le mercredi, première moderne, *Iphigénie*, et nous deux au même moment, représentation de la Terre, tu as rédigé cela au présent, bien que non seulement ce ne fût plus la même heure, mais encore déjà plus la même journée,

puis, comme quelqu'un qui reprend une grande respiration, avant de continuer la suite du récit, tu as cherché à l'arrimer plus loin, plus profondément encore,

le jour précédent ne suffisant pas plus que l'heure précédente, la semaine pas plus que le jour,

dans le dessein de me faire sentir plus tard, quand je parviendrais à la lecture de cet ouvrage pour la rédaction duquel maintenant tu utilises mes yeux, mes sentiments et ma voix, en les enrichissant de tout ce que tu sais et devines,

comment cette heure et les heures antérieures, déjà effleurées, étaient situées parmi d'autres heures, ainsi que mes yeux parmi d'autres yeux,

tu t'es efforcé de te souvenir de ce que tu avais fait, vu et pensé, au milieu de l'après-midi, un mois avant cette leçon sur la découverte et la conquête de l'Amérique, le deuxième mardi de septembre, le 14,

mais bientôt, malgré tout ton désir d'avancer, les mots

ont commencé à se brouiller sous ton regard, à se perdre
dans ton esprit,

et, comme le soir tombait, ta tête a roulé sur le papier,
tu t'es endormi.

J'avais amené les bisons jusqu'au local de la troupe à côté
de Saint-Hilaire. La réunion s'est terminée par l'étude de
cantiques que nous devions chanter à la messe du dimanche
suivant (je les avais tous appris l'année précédente), puis
par l'allocution de l'aumônier.

A sept heures, nous nous sommes dispersés; le chef de
troupe nous a appelés, les chefs de patrouille avec les seconds,
pour nous redire que nous aurions une réunion particulière
ce dimanche à dix heures.

Mon frère Jacques était déjà loin dans la rue devant moi;
je ne l'ai rattrapé que place Saint-Sulpice.

A notre arrivée, maman est allée chercher la soupe, puis,
en se frottant les mains sur son tablier,

« va donc frapper chez Pierre, je crois bien qu'il vient
dîner chez nous ce soir ».

J'ai frappé; tu n'as pas répondu. J'ai ouvert la porte; ta
chambre était obscure. J'ai allumé la lampe du plafond; je
t'ai vu endormi sur tes feuilles; je t'ai appelé, je t'ai secoué,
tu t'es réveillé en sursaut, tu t'es frotté la mâchoire, tu m'as
regardé d'un œil soupçonneux, en murmurant :

« qu'est-ce qu'il y a?

— Tu viens dîner? La soupe est servie ».

Tu as regardé quelques instants la page inachevée; tu
m'as suivi sans dire un mot.

Le vendredi matin, Alain Mouron, comme nous tous, sauf
les trois absents de ce jour-là, André Knorr, Bernard de
Loups et Jacques Estier, au stade de la Croix-de-Berny, a
couru sous la petite pluie fine, puis il a joué, pendant la
partie de football, dans le camp opposé au mien.

L'oncle Henri préparait ses classes de l'après-midi, une
heure de grec, de deux à trois, avec nous, pour laquelle il
nous avait donné à préparer les vingt-trois premiers vers du
chant VI de l'*Odyssée*, ce pourquoi il s'est plongé dans la
traduction de Bérard :

« or, tandis que là-bas, le héros d'endurance, Ulysse... »,
jusqu'à

« ...elle avait pris les traits d'une amie de son âge, ten-
drement aimée d'elle, la fille de Dymas, le célèbre armateur »,

et le dictionnaire de Bailly pour les indispensables véri-
fications,

une heure de français avec nous, de trois à quatre, pour
laquelle nous devions préparer le passage de Rabelais :

« l'étude de Gargantua selon la discipline de ses professeurs sophistes »,

ce pourquoi il a relu en entier le chapitre XXI du premier livre, s'amusant évidemment de ce qui avait été cen-
suré par l'auteur des textes choisis à l'usage des classes,

confrontant les notes des deux éditions, ce qui lui a pris
assez longtemps, de telle sorte qu'il n'a pu du tout préparer
sa troisième heure de l'après-midi, de quatre à cinq, avec
les première moderne, pendant laquelle il devait leur faire
lire un passage de l'*Antigone* de Sophocle en traduction, se
fiant donc à sa mémoire,

car il a entendu ses enfants rentrant de leurs divers lycées,
Claude et François accompagnés par Gérard, et tante Rose
achevait de mettre le couvert.

Ainsi, quelques heures plus tard, après en avoir fini avec
Francis Hutter, il a fait lire Denis Régnier :

« puis étudiait quelque méchante demi-heure, les yeux
assis dessus son livre; mais, comme dit le comique, son âme...».

M. Hubert, dans le laboratoire de physique, à côté de
l'amphithéâtre, surveillait la première séance de travaux
pratiques de ses mathélem.

Tu es descendu au rez-de-chaussée donner à ta cinquième
sa troisième leçon d'histoire,

« Mahomet et la conquête arabe ».

Au lieu de rentrer directement rue du Canivet, tu es passé
chez le coiffeur de la rue Saint-Sulpice; ce n'était pas prévu
dans ton programme, et pourtant cela te ferait perdre, à
coup sûr, environ une heure au moins tous les quinze jours.

Six heures sonnaient quand tu t'es installé à ta table.

Je finissais de relire les notes que j'avais prises le mardi
sur la découverte et la conquête de l'Amérique,

puis, remettant à plus tard la préparation du passage de
Jules César pour M. Bailly, le début du discours de Cassius :

Why, man, he doth bestride the narrow world
Like a Colossus...
(Eh, mon ami, il enjambe ce monde étroit
Comme un Colosse...),

comme Michel Daval m'avait demandé de lui rendre le
lendemain matin le numéro de *Fiction*, je me suis hâté d'en
poursuivre la lecture,

« Mrs Hinck,
par Miriam Allen de Ford,
Miriam Allen de Ford est bien connue des lecteurs de
notre autre revue *Mystère-Magazine*...

Je préférerais, s'il était possible, une femme plus âgée,
plus posée... »

Au début de ta classe, le samedi, j'ai eu grand peur d'être
interrogé. Tu as commencé par demander à Paul Coutet ce
qu'il savait de Christophe Colomb, lamentable, 5; à Michel
Daval, des civilisations précolombiennes, je lui ai soufflé avec
beaucoup de discrétion et il s'en est tiré avec un 11; à Octave
de Joigny, de Fernando Cortez, pas brillant, 7.

Je sentais bien que tu suivais l'ordre alphabétique, et,
comme celui de mes camarades qui venait immédiatement
après, et immédiatement avant moi, Bernard de Loups, était
absent, c'était sur moi qu'allait tomber la question concernant Pizarre.

Mais non, tu m'as épargné pour cette fois. Tu m'as regardé
un instant; nous étions si liés déjà par notre pacte que
tu n'as pas voulu m'exposer devant mes camarades à la
honte d'une note médiocre; tu as bien compris ma muette
supplication, m'avertissant, sans aucun doute possible, par
ton regard, qu'à la prochaine leçon d'histoire, le mardi suivant, tu ne pourrais te dispenser de m'interroger.

Alors, tu nous as annoncé le titre de la leçon du jour :
« l'Europe vers 1600 ».

Tous, nous avons vérifié que c'était le titre d'un chapitre
de notre manuel; nous en étions fort satisfaits, cela serait
plus facile à apprendre.

Donc, le dimanche, tu as retrouvé Micheline Pavin, tu lui
as raconté bien plus longuement qu'au téléphone ta ran-
donnée du mercredi soir, les menus incidents de la semaine,
et vous en êtes arrivés à ce qui vous préoccupait le plus
tous les deux, à ce texte qui était alors déjà assez volumineux.

L'oncle Henri a accompagné ses enfants au Musée de la
Marine. Alain Mouron visitait avec Michel Daval, sa sœur
et sa mère, l'appartement vide, rue Servandoni, dans lequel
ils allaient emménager le surlendemain, tout près de chez
nous.

C'est à lui que l'oncle Henri a fait lire le début du texte français, que nous avions à préparer pour ce lundi :

« comment Gargantua fut institué par Ponocrates en telle discipline qu'il ne perdait heure du jour ».

« ... Cependant M. l'Appétit venait, et par bonne opportunité s'asseyait à table. »

« Eh bien, nous avons tous faim maintenant; la cloche va sonner dans quelques instants, et nous aussi, comme Gargantua et Ponocrates, nous irons nous asseoir à table. Je vous rappelle que demain je vous rendrai vos devoirs sur la journée de vos vacances qui vous a semblé la plus remarquable, après-demain, nous lirons ensemble la seconde préface de *Britannicus*, et que c'est donc vendredi que nous continuerons la lecture de ce texte. Nous tâcherons d'aller assez vite; je vous prie donc de noter que vous avez à me préparer tout le reste de ce passage, oui, jusqu'à la fin, page 37 de votre livre,

...ce fait, entraient en leur repos. »

Puis l'oncle Henri est remonté rue du Pré-aux-Clercs, suivi à quelques pas par Alain Mouron qui, tandis que Mᵐᵉ Davez achevait de mettre le couvert, s'est remis à la lecture de *Fiction*.

Ayant achevé *Le Jeu du silence*, il en était à *Hors de la tanière* :

« ...et, pour la première fois, il se demanda s'il était réellement ce qu'il croyait être, un loup, car il avait conscience d'une moiteur salée qui naissait au coin de ses yeux.

Et les loups ne pleurent pas. »

Lorsqu'il a entendu son père tourner la clé dans la serrure, il était près d'une heure; il n'aurait donc plus le temps d'apprendre sa leçon de géographie, représentation de la Terre, ni, ce qui était bien plus grave, de terminer sa version anglaise à laquelle il manquait deux phrases.

Quelle imprudence que de s'être ainsi installé au premier rang, juste sous les yeux du professeur! Quel excès de zèle! Heureusement, c'était lundi; il y avait par conséquent, pour commencer, la leçon de dessin, et, dans cette salle-là, avec ce professeur-là, on pouvait se mettre où on voulait. Il me demanderait de lui passer pour quelques instants mon devoir, afin qu'il pût mettre les choses au point. Je lui avais donné ces jours derniers tant de marques de bonne camaraderie, que je ne lui refuserais pas ce petit service. Ah, mais il se

souvenait soudain que j'étais scout dans la même troupe
que lui, que j'étais même chef de patrouille, et que, par
conséquent, j'élèverais peut-être des objections morales.
Mieux vaudrait s'adresser à son cousin Michel qui n'était
pas mauvais en anglais, n'était pas scout, n'avait pas l'air
d'avoir trop de préjugés. Il recopierait ces deux phrases,
tandis que M. Martin améliorerait un portrait de César à
l'autre bout de la salle.

Il y avait aussi la fin du discours de Cassius et la réponse
de Brutus, mais comme son oncle René l'avait interrogé le
samedi et qu'il s'en était bien tiré, il y avait fort à parier
que ce soir il le laisserait tranquille.

Or, tandis qu'à côté de cette salle de dessin, M. Hubert,
dans l'amphithéâtre de physique, rendait à ses mathélem le
premier devoir qu'il leur eût donné,

Denis Régnier, redescendu au premier étage comme nous
tous, vérifiant de temps en temps si les notes qu'il avait
prises à ton cours l'an passé ne comportaient pas trop de
contresens, a recopié le cahier de préparations anglaises que
Michel Daval venait de lui passer contre la promesse de
sérieux avantages dans les transactions de timbres, alors
que tu nous expliquais le mot isotherme et que tu nous
demandais de regarder avec toi les deux cartes illustrant la
page 58 de notre manuel.

Après avoir raconté la Terreur aux troisième, tu es rentré rue du Canivet pour passer le reste de la journée,
selon le programme que tu t'étais fixé, à préparer la très
lourde journée du lendemain, ces six heures qui t'attendaient :

le mouvement de la Terre autour du Soleil en sixième (pas
grand travail, c'était la fin de la leçon que tu nous avais
faite le lundi précédent),

la population de l'Afrique en cinquième (demandait une
sérieuse révision),

le climat et la végétation de la France en troisième (pas
trop difficile, mais ennuyeux),

ceci avant le dîner, puis après :

la religion et les monuments de l'Égypte en sixième (comme
il serait intéressant de leur apporter des images, des projections),

l'histoire avec nous en seconde, le plus important pour
toi à cause de ce livre, ce que tu devais préparer le plus

soigneusement, le mercantilisme européen, disait le manuel,
l'Europe exploite le monde,
    et le Canada pour les philosophes.
    A la sortie de la classe d'anglais, j'avais accompagné Alain
Mouron rue du Pré-aux-Clercs. A sa porte, je m'étais étonné :
« mais c'est dans cette maison qu'habite mon oncle!
    — Ton oncle?
    — Mais oui, tu sais bien que M. Jouret est mon oncle;
pour moi, c'est l'oncle Henri. Cela ne rend pas les choses
très commodes.
    — Et M. Vernier aussi est ton oncle.
    — Eh oui! Pour moi, lui, c'est l'oncle Pierre. Quelle situa-
tion! Heureusement, avec lui, il y a moins de classes, et
puis, l'histoire et géo, ce n'est pas tellement important.
    — S'il t'entendait...
    — Tu sais, mon vieux, les professeurs ne se font pas
tellement d'illusions.
    — Tu montes chez ton oncle?
    — Oh, pas du tout!
    — Tu veux monter chez moi? Je suis seul dans l'appar-
tement. Mon père est à son travail, et Mme Davez ne vient
que le matin. Oui, je vis seul avec mon père; il est veuf,
depuis longtemps, presque depuis ma naissance. Si tu montes,
on fera du thé. En principe, j'aurais dû aller travailler chez
Michel Daval, mon cousin, pas un cousin germain, mais un
cousin; seulement, pour faire une version latine, ce n'est
pas commode avec un seul dictionnaire, et puis, je l'aime
bien, mais pour travailler... En plus, en ce moment, il ne
pense plus qu'à une chose : il déménage, il va habiter rue
Servandoni.
    — Oui, je sais, c'est tout près de chez moi.
    — Ce n'est pas loin d'ici non plus. Alors?
    — Je ne veux pas t'empêcher de travailler.
    — Mais non, mon vieux, allez, entre.
    — Moi aussi, j'ai à faire ma version latine et, comme il
est mon oncle, tu comprends qu'il a l'œil sur moi ».
    Il avait le texte de Cicéron, moi le dictionnaire de Gaffiot.
Nous avons débrouillé la chose assez vite. Il était entendu
que chacun arrangerait le style un peu à sa manière, en
recopiant, pour que la collaboration ne fût pas trop visible.
J'étais certes beaucoup mieux installé chez lui pour travailler que rue du Canivet. Quelle tranquillité!

« Oui, je crois que je travaillerai mieux avec toi qu'avec Michel. Lui, il s'en fiche. Si tu veux venir de temps en temps, on pourra s'entraider.

— Mais avec plaisir, mon vieux.

— Ah oui, mais demain il y a l'instruction religieuse...

— Je ne voudrais surtout pas t'empêcher d'y aller.

— Toi, tu n'y étais pas mardi dernier.

— Oh, tu sais, avec les topos que fait l'aumônier de la troupe, je crois qu'à la rigueur ça peut suffire, quand on a du travail...

— Tu crois? Tu peux venir demain si tu veux. On verra si ça marche bien. De toute façon, demain, Michel, même s'il ne va pas à l'instruction religieuse, il aura son déménagement.

— D'accord. Il est temps que je rentre. Ma famille doit se demander ce que je fabrique, je ne les avais pas prévenus. »

Le mardi matin, pendant que M. Bailly continuait à nous expliquer les paroles de César, j'observais, pensant à toi et à cette entreprise à laquelle tu me faisais participer, comment Alain Mouron se comportait devant son oncle, me promettant de l'interroger sur celui-ci le soir même.

Mon oncle Henri, rentré chez lui, achevait la correction des devoirs de français qu'il allait nous rendre l'après-midi, en reportait les notes sur son cahier. C'était Alain Mouron qui avait la meilleure. Tante Rose est rentrée du marché avec son sac plein.

« Dis-moi, j'ai là un devoir d'un de mes seconde. Je leur avais demandé, comme d'habitude, de me raconter la journée de leurs vacances qui leur avait semblé la plus remarquable, tu sais, le truc classique. Celui-ci me parle de son arrivée au bord de la mer, à Saint-Cornély. Est-ce que ce n'est pas là que sont allés les Eller?

— Oui, et Pierre Vernier y était allé l'an passé. Ce n'est pas le devoir de Pierre, ton neveu?

— Oh non, lui, parle de cette inauguration de la hutte aux Étangs. Il s'appelle Alain Mouron, c'est un bon élève d'ailleurs. Il décrit l'hôtel, sans en donner le nom, malheureusement, mais ce qu'il en dit me rappelle quelque chose.

— Mais est-ce que ce n'est pas ce pays où déjà ton collègue d'anglais était allé?

— En effet, et il parle, dans son devoir, de son oncle professeur. J'y suis maintenant; je sais qu'il est un peu neveu

de René Bailly; sans doute y est-il allé avec lui; il faudra
que j'en parle à Vernier, ça l'amusera.

— Tu n'as qu'à lui demander de venir dîner un de ces
soirs. Tiens, voici les enfants qui rentrent; il est déjà midi et
quart. Je me dépêche. »

Alain Mouron lisait dans son *Manuel d'Histoire* :

« ...conquistadores, vers eux se hâtaient les galions chargés de l'or, de l'argent et des richesses du Nouveau Monde... »,
puis, dans celui de *Physique* :

« ...le poids à Paris d'un cylindre de platine iridié appelé
kilogramme-étalon, déposé au Bureau international des Poids
et Mesures à Sèvres ».

Mme Davez, tout en mettant le couvert, venait de temps
en temps regarder par-dessus son épaule; elle le considérait
avec un grand sourire, en lui disant :

« comme vous travaillez bien! ».

C'est ce qui l'empêchait de se plonger dans le numéro de
Fiction qu'il tenait caché dans sa serviette.

Hiérarchie intérieure aux corporations, maîtres, compagnons, apprentis. A Hubert Jourdan, absent le matin, en
deuil cet après-midi, brassard, cravate noire, son costume
le plus sombre, l'air hébété, Jean-Claude Fage son voisin a
murmuré :

« Eh bien, si c'était pour l'enterrement de ta grand-
mère, tes parents, ils auraient bien pu te donner vacances
pour toute la journée! Tu la connaissais bien? Tu l'aimais
bien? »

A l'autre extrémité du palier, M. Tavera donnait sa leçon
d'espagnol en troisième.

Tu as quitté le lycée fourbu. Tu n'as pu t'empêcher de
t'arrêter dans un café du boulevard Saint-Germain pour
prendre un demi. Quand tu es arrivé rue du Canivet, tu t'es
senti si peu de courage qu'au lieu d'aller directement dans
ta chambre, tu es venu chez nous, et ma mère a tout de
suite compris que tu avais envie d'une tasse de thé.

Jacques et Denis étaient rentrés; tu as demandé si j'étais là.

« Non, pas encore, le mardi il rentre un peu plus tard, je
crois que c'est le cours d'instruction religieuse.

— Ah oui, il y a l'instruction religieuse.

— Tu ne viens pas dîner ce soir?

— Non, je dois retrouver Micheline.

— Ah, tu lui transmettras mes amitiés. »

Tu t'es remis à ton labeur, faisant intervenir progressivement de nouveaux personnages groupés selon leurs relations de parenté, Francis Hutter, Alfred Hutter, Jean-Pierre Cormier.

Quand je suis rentré, à sept heures moins le quart, je suis allé te trouver, et tu m'as demandé si je venais du cours d'instruction religieuse, ce qui m'a beaucoup étonné, parce que je t'avais raconté la veille mon expédition chez Alain Mouron, que je t'avais vu noter ce que je disais et que, par conséquent, tu aurais dû croire que j'arrivais de chez lui. Devant mon air interloqué, tu as rassemblé tes souvenirs et, de toi-même :

« ah, mais oui, je m'en souviens, tu m'avais dit que tu retournerais chez Alain Mouron. »

A ce moment, j'ai bien vu que j'avais acquis un pouvoir sur toi, que le rôle que tu me faisais jouer, abolissait en quelque sorte l'énorme distance qui existe d'habitude entre oncle et neveu, entre professeur et élève.

« Oui, c'est ce que nous avions dit, mais nous avons préféré aller jusqu'à la rue Servandoni, pour voir les camions du déménagement des Daval. C'était la fin; ils étaient vides. Michel était sur le trottoir, devant la porte cochère. Sa mère lui avait interdit de monter dans l'appartement; pour l'instant, il ne pouvait nous y mener, mais ce soir, c'était là qu'il dînerait et qu'il coucherait; l'autre, celui de la rue Pierre-Leroux, était déjà vide et il le resterait quelque temps parce que les nouveaux locataires avaient l'intention de le faire repeindre entièrement. Il nous a promis de nous faire visiter sa nouvelle demeure demain soir. »

Il se faisait tard. Tu m'as dit que mes parents devaient m'attendre et qu'il te fallait te préparer, car tu avais un rendez-vous.

En sortant du lycée, le mercredi matin, j'ai rappelé à Alain Mouron que nous devions aller visiter le nouvel appartement de Michel Daval à quatre heures.

« C'est demain jeudi, nous avons bien le temps. »

Il était assez mal en point, se fouillait la bouche avec ses doigts parce qu'une de ses dents lui faisait mal.

« Il faudra que tu ailles chez le dentiste, mon vieux; je sais que ça n'est pas bien agréable...

— Oh, je n'en suis pas encore là, et aujourd'hui il était convenu que j'irais chez le coiffeur.

— Tu n'auras pas le temps d'y aller avant le déjeuner.

— Non, j'irai en sortant de classe cet après-midi.

— Mais alors, et l'appartement de Michel Daval?

— C'est vrai. On remettra ça à demain. Je le lui dirai cet après-midi, ou plutôt toi, tu n'auras qu'à lui en parler pendant la classe de mathématiques. Tu as fini ton devoir?

— Oui, bon courage, mon vieux, prends de l'aspirine. »

Rue du Pré-aux-Clercs, il a confié ses peines à Mme Davez qui lui a redit qu'il fallait aller chez le dentiste. Quand son père est arrivé et l'a vu se tenant la joue,

« toi, tu as besoin d'aller chez le dentiste. Madame Davez, connaissez-vous l'adresse d'un bon dentiste?

— Oh, je n'ai jamais bien mal aux dents, vous savez, monsieur; j'ai un cousin à Bourg-la-Reine...

— Bien. Les Daval n'ont pas encore le téléphone dans leur nouvel appartement. Le mieux est que j'appelle René, il saura bien ».

Donc M. Mouron a téléphoné à M. Bailly, son cousin germain, qui lui a donné l'adresse de M. Hubert le dentiste, frère du professeur de physique et chimie,

« d'autant plus qu'il habite tout près de chez toi, rue du Pré-aux-Clercs ».

Tante Rose demandait à l'oncle Henri :

« pour quelle heure as-tu invité Pierre Vernier?

— Ah, mon Dieu, j'ai tout à fait oublié de lui préciser cela. Je tâcherai de l'accrocher cet après-midi.

— Tu comprends, c'est un célibataire, il n'a pas d'heure.

— Voyons, il dîne tous les soirs chez sa sœur à huit heures, je crois.

— Il est bien capable de nous arriver à la demie, et je préférerais que les enfants ne dînent pas trop tard.

— C'est demain jeudi...

— N'importe.

— Si je ne peux pas le joindre au lycée, il sera toujours temps de lui téléphoner ».

Après le café, les devoirs de ses première moderne qui avaient choisi :

« l'éducation selon Rabelais et selon Montaigne ».

Après le café, M. Mouron a téléphoné à ce M. Hubert dentiste qui lui a répondu :

« ne pourrait-il pas venir cet après-midi?

— A quelle heure sors-tu de classe?

— A quatre heures.

— J'ai un rendez-vous à cinq heures et demie, a dit la voix dans le téléphone, si votre fils pouvait être ici à quatre heures et demie, ce serait parfait.

— A quatre heures et demie? Tu as noté, Alain? Eh bien, c'est entendu, monsieur, je vous remercie ».

Il a raccroché.

« Je te rappelle que je veux te voir bien coiffé en rentrant ce soir.

— Mais je n'aurai plus le temps de rien faire!

— Tu as toute la journée de demain; tu n'as pas de réunion scoute demain, je crois? Alors, tu auras bien le temps. »

Alain a mis dans sa serviette son manuel, son cahier, son devoir de mathématiques, près du numéro de *Fiction* qu'il avait presque terminé.

Puis, tandis que M. Hubert, le professeur de physique et chimie, rappelait dans l'amphithéâtre, que le kilogramme est la masse d'un cylindre de platine iridié, conservé au Bureau international des Poids et Mesures à Sèvres, et leur précisait, à ces mathélem, que la masse d'un décimètre cube d'eau pure à 4° n'est pas un kilogramme exactement, mais seulement 0,999973,

que, devant nous, M. du Marnet expliquait le théorème de Thalès :

lorsque deux droites sont parallèles, elles déterminent sur deux sécantes quelconques des segments correspondants proportionnels,

Denis Régnier examinait soigneusement le carnet de doubles de Jacques Estier, que lui avait fait passer Maurice Tangala par l'intermédiaire de son voisin Bernard de Loups rentré au lycée la veille après une absence de quelques jours.

L'oncle Henri t'a cherché à la sortie de notre classe, mais c'était aux sixième que tu avais parlé, grands empires de l'Asie antérieure, Assyriens, Chaldéens, Hittites et Perses, et il t'a aperçu au moment où tu tournais dans l'escalier pour te rendre chez tes philosophes, s'est précipité vers toi sous nos regards amusés, nous a toisés, t'a arrêté, t'a souhaité un bon anniversaire.

« Ainsi vous avez trente-cinq ans. Vous ne les paraissez pas. Nous comptons sur vous ce soir, n'est-ce pas?

— C'est entendu, mais je ne vous dérange pas trop, surtout? Et je ne dérangerai pas Rose? Comment vont les

enfants? Gérard m'a l'air de commencer fort bien son année.
Je serai chez vous à sept heures et demie.
— Sept heures et demie, huit heures moins le quart. Nous
préférons dîner assez tôt à cause des petits. »
Il avait fini son après-midi scolaire, comme moi. Quand
je suis arrivé à l'escalier, vous étiez à peu près à égale distance du palier, une dizaine de marches au-dessus, une
dizaine de marches au-dessous. La cloche sonnait. Tu t'es hâté
d'aller interroger sur le Second Empire, sur la transformation
de Paris par Haussmann.
Puis le *risorgimento* italien, l'unification de l'Allemagne.
Alain Mouron m'avait dit, pendant l'heure de gymnastique, qu'il avait rendez-vous avec un dentiste à quatre
heures et demie, mais, avant de le laisser filer, il s'agissait de
régler définitivement la question de la visite de l'appartement de Michel Daval; or, celui-ci avait eu la malencon-
treuse idée de se faire flanquer deux heures de colle.
« Cela ne change rien, vous viendrez prendre le thé. Vous
n'avez pas de réunion scoute, au moins? Et il n'y a pas telle-
ment de choses à faire pour vendredi. Je n'ai attrapé que
deux heures; à quatre heures et demie je serai là.
— Entendu, je vais voir comment sont les roulettes à
Paris.
— C'est contagieux le mal de dents?
— Je ne crois pas.
— J'ai bien l'impression que ça se gâte un peu de ce côté-là.
Où est-ce qu'il habite ton dentiste?
— Tout près de chez moi, rue du Pré-aux-Clercs.
— Le nôtre est boulevard Saint-Germain. Et le tien,
Daval?
— Moi, je n'y vais pas très souvent; j'ai de bonnes dents.
— Tout le monde y va; tu verras.
— Celui de ma sœur et de mes parents, c'est aussi boule-
vard Saint-Germain, un M. Fage.
— Près de la statue de Diderot?
— C'est ça.
— C'est le même.
— On s'y rencontrera peut-être.
— Au revoir, les gars, il faut que j'y aille. A demain. Bon
courage.
— Toi aussi. »
Nous l'avons laissé partir, puis nous sommes revenus

ensemble vers Saint-Sulpice; désormais, nous étions voisins.

« Alors, mon pauvre vieux, tu vas retourner au lycée demain?

— T'inquiète pas, j'ai de la lecture.

— Ah oui, intéressant?

— Je vais te montrer. »

Il a sorti de sa serviette le numéro d'octobre de la revue *Galaxie.*

« C'est aussi bien que *Fiction?*

— Ça se vaut. C'est Hubert Jourdan qui me l'a passé.

— Tu sais que sa grand-mère est morte? C'est pour ça qu'il était absent hier matin.

— Il me l'a passé avant. Qu'est-ce qu'il a comme argent de poche, celui-là!

— Tu as tes deux grand-mères, toi, encore?

— Non, je n'en ai plus qu'une, ma grand-mère Mouron.

— C'est la grand-mère d'Alain Mouron?

— Non, c'est plus compliqué; mon grand-père Mouron, qui est mort maintenant, était le frère du grand-père d'Alain.

— Et le grand-père d'Alain, il est mort?

— Tu en poses de ces questions!

— Si tu trouves que je suis indiscret...

— Penses-tu! Laisse-moi réfléchir un peu. Mais non! Il n'est pas mort du tout! Il vit à Bourges; je ne l'ai pour ainsi dire jamais vu.

— Et ta grand-mère, elle vit avec vous?

— Oh non! Elle a un appartement à elle toute seule, où elle vit avec une vieille bonne; c'est plein de dentelles; et, en même temps, elle est la tante de M. Bailly, l'oncle René comme on dit chez moi. Attends que je retrouve; la mère de M. Bailly était la sœur de son mari, la sœur de mon grand-père qui est mort et de celui d'Alain qui est toujours vivant.

— Et elle vit toujours, la mère de M. Bailly?

— Oui, on la rencontre quelquefois chez ma grand-mère; on l'appelle tante Rose. Nous voilà chez moi; je n'y suis pas encore habitué. Tu vois, ma grand-mère n'est pas encore venue ici; on doit la recevoir dimanche. Tu ne veux pas monter maintenant?

— Non, mon vieux; demain, ce sera très bien. »

Je voulais te voir, j'ai frappé à ta porte; tu n'étais pas là. Je suis allé dans ma chambre. J'ai entendu le téléphone **sonner.**

« Allô, qui est à l'appareil? Ici, c'est Pierre Vernier.

— Ah! bonsoir, oncle Pierre, ici c'est Pierre.

— Qu'est-ce que tu fais demain après-midi? Tu n'as pas de réunion scoute? J'aimerais bien te voir un peu tranquillement. Nous pouvons aller goûter quelque part ensemble.

— Ah non, pour le goûter, ce n'est pas possible; je dois aller chez Michel Daval qui nous montrera son appartement à Alain Mouron et à moi.

— Très bien, très bien, parfait! Eh bien, au début de l'après-midi alors. Je déjeunerai au restaurant de la rue des Saints-Pères, tu sais, celui où je t'ai amené pour ton anniversaire; viens m'y retrouver vers deux heures.

— Entendu. »

Ma mère arrivait dans la pièce; j'ai raccroché. Je lui ai dit que c'était toi, que tu ne viendrais pas dîner. Elle m'a examiné un instant.

« Tu as un drôle d'air.

— Oui, j'ai mal aux dents.

— Eh bien, il faut aller chez le dentiste, et le plus tôt sera le mieux.

— Je ne sais pas son numéro.

— Je l'ai, ne t'inquiète pas; je vais arranger ça. Allô, oui, monsieur Fage? C'est Mme Eller; je voudrais un rendez-vous pour mon fils Pierre. Bien sûr, le plus tôt possible. Attendez un instant. Tu n'as pas de réunion scoute demain? Non. Bon, alors trois heures, c'est entendu.

— Mais à trois heures, je dois voir quelqu'un.

— Qui ça?

— Un camarade.

— Oh! un camarade, eh bien, tu le préviendras.

— Mais c'est très important...

— Vous n'avez pas d'autre moment, monsieur Fage? Eh bien, c'est entendu pour trois heures. Allons, allons, Pierrot, un peu de courage! »

Tu entrais dans le cabinet de M. Hubert, le dentiste, qui t'a dit en se lavant les mains :

« vous succédez à l'un de vos élèves, monsieur Vernier, le jeune Alain Mouron; il m'a dit qu'il était dans ta classe et dans celle de mon frère ».

Le lendemain, tu m'as accompagné jusqu'à la maison de ce M. Fage,

« tu ne sais pas du tout à quelle heure tu sortiras de chez
ton ami?

— Non.

— Ne précipite rien. Sois prudent. C'est la grande règle
du jeu. Ce soir, chez toi, nous ne pourrons évidemment parler
de rien. Dimanche prochain, tu as une sortie scoute. A
quelle heure quittes-tu le lycée demain?

— A quatre heures.

— Moi à cinq, et tu iras sans doute travailler chez ton
ami Mouron. Passe chez moi avant le dîner, sans faire de
bruit »,

avant de t'en retourner rue du Canivet sous la pluie,
pour essayer de rattraper le temps que tu avais perdu sur
ton programme.

Je n'avais pas encore fait attention à la ressemblance
entre le nom du dentiste familial et celui de mes deux camarades derrière moi dans la classe, Henri et Jean-Claude; or,
j'ai vu traîner dans l'entrée, sur une chaise cannée, tandis
que la femme de chambre m'introduisait dans le salon d'attente meublé Empire, les textes choisis des *Auteurs Français
du Seizième Siècle* dont nous nous servions avec l'oncle Henri,
ouvert au passage de Rabelais que nous avions à préparer
pour le lendemain, très facilement identifiable à cause de
son illustration :

« jeu de paume, d'après une estampe du xvie siècle »,

la suite du chapitre :

« comment Gargantua fut institué par Ponocrates en telle
discipline qu'il ne perdait heure du jour »,

avec un crayon dans le pli des feuillets pour les empêcher
de se refermer.

Je n'ai pas posé la question au dentiste, et lui m'a demandé
des nouvelles de mes études, mais sans aucune précision.

Oui, le dimanche, il y avait sortie de patrouille et c'était
moi qui organisais les jeux. Nous sommes allés dans le parc
de Versailles, très beau temps, et nous y avons fait le tour
du grand canal.

Le long de la Seine, tu tenais au courant Micheline Pavin
des progrès de ton enquête; place de l'Alma, vous êtes entrés
dans un café pour boire un demi et chercher dans une *Semaine
à Paris* quel film aller voir.

Le lendemain, c'était la reprise du travail, le retour au
lycée, pour toi seulement l'après-midi, à deux heures, qua-

trième, en particulier mon cousin Gérard, la Renaissance, les transformations dans les sciences, les littératures et les arts, avec lecture du passage de Rabelais cité dans le manuel, sur le pédantisme des Parisiens :

« quelque jour, je ne sçay quand, Pantagruel se pourmenait après souper... ».

L'oncle Henri avait passé toute la matinée avec vous, et, l'après-midi, il n'est venu dans cet édifice d'initiation triste qu'à trois heures, dans la salle à côté de la nôtre, première moderne, Montesquieu, la lettre persane sur la vaine curiosité des Parisiens,

« ...qui va jusqu'à l'extravagance. Lorsque j'arrivai... ».

Alain Mouron, devant moi, avait bien répondu à la première question de ton interrogation écrite :

« qu'est-ce qu'un isotherme? »;

il n'avait pas trop de mal à expliquer, pour la seconde, pourquoi les plus basses températures du globe sont enregistrées en Sibérie, les plus élevées dans le Sahara;

la troisième lui semblait nettement plus difficile : qu'était-ce, que pouvait-ce bien être que l'on appelait inversion de température?

D'autant plus que tu t'étais levé, que tu avais frappé sur la chaire avec une règle :

« allons, allons, cela devrait être fini; dépêchons-nous! »

Soudain, il s'est rappelé que cela avait trait à la liaison habituelle de la température et de l'altitude et il a écrit :

« c'est quand il fait plus froid en bas qu'en haut ».

Puis il t'a remis sa copie.

Le lendemain, au lieu d'aller vers le boulevard Saint-Germain, il est venu avec moi et Michel Daval jusqu'à Saint-Sulpice. Il allait déjeuner chez son cousin, m'a-t-il expliqué, parce que son père participait à un banquet.

« Bien sûr, Mme Davez est venue ce matin et elle aurait bien pu me faire à manger pour moi seul aussi bien que pour nous deux, mais ce n'aurait pas été très agréable.

— La prochaine fois, tu n'auras qu'à me demander de venir; on mangera tous les deux tout seuls.

— Oui, il faudra arranger ça, je ne sais pas du tout quand ça sera, mais, j'allais oublier de te le dire, j'ai parlé de toi à mon père; il m'a dit que je pouvais t'inviter quand je voudrais; alors, comme Mme Davez n'a pas fait de déjeuner

ce matin et qu'elle viendra ce soir pour faire le dîner, si tu
veux venir, si tes parents te permettent, tu n'auras qu'à me
le dire cet après-midi. »

Il avait une serviette fort lourde, car il avait emporté non
seulement ce dont il avait eu besoin pour la matinée, mais
aussi ce dont il aurait besoin pour l'après-midi. Tandis que
M. Daval, Mme Daval, et leur fille Lucie, prenaient le café,
et que Michel se préparait, il a vérifié s'il ne lui manquait
rien. Or, il lui manquait les textes français du xvie siècle.
Affolement; il n'était pas question de retourner rue du Pré-
aux-Clercs; il était déjà arrivé en retard le matin pour le
grec, ce qui lui avait valu deux heures de retenue pour le
surlendemain; s'il recommençait cet après-midi, ces deux
heures en deviendraient quatre et il n'y aurait plus le moindre
espoir de faire enlever cette punition par une conduite
exemplaire.

Or, deux heures de retenue c'était fort désagréable, mais,
au point de vue scoutisme, cela ne lui interdirait que la
réunion de patrouille du début de l'après-midi; il pourrait
rejoindre les autres, et moi en particulier, pour la réunion
de troupe à cinq heures, tandis que, s'il en avait quatre, il
n'aurait plus qu'à rentrer chez lui, couvert de honte.

Il en avait presque les larmes aux yeux. On lui a demandé
de s'expliquer. M. Daval a déclaré qu'il devait bien y avoir
un Rabelais dans cette maison, si ce n'était que ça.

« Sans doute, un Rabelais, a répondu sa femme, mais tous
les livres sont encore dans les malles.

— Un Rabelais ici, a dit Lucie Daval, première nouvelle!
Je me souviens très bien que j'avais voulu le lire...

— Tu penses bien qu'on n'allait pas te laisser ça sous les
yeux!

— Alors, je n'ai pas le droit de le lire et tu le donnes à
Alain?

— Allons, tu sais bien que ce n'est pas du tout de cela
qu'il s'agit, sois raisonnable; ton cousin a oublié ses morceaux choisis chez lui; il rapportera Rabelais ce soir après
l'instruction religieuse, n'est-ce pas, Alain? Quant à toi, si
tu as vraiment envie de lire Rabelais, eh bien, maintenant,
tu es assez grande.

— Et moi, a dit Michel.

— Toi, tu as tes morceaux choisis. Mais avec tous vos
discours et récriminations, je ne sais pas du tout où il peut

être ce bouquin. Lucie, regarde dans cette malle, toi, Michel, dans celle-là; Alain, viens m'aider.

— Je vous laisse, a dit M. Daval, ne vous mettez pas en retard.

— Ce qu'il peut rester de poussière dans ces livres! La chambre va être dans un bel état! Ah! l'appartement est bien loin d'être encore présentable, je ne sais pas quand nous pourrons commencer à recevoir. Tiens, le voilà : Rabelais, *Œuvres complètes*, c'est une vieille édition sans notes; tu t'arrangeras, hein? Tu as de la chance! La prochaine fois, tâche donc d'être un peu moins étourdi et rapporte-le à six heures sans faute. Maintenant, il est grand temps que vous partiez, mes enfants. »

L'oncle Henri venait de ranger dans sa serviette les devoirs de français qu'il allait rendre à ses première,

l'éducation chez Rabelais et chez Montaigne,

une phrase de la préface de *Bérénice*,

deux vers de Boileau dans *l'Art poétique*,

et d'en retirer les versions grecques que nous lui avions remises le matin.

Comme il cherchait à débarrasser Alain Mouron des deux heures de colle qu'il avait été obligé de lui donner, il l'a interrogé le premier.

Michel Daval lui a soufflé :

« chapitre 51 du tiers livre.

— Daval, je vous prie de vous taire, sinon vous serez collé vous aussi. Vous y êtes, Mouron? De quoi s'agit-il dans ce chapitre?

— Du pantagruélion.

— Et qu'est-ce que c'est que ce pantagruélion?

— C'est le chanvre. Rabelais fait l'éloge du chanvre.

— Très bien; lisez-nous le premier paragraphe.

— Par ces manières (exceptez la fabuleuse...)... »

Il s'est arrêté, parce qu'il ne reconnaissait rien de ce qu'il avait préparé; et nous ne reconnaissions rien de ce que nous avions sous les yeux. Dans nos livres, le texte commençait ainsi :

« ...sans elle seraient les cuisines infâmes, les tables détestables... ».

Il y avait devant le premier mot des points de suspension, indice de coupure. Michel Daval a soufflé :

« plus loin ».

L'oncle Henri a calmé l'agitation. Alain Mouron cherchait les débuts de paragraphes :

« aultres avons ouy, sus l'instant que Atropos... »,
ce n'était pas cela,

« autrement est dicte Pantagruelion par similitude... »,
ce n'était pas cela non plus; on attendait; Michel Daval lui a soufflé :

« sans elle seraient les cuisines infâmes...

— Allons, a dit l'oncle Henri, je vois bien que vous avez entre les mains une édition complète, ce qui arrive rarement à des jeunes gens de votre âge; je vous félicite de vouloir vous reporter aux textes intégraux, mais je crains que certains passages ne présentent pour vous d'énormes difficultés; si vous avez préparé le chapitre entier, c'est fort bien, mais vous auriez pu vous assurer sur votre livre de textes choisis de ce qui vous était demandé exactement.

— Oh! je n'ai préparé que cela...

— Monsieur, c'est parce qu'il avait oublié son livre...

— Taisez-vous, Daval. Trouvez-moi donc le début de notre passage :

sans elle seraient les cuisines infâmes...;
vous y êtes? Allez-y! »

Pendant la classe d'histoire, Denis Régnier à son voisin Bernard de Loups :

« tu sais ce qu'il a, Cormier?

— Non, pas du tout.

— Qui est-ce qui le connaît?

— Je n'en sais rien ».

La fin de l'heure; *Wallenstein*, la mort de Gustave Adolphe, tout cela nous semblait de plus en plus lointain, brumeux. Tu nous as réveillés en nous disant que, pour le samedi suivant, nous aurions une interrogation écrite pour laquelle tu nous demandais de réviser tout ce que nous avions vu depuis le début de l'année. Tu nous donnerais, le lendemain, les notes que nous avions méritées pour celle de géographie. Tout cela a provoqué, il va sans dire, de nombreuses protestations; mais la sonnerie les a arrêtées.

Denis Régnier s'est approché d'Henri Fage, le voisin de l'absent Jean-Pierre Cormier, pour lui demander s'il savait ce qui lui était arrivé, s'il était malade ou quoi? Mais Henri Fage n'en savait rien.

M. Hubert, après avoir congédié ses mathélem, a arrêté

le métronome qu'il avait fait marcher devant eux. En regardant dans la cour, nous avons vu que l'on était en train de photographier une des troisièmes; ce serait bientôt notre tour.

Nous nous sommes installés sur les gradins, nous avons disposé nos cahiers et nos livres comme pour une classe normale, mais nous attendions tous l'entrée du surveillant général nous demandant de descendre pour cette cérémonie. M. Hubert a fait calmement l'appel.

« Sont donc absents Jean-Pierre Cormier et Gilbert Zola; ils manqueront sur la photographie, puisque c'est en principe aujourd'hui que la chambre noire doit fixer les traits de ce rassemblement de jeunes gens studieux. »

Ceci était dit pour nous faire rire; nous avons ri. Puis il nous a posé des questions sur les poulies, sur la composition des forces, sans nous mettre de notes.

« Nous devrions parler aujourd'hui du moment d'une force par rapport à un axe. »

Nous avons tous entendu le pas dans le corridor. Le surveillant général est entré.

« Je ne tolérerai aucun désordre. Vous allez descendre sans faire de bruit et vous remonterez ensuite le plus discrètement possible. »

Il y avait une petite table au milieu de la cour, devant un rang de chaises, le grand appareil du photographe avec son voile noir. M. Hubert s'est assis au milieu, l'air ravi, moi derrière lui, Alain Mouron à ma droite, Hubert Jourdan à ma gauche avec son brassard noir et, après lui, Francis Hutter avec son brassard noir lui aussi.

J'ai dit à Alain Mouron :

« évidemment c'est entendu pour ce soir.

— Oui, mais il y a l'instruction religieuse.

— Comment ça?

— Je t'expliquerai ».

Le surveillant général, les mains croisées derrière son dos, regardait de notre côté. Le photographe a pris deux clichés. Nous sommes remontés à l'amphithéâtre et il nous a bien fallu entendre parler du moment d'une force.

Après avoir décrit à tes philosophes l'économie soviétique, tu es rentré rue du Canivet aussi vite que tu as pu, poussé par ce démon, qui prenait de plus en plus d'emprise à mesure que s'entassaient les pages écrites sur ta table, attendant anxieusement mon rapport.

J'étais avec Alain Mouron devant le bureau de l'abbé Gollier.

« Il faut absolument que j'y aille, à cause de Rabelais.

— Qu'est-ce que tu racontes?

— Mais oui, j'ai déjeuné chez Michel et j'avais oublié mes *Auteurs Français du Seizième*, alors on m'a prêté le Rabelais complet, mais on m'a fait promettre de le rapporter tout de suite après l'instruction religieuse. Si j'y vais avant, ma tante me posera des questions assommantes; si j'y vais après, sans avoir suivi le cours de l'abbé, Michel, en me voyant, fera sûrement l'étonné et ça sera encore pire.

— Vas-y! C'est le seul moyen.

— Oui, mais Mme Davez m'avait dit de la prévenir le plus tôt possible si tu venais.

— Et à six heures et demie, ça ne suffira pas?

— J'ai peur que non.

— Tu n'as qu'à lui écrire un mot et moi je le lui porterai, parce que, de toute façon, je ne peux pas aller au cours de l'abbé, j'ai un rendez-vous. Elle est chez toi maintenant?

— Elle y est sûrement. Elle n'a pas fait le ménage ce matin; seulement, est-ce que tu ne crois pas que ça lui fera drôle de te voir lui porter ma lettre et de te revoir pour le dîner?

— Ne t'inquiète pas, j'arrangerai ça. »

Il a griffonné quelques lignes sur une page de cahier, qu'il a pliée en quatre pour me la remettre, puis il est entré dans le bureau de l'abbé.

J'ai couru t'expliquer la chose.

« Le mieux, ce serait de faire porter ce mot par Denis. » (Jacques était dans son lit.) Tu m'as demandé de le faire venir.

« Denis, pourrais-tu me rendre un service? C'est une lettre urgente, il faudrait me la porter le plus tôt possible. Pierre ne peut pas, car il dîne chez un de ses camarades, ce soir, et il faut qu'il termine son travail auparavant.

— Moi aussi, j'ai du travail pour demain.

— Oui, mais toi, tu pourras le faire dans la soirée.

— Mme Davez, chez M. Mouron, 26, rue du Pré-aux-Clercs, troisième étage. Tiens, c'est l'adresse de l'oncle Henri.

— Ah oui? Je ne l'avais pas remarqué. »

Le lendemain, en géographie, comme un mercredi sur deux, un seul absent, Jean-Pierre Cormier, tu nous a donné les notes de l'interrogation écrite de l'avant-veille, puis tu nous a parlé des nuages et de la pluie, du brouillard, de la grêle, de la rosée et de la neige.

Denis Régnier a frappé légèrement sur l'épaule de François Nathan devant lui, et lui a passé discrètement le numéro d'octobre de *Galaxie* en désignant Michel Daval, à qui François Nathan l'a transmis à travers l'allée, comme tu dessinais au tableau le schéma d'un système orageux, et qui s'est retourné pour le passer à Henri Fage derrière moi en désignant Hubert Jourdan en deuil au fond de la salle, qui par un signe a fait comprendre à Henri Fage que c'était à moi que devait aboutir le trajet.

Henri Fage m'a frappé légèrement sur l'épaule et m'a passé le fascicule, tandis que tu nous demandais de regarder par la fenêtre et de te dire de quel type étaient les nuages qui dérivaient dans le ciel,

avec, sur la couverture, l'épave d'un avion ou fusée (comment savoir?) et une cabine métallique suspendue par des câbles, habitée d'un pilote fouilleur et munie de deux longs bras articulés terminés par d'élégantes pinces, au milieu des poissons et des b lles,

et, au verso noir et blanc, une réclame, deux profils, homme et femme, dessinés sur le ciel au-dessus de la mer,

« chaque vendredi RÊVES »,

les trois lettres centrales de ce dernier mot dressé sur l'horizon se reflétant seules sur les eaux,

que j'ai rangé dans ma serviette avant d'écrire sous ta dictée :

« les types de pluie ».

Il y a eu les premières vacances, celles de la Toussaint. Avec les autres chefs de patrouille, tous en uniforme, genoux nus, j'ai marché sur la route battue de pluie (les nuages qui passaient bas dans le ciel étaient incontestablement des nimbus), les mains dans les poches de mon blouson de cuir; de nombreuses automobiles nous éclaboussaient.

A peine remis de la petite grippe qui t'avait obligé à rester couché la veille, tu t'étais étendu sur ton lit après avoir déjeuné chez mes parents et tu dormais.

Le jour des morts, chez Micheline Pavin,

« il faut que je m'en aille, maintenant.

— Qu'est-ce qui vous presse?

— Vous le savez bien.

— Votre livre?

— Évidemment.

— Cela avance?

— Oui, cela avance; bien sûr, cela avance, mais si lentement. J'ai pris du retard.

— Par rapport à quoi?

— Par rapport à ce que j'aurais voulu et j'essaie de me le cacher à moi-même; il y a des tas de choses que je commence à truquer. Cette petite grippe stupide n'a rien arrangé.

— Prenez votre temps.

— Mais non, je ne puis pas prendre mon temps, rendez-vous compte : il y a trente et un élèves dans cette classe de seconde et jusqu'à maintenant j'en ai juste fait intervenir sept et je dis bien fait intervenir, car ce que j'ai écrit sur eux jusqu'à présent ne constitue nullement un portrait, sept élèves et neuf professeurs.

— Vous devez en avoir fini avec les professeurs.

— En avoir fini! Comme vous dites...

— Vous les avez tous au moins désignés.

— Presque, il ne reste plus que ces professeurs un peu en marge : M. Martin, le professeur de dessin, M. Moret, le professeur de gymnastique, l'abbé Gollier, l'aumônier...

— Il n'y a pas de pasteur, de rabbin?

— Pas au lycée Taine. Et, voyez-vous, je me heurte avec les derniers de mes collègues que j'ai introduits dans le jeu, à une énorme difficulté que j'avais prévue, certes, mais que j'avais cru pouvoir surmonter bien plus aisément; il faut bien, puisque certains élèves de cette classe font de l'allemand et de l'espagnol que je parle des heures où ils étudient ces deux langues et des professeurs qui les leur enseignent, M. Hutter et M. Tavera, or, je me débrouille passablement en anglais ou en italien mais j'ignore à peu près tout de l'allemand et de l'espagnol; l'idéal serait d'apprendre ces deux langues.

— Cela risque de vous mener loin...

— Et tenez, pour les mathématiques, Dieu sait si les mathématiques que l'on fait en seconde peuvent être simples, pourtant, vous n'avez pas idée de ce que le manuel dont se sert mon neveu peut paraître abstrus à un professeur d'histoire et géographie.

— Et comment va-t-il, ce neveu, de confiance?

— Il est dans un camp scout.

— Il ne doit pas avoir chaud. Allons, je ne vous retiens pas, je vois que vous commencez à être tout énervé, que vous regardez votre montre. Vos travaux vous réclament, cher Professeur, mais est-ce que, tout de même, vous pourrez distraire quelques instants ce soir pour m'emmener au cinéma comme vous me l'aviez promis ? Pour remplacer la séance de dimanche que votre grippe a empêchée, car elle a dérangé cela aussi...

— Mais naturellement ! Comment nous retrouvons-nous ?

— Venez dîner ici ; profitez-en, pour une fois que j'ai le temps de vous faire un peu de cuisine.

— Vous êtes vraiment tellement...

— Dites-moi, mon cher Professeur, vous ne croyez pas qu'il serait plus gentil, plus agréable de se tutoyer ?

— Pas encore.

— J'ai réussi à vous dérider. Quand cela ?

— Eh bien, quand j'aurai terminé mon ouvrage.

— Je risque d'attendre longtemps.

— Mais non, une fois que cela aura bien démarré...

— Car ce n'est pas encore bien démarré ?

— Non, je patauge, je me demande si je ne me suis pas mal engagé, s'il ne conviendrait pas de tout reprendre, mais je suis déjà tellement enfoncé dedans... Il faut que j'en sorte, vous comprenez, que j'y arrive, il n'y a pas d'autre moyen...

— Ne vous inquiétez pas, je ne chercherai pas à vous en détourner. J'attendrai...

— Mais oui, c'est une question de quelques jours de plein travail...

— Ce soir, nous parlerons d'autre chose.

— Bien sûr, bien sûr, comme vous êtes bonne... Comme vous êtes patiente et indulgente ! Je viendrai à pied, ce soir, pour me changer un peu les idées avant de monter.

— Dépêchez-vous maintenant ; travaillez bien, démarrez bien... À ce soir ».

Mon cousin Gérard avait ce même genre de grippe que mon frère Jacques avait attrapé le premier et dont tu venais de guérir.

Agnès Bailly aussi, c'est pourquoi sa mère qui est restée pour la garder, a demandé à Alain Mouron, venu déjeuner chez eux parce que son père travaillait ce jour-là, d'accom-

pagner ses deux cousins, il fallait bien se promener un peu
malgré la pluie, au Musée de la Marine, au Musée de l'Ar-
mée, ou au Musée de l'Homme; il ne connaissait pas ces
musées, n'est-ce pas? Cela l'intéresserait.

Il a opté pour le Musée de l'Homme. Quand ils sont
sortis tous les trois du métro Trocadéro, ils ont vu que le
musée était fermé, comme tous les mardis. Il ne restait
plus qu'à rentrer rue Pierre-Leroux.

Le dimanche suivant, il y avait sortie de troupe; nous
avions soigneusement préparé, pendant le camp de la Toussaint, un jeu fort élaboré, avec maint message chiffré, sur
le thème de la conquête de l'Amérique, c'est moi qui avais
suggéré l'idée; les uns devaient être les Aztèques, les autres
les compagnons de Cortès; mais, bien que je fusse retourné
en classe déjà la veille, mon père, voyant que j'étais encore
assez fatigué de cette grippe que j'avais attrapée à mon
tour en rentrant du camp, m'avait absolument interdit d'y
aller. Jacques, qui était guéri depuis longtemps me racon-
terait.

Quant à Denis, il était maussade, n'avait presque rien
mangé au déjeuner; la figure rouge, il s'était étendu sur son
lit avec un roman policier qu'il ne lisait pas. Quand maman
est entrée dans la chambre, elle lui a posé la main sur le
front.

« Tu vas me prendre ta température, j'ai bien l'impression que tu vas y passer toi aussi. »

Tu disais à Micheline Pavin :

« je me suis mis à étudier, à étudier comme un élève de
seconde; je fais tous les devoirs dont mon neveu Pierre
m'apporte les sujets. Comme Bailly leur fait lire *Jules César*,
je l'ai relu, Jouret, *Britannicus*, je l'ai relu; seulement,
voyez-vous, comme Bailly fait lire à ses première *Macbeth*,
Jouret, *Iphigénie* aux siens, il faut que je relise ça aussi, et
le plus tôt possible, très soigneusement; c'est pourquoi,
pour aujourd'hui, je crois qu'il vaudrait mieux que nous
n'allions pas au cinéma ensemble. Il faut que je franchisse
cette barrière, vous comprenez, que je tienne en main les
principaux éléments; après, cela ira tout seul.

— Je comprends, je vous assure que je comprends très
bien; oui, retournez chez vous et allez lire *Iphigénie*, ou bien
Macbeth, mais notre rendez-vous pour mardi tient toujours?

— Mais bien sûr.

— Qu'y a-t-il, Pierre? Est-ce que je vous ai fait de la peine? Allons, que faut-il que je vous dise? Je vous assure que j'ai confiance en vous, j'ai entièrement confiance en vous, je sais qu'il ne s'agit que de votre travail...

— Mais, à quoi pensez-vous, Micheline? Je...

— Vous n'avez pas besoin de me le dire, je sais. A mardi; nous irons au cinéma mardi, n'est-ce pas?

— Si vous voulez. Je ferai tout ce que vous voudrez. »

Le lendemain, en quatrième, la Contre-Réforme, le concile de Trente, Ignace de Loyola, Philippe II.

Puis, comme l'oncle Henri faisait lire, dans la salle à côté de la nôtre, la trente-sixième lettre persane :

« le café est très en usage à Paris... »,

le portier est entré, avec non seulement le cahier de présences comme à l'habitude, mais aussi un paquet de photographies dans lequel il a pris celle de cette première moderne et l'a fait circuler en demandant à chacun de ceux qui en voulait une épreuve d'inscrire son nom au verso,

et dix minutes plus tard a recommencé chez nous.

Alain Mouron a calligraphié sa signature en haut à droite avec le stylo neuf que son père lui avait donné au déjeuner pour ses quinze ans (il avait aussi une serviette neuve et une écharpe neuve),

et le lendemain mardi, comme Mme Davez servait le café, il a achevé de recopier le devoir qu'il devait remettre à deux heures :

« que pensez-vous des idées de Rabelais sur l'éducation? Comparez l'enseignement actuel avec celui qu'il combat et avec celui qu'il nous propose ».

Mon cousin François était dans son lit. Le docteur Orland disait :

« ce n'est rien, c'est cette petite épidémie de grippe; je n'ai pas besoin de vous refaire une ordonnance, c'est exactement comme pour son frère, mais comme il est plus jeune, il a une fièvre un peu plus forte, voilà tout »,

à mon oncle qui, après nous avoir parlé de Calvin, nous a rappelé que nous avions à préparer pour le lendemain la deuxième scène de l'acte II de *Britannicus :*

« Grâces aux dieux, Seigneur, Junie entre vos mains... »

Dès la sonnerie, Alain Mouron qui n'avait pas eu le temps d'apprendre sa leçon d'histoire (comme tu l'avais interrogé la veille en géographie, il n'était pas inquiet outre mesure), s'est hâté de se rafraîchir la mémoire dans son cahier et son manuel :

Louis XIII et Richelieu, illustrations : les portraits du prince et de son ministre, la digue de la Rochelle d'après une gravure de Callot (tous ces bateaux minuscules, tous ces petits soldats comme des fourmis sur les rives), une page de la *Gazette* de Théophraste Renaudot :

« le Roy de Perse avec quinze mille chevaux... »,

cela pourrait aller..., a feuilleté le chapitre suivant, qui correspondait en gros à la leçon que tu allais nous faire ce jour-là :

la paix de Westphalie (qu'est-ce que c'était que Westphalie?), sur une page : les portraits de Condé et Turenne, ratification du traité de Munster par G. Terborch, sur une autre page : la fête de saint Nicolas par Jan Steen, intérieur hollandais par Pieter de Hoogh, la maison des Indes Occidentales à Amsterdam. Cela devait être intéressant, mais la légende disait seulement :

« décrire cette gravure ».

Tiens, pourquoi? C'était donc une devinette? On verrait bien comment M. Vernier la décrirait, s'il la décrivait. Pour l'instant, il était plus prudent d'en revenir à Richelieu, on ne savait jamais : l'interdiction des duels, l'écrasement des protestants, la journée des dupes, Samuel Champlain et le Canada, la Compagnie des îles, la Martinique, la Guadeloupe, Saint-Domingue, le tabac, la canne à sucre, les esclaves noirs...

Denis Régnier dans son lit, rue du Cardinal-Lemoine, classait les derniers timbres qu'il avait obtenus de ses camarades à qui tu as expliqué ce qu'est la Westphalie, parlé de l'essor hollandais, de la Compagnie des Indes Orientales, et, sans penser à nous décrire ou faire décrire la maison des Occidentales dans le manuel, de la fondation de la Nouvelle-Amsterdam qui allait devenir New York.

M. Hubert s'embrouillait dans le tableau des différentes formes de l'énergie et de leurs transformations qu'il dressait à ses mathélem,

« tribo-luminescence : transformation de l'énergie mécanique en énergie lumineuse; si, par exemple, vous brisez un morceau de sucre dans l'obscurité, vous apercevrez des lueurs bleuâtres; chacun peut faire l'expérience... Où en étais-je? Tribo-luminescence; oui, nous venons d'en parler...»,

a continué de s'embrouiller à l'heure suivante, à propos de couples de forces, en nous faisant faire des exercices dans lesquels il était question de pédaliers de bicyclettes, de tournevis et de tire-bouchons. Sa femme était à la clinique.

Les îles Britanniques pour les philosophes, puis tu es rentré rue du Canivet où tu t'es hâté de te mettre à ce travail, car tu aurais bien voulu arriver, selon ton plan, jusqu'à la deuxième heure de l'après-midi de ce mardi 9 novembre, un mois exactement après l'heure originelle,

mais les pages qui nous concernent tous les trois à ce moment-là, et qui ont l'air d'avoir été écrites le jour même à cause du présent que tu y emploies, ne l'ont été en fait que bien des jours plus tard, tout comme celles qui concernent à cette heure-là Alain Mouron et M. Bailly, puis Michel Daval et M. Bonnini, rédigées à une distance de plus en plus grande de ce qu'elles décrivent,

en ce présent intermédiaire, relais qui navigue, qui se déplace entre la présence de ce passé dont il s'agit, et ce présent où l'on se trouve pour l'examiner et l'écrire si l'on est l'auteur, pour le reconstituer en le lisant si l'on est lecteur,

se rapprochant de plus en plus du présent narratif attaché depuis le début à la découverte et conquête de l'Amérique, se distinguant de plus en plus du présent réel, littéral.

J'étais alors chez Alain Mouron; c'était devenu une habitude que je cherchais déjà à rompre pour mieux explorer, si j'ose dire, mes autres camarades; mais cette habitude m'était fort utile du point de vue scolaire, car Alain Mouron m'était bien supérieur en latin et en grec, si bien qu'il m'aidait beaucoup pour mes préparations et devoirs.

Le lendemain mercredi, Michel Daval m'a montré qu'il avait acheté le numéro de novembre de *Galaxie*, que je lui ai demandé de me prêter, ce qu'il m'a promis dès qu'il l'aurait terminé.

Absents : Denis Régnier, Francis Hutter et Jean-Pierre Cormier; tu as demandé à Hubert Jourdan quels étaient les différents types de climats, à André Knorr l'action du climat sur la flore et la faune, à Bertrand Limours sur le régime des fleuves.

Précisions sur les climats équatoriaux et tropicaux.

Le mardi suivant, 16 novembre, Jean-Claude et Henri Fage absents, après avoir interrogé sur l'éducation, l'agriculture et le clergé sous Louis XIII, Octave de Joigny, Michel Daval et Paul Coutet, la civilisation européenne au milieu du xviie siècle, condamnation de Galilée; le portier est entré avec le paquet de photographies commandées, une pour toi, une pour moi, une pour presque chacun d'entre nous, sauf pour Jean-Pierre Cormier et Gilbert Zola absents lors de la prise de vue, et pour Denis Régnier et Francis Hutter, présents sur l'image, mais absents le jour de la commande.

Il fallait payer tout de suite, et beaucoup, ayant oublié d'en parler à leurs parents, n'avaient pas suffisamment d'argent sur eux, ce qui a provoqué toutes sortes de négociations entre voisins, qui n'ont pas suffi, si bien que le portier est reparti avec les deux épreuves destinées à Jean-Claude et Henri Fage, et quatre autres que leurs commanditaires n'avaient pu régler, qu'ils trouveraient dans la loge à leur disposition, quand ils auraient l'argent en poche.

Rapidement, avec l'aide de Michel Daval, j'ai inscrit au verso le nom de chacun de mes camarades à la place de son visage.

Il était bien trois heures et demie lorsque tu as repris la parole pour nous parler de la peinture.

Le mardi 14 décembre, pour la composition d'histoire, absents Abel, Baron, Spencer, la découverte et la conquête de l'Amérique, la guerre de Trente ans, la Hollande au xviie siècle.

J'ai inscrit mon nom en haut à gauche de ma copie, Pierre Eller, et j'ai commencé à mâchonner mon crayon à bille.

Cela est loin et je l'abhorre.

Aujourd'hui, mardi 11 octobre 1955, je suis en première, en classe de français; notre professeur, M. Devalot, nous fait lire le texte de Saint-Simon sur la révocation de l'édit de Nantes,

« sans le moindre prétexte et sans aucun besoin, et les diverses proscriptions plutôt que déclarations qui la suivirent... »;

et il y a bien longtemps que j'ai cessé toute collaboration à cet ouvrage dans lequel tu continues de plus en plus mensongèrement, frauduleusement, à me désigner par la première

personne, ce qui ne pourra plus durer bien longtemps parce
que...

Quelques salles plus loin, avec tes seconde A, mon frère
Jacques en particulier, ton horaire n'a pour ainsi dire pas
changé depuis l'an passé, tu parles de la découverte et de
la conquête de l'Amérique.

Revenons à M. Bailly, qui, au milieu de septembre, le jour où il avait reçu la lettre de sa femme lui annonçant qu'elle ne reviendrait pas d'Orléans le lendemain mercredi, mais seulement le dimanche 26, avait quitté l'hôtel, tandis que ses enfants étaient allés sur la plage, accompagnés d'Alain Mouron,

avait fui l'hôtel, et, après avoir jeté dans la boîte sa lettre pour Claire, était allé se réfugier dans un café sur le port, où un appareil à disques hurlait un vieux tango,

en espérant que le jeune cousin aurait appris et expliqué de quelque façon aux petits le retard de leur mère.

Il avait commandé un demi et l'avait bu à moitié (il faisait beau, les mâts des barques se balançaient sur l'eau basse; un paysagiste sur un pliant lavait une aquarelle devant un grand tas de cordages, avec tout un public d'estivantes en jupes et chapeaux de toile imprimée derrière lui), lorsqu'il a vu la porte s'ouvrir et Alain s'avancer, l'air grave, suivi de René, de Georges et d'Agnès.

« Ils voudraient savoir ce que tante Élisabeth dit dans sa lettre.

— Eh bien, malheureusement, la cousine Louise est de plus en plus malade. Maman vous embrasse bien tous et promet d'être là dimanche, attention, pas dimanche prochain, seulement le dimanche 26; elle sera là pour faire les paquets, pour mettre les chemises et les jupes dans les malles; nous aurions bien du mal à nous tout seuls, n'est-ce pas? »

Les enfants ont éclaté d'un rire contraint.

« Regardez ce bateau qui rentre avec sa voile rapiécée. Vous n'avez pas soif, vous autres? Nous allons nous payer un petit goûter ici, puis nous irons faire le tour de la pointe avant le coucher du soleil. »

Le lendemain, seul dans sa chambre, regardant son agenda, il s'est aperçu que c'était l'anniversaire de son mariage, dix ans plus tôt.

Et le mardi 28, il est arrivé à Paris avec sa femme et ses enfants. Alain Mouron a retrouvé son père qui l'attendait; on leur a donné rendez-vous pour le lendemain à l'heure du déjeuner, puis le taxi s'est ébranlé; il n'avait pas beaucoup de trajet à faire de la gare du Maine à la rue Pierre-Leroux. La concierge est sortie de sa loge pour les saluer et remettre un paquet de lettres. L'appartement était froid, sentait le renfermé; la nuit n'était pas complètement tombée, mais il ne valait plus la peine d'ouvrir les volets.

Les trois enfants se sont affalés sur les fauteuils du bureau encore recouverts de leurs housses. Mme Bailly a envoyé son mari chercher du pain rue de Sèvres; pour le reste du dîner, on piocherait dans les conserves.

Donc le lendemain, M. Mouron et son fils étaient venus déjeuner rue Pierre-Leroux, puis M. Mouron était allé à son travail et Alain avait dit au revoir pour partir à la recherche d'un coiffeur.

M. et Mme Bailly avaient alors pris leurs enfants par la main et commencé la tournée des grands magasins en quête de tabliers, de plumiers, et, pour le petit René, d'une serviette de classe, car il était entendu qu'il passerait celle dont il s'était servi l'année précédente à son frère Georges, que celui-ci passerait la sienne à sa sœur Agnès, qui irait un jour porter la sienne au Secours catholique, parce qu'elle n'était plus convenable pour la fille de deux professeurs.

Le soir de la rentrée, ç'a été grande agitation chez les Bailly. Le lundi, cette année-là, était la journée de la semaine la plus chargée pour M. Bailly, qui avait fait la connaissance le matin de ses quatrième, en particulier de mon cousin Gérard, de ses philosophes, et, l'après-midi, de ses première, en particulier de mon frère Denis qu'il avait déjà eu l'année précédente, de ses troisième, en particulier de mon frère Jacques, et, pour finir, de notre classe.

Heureusement pour la famille, sa femme ne commençait son travail que le mardi.

Il s'est enfermé dans le bureau en lui laissant le soin des enfants, a recopié les listes, terminant juste avant le dîner par la nôtre.

Le lendemain, dès que sa femme est rentrée, le soir, il

lui a dit qu'il avait à sortir, un rendez-vous avec toi, son
collègue Vernier, comme il lui a dit, pour un projet... Et il
est vrai qu'il y avait un rendez-vous fixé entre vous, mais
pour le lendemain seulement, et même si cela avait été vrai,
Mme Bailly ne l'aurait pas cru.

« Vas-y, tu sais bien que je m'occupe des enfants; ce
n'est jamais moi qui t'empêcherai d'avancer ta thèse. »

Le mercredi à sept heures du soir, tu l'as attendu dans
un café du carrefour Sèvres-Babylone. Comme il t'était
impossible de recevoir toute sa famille, tu avais voulu l'emmener dans un restaurant pour pouvoir lui parler de ton
projet de description d'une classe, mais lui avait eu de tout
autres idées; sautant sur ce prétexte pour ne pas dîner chez
lui, il avait machiné une soirée chez Claire à qui il avait
l'intention de te présenter. C'est pourquoi, après avoir bu
un demi, vous êtes descendus dans le métro où vous avez
pris la direction Auteuil jusqu'à Émile-Zola.

Le jeudi, Mme Bailly ayant déclaré qu'elle avait trop de
travail pour pouvoir sortir les enfants, en particulier des
lettres à écrire, M. Bailly les a emmenés au Jardin des
Plantes.

Et le samedi soir, Élisabeth Bailly est repartie pour
Orléans, ayant refusé catégoriquement de montrer à son
mari la lettre d'alarme concernant sa cousine Louise, lui
déclarant que s'il n'était pas capable de lui faire confiance
pour une chose aussi simple, pour un devoir de charité aussi
élémentaire, la vie à deux serait décidément impossible; et
lui se disait, en la regardant de sa fenêtre, s'acheminer, valise
à la main, vers la rue de Sèvres, accompagnée du petit René
qui portait une autre valise légère, que, s'il s'était agi seulement d'une vie à deux, cela n'aurait pas été si compliqué,
qu'ils en étaient hélas à une vie à cinq et que, quand elle
le laissait seul ainsi, il lui fallait s'occuper des trois enfants;
et il avait eu beau faire le malin, déclarer qu'il n'aurait
aucune difficulté pour la cuisine, il ne songeait pas sans
terreur à ce week-end qu'il allait endurer; jusqu'à quelle
heure aurait-il le courage de s'abstenir de demander à Claire
de lui venir en aide?

Le dimanche, les Daval partis, il n'y a plus tenu; Claire
est venue préparer le dîner, elle a couché les enfants; il a
fallu leur expliquer qu'elle était une amie de maman, et
il s'est trouvé naturellement impossible de leur demander

le secret; obligation de se fier au hasard, à leur oubli, à
leur prudence.

Tout bien éteint dans leurs chambres, M. Bailly a emmené
Claire dans la sienne, mais elle n'a pas voulu se coucher dans
ce lit-là; ils sont sortis en catimini.

Le lundi 11, tandis que tu nous maintenais en silence d'un
mouvement de main, et nous rappelais que tu nous interrogerais le lendemain sur la Renaissance et sur la Réforme,
André Knorr avait son poignet dans la main du médecin;
sa mère devant la fenêtre aux volets à demi fermés.

Le soir, Mme Bailly est rentrée d'Orléans. Claire n'avait
pu venir aider au dîner; M. Bailly avait été obligé de se
débrouiller tout seul avec ce qui restait dans le frigidaire.
Les enfants n'avaient cessé de poser des questions sur le
retour de leur mère; ils ne voulaient pas s'endormir avant
de l'avoir revue, comme s'ils avaient eu peur qu'elle fût
partie pour tout de bon. Ils étaient tous en pyjama et robe
de chambre dans le bureau, et leur père leur lisait une
histoire.

Quand Mme Bailly est entrée, elle a claqué la porte si
brusquement qu'ils se sont dressés tous les quatre.

« Comment! Vous n'êtes pas encore couchés! Mais ils vont
en classe demain matin, voyons! A quoi penses-tu?

— Élisabeth!

— Mais oui, c'est très gentil de votre part; allons, soyez
sages maintenant; j'irai vous embrasser dans votre lit...

— Alors, comment va cette cousine Louise?

— Beaucoup mieux, vraiment beaucoup mieux.

— Alors, tu n'auras pas besoin de retourner à Orléans ces
temps-ci?

— Qu'est-ce que tu veux dire par là?

— Rien, je...

— Est-ce que, par hasard, tu croirais avoir quelque chose
à me reprocher?

— Élisabeth...

— Allons, allons, soyons francs, pour une fois; tu sais
fort bien que ce n'était pas seulement pour Louise que j'allais à Orléans...

— Pardon?

— Mais oui, René, mais oui », elle est allée fermer la porte,
« tu le sais bien, c'était pour échapper un peu à tout cela,
mais oui, tu ne penses pas que j'en aie besoin quelquefois?

Tu ne dis rien? Tu ne me crois pas? Tu crois que c'est une façon de recevoir sa femme quand elle revient d'un voyage de deux jours pendant lequel elle s'est dévouée, laissant derrière elle... Pourquoi ris-tu? Tu es odieux...

— Écoute, Élisabeth, tu es vraiment très fatiguée de ton voyage...

— Je sais ce que tu t'imagines, eh bien, il y a un point sur lequel tu te trompes entièrement...

— Ah oui?

— La pauvre Louise était vraiment très misérable...

— Mais cela va mieux.

— Oui, elle est à peu près tirée d'affaire...

— On ne craint pas de rechute?

— C'est toujours à craindre, on ne sait jamais...

— Et naturellement en cas de rechute, tu es toute prête à te dévouer?

— Égoïste!

— J'ai dit simplement que tu étais prête à te dévouer.

— Tu te crois spirituel?

— Moi?

— J'ai classe demain matin.

— Moi aussi.

— Tu as classe à onze heures seulement.

— Élisabeth, excuse-moi, ne prends pas mal ce que je vais te dire; tu comprends bien que ce week-end n'a pas été commode, et que je te laisse du travail, l'évier est plein, je sais que j'ai besoin d'une femme, tu le sais aussi... Ce n'est pas ce que je voulais dire. Non, laisse-moi parler un peu; il est normal que nous nous disputions quelquefois, il est normal que... Mais écoute, tu es fatiguée, tu vas te reposer et demain... Voilà ce que je voulais te dire : est-ce qu'il est nécessaire que nous nous disputions de cette façon-là? Est-ce que les choses ne pourraient pas se passer, disons, autrement? Tu pleures, maintenant?

— Ne m'embrasse pas, je t'en prie, ne m'embrasse pas...

— Et qu'est-ce qu'il vient faire celui-là encore? Veux-tu aller te coucher, René!

— Ce n'est pas René, c'est Georges; tu pleures, Georges, qu'est-ce qui ne va pas? Tu ne peux pas dormir? Viens avec ta maman. Tu vois, elle n'a pas pu encore enlever son chapeau; et les autres ne dorment pas non plus? Allons, va dans ton lit... Ils ont tout entendu, tu n'as pas honte?

— Élisabeth... Élisabeth... Élisabeth... »

Quelques heures plus tard, dans la nuit, M. Hubert s'est réveillé; sa femme s'était levée pour boire.

Quelques rues plus loin, Francis Hutter se retournait entre ses draps, il allait aborder au rivage des Phéaciens, le flot l'assaillit, le frappa, le remporta au large...

« Écoute-moi, Seigneur, dont j'ignore le nom... »

Le dieu du fleuve...

M. Hubert a allumé sa lampe; sa femme gémissait en dormant, son ventre gonflé soulevait les draps, il a caressé ses épaules.

« Nostre monde vient d'en trouver un autre (et qui nous respond si c'est le dernier de ses frères...) »,

près du mur, derrière Paul Coutet, Henri Buret se nettoie soigneusement les ongles. A côté de lui, Robert Spencer regarde dans son *Manuel de Physique* la leçon que nous avons à apprendre pour l'heure suivante : les différents états de la matière,

« ...l'espouvantable magnificence des villes de Cusco et de Mexico et, entre plusieurs choses pareilles, le jardin de ce Roy... ».

C'était l'an passé.

La nuit suivante, l'insomnie de M. Bonnini guettant les insomnies de son fils et sa fille, les démarches de sa belle-sœur, le halètement de sa femme,

les rêves de Denis Régnier, timbres et puissance, timbres d'or iridié d'un kilo, conservés dans les profondeurs de la terre à Mexico et les esclaves nus porteurs de couteaux et de pinces d'or, faisant irruption chez M. Régnier, rue du Pré-aux-Clercs.

L'oncle Henri dormant paisiblement, la tante Rose lui relevant le drap sur l'épaule.

Alain Mouron s'est réveillé en sursaut, quatre heures moins le quart, a regardé au plafond passer quelques lueurs.

Le jour s'est annoncé vers sept heures, une aube lente, un beau matin. Les rayons réfléchis du soleil ont traversé les fentes des persiennes, barrant de raies claires la chaise sur laquelle Michel Daval avait disposé ses habits.

La main droite d'Élisabeth Bailly, noueuse et sèche, son bras franchissant l'étroit intervalle entre les deux lits, caressait le torse maigre de son époux bouleversé de cette tendresse tellement inattendue après tous les soupçons, toutes les scènes des jours précédents;

mais tout ce corps, dérisoirement armé d'une chemise de nuit revêche que les mouvements nocturnes avaient relevée jusqu'à la poitrine, s'est agité comme d'une convulsion de dégoût; elle a ouvert les yeux, vu son mari; elle s'est retournée, s'est éloignée jusqu'à l'autre bord de son lit, serrant le drap dans son poing.

Le professeur d'anglais n'a fait ni bruit ni geste; il a considéré cette nuque aux cheveux secs et blanchissants,

« je sais maintenant qu'elle m'a trompé à Orléans, je sais que si je veux chercher, ici même, j'en aurai la preuve, et je vais y passer la journée, car cette caresse qui m'a rappelé d'autres années, j'espérais contre toute raison que c'était à moi qu'elle était destinée, qu'il y avait toujours dans ce corps quelque entente avec le mien, mais ce regard à son réveil m'a enseigné sans doute possible qu'il n'en est rien; je me demande si, moi aussi, je l'ai caressée, somnolent, si, moi aussi, je me suis trahi par un tel mouvement de recul ».

Le réveil a sonné huit heures. Mme Bailly est sortie de son lit, a ouvert les persiennes de leur chambre, est allée dans les autres pièces pour ouvrir les autres persiennes et réveiller les trois enfants, puis a fait couler tous les robinets de la salle de bains.

M. Bailly a mis les pieds dans ses pantoufles, a enfilé sa robe de chambre, est allé dans la salle à manger où il a commencé à mettre le couvert pour le petit déjeuner, car il lui fallait attendre pour se raser que toute sa famille eût fini sa toilette.

La représentation de la Terre; au premier rang, Philippe Guillaume, rentré après une seule journée d'absence, rêvait à la Bretagne en regardant les illustrations de la dernière page de ce chapitre, une photographie aérienne oblique de la pointe du Raz, avec ses champs, ses chemins, ses falaises et la frange d'écume,

une photographie aérienne verticale du même lieu, avec le treillis des vagues et le village semblable à une poignée de gros sel,

Lescoff, comme le nommait la troisième image sous les deux autres, le relevé cartographique grossier interprétant cette photographie, mais c'était l'illustration de la page de gauche, leur faisant face, qui retenait surtout l'attention de son voisin de gauche, Bruno Verger, croquis de l'île de Bornéo avec la mention de ses productions principales : riz, caoutchouc, pétrole et l'inquiétant découpage de Célèbes en bas à droite

tandis que tu faisais venir à ton bureau, pour leur donner leur bulletin de colle pour le lendemain, Denis Régnier et Jean-Pierre Cormier.

Après le dîner, l'oncle Henri a pris son Rabelais et il a commencé par le prologue :

« buveurs très illustres, et vous vérolés très précieux... »

a parcouru le premier chapitre : de la généalogie et antiquité de Gargantua, puis les fanfreluches antidotées trouvées en un monument antique, comment Gargantua fut unze moys porté ou ventre de sa mère (pas pour les élèves de seconde; et il s'amusait à l'idée que l'un d'entre eux pourrait trouver un Rabelais complet dans la bibliothèque de ses parents et s'y plonger par zèle scolaire),

de telle sorte que, lorsque Gérard est venu lui dire bonsoir avant de se coucher, il n'en était encore qu'au chapitre VII : comment le nom fut imposé à Gargantua et comment il humait le piot,

alors qu'Alain Mouron, deux étages plus bas, armé de son dictionnaire *Larousse*, préparait pour le surlendemain le chapitre XXI, ou plutôt ce qui en était cité dans nos textes choisis :

« ce fait, voulut de tout son sens étudier à la discrétion de Ponocrates... ».

Le lendemain matin, comme ses enfants n'allaient pas en classe, M. Bailly ne s'est levé qu'à huit heures et demie. Sa femme était déjà sortie, avec son sac. Le café et le lait refroidissaient sur la table de la salle à manger.

Michel Daval ne s'est levé qu'à neuf heures et demie; sa mère lui a apporté son café au lait bien chaud dès qu'il est entré dans la salle à manger, débarbouillé, mais hirsute.

L'après-midi, Jean-Claude Fage,

« ... mais icelui, pour le commencement, ordonna qu'il ferait à sa manière accoutumée... ».

Son frère Bertrand était là, ainsi que sa sœur Gabrielle; l'aînée, Andrée, était sortie avec un camarade; Mme Fage était d'une humeur exécrable, il devait s'être passé quelque chose, elle n'avait pas déjeuné là, n'était rentrée qu'à trois heures, n'avait donc pas vu son mari de la journée, c'était Andrée qui avait fait la cuisine et mis le couvert; Mme Fage ne faisait rien; elle était près de la fenêtre avec un livre entre les mains dont elle déchirait les pages avec son index, sans les lire; elle guettait l'arrivée de quelqu'un.

« ... Ponocrates lui remontrait... »

On a sonné; Gabrielle s'est levée pour aller ouvrir.

« Tu n'as pas fini ton travail, n'est-ce pas? Reste à ta place, je vais aller ouvrir moi-même. »

Quelques instants d'attente et d'immobilité,

« ... Gargantua répondit : « Quoi! N'ai-je fait suffisant exercice? »,

puis Mme Fage est revenue avec un sourire :

« il faut que je sorte, j'ai mis deux mille francs sur la cheminée; quand vous aurez fini vos devoirs, vous pourrez aller au cinéma, si vous en avez envie. Le dîner est prêt dans le frigidaire. Ne rentrez surtout pas en retard pour le dîner, vous savez comme votre père est pointilleux; Andrée sera là, vous l'aiderez; si par hasard je ne puis revenir à l'heure, je téléphonerai ».

Ils ont entendu la porte claquer; ils connaissaient bien le visage de celui qui avait sonné, ils l'avaient aperçu maintes fois dans la rue, mais ils ne connaissaient pas son nom.

Bertrand a dit à son frère Jean-Claude :

« ça va de plus en plus mal.

— Andrée ne sera pas là pour dîner, elle va téléphoner elle aussi.

— On devrait aller se promener un bon coup après le cinéma et ne revenir qu'à neuf heures; lorsque papa rentrerait il trouverait la maison vide, ça lui ferait un drôle d'effet.

— On pourrait aller au restaurant au lieu d'aller au cinéma; deux mille francs, ça devrait pouvoir suffire pour nous trois.

— Ne dis pas de bêtises.

— Mais si on va au cinéma en face, cela nous coûtera deux cents francs par personne, et qu'est-ce qu'on fera du reste?

— On le partagera équitablement, cinq cents pour toi, cinq cents pour moi, quatre cents pour Gabrielle.

— C'est injuste.

— Comment, c'est injuste? Tu es la plus jeune et tu es une fille; les filles n'ont pas besoin d'argent.

— Je le raconterai à papa.

— Et qu'est-ce que tu raconteras? C'est malin! Tu raconteras que maman est sortie avec son type; il le sait bien, il
s'en fiche.

— Pas du tout.

— Dis donc, c'est toi qui vas m'apprendre... On va au
cinéma?

— Je ne vais pas au cinéma.

— Eh bien, tu resteras toute seule. Pourquoi ne veux-tu
pas venir au cinéma? Elle est comme sa mère, hein! On va
au cinéma, et puis on rentrera quand on pourra.

— Et si maman téléphone?

— Il n'y aura personne.

— Et si Andrée téléphone?

— Il n'y aura personne.

— Et quand on rentrera?

— On verra ».

M. Martin promenait ses deux enfants, Daniel et Gilberte,
au bois de Boulogne.

Mon cousin Gérard est rentré de notre réunion scoute et
tout le monde s'est mis à table chez les Jouret.

L'oncle Henri a repris sa lecture au chapitre XI :

« Gargantua, depuis les troys jusques à cinq ans... »

Alain Mouron avait desservi, et était sorti avec son père
pour aller au cinéma. Au coin de la rue du Pré-aux-Clercs et
du boulevard Saint-Germain, ils ont croisé le Nord-Africain
de haute taille avec un béret, les joues couvertes de sparadrap ainsi que le front, ce qui lui faisait comme un masque
rose avec deux larges fentes pour les yeux.

Ils avaient choisi une des salles de la rue de Rennes où
l'on donnait un western en technicolor.

Le lendemain matin, vendredi 15 octobre, M. Bailly,
parti à la recherche d'un coiffeur, a dédaigné ceux de la rue
de Sèvres, a pris celle du Vieux-Colombier, puis à gauche
la rue Bonaparte, est revenu par le boulevard Saint-Germain, a fait une pointe rue du Pré-aux-Clercs pour examiner
la maison de son neveu Alain chez qui il n'était pas encore
allé, toute la famille y était invitée pour le soir, s'est aperçu
que c'était aussi celle de son collègue Jouret, a vu la vitrine
de Dumarnet et, comme il était déjà onze heures moins le
quart, qu'il avait encore à corriger les exercices qu'il
devait rendre aux quatrième au début de l'après-midi, il y
est entré sans chercher plus loin.

Francis Hutter était revenu au lycée, avec le plus sombre
de ses costumes, une cravate noire et un brassard noir.
L'oncle Henri lui a fait lire et expliquer :
« après avoir bien à point déjeuné, allait à l'église... »,
est passé à Denis Régnier,
« puis étudiait quelque méchante demi-heure... ».
Francis notait soigneusement les explications dans la
marge avec un crayon qu'il a soudain cassé en deux.
« ...le liège de ses pantoufles enflait en haut d'un demi-
pied ».
C'était la fin de l'heure.
« Pour lundi prochain, le 18, vous me préparerez le texte
suivant : comment Gargantua fut institué par Ponocrates
en telle discipline qu'il ne perdait heure du jour; c'est un
peu trop long pour que nous puissions tout voir en une fois;
nous ne dépasserons certainement pas le premier morceau,
qui s'arrête, comme vous voyez, page 36, ligne 83 : lequel
lui montrait l'art de chevalerie. Après le tableau d'un mauvais enseignement, Rabelais nous fait celui d'un enseignement idéal; nous verrons ce qu'il convient d'en penser. »
La cloche sonnait. Francis Hutter s'est levé pour laisser
sortir Alain Mouron, s'est rassis pour attendre, en taillant
les deux moitiés de son crayon, le professeur d'allemand qui
montait l'escalier venant de sa sixième.
Comme la veille au soir l'oncle Henri s'était arrêté à la
fin du chapitre XV :
« ...et que tous ensemble iraient à Paris, pour cognoistre
quel estoit l'estude des jouvenceaux de France pour icelluy
temps »,
et qu'il s'était hâté le matin de relire le XXI à notre intention, laissant de côté pour l'instant la correction de nos
devoirs sur la journée la plus remarquable de nos vacances,
il s'est replongé dans l'ouvrage pour combler le vide subsis-
tant.
Alain Mouron avait préparé, avant le dîner, avec Michel
Daval, le discours de Cassius sur César; il restait, pour le
matin, la leçon de mathématiques : nombres algébriques
(révision), pour l'après-midi, la leçon d'histoire hors manuel :
la découverte et la conquête de l'Amérique, et celle de chimie : eau naturelle, eau pure, mélanges et corps purs, composition de l'eau.
A deux heures, tu as interrogé mon cousin Gérard sur

la situation de l'Europe, puis tu as parlé du relief de ce continent.

L'oncle Henri promenait ses deux autres fils au Luxembourg. Il faisait encore beau mais frais. Tout en regardant les joueurs de cerceau, il a poursuivi sa lecture.

Alain Mouron, devant moi, notait sous ta dictée les soustitres de la leçon, l'Europe en 1600 :

« l'Angleterre, les Pays-Bas, les Pays Scandinaves, l'Italie, la Pologne, l'Allemagne, la Suisse, la Russie, la Turquie... ».

Sous son manuel, il tenait caché le numéro de *Fiction* que je venais de rendre à Michel Daval et que celui-ci lui avait passé pendant l'interclasse.

Le dimanche après-midi, M. Bailly s'est promené avec Claire dans le parc de Versailles et, le lundi matin, après avoir quitté ses quatrième, il a ramassé les devoirs de ses philosophes, une version de la première page du texte de De Quincey sur Coleridge dans ses *Souvenirs sur les poètes lakistes*, qu'il leur avait dictée, le mardi précédent, après leur avoir fait expliquer le sonnet de Keats :

Much have I travelled in the realms of gold...
(J'ai beaucoup voyagé aux royaumes de l'or...),

puis il a passé toute l'heure à leur parler de Coleridge, et c'était comme s'il parlait d'un vieil ami, leur demandant de regarder pour le lendemain les six premières strophes du *Dit du Vieux Marin.*

L'après-midi Francis Hutter, après t'avoir écouté nous commenter les deux cartes des isothermes, janvier, juillet, dans notre manuel, nous montrant comment ces lignes grossièrement parallèles étaient infléchies par les masses continentales, nous faisant remarquer ces deux régions d'extrême chaleur, l'été, dans le Sahara et l'Asie centrale, et celle d'extrême froid, l'hiver, en Sibérie, délimitée par l'isotherme de janvier moins quarante,

puis, à la page suivante, ces deux photographies juxtaposées de paysages à la même latitude, un village de Nouvelle-Écosse enterré sous la neige, les pins sur le sable d'Arcachon dans le soleil, nous signalant dans une parenthèse que, pour que ces images fussent vraiment démonstratives, il aurait fallu au moins indiquer à quel moment de l'année elles avaient été prises, nous expliquer enfin le phénomène des inversions de température,

a rangé ses affaires dans sa serviette et s'est levé pour rentrer chez lui, car, comme il faisait de l'allemand, il avait terminé sa journée, tandis que tous ses voisins, Alain Mouron à sa gauche, Michel Daval derrière lui, Bruno Verger à sa droite, faisant tous de l'anglais, restaient à leur place pour attendre M. Bailly.

M. Hutter finissait de dicter à ses philosophes le texte d'une version allemande.

A sept heures, Alain Mouron et moi, nous avions terminé notre version latine. Je lui ai dit qu'il me fallait rentrer dîner, et nous sommes convenu de travailler ensemble le lendemain soir, en séchant naturellement l'instruction religieuse. Il nous restait encore pour la soirée : 17 vers de l'*Odyssée*, 18 de l'*Énéide* et 33 de *Jules César* à préparer, plus, à apprendre pour toi l'après-midi, l'Europe vers 1600, les Habsbourg, Henri IV, pour M. Hubert, la mesure des forces.

Après avoir corrigé encore une dizaine des journées les plus remarquables de nos vacances, l'oncle Henri a cherché dans un coin de sa bibliothèque ses carnets des années précédentes pour nous trouver une version grecque; il s'est décidé pour un passage de la vie de César par Plutarque.

Homère, Nausicaa et son père, selon le sous-titre donné par le manuel; Bérard traduisait :

« mais l'Aurore montant sur son trône éveillait la vierge en ses beaux voiles... »;

Virgile, le triomphe de l'amour, selon le sous-titre donné par l'autre manuel; André Bellessort traduisait :

« Anna lui répond : « O toi que ta sœur chérit plus que la lumière... »;

et pour les première moderne :

« la révocation de l'édit de Nantes... et les diverses proscriptions... qui la suivirent furent les fruits de ce complot affreux... ».

Alain Mouron, une fois seul, est allé mettre le couvert, puis, en attendant le retour de son père, a repris *Fiction*,

« mais, s'il n'était pas un loup, qu'était-il alors ? »

Le lendemain mardi, un seconde A' ayant terminé le discours de César sur Cassius :

« Viens à ma droite, car je suis sourd de cette oreille,
Et dis-moi franchement ce que tu penses de lui »,

M. Bailly nous a donné à préparer pour le samedi le début
de la conversation entre Brutus et Casca :
« *sennet* »
(ce qui ne veut pas dire fanfare, mais seulement un signal
donné par un cor ou une trompette),
« César sort avec toute sa suite, Casca excepté.
Vous avez tiré mon manteau; avez-vous quelque chose à
me dire? »
jusqu'à :
« ...il est tombé sur la place du marché, l'écume à la bouche,
incapable de parler ».
Définition du mot mercantilisme; Jean-Claude Fage, à
côté d'Hubert Jourdan en deuil, relisait la seconde leçon
de son *Manuel de Physique* :
« statique des solides, les forces, notion expérimentale
de force, mesure d'une force, unités, figure 17 : kilogramme-
étalon, commentaire : c'est le poids à Paris d'un cylindre
de platine iridié..., 18 : poids marqués, 19 : poids division-
naires..., 22 : la corde BC matérialise la ligne d'action de
la force... ».
Quand tante Rose est rentrée rue du Pré-aux-Clercs avec
les deux petits, Claude et François, qu'elle avait menés chez
Dumarnet, le coiffeur tout proche, elle a demandé à l'oncle
Henri pour quel jour il t'avait invité à dîner.
« J'ai complètement oublié de lui en parler.
— Cela n'a pas d'importance. Penses-y demain matin.
— Ah! non, je crois que, le mercredi matin, il ne vient
plus au lycée; il y venait l'année dernière, mais cette année,
il a toutes ses matinées libres, sauf le mardi.
— Demain après-midi, alors.
— Si je le trouve. Non, le plus simple serait de lui télé-
phoner chez sa sœur. »
Il a fait le numéro, mais ce n'était pas libre. Il s'est remis
à lire les devoirs que ses première moderne lui avaient remis
à trois heures, ne prenant pour l'instant que ceux qui trai-
taient le premier des trois sujets :
« l'éducation chez Rabelais et chez Montaigne ».
Alain Mouron avait assisté avec moi à la fin du déchar-
gement, rue Servandoni. Une fois le spectacle terminé, il

était passé rue du Canivet où il m'avait dit au revoir, il était rentré rue du Pré-aux-Clercs (le grand Nord-Africain au masque de sparadrap, assis sur un banc boulevard Saint-Germain, s'était levé à son passage et l'avait suivi jusqu'à l'entrée de l'immeuble),

où, seul dans l'appartement vide, il n'a pas eu le courage de se mettre au travail avant le dîner (*Odyssée*, Tite-Live, la deuxième préface de *Britannicus* et surtout, pour l'après-midi, après la gymnastique, non point géographie, c'était l'autre semaine, mais devoir de mathématiques, trois problèmes d'algèbre et un de géométrie);

il a mis le couvert, allumé le gaz sous la soupe et dans la cuisine, près du fourneau, a continué en attendant son père la lecture de *Fiction*,

« Je préférerais, s'il était possible, une femme plus âgée, plus posée... une personne en qui je puisse avoir toute confiance... ».

L'oncle Henri a fait une seconde fois notre numéro de téléphone. On a envoyé Jacques te chercher. Tu avais déjà mis ton manteau pour aller rejoindre Micheline Pavin.

« Ah! c'est vous, Jouret? Pour dîner? Mais avec plaisir, quand vous voudrez; demain? C'est entendu; cela sera pour moi une façon de fêter mon anniversaire. Oui, j'aurai trente-cinq ans. Vous êtes plus âgé que moi, je crois; ah, trente-neuf, depuis le 14 septembre, oui, je m'en souviens, mes neveux, nos neveux m'en avaient parlé; merci! »

Mercredi, quand M. Bailly est rentré rue Pierre-Leroux avec ses deux fils, sa femme, qui venait d'arriver avec Agnès, est allée chercher un mouchoir dans sa chambre, puis est venue dans le bureau dont elle a fermé la porte derrière elle.

« On a fouillé dans mes affaires.

— C'est sans doute la femme de ménage.

— Elle aurait remis les choses en place.

— Si c'est un des enfants, il se fera gronder.

— Les enfants étaient tous les trois en classe.

— Alors, je n'en sais rien.

— Ah oui! Tu n'en sais rien!

— Mais qu'est-ce qui te prend, Élisabeth?

— Qu'est-ce que tu cherchais? Qu'est-ce que tu veux me reprocher, hein? Et si je me mettais à fouiller, moi aussi... »

Or, ce matin-là, M. Bailly avait la conscience parfaitement tranquille, il n'avait plus fouillé dans les affaires de sa femme depuis plusieurs jours. La clé du bureau d'acajou était restée sur la serrure depuis la veille et, justement, il n'y avait pas encore touché, craignant un piège. C'était une erreur; il n'était absolument pour rien dans le petit désordre qui s'était produit il ne savait comment. Sans doute, était-ce tout simplement Élisabeth elle-même qui avait pris quelque chose en s'en allant et l'avait oublié. Ah! son indignation et son erreur prouvaient bien sa culpabilité et ses craintes! Il serait probablement bien facile de la coincer, de la convaincre en attendant quelques jours...

« Tu déraisonnes, Élisabeth.

— Dis-moi, René, est-ce que tu t'imagines que je ne sais pas tout?

— Pardon?

— Il y a des jours où je ne sais pas ce qui me retient de te cracher au visage.

— Oh! mais il vaudrait mieux te calmer, ma chère Élisabeth; tes élèves ont sans doute été un peu agités ce matin. Je crois que je vais aller déjeuner tout seul dehors. Quand tu reviendras ce soir, nous parlerons posément, bon appétit. »

Le soir, l'oncle Henri a commencé à corriger nos versions latines. Tante Rose :

« c'est son anniversaire, n'est-ce pas? Quel âge a-t-il maintenant?

— Trente-cinq.

— C'est vrai, je me souviens qu'il a le même âge que moi à quinze jours de distance.

— Il y a des bougies?

— Je crois qu'il n'y en a plus, je vais envoyer un enfant en chercher.

— Ils ont fini leurs devoirs?

— C'est demain jeudi.

— Cela ne fait rien. Il faut qu'ils aient des habitudes régulières; je vais y aller. »

M. Hubert, le dentiste, venait d'arracher une molaire à Alain Mouron; c'était un dentiste bavard; il s'est aperçu que son jeune patient était l'élève de son frère et le tien.

Alain, se tenant la mâchoire, est allé se faire couper les cheveux chez M. Dumarnet. Avant de remonter chez lui, il est parti à la recherche d'une pharmacie pour acheter de l'aspirine. Loin sur le boulevard, il a aperçu la silhouette du grand Nord-Africain qui s'approchait, mains dans les poches.

En sortant de la pharmacie, il a rencontré l'oncle Henri avec son paquet de bougies et l'a salué avec gentillesse.

« Comment s'appelle-t-il, se demandait mon oncle; c'est un bon élève, il est au premier rang; mais, n'est-ce pas lui qui m'a fait cette composition française où il est question de Saint-Cornély et de son hôtel et qui est neveu de M. Bailly? »

Ils ont monté l'escalier ensemble.

« Au revoir, monsieur.

— Au revoir. »

L'oncle Henri a consulté le carnet où il marque nos notes, il est allé dans la cuisine apporter les bougies à tante Rose.

« Tu vois, cet élève dont je te parlais, celui qui a passé ses vacances à Saint-Cornély, c'est le petit Mouron, celui qui habite au second étage.

— Il vit seul avec son père, la concierge m'a dit qu'il était orphelin.

— Il faudrait peut-être le faire venir un jour?

— Tu es son professeur, il sera intimidé.

— C'est vrai, cela complique toujours les choses. J'ai été obligé d'aller jusqu'à la rue Saint-Sulpice. On ne les vendait que par boîtes de vingt, j'en ai pris deux; cela servira toujours.

— Ah, il me faudrait aussi des cerises confites. C'est la spécialité de Lucie. Dis-lui de venir un peu ici. »

Le 21 octobre, je t'ai retrouvé au restaurant de la rue des Saints-Pères où tu m'avais fait dîner le jour de mes quinze ans. Tu m'as fait boire du café et un peu de cognac, tu m'as offert des cigarettes et je t'ai expliqué que je ne pourrais pas rester, parce que je devais aller chez le dentiste. Je t'ai parlé un peu d'Alain Mouron, de M. Bailly, des classes de la veille.

L'oncle Henri est allé chez son coiffeur.

Alain Mouron, solitaire, mains dans les poches, tournait dans le jardin du Luxembourg et regardait les joueurs de boules, en attendant l'heure d'aller chez Michel Daval.

Le 25, M. Bailly a fait traduire à ses troisième un passage du *Livre de la Jungle;* le 26, après nous avoir quittés, il a ramené ses deux garçons jusqu'au bas de chez lui, mais n'est pas monté, a pris le métro à Vaneau pour aller déjeuner chez Claire.

L'après-midi, tante Rose a fait une tasse de thé pour son mari qui venait de ramener Claude et François, et s'est mis à lire quelques-unes de nos versions grecques.

Quant au passage de l'*Odyssée* pour le lendemain, Bérard traduisait :

« et le divin Ulysse émergea des broussailles; sa forte main cassa dans la dense verdure un rameau bien feuillu, qu'il donnerait pour voile à sa virilité... »

Alain Mouron était entré dans le bureau de l'abbé Gollier, s'était mis dans un coin derrière son cousin Michel, n'écoutait pas ce que l'aumônier disait sur la messe, avait ouvert sur ses genoux le Rabelais complet qu'on lui avait prêté et il continuait d'y lire sans y comprendre grand-chose, mais passionné, les chapitres de la fin du tiers livre concernant l'herbe pantagruélion,

a accompagné jusqu'à la rue Servandoni Michel Daval à la mère de qui il a remis le volume, est arrivé rue du Pré-aux-Clercs peu avant sept heures.

« J'ai bien reçu votre mot, lui a dit M\ :sup:`me` Davez, c'est ce jeune homme qui va revenir tout à l'heure? Il a l'air bien honnête; je vous ai préparé un bon petit dîner. »

Le lendemain, Charlemagne en cinquième et son nouvel Empire d'Occident.

Dans la salle à côté de la nôtre, le triste accueil qu'Agamemnon réserve à sa fille,

« Seigneur où courez-vous et quels empressements... »

Alain Mouron devant moi t'écoutait nous parler des pluies; il a écrit sur son cahier sous ta dictée :

« les régions sèches ».

L'après-midi du jour des morts, M. Bailly est allé rue de Jussieu voir maître Henri Mouron, un cousin germain de sa mère, avocat, pour lui demander de quelle façon il faudrait procéder pour obtenir un divorce.

Le lundi suivant, m'a raconté Jacques, il a donné quatre heures de retenue à tous les troisième qui ne lui avaient pas remis leur devoir; il est entré dans une colère telle, pour une faute de prononciation dans la lecture d'une page du *Livre de la Jungle,* qu'il a été obligé de s'arrêter de parler pendant plusieurs minutes, haletant, suant à grosses gouttes; il y avait dans la classe un fort remous.

Le mardi, il a déjeuné chez lui, ce qui ne lui arrivait plus que rarement, car c'était l'anniversaire de sa fille Agnès; elle avait six ans; Élisabeth avait fait un gâteau superbe.

Tout le monde avait l'air ravi; celui qui serait entré là aurait vu l'image même d'une famille heureuse et unie.

Mais on commençait à parler au lycée des humeurs de M. Bailly.

Il a rencontré l'oncle Henri à quatre heures à la sortie du petit lycée et lui a demandé s'il ne connaîtrait pas un bon avocat, spécialisé dans les divorces. L'oncle Henri, sans lui demander de détails, lui a parlé de maître Limours, le père de Bertrand.

« Ah! c'est vrai, je crois qu'il fait de l'italien; vous ne l'avez pas dans votre classe.

— Et comment va ce pauvre M. Bonnini?

— Il est rentré au lycée, je l'ai aperçu cet après-midi. » Alain Mouron n'écoutait que fort distraitement M. Hubert nous parler des couples de force; il cherchait des anagrammes de son propre nom et les inscrivait en marge de son manuel : Omar Launino, Arnol Mainou, Minou Alanor...; il était arrivé à Marion Oula quand la cloche a sonné.

Nous sommes allés ensemble rue du Pré-aux-Clercs; il a fait du thé; nous commencions à fouiller le dictionnaire de Bailly quand il s'est écrié :

« bon Dieu! Mais j'ai un rendez-vous chez le dentiste à cinq heures et demie! »

Il est allé vérifier sur le bloc près du téléphone.

« C'est bien aujourd'hui, ça, c'est stupide, mon vieux. Il faut que j'y aille, il n'y a rien à faire. On terminera chacun de son côté. Oh! je suis déjà en retard. Il est vrai qu'il faut toujours attendre. On va descendre ensemble. »

L'oncle Henri venait de terminer la lecture de mon devoir sur l'éducation selon Rabelais et il commençait la lecture du sien.

En cinquième, le lendemain, la fondation du Saint Empire romain germanique par le couronnement d'Othon le Grand, l'installation des Normands en France, en Sicile et en Angleterre.

Dans la salle à côté de la nôtre, Arcas venait apprendre à la jeune princesse que ce n'était point pour la marier avec Achille que son père l'attendait à l'autel, mais pour la sacrifier aux dieux.

Alain Mouron, en t'écoutant, regardait sur notre manuel une photographie de la forêt amazonienne, avec des lianes descendant jusqu'à un fleuve boueux, couvert de feuilles et de bulles.

Le lundi, en m'asseyant près de Michel Daval après le dessin, j'ai sorti de ma serviette pour le lui passer, le numéro de novembre de *Fiction*, couverture rouge, d'énormes rats sur une boule à l'horizon d'un paysage lunaire.

« C'est bien?

— Pas mal.

— Tiens, voici *Galaxie*, ne le garde pas trop longtemps. »

Recto : un homme en costume de dentiste en train de revisser le bras d'une femme robot, verso : la même annonce qu'en octobre, chaque vendredi RÊVES, trente francs.

Bernard de Loups n'a pas su te dire grand-chose sur le climat équatorial.

« Eller, le climat tropical humide... Estier, le climat désertique... »

Le climat méditerranéen.

En sixième le lendemain, après les questions sur l'époque homérique, l'*Iliade*, l'*Odyssée*, leçon sur la Cité grecque, la colonisation de l'Ionie, de la Sicile.

L'oncle Henri a ramassé les devoirs de ses première moderne sur les trois sujets inspirés des *Lettres Persanes*.

Alain Mouron a examiné la photographie dans laquelle il se trouvait entre Michel Daval et moi, au second rang, derrière Bruno Verger et Joseph Abel assis par terre, devant Denis Régnier et Jean-Claude Fage debout sur le banc. Une fois calmé le remous provoqué par ce commerce d'images, il a recommencé à écrire sous ta dictée :

« Galilée, dialogue sur les deux systèmes du monde (Copernic contre Ptolémée, c'est la Terre qui tourne autour du Soleil), en 1632, condamné par le pape,

Képler : mouvement des planètes,

Neiper : logarithmes,

Harvey : circulation du sang. »

Le 7 décembre, tu nous as rappelé que le lendemain nous aurions composition de géographie et, le mardi suivant, celle d'histoire. Le gouvernement de Louis XIV.

Le 13, résultats : premier Hubert Jourdan, second Georges Tannier, troisième Alain Mouron, quatrième André Knorr, cinquième Rémy Orland, sixième Michel Daval, septième Louis Pelletier; je n'étais que huitième. Tu as fait circuler les copies et nous avons longuement déchiffré tes remarques en marge, comme tu commençais doucement à nous parler des rivières, te résignant à consacrer au moins deux heures à

cette leçon, sachant très bien que ceux d'entre nous qui
faisaient de l'anglais ou de l'italien, avaient leur composition
de langue à l'heure suivante et, voyant très bien que beaucoup, en essayant de se cacher, se plongeaient dans la révision de leur programme d'histoire pour le lendemain.

Le 14, composition d'histoire en sixième aussi,

« que savez-vous de l'Égypte? »,

composition de français en première moderne, au choix :
« quelles sont les raisons qui ont fait dire à Racine dans
sa préface d'*Iphigénie*, que sans l'invention du personnage
d'Ériphile, il n'aurait jamais osé entreprendre cette tragédie?

Montesquieu fait écrire à Usbek, dans la 85e lettre persane : comme toutes les religions contiennent des préceptes
utiles à la société, il est bon qu'elles soient observées avec
zèle; or, qu'y a-t-il de plus capable d'animer ce zèle que
leur multiplicité? Qu'en pensez-vous?

Imaginez une représentation d'*Antigone*, et racontez-la
dans une lettre à l'un de vos amis ».

Alain Mouron, penché sur son pupitre, narrait la découverte et la conquête de l'Amérique.

L'hiver est passé, puis le printemps et l'été; au mois de
septembre, je ne suis pas allé aux Étangs; mes parents
avaient loué une maison en Provence; j'ai retrouvé là-bas
Michel Daval. Ta maladie t'a empêché de faire un long
voyage. Tu es allé seulement quelques jours en Bretagne,
seul; Micheline Pavin avait déjà repris son travail.

Tu étais complètement guéri au moment de la rentrée des
classes; tu as fait, le mardi après-midi, ta première leçon
d'histoire aux seconde A; mon frère Jacques était au troisième rang, près de la fenêtre, à la place qu'occupait, l'année
précédente, Henri Fage derrière moi.

« Cette année vous avez au programme le XVIIe et le
XVIIIe siècle; en troisième, vous avez étudié avec moi, ou
un autre professeur d'histoire, depuis la Révolution française, jusqu'à la guerre de 1914... »

Quelques salles plus loin, avec M. Devalot, notre pro-
fesseur de lettres, au fond, près de la fenêtre, à côté d'Alain
Mouron, Michel Daval devant moi, je lisais la mort de
Monseigneur, Dauphin de France.

Le lundi d'après, hier selon le calendrier déformé, de plus
en plus déformé de cette narration, il nous a donné trois

sujets de devoir sur le programme de l'année passée, à lui remettre le lundi suivant.

Portrait de la princesse d'Harcourt :

« ...parce que, ajoutait-elle, dans le jeu, il y a toujours quelque méprise... ».

Tu as interrogé tes seconde sur la structure de la Terre et son histoire, tu leur as parlé de ses mouvements dans l'espace et de la mesure du temps.

Aujourd'hui (mais il y a déjà bien des jours), en sixième, où est maintenant mon cousin Claude Jouret, le paysage de l'Égypte et les grandes périodes de son ancienne histoire.

L'oncle Henri, qui certes serait désormais beaucoup mieux qualifié que moi pour être désigné par la première personne dans la conjugaison de cet ouvrage auquel j'ai tant, j'ai si dangereusement participé l'an passé et dont je me suis détourné avec une horreur qui ne s'éteindra que lentement, de telle sorte que, si tu veux que je te lise, si tu veux que je ne sois pas repoussé dès les premières pages, il est indispensable que tu mettes les phrases dans une autre bouche que la mienne, pour qu'elles m'atteignent et me convainquent, lentement renversent rusées tout ce rempart que j'ai dressé, qui s'est dressé contre toi, contre toute cette entreprise, bien mieux qualifié que moi depuis qu'il y a pris tant d'intérêt, qu'il s'est mis à t'aider avec tant de sollicitude,

termine le récit de la mort du Dauphin, tandis qu'Alain Mouron, à côté de moi, fait l'analyse logique de la longue et magnifique phrase :

« la révocation de l'édit de Nantes, sans le moindre prétexte... »

jusqu'à, vingt-cinq lignes plus loin :

« ...on les traînait à adorer ce qu'ils ne croyaient point et à recevoir réellement le divin corps du Saint des saints, tandis qu'ils demeuraient persuadés qu'ils ne mangeaient que du pain qu'ils devaient encore abhorrer ».

« ...comme en son cabinet, tous les animaux qui naissoient en son estat et en ses mers; et la beauté de leurs ouvrages en pierrerie, en plume, en cotton, en la peinture, montrent qu'ils ne nous cédoient non plus en l'industrie... »;

au second rang, à gauche de Robert Spencer, derrière Gabriel Voss, Joseph Abel dessine sur sa paume une petite étoile à six branches,

et son voisin de gauche, Charles Baron, derrière Claude Armelli, accentue les ombres des mines du Potosi et de la maison de planteur aux Antilles;

« ...que n'est tombée soubs Alexandre ou soubs les anciens Grecs et Romains une si noble conquête et une si grande mutation et altération de tant d'empires et de peuples... ».

L'an passé.

Cette nuit-là, M. Hubert s'est réveillé à deux heures près de sa femme.

« Tu ne dors pas?

— Non, cela me fait mal, très mal.

— Cela ne serait pas...

— Mais non, mais non, pas encore, il en a encore pour un mois, tu sais...

— En principe.

— Cela s'est arrêté; rendors-toi. »

L'après-midi, André Knorr toujours dans son lit, lisait *Tintin en Amérique*.

Le soir, en se couchant auprès de sa femme, sans lui dire un mot, M. Bailly a repassé en sa mémoire toute sa vaine fouille de la journée, se demandant s'il n'y avait pas quelque recoin qu'il avait oublié. Certes, il restait les deux tiroirs fermés à clé de son bureau d'acajou; il fallait attendre qu'elle fût levée, fouiller dans son sac... Elle lisait des copies d'élèves.

Le lendemain soir, il n'est rentré chez lui que fort tard, après avoir dîné chez Claire à qui il avait raconté sa fouille, parlé des tiroirs fermés du bureau, de cette clé qu'il n'avait pas pu trouver. A plusieurs reprises, il avait failli lui dire qu'il avait regardé dans le sac à main de sa femme tandis qu'elle se lavait les mains et que la clé n'y était point, mais il avait préféré le taire.

« Elle doit la garder dans son sac à main, lui a dit Claire.

— Je crois, en effet, que c'est le seul endroit.

— Le seul endroit! Ah, quelle idée! Mais voyons, il y a dix mille cachettes inviolables pour une femme dans sa maison, toutes les boîtes de la cuisine...

— Alors tu crois qu'elle me la cache?

— Je n'en sais rien; tu ferais beaucoup mieux de ne pas t'occuper de ces tiroirs. Tu n'y trouveras, si tu les ouvres, que des tortures supplémentaires, qu'un aliment de cette jalousie dont tu brûles et qui m'effraie un peu, je dois te l'avouer.

— Mais non, pas du tout, ce sera un soulagement, ce sera une certitude, ce sera une arme; c'est pour toi que je veux savoir, et puis pour les enfants aussi.

— Je n'ai pas du tout besoin de ce genre de preuves pour savoir; quant à tes enfants, sois raisonnable...

— Tu comprends, nous pourrons obtenir le divorce...

— Je hais cette femme, et je sais une chose, moi, c'est que si tu découvres des lettres dans ce bureau d'acajou, elles ne seront une preuve que pour toi, sûrement pas pour un tribunal. »

Le vendredi soir, avant le dîner, comme il corrigeait les versions des première, il s'est aperçu que la clé des tiroirs était dans l'une des serrures; c'était une petite clé en bronze, on aurait dit qu'elle venait d'être frottée. A partir de ce moment, il lui a été impossible de continuer son travail. Au bout de quelques instants, n'y tenant plus, il s'est levé. Sa femme a ouvert la porte pour lui dire que la soupe était sur la table. Il a eu un instant de vertige en pensant qu'une seconde plus tard, elle l'aurait surpris la main sur cette clé.

Le samedi,

« Inverness, le château de Macbeth; entre Lady Macbeth lisant une lettre : elles m'ont rencontré le jour de la victoire, et j'ai appris de source sûre qu'elles ont en elles plus qu'un savoir mortel. Comme je brûlais du désir de les questionner davantage, elles se sont identifiées à l'air dans lequel elles ont disparu... »

Le lundi, quand sa femme a quitté son bureau pour veiller aux préparatifs du dîner, il a vu qu'elle avait de nouveau laissé la clé dans la serrure d'un des tiroirs. Il corrigeait nos devoirs; il n'a pas bougé.

Le mardi soir, même manège, mais le mercredi, comme cette clé était restée sur la serrure depuis la veille, comme il y avait eu cette scène avant le déjeuner, comme il s'était retenu pour ne pas aborder le sujet avec Claire chez qui, naturellement, il s'était rendu, et qui l'avait consolé, il a pris son mouchoir dans sa main, de peur de laisser quelque empreinte, et il a ouvert les deux tiroirs l'un après l'autre avec précaution; le premier était vide, le second rempli d'enveloppes; il a regardé dans la première, elle était vide, dans la seconde, elle était vide; ce n'était même pas l'enveloppe d'une lettre à elle adressée; il y avait écrit M. René Bailly; il l'avait jetée quelques jours plus tôt.

Élisabeth rentrait. Il s'est hâté de refermer le tiroir, s'est remis à sa table de travail, a pris l'un de nos devoirs. Élisabeth a jeté un coup d'œil dans la pièce et constaté que la clé n'était plus sur le tiroir de droite mais sur celui de gauche.

Le jeudi, la clé avait de nouveau disparu. Le bureau d'acajou était jonché d'enveloppes adressées à Mme Bailly, timbrées d'Orléans.

Les choses en sont restées là jusqu'au mardi. M. Bailly revenait de chez le coiffeur, la concierge l'a arrêté pour lui remettre une lettre adressée à sa femme, timbrée d'Orléans, d'une écriture inhabituelle. Il y avait une solution : l'ouvrir et ne point la lui remettre, une autre plus compliquée : l'ouvrir à la vapeur, selon un procédé souvent décrit dans les romans, et la remettre ensuite refermée; il pouvait aussi la lui remettre tout simplement et voir la tête qu'elle ferait.

En fin de compte, il l'a posée sur le bureau d'acajou. Élisabeth l'a vue en entrant, l'a prise entre ses doigts.

« C'est toi qui l'a montée?

— Oui. »

Elle est sortie avec un sourire, en se servant de cette lettre comme d'un éventail.

Le lendemain, il est allé la montrer à Claire, car il l'avait retrouvée le matin sur le bureau d'acajou, toujours fermée.

Elle saurait sans doute l'ouvrir à la vapeur; ce qu'elle a fait, lui disant :

« je t'obéis, mais je suis sûre, que tu le regretteras.

— Ouvre-la, je t'en supplie, je suis absolument sûr, moi, que c'est ce type qui lui demande de venir le rejoindre à Orléans pour les vacances de la Toussaint; je suis sûr qu'elle va me parler de sa cousine Louise et me dire qu'elle a eu une rechute »...

L'enveloppe était vide.

« Je vais aller trouver un avocat, mon oncle, maître Mouron...

— Tu ne pourras pas lui parler de cela.

— Tu vois ce qu'elle fait pour nous séparer, tu vois comme elle manigance pour me couvrir de honte et de ridicule à tes yeux.

— Renonce à l'épier comme cela, renonce à trouver des lettres; accorde-lui la liberté, elle passera sur tout ce que nous ferons.

— Donne-moi seulement la permission d'aller me renseigner.

— Toutes les permissions... D'ailleurs, tu irais de toute façon.

— Pourquoi être méchante encore? »

Le mardi suivant, 9 novembre, après le goûter, il est sorti avec sa fille Agnès, dont c'était ce jour-là l'anniversaire, et l'a menée chez Claire qui lui a donné des bonbons et une poupée.

« Tu diras à maman que...

— Mais non, mais non, René, elle dira à sa maman la vérité, qu'est-ce que cela pourrait bien changer désormais?

— Elle risque de jeter la poupée par la fenêtre.

— Tu n'as rien à craindre... Comme tu es imprudent! Tu diras à maman que tu es allée chez son amie Claire, n'est-ce pas Agnès? »

Le lendemain, en sortant d'un coiffeur de l'avenue Émile-Zola, et en attendant l'heure de son rendez-vous chez le dentiste, M. Viala, il est monté chez Claire pour lui dire qu'il était allé voir maître Limours.

« Il s'est montré beaucoup plus encourageant que mon oncle...

— Écoute, je me demandais si, comme ta femme désire arranger les choses autant que nous, une conversation...

— Entre vous deux?

— Entre nous quatre.

— Quels quatre?

— Mais voyons, l'autre, celui d'Orléans, il faut savoir quelles sont ses intentions exactement.

— Il était à Paris la semaine dernière, je le sais; mais je sais qu'il est reparti.

— Il reviendra.

— Certes, mais quand? Et comment le savoir avant? Et comment voudrais-tu le joindre?

— Il faudrait que je m'arrange avec Élisabeth.

— Élisabeth ne marchera jamais.

— Je ne te demande que la permission d'essayer.

— Je ne veux pas que tu voies Élisabeth.

— Pourquoi cela?

— Je ne te comprends pas. Comment pourrais-tu? De toute façon elle te roulera.

— Je sais bien que tu la trouves plus intelligente que moi.

— Oh! Claire, comment peux-tu dire, comment peux-tu croire une chose pareille? Seulement, elle est rusée, elle, elle me hait maintenant, sa haine lui enlève tout scrupule!

— Comme tu grossis tout! Hier, pour l'anniversaire de ta fille, n'étiez-vous pas sur le point de tout vous pardonner, de tout oublier? Je l'ai bien senti. Je cherche à arranger les choses, sans trop de casse. Je te demande seulement la permission d'aller la voir, car cet avocat, Limours, vois-tu, ne m'inspire aucune confiance, j'aime autant te le dire; s'il y avait eu le moindre espoir, est-ce que ton oncle...

— Tu ne comprends pas, c'est la famille; un divorce dans la famille le scandalise, il a commencé à me faire de la morale... D'ailleurs, elle ne voudra jamais venir ici.

— J'irai chez vous.

— Elle ne voudra pas non plus.

— Je lui demanderai un rendez-vous dans un café ou dans un restaurant; nous déjeunerons ensemble pendant que tu surveilleras tes enfants.

— Elle nous sentira à sa merci, elle jouera avec nous.

— Essayons...

— Je sais bien que tu essaierais même à mon insu.

— Ce n'est pas vrai, je te dirai tout.

— Tu me diras tout, mais tu le feras même si je te dis de ne pas le faire.

— Si tu me l'interdis, je ne le ferai pas.

— Je... Tant pis... Fais comme tu voudras... Mais ne me dis rien; si! Tout de même, tu me raconteras; mais je sais bien qu'il n'y aura rien à raconter ou plus exactement je sais bien ce qu'il y aura à raconter, mais comme ça, tu auras fait ce que tu voulais et je ne t'aurai rien interdit, tu auras tout fait, tu n'auras plus de regrets; téléphone-lui tout à l'heure pendant que je serai chez le dentiste et je verrai bien à son air, quand j'arriverai rue Pierre-Leroux... Il faut que je parte. »

Le mardi suivant, après leur avoir rendu leurs devoirs, il a commencé avec les philosophes la troisième partie du *Dit du Vieux Marin.*

« Il passa un temps fastidieux. Tout gosier
Sec, vitreux chaque œil... »

Il attendait pour le soir le résultat du déjeuner entre sa femme et sa maîtresse.

Le mois suivant, surveillant la composition de ses philosophes, il relisait la lettre que venait de lui envoyer son avocat, son oncle maître Henri Mouron à qui il était revenu; c'était sa femme qui avait demandé le divorce.

Il est avec ses philosophes (il y a de cela bien des semaines); il a mon frère Denis comme élève; il donne un devoir pour la semaine suivante, il fait traduire le sonnet de Keats sur sa découverte de la traduction d'Homère par Chapman :

« J'ai beaucoup voyagé aux royaumes de l'or... »

Le divorce a été prononcé, mais il n'épousera pas Claire.

III

« ... Au rebours, nous nous sommes servis de leur igno-
rance et inexpérience à les plier plus facilement vers la trahi-
son, luxure, avarice et vers toute sorte d'inhumanité et
cruauté, à l'exemple et patron de nos mœurs. »

De l'autre côté du mur devant moi, à gauche de Denis
Régnier, par rapport à ton oncle ou à moi, à sa droite par
rapport à toi, Bernard de Loups gratte ses cheveux roux.

« Qui mit jamais à tel prix le service de la mercadence
et de la trafique? »

Le second mardi de l'année scolaire précédente, au milieu de l'après-midi, Michel Daval, au collège Saint-Jérôme, a traduit, sous la direction d'un Père, les premiers vers du premier chant de l'*Énéide*.

Je me souviens d'avoir interrogé des jeunes filles à l'oral du bac en juillet, peut-être sa sœur Lucie.

Nous sommes tous partis pour les Étangs, sauf Gérard qui campait avec sa meute de louveteaux pour la dernière fois. J'ai dû aller le chercher à Paris le 3 août; je n'aurais pas voulu l'y laisser seul, ne fût-ce que pour quelques heures, et il fallait absolument le laver. Évidemment, Rose aurait fait cela bien mieux que moi, qui n'arrive même pas à me laver moi-même convenablement, mais il valait mieux que ce fût elle qui restât aux Étangs à cause des petits.

Nous avons fêté son anniversaire le lundi suivant, il avait treize ans; nous l'avons beaucoup plaisanté sur les malheurs que pourrait lui provoquer ce chiffre fatidique, à la vertu duquel il semblait croire, à cause de je ne sais quel jeu que lui avaient fait faire ses cheftaines.

C'est le lendemain, je crois, que Michel Daval est arrivé au château de Beautreillis, à deux kilomètres de Varçais, ce bourg où nous allions autrefois l'été assister à des séances de cinéma.

A la fin d'août eut lieu la fête du village; nous avons conduit les enfants aux manèges, ils ont participé à la course en sac.

Le lundi suivant, nous avons préparé ta chambre et celle de ton frère Denis, Jacques, étant malade, m'écrivait ta mère, ne pourrait vous rejoindre que quelques jours plus tard.

Le lendemain, Michel Daval était dans le train vers la Provence entre sa mère et sa sœur Lucie.

Le dimanche suivant, comme tu étais allé avec Denis chez le baron Storck, propriétaire des bois, pour lui demander la permission de construire une cabane, je baguenaudais dans le jardin des Étangs avec tes parents venus passer le week-end, accompagnant ton frère Jacques enfin guéri de cette stupide angine.

Le lendemain, Michel Daval et sa sœur Lucie ont fait leurs adieux, sur la place de l'église, au frère et à la sœur Bonnini qui prenaient le car pour Cannes, d'où ils devaient rejoindre en train San Remo, pour terminer leurs vacances chez leurs grands-parents italiens,

puis, avec les autres de la bande, ils ont pris d'assaut l'automobile qu'un père avait laissée à la disposition de son fils et sont descendus vers la plage.

Il descendait ainsi chaque jour, faisait des progrès, brunissait. Le mercredi, comme c'était l'anniversaire d'une des filles de cette bande, il y a eu grand goûter dans sa villa, avec drinks et danse. C'est ce jour-là que Michel a appris ses premiers pas, lui qui jusqu'alors s'était toujours proposé pour changer les disques. Il a été tout étonné de son succès. Il transpirait, a beaucoup bu; il y avait de l'orangeade, mais aussi du gin pour faire des mélanges; il en a bu dont le degré d'alcool augmentait à chaque verre; soudain pris d'un malaise, il s'est éclipsé, s'est effondré sur un lit, s'est endormi.

Aux Étangs les pluies sont venues, les grands orages qui contrariaient votre construction dans les bois. Vous nous aviez promis, le lundi, que cette fois la cabane serait terminée pour le lendemain et nous avions décidé que, si le temps le permettait, nous y déjeunerions. Claude et François dormaient dans leur chambre; Rose s'affairait dans la cuisine à préparer plats et sandwiches, et moi, fumant du tabac anglais, je regardais le livre que vous m'aviez donné sur la peinture italienne.

Le jour de ce pique-nique et de cette inauguration, Michel Daval est descendu sur la plage comme à l'habitude, mais déjà la petite bande s'était désorganisée; il se promenait solitaire parmi les rochers rouges, ayant abandonné sa sœur Lucie à un de ses flirts; il se surprenait à penser à Paris, à ce changement qui allait intervenir dans sa vie, puisqu'il devait quitter le collège Saint-Jérôme pour entrer en seconde au lycée Taine, où il aurait peut-être son oncle René comme professeur d'anglais.

Le dernier dimanche de septembre, avec tes frères et tes cousins, sous la direction de Rose et de ta mère, vous avez rempli les malles; la table sur laquelle je lisais et travaillais d'ordinaire avait déjà été vidée de tous ses objets. J'ai terminé avec ton père le paquet de tabac anglais; nous sommes sortis tous les deux faire le tour du village, sommes entrés dans l'église froide bâtie par Saint Louis; il y avait des partitions sur l'harmonium que ton père a feuilletées.

Le lendemain, Michel Daval avec sa sœur a rempli les malles sous la direction de sa mère, puis ils sont descendus une dernière fois vers la plage.

Deux jours plus tard, il les déballait rue Pierre-Leroux, en rangeait le contenu dans les placards, en se disant : « Pourquoi ne pas laisser tout cela empaqueté, puisque nous déménagerons dès que papa aura trouvé quelque chose de convenable? »

Le samedi, grands achats de papeterie : plumiers, copies, gommes, crayons... Nous vous avons rencontrés tous les trois, dans un grand magasin, en train de vous disputer sur les qualités des différents systèmes de rayures; vous vous êtes calmés dès que vous nous avez aperçus, et nous avons demandé conseil avec la plus délicate politesse, sachant bien que ce serait moi qui paierais à la caisse pour vous.

Le dimanche, Michel Daval qui n'a jamais été scout, et avait sa journée libre pour préparer sa rentrée au lycée le lendemain, a couvert de papier bleu les livres qu'il avait achetés la veille, regardant vivement leurs images. Trois subsistaient de l'an passé : *Grammaires Grecque, Latine* et *Anglaise;* tous les autres étaient nouveaux :

les *Grecs*, en frontispice : la victoire de Samothrace,
les *Lettres Latines*, vue du forum,
Auteurs Français, Seizième Siècle, livre relié du xvie,
Dix-Septième Siècle, livre relié du xviie,
la *Littérature Anglaise par les Textes*, les pèlerins de Canterbury, d'après un manuscrit du xve siècle,
Nouveau Cours d'Histoire, pas de frontispice,
Nouveau Cours de Géographie, frontispice dépliant : moyennes annuelles des précipitations,
Physique, Chimie, Mathématiques.

Le jeudi, premier jour de liberté, il est allé au cinéma avec Alain Mouron, rue de Sèvres, un western tourné en

grande partie dans le désert du Colorado et un documen-
taire sur les châteaux de la Loire.

Je lui ai fait lire le lendemain le début de l'*Épître à Lyon
Jamet.*

Dans la chambre à côté de la tienne, ton oncle Pierre, la
nuit qui a précédé ce pacte avec toi que tu m'as raconté un
jour de désarroi, murmurait, en se retournant dans ses
draps, des phrases de la description de Marco Polo et de
l'essai de Montaigne sur les coches.

« Tant de villes rasées, tant de nations exterminées, tant
de millions de peuples passez au fil de l'espée, et la plus
riche et belle partie du monde bouleversée pour la négocia-
tion des perles et du poivre : méchaniques victoires. »

De l'autre côté du mur que j'ai devant les yeux, au fond
de la salle, à côté de Maurice Tangala, Jacques Estier qui
rêve d'être ingénieur, apprend dans son *Manuel de Physique :* divers états de la matière,

figures : 1º l'eau est un liquide, 2º le peroxyde d'azote,
gaz rouge, emplit le flacon, 3º l'acier est élastique, le plomb
est mou, le verre est cassant...

« Jamais l'ambition, jamais les inimitiez publiques ne
poussèrent les hommes les uns contre les autres à si hor-
ribles hostilitez et calamitez si misérables. »

Ton oncle Pierre a rendu à ses seconde A, dont faisait alors partie ton frère Denis, la composition qu'il leur avait fait faire, huit jours plus tôt, sur Louis XV, Frédéric II, la révolution américaine.

Un mois plus tard, il interrogeait à l'oral du premier bac sur la géographie de la France et de ses anciennes colonies, de la seconde partie, la semaine suivante, sur les grandes puissances : États-Unis, U. R. S. S...

Comme il avait besoin de quelques économies pour son voyage en Grèce, il est resté à Paris pendant tout le mois de juillet, déjeunant comme à l'habitude dans un restaurant du quartier, cuisinant un petit dîner dans la cuisine de ta mère qui était alors avec vous à Saint-Cornély; l'après-midi, grandes promenades d'exploration soit dans les musées, soit dans les rues; ce qu'il vaudrait le mieux décrire, c'est sans doute sa visite à la section américaine du Musée de l'Homme, et celles à Guimet et Cernuschi; je crois que c'est au comptoir de librairie de ce dernier qu'il a feuilleté pour la première fois l'édition de Marco Polo dont il s'est servi.

Le lundi 2 août, nous avons passé l'après-midi ensemble; j'étais arrivé à la fin de la matinée pour pouvoir accueillir le lendemain ton cousin Gérard retour de son camp, et nous avons parlé de cette idée d'écrire un livre sur une classe et de la façon dont on pourrait s'y prendre; cela n'était pas nouveau chez lui, mais cela devenait de plus en plus précis et obsessionnel; j'étais sûr qu'à la rentrée, il ferait une tentative.

La solitude parisienne commençant à lui peser, il s'est décidé, avant son grand voyage, à aller passer un week-end chez l'un de ses anciens collègues, aux environs de Bourges. Le dimanche 8, il visitait la cathédrale.

Alain Mouron avait quitté définitivement cette ville quelques semaines plus tôt, et tandis que ton oncle Pierre passait, le lundi, devant son ancienne maison, il descendait en car, avec son père, du village de Saint-Ferdinand vers la mer éblouissante.

Le lendemain, à Saint-Florentin, M. Bonnini a fait venir un médecin de la côte, car sa femme avait de nouveau une forte fièvre.

Le 24, ton oncle Pierre a pris le train pour Marseille, et le lundi suivant, sous un soleil de plomb, il cahotait dans un car poussiéreux sur la route d'Athènes à Delphes; je me demande s'il n'allait pas plus ou moins y consulter l'oracle.

Le 31, Alain Mouron est arrivé à Saint-Cornély, expédié par son père qui l'avait conduit le matin, après une nuit de chemin de fer, de la gare de Lyon à la gare du Maine. Ils ne s'étaient arrêtés que pour prendre un copieux petit déjeuner; il avait mangé seul au wagon-restaurant. M. Bailly l'attendait sur le quai.

Le premier dimanche de septembre, ton oncle Pierre s'est rendu au Pirée pour prendre le bateau de Mykonos, car il voulait absolument voir Délos.

C'est le lendemain que Mme Bailly a reçu le télégramme d'Orléans lui demandant de venir au plus vite au chevet de sa cousine Louise. Après le déjeuner, elle a envoyé Alain à la gare pour consulter l'indicateur, afin de savoir non seulement quelles étaient les heures de train de Saint-Cornély à Paris, ce qu'il suffisait de demander à l'hôtel, mais à Paris les meilleures correspondances pour Orléans.

Au retour d'Alain, elle était avec son mari dans le salon de l'hôtel, assise dans un fauteuil en rotin; elle a décidé que le mieux serait de partir le lendemain à quatre heures et demie.

« Mais c'est l'anniversaire de René...

— Nous le lui souhaiterons au déjeuner, nous avons tout le temps.

— Donc, tu partiras demain?

— Oui, je vais envoyer un télégramme.

— Qu'est-ce qu'elle a au juste, cette Louise?

— Je ne sais pas exactement, mon ami, je ne suis pas médecin. Elle m'appelle, c'est tout. Heureusement qu'Alain est avec nous.

— Ah oui?

— Alain, voudrais-tu aller à la poste pour expédier ce télégramme.

— Tu n'as qu'à demander à l'hôtel.

— Je veux qu'il parte tout de suite. Tu as de l'argent, Alain? Tiens, voici cinq cents francs, tu garderas la monnaie. »

Le lendemain, Mme Bonnini allait beaucoup mieux, son mari a pu la faire sortir; ils ont croisé le facteur qui leur a remis une lettre d'Italie. Ses beaux-parents attendaient leurs petits-enfants pour le 13 au soir.

Le samedi, avec Micheline Pavin, ton oncle Pierre a visité une dernière fois le musée national d'Athènes; c'était leur adieu à la ville et au paysage.

Le lendemain, c'était la fête à Saint-Cornély; Alain Mouron a surveillé les évolutions de ses cousins et de sa cousine sur les manèges; M. Bailly lui avait donné mille francs pour l'après-midi; il aurait bien voulu s'essayer aux carambolages, au billard japonais et à la chasse à l'ours, mais Agnès ne voulait pas quitter sa main, et il passait son temps à rattraper le petit René qui se faufilait partout; heureusement Georges était tranquille avec son nougat.

Le mieux de Mme Bonnini s'accentuait; le docteur n'avait laissé au professeur aucune illusion, et c'est pourquoi il avait demandé à sa belle-sœur, Geneviève, de venir remplacer sa fille Isabelle qui partait pour Cannes et l'Italie. Sa femme appuyée à son bras, il la regardait dire adieu, avec son frère, à tous leurs amis. Puis le moteur s'est mis en marche, et ils ont disparu dans la poussière.

Le mercredi, Mme Bonnini s'est sentie fatiguée, elle a préféré ne pas sortir; elle s'étonnait de ne pas avoir encore reçu de lettre de ses enfants, alors que c'était impossible; heureusement, Geneviève était là, qui lui a conseillé d'aller se promener, de se changer les idées; il a pris le car pour Cannes.

Le dimanche, après avoir déjeuné chez tes parents, comme il pleuvait, ton oncle Pierre s'est enfermé dans sa chambre, furieux contre lui-même, désœuvré. Micheline Pavin lui avait dit qu'elle partait chez ses parents pour quinze jours, dans le Morvan, et il ne lui avait même pas demandé le nom du village, ou du bourg. Il avait bien son adresse parisienne, où l'on aurait fait suivre, mais il n'avait au

fond rien à lui écrire pour l'instant, sinon qu'il avait envie
de la revoir. Il a essayé un brouillon, l'a déchiré, se trouvant
absurde; ce qu'il aurait voulu, ç'aurait été la rencontrer à
l'improviste, dans ce village par exemple, où il aurait pu
passer le week-end, au lieu de traîner comme il l'avait fait
la veille; il serait rentré le soir pour pouvoir être au lycée
le lendemain à surveiller les examens de passage... Il fallait
attendre, il verrait, la pluie battait les vitres; il a repris
Marco Polo qu'il n'avait plus ouvert depuis leur retour de
Grèce,

« Çipingu est une île au levant... ».

Le 20, dans le salon de l'hôtel, Alain Mouron lisait la
lettre de son père :

« les meubles sont arrivés, je crois que ta chambre te
plaira; j'ai réussi, grâce à la recommandation de ton oncle
René, à t'inscrire au lycée où il est professeur, je crois que
cela te facilitera beaucoup les choses; je lui écris par le
même courrier pour le remercier, mais il faut que tu le
remercies toi aussi. J'ai vu plusieurs fois ton oncle Louis ces
temps-ci; sa femme et ses enfants sont dans leur maison
de Saint-Florentin et ne rentreront qu'à la fin du mois; il
paraît que Michel va lui aussi entrer au lycée Taine, il a
passé brillamment son examen au mois de juin; j'espère
que vous serez ensemble. Tu vois que les choses s'annoncent
le mieux du monde. Embrasse de ma part ta tante Élisabeth... ».

« Il ne sait pas que tante Élisabeth est à Orléans, s'est
dit Alain; je lui raconterai tout cela à Paris; par lettre,
c'est trop compliqué; il me dira ce qu'il en pense. »

Le 21, M. Bonnini avait pris des première classe à cause
de sa femme; elle semblait heureuse, regardait le paysage.
Pouvait-on dire que ce séjour en Provence lui avait fait du
bien? N'aurait-il pas mieux valu rester encore huit jours,
profiter de ce pays jusqu'au bout? Pourquoi ce médecin
avait-il été si pessimiste et l'avait-il engagé si vivement à
profiter de ce mieux pour la transporter?

Ton oncle Pierre comptait les jours; il se disait, le samedi,
dans le café du boulevard Saint-Germain où il buvait un
demi en regardant passer la foule :

« nous sommes rentrés à Paris le 15 au soir, elle a dû
partir pour son Morvan le jeudi, elle m'a dit quinze jours,
elle devrait donc rentrer le 30; mais ne devait-elle pas

reprendre son travail vers le 1er octobre? Et n'aurait-elle pas envie de passer quelques jours tranquilles à Paris, pour reprendre contact? »

A sa place, il arriverait le lundi 27, ou même le dimanche.

Mme Bailly a pris le train de Paris pour Saint-Cornély; elle était revenue d'Orléans la veille et avait passé la nuit seule, rue Pierre-Leroux. M. Bailly était resté à l'hôtel pour garder les enfants endormis et faire son courrier; il avait délégué Alain pour attendre sa femme à la gare.

« Comment ça s'est passé?

— Très bien, il n'y a rien à dire.

— Et le temps.

— Il pleut de plus en plus souvent.

— Tant mieux, vous aurez moins de regret à quitter le bord de la mer. »

M. Bonnini est allé au lycée Taine demander au surveillant général quel serait son horaire pour cette année.

« En gros le même que l'an passé, en tout cas les mêmes classes, ce qui fait que vous n'aurez pas à changer votre programme; c'est le plus important. Il y a cette heure creuse du lundi au milieu de l'après-midi, je crois que je vais pouvoir y loger cette leçon du samedi avec les troisième, mais les horaires ne seront définitivement arrêtés qu'à la fin de la semaine. »

Le mercredi, nouvelle visite du docteur, nouvelles courses chez le pharmacien, une lettre de Giovanni et de Bella qui rentreraient la semaine suivante; ils avaient passé une journée à Milan.

Ton oncle Pierre est allé revoir le surveillant général qui lui a remis, avec la liste de ses élèves futurs, son horaire définitif, le même que l'année précédente, à une seule exception près : la leçon de géographie en troisième le mercredi matin avait été déplacée au mardi.

Alain Mouron a recouvert et feuilleté le samedi ses nouveaux livres,

Auteurs Français,

une imprimerie au XVIe siècle, Marot présente son épître au roi, François Ier entouré de sa cour reçoit un écrivain, page d'un psautier de Lyon reproduisant un psaume mis en vers par Marot, Rabelais, Pantagruel la bouteille à la main...

Le dimanche ton oncle Pierre a déjeuné rue des Saints-

Pères avec Micheline Pavin; l'après-midi, Mme Bonnini a pu se lever.

Toute la matinée du jeudi, ton oncle a attendu le coup de téléphone de son amie, qui a eu lieu à midi et quart. Oh! Elle ne pouvait venir déjeuner, ni dîner; se méfiait-elle? Et le lendemain? Pour déjeuner, avec plaisir, assez tôt, puisqu'il n'avait pas de classe le matin; et prendre le thé cet après-midi, vers quatre heures et demie? Comment? Mais elle était à son bureau! On voyait bien qu'il était professeur!

Il est allé déjeuner seul rue des Canettes.

M. Bonnini a quitté sa femme assoupie pour se rendre chez son coiffeur; à son retour, elle était réveillée et levée. Le concierge lui avait remis une lettre de leurs enfants annonçant qu'ils seraient là le lendemain.

Ton oncle avait donné rendez-vous à Micheline Pavin près de son bureau, dans un café de la place de l'Opéra. C'est elle qui l'a mené dans un des restaurants qu'elle connaissait.

« Il y a longtemps que vous n'êtes pas venu chez moi. Venez donc dîner demain soir. Et ce livre dont vous m'aviez parlé, quand vous y mettez-vous? »

Dans sa serviette, *Histoire Contemporaine* pour les troisième, *Géographie des Grandes Puissances* pour les philo, *l'Europe Médiévale* pour les cinquième.

« Je ferai mardi à mes seconde cette leçon sur la découverte et sur la conquête de l'Amérique; j'ai l'intention de leur lire des passages de Marco Polo et peut-être de l'essai de Montaigne sur les coches, qu'en pensez-vous?

— Sur les coches, pourquoi?

— Ah! vous ne le connaissez pas, ou bien vous l'avez oublié, je vous l'apporterai demain. Il faut que j'aille. »

M. Bonnini a donné comme devoir à ses première une page à traduire de Zvevo, ronéotypée; il leur fait expliquer le début du chant III de l'*Enfer*.

Le dimanche matin, ton oncle Pierre s'est levé à neuf heures, est allé prendre le petit déjeuner chez vous; ta mère se préparait pour la grand-messe.

« Pierre n'est pas là?

— Il est allé à la messe de neuf heures à Saint-Hilaire, il a sortie avec ses scouts.

— C'est bien un de ces jours, son anniversaire?

— C'est mardi.

— Mardi?

— Oui, il aura quinze ans.

— Me permets-tu de l'emmener dîner le soir avec moi?

— C'est une bien grande gâterie! Il sera dans tous ses états... »

Le lendemain, son réveil a sonné à sept heures et demie. Il n'avait de classes que l'après-midi, ne s'est donc pas pressé de se lever, mais a pris sur sa table de chevet le premier des livres qu'il y avait disposés la veille pour pouvoir préparer ses leçons,

Histoire en quatrième, chapitre III, l'Europe exploite le monde,

« art aztèque : le dieu Quetzalcoatl (musée d'ethnographie, Paris), il a la forme d'un serpent emplumé à tête humaine, en lave basaltique, art inca : vase anthropoïde (musée d'ethnographie, Göteborg), en poterie, forme d'un homme accroupi, la figure est d'un réalisme saisissant, art maya : le temple des guerriers à Chichen-Itza (Yucatan, Mexique),

les mines du Potosi,

le changeur et sa femme, par Quentin Matsys, 1466-1530 (musée du Louvre, Paris), l'homme pèse une pièce d'or, sa femme regarde, interrompant sa lecture »;

il a refermé le livre, rejeté son drap, ouvert la fenêtre; il est allé chercher dans sa bibliothèque un ouvrage sur l'art précolombien; il n'a commencé à se laver qu'à neuf heures.

Pendant la nuit, tu t'efforçais de ne pas penser aux cadeaux que tu recevrais au déjeuner. Il fallait oublier tes désirs pour ne pas risquer une déception. Il y avait une seule chose dont tu étais sûr, c'était que ton oncle Pierre t'emmènerait le soir au restaurant dîner avec lui, ce qui te paraissait une faveur insigne, presque inexplicable; il n'avait jamais, jusqu'à présent, invité l'un de vous. Ce n'était pas lui qui t'avait prévenu, mais ta mère qui t'avait conseillé de te mettre en avance le soir pour ton travail. Tes frères n'en savaient rien encore. Dans l'obscurité de la chambre, Denis respirait régulièrement.

« En costoyant la mer en quête de leurs mines, aucuns Espagnols »

de l'autre côté du mur que je vois derrière mes élèves, au troisième rang, devant Maurice Tangala, entre Bernard

de Loups et Bertrand Limours, Laurent Garrac écrase du
bout de son crayon un petit morceau de craie dans une
tache d'encre bleue

« prindrent terre en une contrée fertile et plaisante, fort
habitée, et firent à ce peuple leurs remonstrances accous-
tumées »...

L'an passé.

Ton oncle n'a dormi que quelques heures cette nuit-là;
il avait l'impression d'entendre la voix de Micheline Pavin
qui hurlait. Il est allé se laver le visage, il a pris un cachet
d'aspirine.

Il s'est réveillé une seconde fois; il avait l'impression de
t'avoir entendu hurler de l'autre côté du mur. Il a collé son
oreille à la paroi; il n'y avait rien.

L'Europe vers 1600, maison de Habsbourg, Philippe II;
Michel Daval, tout en jetant de temps à autre un coup
d'œil sur son *Manuel de Chimie*, eaux naturelles, eau pure,
mélanges et corps purs, composition de l'eau, t'a glissé à
l'oreille :

« je ne sais si je te l'ai dit : mon père est cet après-midi
chez le notaire, pour l'achat de l'appartement.

— Et le déménagement?

— La semaine prochaine.

— Vous ne faites pas repeindre?

— Non, non, c'est déjà fait.

— J'irai te voir.

— D'accord ».

Un coup d'œil de ton oncle vous a fait taire, non point
de reproche, mais de rappel simplement, comme celui d'un
chef d'orchestre, et vous vous êtes penchés tous deux sur
vos cahiers pour écrire le troisième sous-titre de la leçon :
la France.

Et pendant l'après-midi du lendemain, comme il n'y avait
pas de sortie scoute, Michel Daval a pu faire les honneurs
de son nouvel appartement encore vide, rue Servandoni, à
Alain Mouron.

Le jeudi, il était en retenue, à côté de Francis Hutter en
deuil. Il y avait encore dans un autre coin de la salle un
troisième de vos camarades, Paul Coutet. Tous trois attendaient quatre heures où leur emprisonnement finirait.

Michel Daval n'avait pas voulu emporter son dictionnaire
grec, et c'est pourquoi il n'avait pu mettre à profit ces heures

d'immobilité pour défricher les quelques vers d'Homère que nous devions traduire ensemble le lendemain; il comptait bien, d'ailleurs, demander, quelques instants plus tard, des tuyaux à son cousin Alain et à toi, ce voisin si plein de sollicitude depuis quelques jours. Il n'avait emporté avec lui, comme livre de classe, que ses *Auteurs Français du Seizième;* aussi, après avoir lu soigneusement la fin de comment Gargantua fut institué par Ponocrates en telle discipline qu'il ne perdait heure du jour, grapillé ici et là, regardé quelques illustrations : vaisseau du xvie siècle, seigneurs et dames, costume féminin, colloque religieux, Louise Labé lyonnaise...,

profitant d'un moment d'inattention du surveillant, il a extrait de sa serviette le numéro de *Galaxie* que lui avait prêté Hubert Jourdan, et y a lu la nouvelle de Robert Sheckley : *quelque chose pour rien,*

commentaire éditorial :

« pas d'illusions pour des souhaits gratuits : tôt ou tard, vous en recevrez la facture ».

Le dimanche, j'ai emmené les enfants au Musée de l'Homme; nous nous sommes attardés surtout devant les jouets japonais, mais les tissus de plumes précolombiens leur ont bien plu et aussi les photographies d'hommes oiseaux.

Le lendemain, Michel Daval a séché avec son buvard l'interrogation écrite qu'il venait de rédiger. Il n'avait pas eu de mal avec l'inversion de température, mais il avait oublié que le pôle du froid se trouvait en Sibérie et il l'avait situé dans l'antarctique.

Il a remis sa copie à ton oncle Pierre, puis, comme celui-ci s'éloignait, il s'est baissé pour prendre dans sa serviette le numéro d'octobre de *Fiction* qu'Alain Mouron lui avait rendu l'avant-veille, et s'est retourné pour le donner à Jean-Pierre Cormier derrière lui à qui il l'avait promis le matin.

Illustrations du chapitre du jour : variations de la pression avec l'altitude, mouvements de convection de l'air, le gradient, déviation des vents sous l'influence de la rotation de la Terre... Décourageant!

Heureusement pour lui, la leçon suivante de géographie était un peu moins austère, les pluies, des photographies de nuages.

« Qu'est-ce que tu fais pendant les vacances de la Toussaint?

— Je vais camper.

— Tu n'as pas peur d'avoir froid?

— T'en fais pas, je suis bien couvert.

— Et Alain, il va avec toi?

— Non, c'est simplement pour les chefs de patrouille et les seconds.

— Il était là hier soir à la classe d'instruction religieuse, mais toi, tu n'y viens jamais? Tu trouves que ce n'est pas la peine... »

Tu lui as fait signe de se taire. Ton oncle Pierre t'avait lancé un regard suppliant. Vous vous êtes penchés tous les deux pour écrire sous sa dictée :

« la pluie et les saisons ».

Le jour de la Toussaint, Rose est restée à la maison parce que Gérard était au lit; je suis allé promener les autres. Il avait été vaguement question de cimetière, mais Rose m'a dit qu'elle fleurirait les tombes le lendemain, qu'il valait beaucoup mieux visiter le Jardin des Plantes où nous avons surtout regardé les oiseaux. Une petite pluie fine s'est mise à tomber; nous nous sommes hâtés de nous réfugier dans le métro.

Le jour des morts, Michel Daval est entré, avec sa mère et sa sœur, au cimetière Montparnasse; trois tombes, et devant chacune il a récité une dizaine de chapelet; c'est lui qui portait les pots de chrysanthèmes, un par dalle; en imperméable, il s'abritait soit sous le parapluie noir de sa mère, soit sous celui blanc de sa sœur.

Le dimanche, nous étions seuls pour une fois ta tante et moi; Gérard avec toi chez les scouts, Claude et François aux louveteaux, Lucie chez sa grand-mère. Nous en avons profité pour aller voir un peu de peinture.

Profitant de la confusion créée par la circulation de la photographie, tu t'es retourné vers Henri Fage qui t'avait tapé sur l'épaule pour te passer le numéro d'octobre de *Fiction* que tu as rendu à son propriétaire, Michel Daval.

Fasciné par les illustrations de la leçon du mercredi : vue aérienne de la forêt-galerie (Oubangui), savane à acacias aux environs de Nairobi (Kenya), végétation steppique dans le sud du Kalahari, aspects du désert Dankali sur la côte de la mer Rouge, vallée de l'oued Ziz (sud-Maroc), il t'a demandé :

« dis, cela ne t'a jamais fait envie d'aller en Afrique »?

Le 15 novembre, c'est moi qui suis resté couché, atteint

par cette grippe, le troisième de la maisonnée, après Gérard
et François, si bien que je n'ai pu vous donner les trois leçons
de la matinée, que vous avez passées avec un surveillant,
ni celle de l'après-midi aux première moderne, ce qui a
décalé tout mon programme d'une façon particulièrement
ennuyeuse, parce que je vous avais promis de vous rendre
le lendemain votre devoir sur le sujet :

« que pensez-vous des idées de Rabelais sur l'éducation;
comparez l'enseignement actuel avec celui qu'il combat et
avec celui qu'il nous propose »,

ce qui serait impossible même si j'étais guéri, parce que
je n'en avais corrigé encore que la moitié et qu'il n'était
pas question que je puisse terminer ce travail dans l'état
où j'étais.

Après avoir rangé la photographie de la classe dans sa
serviette, Michel Daval a noté le second sous-titre de la
leçon :

« littératures ».

Le 13 décembre, j'ai rappelé à mes première que leur
composition aurait lieu le lendemain, qu'elle durerait trois
heures, comme au baccalauréat (je m'étais arrangé avec mes
collègues d'allemand et d'espagnol pour déplacer leur leçon
de 4 à 5 au vendredi, ce qui, je crois, supprimait celle de
tes camarades, mais cela n'avait pas grande importance),
donc qu'ils resteraient au lycée jusqu'à six heures, qu'ils
avaient au programme non seulement tout ce que nous
avions vu depuis le début de l'année, mais aussi Voltaire en
entier, que nous n'avions fait qu'aborder, car, en musant dans
les *Lettres Persanes*, j'avais pris un sérieux retard, et il serait
nécessaire au second trimestre d'aller beaucoup plus vite,

je leur ai rendu leurs devoirs,

« au lendemain de la première d'*Iphigénie*, un personnage
de la cour écrit à un ami, retenu en province, pour lui faire
part de ses impressions »,

« portrait du duc de Saint-Simon »,

« Un Persan qui a passé quelques années à Paris s'y est
fait plusieurs amis; rentré dans son pays, il écrit à l'un de
ceux-ci pour lui faire le récit de son retour et lui demander
de venir lui rendre visite. »

Michel Daval, qui s'était assez bien débrouillé pour la
découverte et la conquête de l'Amérique, a eu bien du mal
à écrire dix lignes sur la guerre de Trente ans.

L'année a tourné; les baccalauréats, les vacances que nous avons passées aux Étangs comme à l'habitude. Tes deux frères étaient venus nous rejoindre, mais toi tu étais resté en Provence chez Michel Daval. Tu m'as écrit pour mon anniversaire une lettre qui m'est arrivée la veille.

J'ai retrouvé à la rentrée presque le même horaire; le premier mardi, avant de parler de la querelle des Anciens et des Modernes, j'ai donné trois sujets de devoirs :

« l'éducation chez Rabelais et chez Montaigne »,

« Boileau nous déclare dans *l'Art Poétique* :

   « Il n'est point de serpent ni de monstre odieux
   Qui par l'art imité ne puisse plaire aux yeux. »

Commentez cette pensée en vous servant d'exemples tirés de la peinture »,

« Mme de Sévigné écrit à Mme de Grignan pour lui raconter la représentation d'une pièce de Racine. »

Le lundi, la mort de Monseigneur le dauphin,

« ...toutes les portes ouvertes et tout en trouble »...

Maintenant (il y a des mois en réalité) dans la classe de première A, près de la fenêtre, au troisième rang, juste devant toi, Michel Daval a pris la suite :

« telle fut l'abomination générale enfantée par la flatterie et la cruauté. De la torture à l'abjuration, et de celle-ci à la communion »...

A l'automne de 1953, ton oncle Pierre avait déjà, le mercredi après-midi, cette alternance pour la première heure :
une semaine l'histoire en quatrième, l'autre en cinquième;
et pour la seconde :
une semaine l'histoire en sixième, l'autre la géographie en seconde;
mais, contrairement à ce qui s'est passé l'année d'après, ce sont les quatrième et les seconde qui ont eu la préséance, et par conséquent, le deuxième mercredi, de trois à quatre, c'était le paysage de l'Égypte, le déchiffrement de son écriture, les grandes divisions de son antique histoire.

Il a eu trente-quatre ans le mardi. Il avait dans sa seconde ton frère Denis qui n'avait encore que quinze ans. La guerre de Trente ans.

Il a eu seize ans le 10 novembre. La civilisation européenne vers le milieu du XVIIe siècle,

Greco : *l'Enterrement du comte d'Orgaz*; Vélasquez : *la Reddition de Bréda, les Ménines*; Zurbaran : *Saint Bonaventure présidant un chapitre de Frères mineurs...*

L'année a tourné. Le 14 juillet, ton oncle Pierre a passé l'après-midi avec nous à Montmartre; il y avait le monde habituel.

Ensuite, il est resté à Paris, s'efforçant de faire des économies en vue de son voyage en Grèce, lisant beaucoup, en particulier Balzac qui le fascinait et qu'il connaît bien mieux que moi, écoutant de la musique chez un de ses amis qui est parti le mois suivant pour les États-Unis.

Au début d'août, passant devant une librairie du boulevard Saint-Germain, spécialisée dans la géographie, où il avait déjà acheté plusieurs *Atlas*, il s'est longuement arrêté à considérer à travers la grille (c'était un lundi) la couverture de la *Description du Monde*.

Le mercredi, rue du Canivet,

« Seigneurs, Empereurs et Rois, Ducs et Marquis, Comtes, Chevaliers et Bourgeois, et vous tous qui voulez connaître les différentes races d'hommes et la variété des diverses régions du monde, et être informés de leurs us et coutumes, prenez donc ce livre et le faites lire... »

Après son voyage à Bourges, il a commencé à faire les démarches nécessaires pour son séjour en Grèce, décidant de partir par le bateau du 24 août au soir à Marseille, allant faire renouveler son passeport à la préfecture de police, où il l'a repris huit jours plus tard, après avoir acheté dans une autre librairie, sur son chemin, le *Guide Bleu*.

Le jour de son départ, tu étais de retour à Paris avec tes frères, tous trois émerveillés par cette aventure qui vous semblait fort lointaine, vous demandant presque si vous le reverriez jamais, en parlant ensemble l'après-midi, tout en fabriquant sur la table de la salle à manger, rue du Canivet, une sorte de palais de cubes pour vos soldats de plomb, avec des tours en meccano, qui est devenu cité maritime avec pont ouvrant, comme vous aviez vu une fois en Bretagne, et navires schématiques.

« Tu ne voudrais pas partir comme lui? Traverser la mer?

— Il paraît qu'il fait là-bas une chaleur...

— Et quelle langue y parle-t-on?

— Le grec!

— Comme en classe?

— Mais non, mon vieux, le grec moderne, ce n'est pas du tout la même chose, l'oncle Henri nous l'a expliqué en classe, c'est presque comme l'italien par rapport au latin.

— Tu crois que l'oncle Pierre sait le grec?

— Il a dû faire du grec ancien en classe comme nous, mais pour le moderne...

— L'ancien ne sert pas?

— Je n'en sais rien, mon vieux; de toute façon, il a sûrement tout oublié.

— Alors, comment fera-t-il?

— On parle français là-bas, mon vieux, on parle français partout, c'est la langue diplomatique.

— La mer, là-bas, c'est comme en Bretagne?

— Pas du tout, c'est une tout autre mer, je l'ai vue au camp de l'année dernière, ah, mon vieux, tu as manqué quelque chose! »

Il ne vous avait pas oubliés; le 30, vous avez reçu une carte adressée à MM. Denis, Pierre et Jacques Eller, la tête du Poséidon en bronze trouvée au cap Sounion :

« je vous souhaite de venir bientôt vous promener par ici. Bon séjour aux Étangs; vous transmettrez mon meilleur souvenir à votre oncle Henri.

« Affectueuses pensées de votre oncle Pierre ».

« Denis, qu'est-ce que tu préférerais? Aller en Grèce ou en Amérique?

— Ce n'est pas du tout la même chose. »

Le lendemain, il revenait de Delphes à Athènes par le car cahotant.

Le dimanche, vous vous demandiez entre frères, si Jacques pourrait partir nous rejoindre aux Étangs deux jours plus tard. Comme il n'avait plus de fièvre, tes parents lui ont permis d'aller avec vous au Musée de la Marine, mais, au bout d'une demi-heure, il a commencé à traîner la patte; prenant peur, vous vous êtes précipités pour le ramener rue du Canivet. Il protestait sans cesse :

« mais non, mais non, pourquoi est-ce qu'on n'est pas resté? Je vous assure que ça va très bien, je ne suis pas du tout fatigué ».

Puis il soupirait à fendre l'âme, en fermant à demi les yeux.

Denis lui disait :

« pas d'imprudence, mon vieux, si tu veux partir avec nous mardi; imagine que tu aies de la fièvre ce soir, maman ne voudra jamais te laisser filer ».

A La Motte-Picquet, changement de ligne.

A l'Hôtel de la Plage, M. Bailly, après avoir vu Alain disparaître, porteur du télégramme pour Orléans, s'est bien carré dans son fauteuil de rotin, a croisé les mains, s'est efforcé de regarder sa femme bien en face.

« Dis-moi, Élisabeth, est-ce qu'il ne serait pas utile que nous éclaircissions un peu la situation?

— Tu vois qu'il était nécessaire d'envoyer Alain à la poste.

— Tu le traites comme un domestique, comme un parent pauvre...

— C'est de cela que tu voulais me parler?

— Ce n'est pas seulement de cela. Bien sûr, je me demande si ta présence à Orléans est vraiment indispensable...

— Elle est indispensable, malheureusement pour cette pauvre Louise; les termes de ce télégramme...

— J'allais te faire une proposition...

— J'écoute.

— Tu sais comme il m'est désagréable de rester tout seul avec les enfants, je ne sais pas m'en occuper. Ne vaudrait-il pas mieux, s'il faut absolument que quelqu'un aille à Orléans, ne vaudrait-il pas mieux que ce soit moi?

— Je ne voudrais pas t'imposer une telle corvée.

— Je suis prêt à le faire, je pense que cela serait mieux pour tout le monde.

— Mon pauvre René! Mais tu n'y penses pas! Elle t'a peut-être vu une ou deux fois; tu ne connais pour ainsi dire personne là-bas, à quoi serais-tu bon? C'est très gentil de ta part d'avoir eu cette idée, mais vraiment, je m'excuse, vraiment il n'y a pas moyen! Quant aux enfants, ton neveu Alain sait fort bien les prendre. Tu vois comme j'ai eu raison de te conseiller de le faire venir, tu étais assez réticent, pourtant c'était un devoir de famille que de débarrasser ton pauvre cousin Henri pendant son déménagement.

— Oui, il nous rend de grands services.

— C'est un garçon très sympathique, très profondément sympathique et intelligent, un peu renfermé peut-être; si tu l'as dans ta classe l'an prochain...

— Ne parlons pas de classe ici.

— D'autre part, j'espère tout de même ne pas en avoir pour trop longtemps...

— Donc, tu pars demain?

— Je pars demain. Alain doit être arrivé à la poste. »

Dans le chalet loué pour l'été, Mme Régnier,

« je sais que c'est ennuyeux, mon chéri, moi-même je n'y comprends rien à tous ces livres, mais, comme il serait dommage que tu sois obligé de redoubler cette seconde! Tous tes camarades seraient en première; et comme ton père se moquerait de toi! Allons, viens me réciter cette leçon! De toute façon, il pleut aujourd'hui, tu ne pourrais pas sortir ».

Le mercredi, à Mykonos, il faisait le temps de ce pays-là. Le prochain bateau pour le Pirée partait le lendemain soir. Dans la salle à manger de l'hôtel, après sa sieste, ton oncle Pierre attendait Micheline Pavin pour s'enfoncer dans l'intérieur de l'île. Ils retourneraient à Délos au matin.

Le samedi, nous sommes allés attendre tes parents à la gare, qui venaient passer le week-end et nous amener ton frère Jacques complètement guéri mais encore un peu fatigué.

Tu lui as fait part de votre projet de cabane dans les bois; il fallait demander l'autorisation au baron Storck, vous iriez le lendemain après-midi, une fois que je lui en aurais touché mot à la sortie de la messe.

« Tu comprends, en vacances à la campagne, il faut avoir une occupation intelligente, il faut faire quelque chose; alors, on monterait ça et, pendant toute la fin du mois, on pourrait vivre là-bas, une bonne partie de la journée, comme des Sioux; on viendrait ici chez l'oncle Henri pour faire des visites en quelque sorte, et la cabane pourrait être magnifique. L'idéal, ç'aurait été de l'avoir terminée pour l'anniversaire de l'oncle Henri, tu comprends, ça en aurait fait une véritable fête. Mais évidemment, d'ici mardi, ce n'est pas bien possible. Heureusement que tu es arrivé, on va avoir besoin de toi. »

M. Bailly, qui s'était débarrassé de ses enfants en les envoyant à la foire sous la garde d'Alain Mouron, a terminé sa lettre à Claire :

« ...évidemment, Élisabeth n'est pas encore rentrée; tu vois comment elle me traite et comment elle traite ses enfants. Je me félicite de plus en plus d'avoir fait venir mon neveu Alain Mouron, il me rend de grands services, c'est un garçon très dévoué et d'une grande discrétion. Il habitait à Bourges l'an passé, mais son père s'installe à Paris, il déménage en ce moment même. Il faudra que je te le fasse connaître, je suis sûr qu'il te plaira ».

Sur le chemin de la poste, il s'est longuement promené dans la foire et aux alentours, observant de loin ses enfants et leur gardien, se cachant d'eux.

Le lundi, dans l'étroite vallée, Denis Régnier montait malgré la pluie, les mains dans les poches de son imperméable; il avait depuis longtemps quitté le sentier; de temps en temps, il s'arrêtait pour ramasser un caillou, l'examiner, le rejeter au loin; il a traversé un torrent, est monté jusqu'à la limite de la forêt; sous le nuage, il apercevait le glacier, il s'est décidé à redescendre, il faisait froid, il avait les pieds trempés, sa mère était en train de faire les bagages; le lendemain, il repartirait pour Paris où il faudrait se présenter à cet examen de passage qu'il raterait à coup sûr; il faudrait attendre le résultat, puis recommencer une année de seconde en subissant les sarcasmes de son père.

Le mardi, à six heures du soir, ton oncle Pierre est allé frapper à la porte de Micheline Pavin à l'Hôtel Terminus. Elle avait rangé ses affaires, s'était rafraîchie. Ils ont descendu ensemble les grands escaliers, la Canebière jusqu'au vieux port, sans se parler. Il y avait un petit vent frais, l'odeur des poissons.

Le mercredi, Denis Régnier, après avoir déjeuné chez son père, rue du Pré-aux-Clercs, est rentré chez sa mère, rue du Cardinal-Lemoine, pour y préparer son examen qui aurait lieu, il était allé se renseigner au lycée Taine, les lundi et mardi de la semaine suivante.

Le jeudi, ton oncle Pierre, en sortant du lycée Taine, s'est arrêté chez le coiffeur de la rue Saint-Sulpice; il ne s'était pas fait couper les cheveux pendant tout son séjour en Grèce.

Avec tes deux frères et mon fils Gérard, le dimanche, vous avez terminé la construction de la charpente. Fiers de votre œuvre, il faut reconnaître que vous ne vous en étiez pas mal tirés. Il restait à la recouvrir, mais l'orage tonnait déjà, vous avez dû rentrer au plus vite, par les chemins qui se truffaient de flaques.

Dans le salon de l'Hôtel de la Plage, le lundi, M. Bailly lisait la lettre de son cousin germain, Henri Mouron :

« je te suis tellement reconnaissant de tout ce que tu fais pour Alain. Il m'écrit régulièrement, je pense que c'est à votre instigation, et je vois qu'il s'entend fort bien avec tes enfants; j'espère qu'il est capable de vous rendre quelques services, surtout n'hésitez pas à les lui demander. J'ai reçu une lettre du lycée Taine, tout est en règle, il pourra entrer en seconde A; je sais bien que c'est en partie à ta recommandation que je le dois. Le déménagement est heureusement terminé; inutile de te dire à quel point cela est désagréable pour un homme seul. J'ai réussi à trouver une femme de ménage qui pourra nous servir le déjeuner et nous préparer la cuisine pour le dîner; il n'y aura plus qu'à la réchauffer. Pour un célibataire, ou pour un veuf, ce qui est pire, toutes ces questions posent des problèmes presque intolérables... Heureusement, Alain est dressé... ».

Celui-ci s'était approché,

« c'est une lettre de papa? Il me dit qu'il t'a écrit à toi aussi. Alors, tout est arrangé pour le lycée! Pour lui c'était un gros souci. Je te remercie de tout mon cœur. J'espère que je t'aurai comme professeur d'anglais.

— Tu es très gentil. Tu sais, malgré ce que ton père s'imagine, je n'y suis vraiment pas pour grand-chose. J'avais l'année dernière la classe de seconde A, mais d'un an sur l'autre l'horaire d'un professeur peut être bouleversé... Personne ne peut savoir si nous serons ensemble... Et il n'y aurait rien à regretter, vois-tu, c'est toujours un peu une complication de connaître ses élèves par ailleurs. Je crois qu'il serait temps d'éveiller les petits. Il fait beau, profitez-en».

Denis Régnier a peiné sur sa version latine, sous la surveillance de ton oncle Henri qui a ramassé les copies à quatre heures, les a apportées au surveillant général qui lui a remis en échange celles d'histoire et géographie, à corriger pour la délibération du vendredi.

Avant de rentrer rue du Canivet, il s'est promené dans Paris solitaire, songeant à Micheline Pavin, se demandant s'il n'était pas temps de changer sa vie, d'abandonner cette petite chambre sous-louée par tes parents, et ces dîners, tous les soirs ou presque, avec eux.

Il n'y avait pas plus d'une dizaine de copies par classe, mais il y avait toutes les classes. Cette année c'était lui qui avait donné les sujets :

en sixième, que savez-vous de l'Égypte, les villes,

cinquième, Charlemagne, la Chine,

quatrième, la découverte de l'Amérique, les pays balkaniques,

troisième, Napoléon, la région méditerranéenne,

seconde enfin, la révolution américaine, la représentation de la Terre.

Le 25, vous êtes allés contempler pour la dernière fois votre cabane dans les bois d'Herrecourt. Nous ne devions quitter les Étangs que le mardi, mais les deux jours suivants seraient remplis par les préparatifs et l'agitation du départ.

Vous aviez fait la veille une invitation en règle au baron Storck; vous aviez emporté avec vous tout un goûter, avec du thé dans une thermos et des rafraîchissements; tous les trois vous attendiez, tandis que mes enfants conduisaient votre hôte et nous vos parents qui étaient arrivés dans l'après-midi et devaient repartir le lundi avec Jacques.

Tandis qu'Alain Mouron revenait de la gare avec Élisabeth Bailly, ton professeur d'anglais est monté dans la chambre de ses enfants.

« Eh bien, voyons, il faut vous habiller! Que va dire maman, si elle vous trouve comme ça?

— Nous l'attendions pour qu'elle nous aide, ou bien Alain.

— Vous êtes bien capables de vous habiller tous seuls, voyons! Et Georges ou René peuvent aider Agnès.

— Alain nous avait dit de ne jamais rien mettre avant qu'il monte.

— Il est allé chercher maman à la gare; dépêchez-vous!

— Nous lui avons cueilli des fleurs ce matin, mais elles sont un peu fanées, il aurait fallu les mettre dans l'eau, Alain...

— Alain n'y a pas pensé, Alain n'a pas eu le temps. Vous auriez dû me les montrer en rentrant, je vous aurais dit...

— Nous avons demandé à Alain, et il a pensé que ce n'était pas la peine.

— Comment, pas la peine?

— Oui, de te les montrer, mais il a eu tort, car il aurait dû alors les mettre dans l'eau.

— Il a pensé que ce n'était pas la peine! Allons, viens, que je te lace cette chaussure, quels empotés! L'autre maintenant; à ton tour, Georges, il casse à présent, on va arranger ça. Alain vous gâte trop, qu'est-ce que vous voulez, vous le faites tourner en bourrique, il fait vos trente-six volontés et vous n'êtes plus capables de rien faire tout seuls; mais à Paris, il faudra bien vous débrouiller, ce n'est tout de même pas difficile! Et maintenant Agnès, il faudrait la peigner; voilà, ça ira. Où sont-elles, ces fleurs? Évidemment, il n'y a plus qu'à les jeter, c'est dommage. Vous avez des mouchoirs, les garçons? »

Denis Régnier est allé consulter les résultats des examens de passage. Il avait échoué. Il faudrait annoncer cela à sa mère, annoncer cela à son père chez qui il devait déjeuner le lendemain, recommencer l'année de seconde...

Et ton oncle Pierre, après avoir porté au bureau de poste de la rue de Rennes la lettre qu'il venait d'écrire à Micheline Pavin, a terminé la *Description du Monde* :

« ...car, ainsi que l'avons dit au premier chapitre de ce livre, n'y eut jamais aucun homme, ni Chrétien, ni Sarrasin, ni Tartare, ni Païen, qui ait jamais visité d'aussi vastes régions du monde que ne le fit Messire Marco, fils de Messire

Nicolo Polo, noble et grand citoyen de la cité de Venise ».

Le mardi, à six heures, il est allé prendre le métro à Mabillon pour se rendre dans la chambre de celle-ci, rue Linné, au sixième, sans ascenseur, avec un petit lit, des fleurs sur la fenêtre, des photographies au mur, une petite cuisine dans un placard, le tout fort bien combiné, fort propre.

« Vous devez être à la recherche de quelque chose de plus grand?

— Pour l'instant, cela me suffit.

— Est-ce que je peux vous aider? Je ne sais pas du tout faire la cuisine; j'ai fait quelques essais...

— Je déteste les hommes bons cuisiniers. Mais si cela ne vous ennuie pas trop de dégringoler et de remonter six étages, vous me rendriez grand service en allant m'acheter du pain.

— Tout ce que vous voudrez, mais expliquez-moi en détail.

— Voilà, en sortant de l'immeuble, vous prenez à droite, vous montez, vous trouvez une boulangerie au coin, vous me rapporterez un pain d'une livre. Pour le reste, j'ai tout ce qu'il me faut; ne vous attendez pas à un festin, bien sûr! Ah, si jamais vous rencontriez des pamplemousses, je me souviens que vous aimez les pamplemousses... Comme fromage, j'ai ce qu'il faut, viande froide, sardines, ah! une bouteille de vin aussi, je vais vous donner un litre vide et un filet à provisions, sinon vous n'en sortiriez pas; je suis confuse de vous utiliser ainsi comme commissionnaire, mais, que voulez-vous, à la guerre... Je dois vous avouer que j'avais vaguement l'idée de vous faire venir ce soir, je ne savais pas, mais...; seulement, je ne pensais pas que nous passerions tout l'après-midi ensemble. Alors, pour le vin, c'est un peu plus loin, de l'autre côté de la rue, et pour les pamplemousses, vous prenez à gauche, vous trouvez un petit épicier qui a toutes sortes de choses, s'il n'y en a pas là, c'est qu'il n'y en a pas dans le quartier. Tenez, si vous voulez, je vais vous écrire tout ça sur un papier et vous faire un petit plan. »

Il est descendu avec son filet, le soir tombait, les réverbères se sont allumés; il n'a pas trouvé de pamplemousses, mais il a acheté une tarte chez un pâtissier et, chez le petit épicier, une demi-livre d'olives de Kalamata.

Quand il est remonté, il a trouvé la table mise avec une
très jolie nappe brodée.

Le mercredi, Denis Régnier a passé son après-midi à clas-
ser les timbres que son père lui avait donnés la veille en lui
disant :

« tiens, cela te consolera ».

Ton oncle feuilletait ses manuels d'histoire,

quatrième : Christophe Colomb prenant congé de Ferdinand et d'Isabelle, une caravelle, la bataille de Marignan,
Charles VIII, le pape Jules II par Raphaël, art aztèque :
le dieu Quetzalcoatl...

troisième : intérieur noble sous Louis XVI, riches bourgeois à table, petite bourgeoisie, les charges du paysan, ce
que veut le tiers état, émeute au faubourg Saint-Antoine...

Ceux de géographie le lendemain, dernières illustrations
du livre de sixième :

...première découverte de l'Amérique par les Normands
ou Vikings, monstres légendaires dont un artiste a illustré
le Livre des Merveilles de Marco Polo, les grandes découvertes
maritimes : premier voyage de Christophe Colomb, expédition de Magellan, voyage de Vasco de Gama.

Le vendredi, vous êtes allés tous les trois faire la queue
chez un libraire, chez qui, le samedi, M. Bailly est allé faire
la queue avec ses deux garçons; et le dimanche Denis Régnier
a aidé sa sœur Sylvie à couvrir les manuels qu'elle y avait
achetés pour la troisième. Lui, avait dû renouveler ses livres
de *Physique*, de *Chimie*, de *Mathématiques*.

A quatre heures, ton oncle Pierre et Micheline Pavin sont
entrés dans un cinéma des Champs-Élysées. Quand ils sont
sortis,

« nous dînons ensemble?

— Il faut que je téléphone à ma sœur.

— Je ne voudrais pas vous empêcher de préparer vos
classes pour demain.

— Oh! vous savez, le premier jour... Et de toute façon,
j'ai ma matinée entière à moi ».

Le lendemain soir, après avoir rafraîchi sa mémoire sur
la Terre dans l'univers, le relief de l'Afrique et la présentation de la France, ton oncle Pierre a dîné avec vous; mais,
alors que vous aviez été très bavards au déjeuner, vous
n'avez pas ouvert la bouche en sa présence. Certes, ce jour
de rentrée, ses émotions vous avaient un peu fatigués, mais

surtout, pour vous, à partir de ce jour, votre oncle Pierre
était redevenu un professeur, quelqu'un devant qui il fallait
faire attention à ce que l'on disait.

Il avait l'habitude de ce changement, mais cette année-là
il l'a ressenti bien plus vivement; il s'est trouvé en rentrant
dans sa chambre bien plus seul qu'à l'accoutumée, à tel
point qu'il n'a pu se remettre au travail immédiatement,
et il lui fallait pourtant préparer un tant soit peu les trois
leçons du lendemain après-midi, toutes trois des premières
leçons, c'est-à-dire qu'il lui fallait absolument réussir, s'il
voulait établir avec ses élèves des relations saines, de véritables relations d'enseignement. Il est allé boire un demi
boulevard Saint-Germain.

Rue du Canivet à dix heures, le *Manuel d'Histoire* en
sixième...

Le mardi, après le dîner, l'Europe se dis pute l'Italie,
notre préhistoire, le monde après 1848.

Vers dix heures, pour préparer la leçon hors manuel sur
la découverte et la conquête de l'Amérique, il a pris son
Montaigne pour relire l'essai sur les coches à la recherche
d'un passage dont il avait l'intention de se servir.

Le mercredi, comme il n'avait pas de leçons à préparer
pour le lendemain, il est sorti à la recherche d'un cinéma.
Boulevard Saint-Michel, tous les programmes lui déplai-
saient; il se sentait sale; il s'est dit qu'il demanderait à ta
mère la permission de prendre un bain le matin; il est
monté jusqu'au Panthéon, a fait le tour de la place, est
redescendu boulevard Saint-Germain, a acheté un paquet
de gauloises et bu un demi.

En rentrant, à dix heures et demie, il a collé son oreille
contre la porte du palier; la radio marchait encore, tes
parents n'étaient pas couchés. Il a sonné, ta mère est venue
lui ouvrir, son tricot à la main; elle a crié à ton père :

« c'est Pierre.

— Je ne veux pas te déranger. Je voulais seulement te
demander si je ne pourrais pas prendre un bain demain
matin?

— Quel dommage que tu n'y aies pas pensé plus tôt!
Demain c'est jeudi et les garçons occupent la baignoire; ils
mettent un temps fou. Il faudrait que tu viennes assez tôt.
A moins que tu puisses attendre vendredi. Tu n'as pas classe
vendredi matin?

— Non, je n'ai pas classe.

— Alors, cela vaudra mieux.

— Merci. A demain ».

Il s'est couché, reprenant l'essai sur les coches.

Le jeudi, Denis Régnier a soigneusement trié les timbres dont son père venait de lui donner une grosse enveloppe pleine. Il a demandé à sa mère un peu d'argent, et il est descendu pour acheter, dans une papeterie du boulevard Saint-Germain, un carnet à doubles plus grand que celui qu'il avait l'an passé.

Après avoir établi sur une feuille le schéma de nos relations de parenté, ton oncle Pierre en a pris une autre où il a écrit :

« professeurs :

1º Pierre Vernier : histoire et géographie;

2º Henri Jouret : français, latin, grec;

3º René Bailly : anglais;

4º Antoine Bonnini : italien;

5º Hubert (prénom?) : physique et chimie;

(sont tous les deux plus ou moins parents de Denis Régnier qui redouble);

6º du Marnet ou Dumarnet (prénom?), nouveau : mathématiques;

7º Alfred Hutter : allemand (liaison avec l'élève Francis Hutter?), nouveau lui aussi, était à Nancy l'an passé;

8º Tavera (prénom?) : espagnol;

9º dessin (son nom?);

10º gymnastique *(idem)*;

11º faut-il faire intervenir l'abbé Collier? N'y a-t-il pas aussi un pasteur protestant plus ou moins attaché à l'établissement? »

Montaigne :

« ...nostre monde vient d'en trouver un autre »...

Le vendredi matin, comme tu étais allé au stade de la Croix-de-Berny avec tes camarades sous la direction de M. Moret, tu n'es rentré déjeuner qu'assez tard, et tes frères sont partis avant toi pour le lycée.

Comme tu t'imaginais que tu aurais eu un peu de temps, tu n'avais pas regardé l'*Épître à Lyon Jamet;* espérant que tu pourrais y jeter un coup d'œil pendant qu'un de tes condisciples sécherait sur Homère, tu t'es félicité de ne pas

avoir recommencé ta sottise de l'an passé, excès de zèle, te
mettre au premier rang.

Denis Régnier avait déjà expliqué ce texte avec moi; je
l'observais du coin de l'œil pendant la lecture de Michel
Daval; comme il s'ennuyait déjà! Quel dommage pour lui
qu'il n'eût pas réussi à cet examen de passage! Il n'écoutait
pas, tournait les pages de son livre, lisait un autre morceau;
je n'ai pas eu le courage de l'interrompre; je voyais sous ce
livre un grand carnet bien relié qu'il a montré à son voisin
Bernard de Loups; mais celui-ci lui a fait signe que je les
regardais.

Qu'appelle-t-on le moyen âge? Puis, rentré rue du Canivet, pour le lendemain, présentation de l'Europe, la Renaissance et la Réforme, les courants d'idées au milieu du
XIXe siècle : progrès dans les sciences, querelles religieuses,
transformations dans les arts.

Le samedi, à huit heures, il a sonné à la porte de Micheline Pavin. Cette fois, le couvert était mis; tout était prêt.
Il s'est penché à la fenêtre :

« joli paysage de toits.

— Il est à votre disposition, vous pouvez venir quand
vous voudrez.

— Je voudrais venir tous les soirs.

— Tous les soirs!

— Ne vous inquiétez pas, je ne viendrai jamais à l'improviste, je vous préviendrai toujours, je ne vous importu-
nerai pas. Je sais bien que vous êtes très occupée, que vous
avez beaucoup d'amis, des parents sans doute, que vous
êtes obligée de voir beaucoup de monde...

— J'ai quelques amis, mes parents sont presque tous en
province, et ceux qui sont à Paris je ne vais leur rendre
visite qu'au moment du jour de l'an; je ne vois pas beaucoup de monde et vous ne m'importunerez jamais.

— Vous savez, je suis las de dîner tous les soirs chez ma
sœur avec ces trois neveux qui sont cette année tous les
trois mes élèves. J'ai bien expliqué cette situation au surveillant général, mais il n'y avait pas moyen de faire autrement, paraît-il, à cause des nécessités de l'horaire. C'est un
bien grave inconvénient; cela ne serait avantageux que pour
une seule chose, pour cet ouvrage, car ils pourraient me
fournir d'innombrables renseignements... Vous direz qu'il
n'est pas indispensable que je dîne avec eux pour avoir ces

renseignements, mais je les entends là raconter leur journée à leurs parents, ou du moins je pourrais les entendre, car, toute cette semaine, ils étaient plutôt muets et méfiants, méfiants à mon égard; il faudrait trouver un moyen pour forcer cette méfiance... Tout ceci, naturellement, dans la mesure où je me mettrais à cet ouvrage; à la fois, j'en ai envie et je le crains, c'est de la paresse, bien sûr... Enfin, ce soir, j'ai le bonheur de dîner ailleurs sans que ce soit dans un restaurant; vous savez que je déjeune tous les jours au restaurant; je varie assez peu; j'ai à la fois envie d'avoir des habitudes et une espèce de terreur de revenir tous les jours au même endroit... Vous voyez, je vous raconte ma vie, je me déballe. Il faut m'excuser, je suis tellement touché par...

— Vous viendrez ici tant que vous voudrez, mais, cet ouvrage auquel vous allez vous mettre, et dont vous me tiendrez, j'espère, un compte fidèle, est-ce que cela ne risquerait pas de le troubler.

— Comment?

— Vous n'auriez plus le temps d'y travailler; vous reviendriez trop tard, rue du Canivet.

— De toute façon, cela ne peut se faire que très lentement.

— J'espère que cela ne sera pas trop trop lent, je serais déçue; cela m'intrigue beaucoup, vous savez; j'y ai repensé tous ces jours-ci...

— Bien sûr, bien sûr. Je crois que je vais m'y mettre; il y a quelque chose qui m'arrête, une espèce de lassitude d'avance, mais...

— Mais je crois que vous allez vous y mettre, et je ferai tout ce que je pourrai pour vous aider; je vous adopterai tant qu'il faudra pour vous aider; vous viendrez dîner ici les jours qu'il vous plaira; mais c'est assez parlé de ces dîners futurs et cela me ferait plaisir que vous goûtiez celui-ci.

— Je suis tellement bavard...

— De temps en temps seulement.

— C'est vous qui me rendez bavard, c'est de vous voir...

— Pas toujours, je commence à vous connaître un peu; je suis sûre que d'ici la fin de la soirée, vous allez tomber dans une de vos méditations taciturnes ».

C'est ce qui est arrivé. Après un long silence, vers dix heures, elle lui a dit :

« Je sais à quoi vous pensez.

— Ah oui?

— Vous pensez à votre classe de seconde, à la façon dont vous vous y prendrez. Vous voyez que vous n'y échapperez pas. Mais vous n'avez sans doute pas encore trouvé l'entrée, le moyen de commencer.

— J'ai trouvé le moyen de commencer.

— Racontez-moi ça.

— Vous comprenez, c'est un peu difficile à expliquer; c'est très obscur dans mon esprit tout cela, mais voilà ce que je peux vous dire : si je m'y mets (je ne sais pas encore si je m'y mettrai; plus j'en parle avec vous, plus je m'y sens en quelque sorte obligé, mais je ne sais pas, vraiment je ne sais pas, cela dépend de...), enfin, si je m'y mets, cela sera mardi soir, et si mardi soir je n'ai pas commencé, je crois que je ne commencerai jamais; en ce cas-là, je crains de vous paraître bien ridicule; oui, mardi soir, je commencerai par cette leçon que je veux leur faire sur la découverte et sur la conquête de l'Amérique et je... Oui, ce qui m'arrange, voyez-vous, ce qui me décide pour ce jour-là, c'est que c'est l'anniversaire de mon neveu qui est en seconde et que c'est une occasion pour moi... C'est trop compliqué; je vous raconterai par la suite comment cela se sera passé, si cela se passe; mais, vous comprenez, il faut absolument que cette leçon soit réussie, qu'elle marque les élèves comme une heure un peu exceptionnelle, et c'est pour cela que j'ai prévu des lectures. Je leur lirai quelques passages de Marco Polo et aussi quelques pages de l'essai de Montaigne, dont je vous ai parlé hier. Je l'ai apporté dans ma serviette parce que vous m'aviez dit que vous ne le connaissiez pas et je voudrais vous le lire, si ça ne vous ennuie pas trop, avant de le lire à mes élèves; c'est un texte si étonnant. J'ai apporté aussi la *Description du Monde* que je lisais en Grèce, mais cela sera pour une autre fois. Vous voyez, c'est de la déformation professionnelle, je ne peux pas m'empêcher... Pourquoi riez-vous comme cela?

— C'est que j'ai tellement bien su vous tirer de votre mutisme; je commence à savoir jouer avec vous comme d'un instrument; si l'on appuie sur la bonne touche... Lisez-moi donc votre Montaigne, j'adore qu'on me lise.

— Voilà, c'est ici. Je suis obligé de faire des coupures pour les élèves, parce que ce serait trop long...

— Mais, moi, je ne suis pas une élève comme les autres,

n'est-ce pas, et j'aurai droit au texte entier. Voyons comment vous savez lire.

— C'est ici, voilà : nostre monde vient d'en trouver un autre (et qui nous respond si c'est le dernier de ses frères...). »

Le dimanche, pendant le film policier, dans le cinéma des Champs-Élysées, lorsqu'il y avait des coups de revolver, elle crispait sa main sur son poignet; il avait envie de passer sa main derrière son dos. Il la regardait, il ne regardait pas le film; elle, au contraire, était prise par le spectacle et ne faisait pas attention à lui. Il se demandait ce qu'il convenait d'oser, ce qu'elle attendait.

Elle a soudain tourné les yeux vers lui avec un sourire; il était tellement ignorant de ce qui se déroulait à ce moment sur l'écran qu'il s'est demandé à quoi ce sourire pouvait bien se rapporter; lui était au bord des larmes, à force d'hésitation, d'incertitude; il commençait à avoir faim. Il s'est penché vers elle, son genou a touché le sien, son épaule a touché la sienne, il est resté ainsi un long moment, puis s'est écarté.

Ils sont sortis dans la nuit pluvieuse. Ils ont couru vers le métro, il lui a pris la main pour la faire avancer plus vite, elle a buté contre un trottoir, il l'a rattrapée par la taille. Alors, il l'a prise par le bras et ses doigts ont serré de plus en plus fort; elle ne disait rien. Ils sont allés chez elle.

« Bien sûr qu'il y a de quoi dîner! »

Il est monté le cœur battant. Il n'a pas prononcé un mot, là-haut. Il la regardait; il mangeait en souriant; elle ne s'étonnait pas de ce silence.

« Si je vous dis de m'embrasser, est-ce que cela vous donnera du courage? »

Il a pris ses mains dans les siennes, il les a ouvertes, en a considéré les paumes comme tout surpris, les a baisées toutes les deux, a relevé la tête presque tremblant, puis calme, puis souriant, il les a appliquées sur son visage, les a laissées continuer leur caresse toutes seules, se serrer derrière son cou. Il a posé les siennes sur ses épaules, puis il a pris sa tête, l'a approchée et, soudain, comme changeant d'avis, il l'a embrassée très chastement sur la joue. Il a laissé tomber ses bras le long de son corps; il l'a regardée longuement; elle ne pouvait se méprendre sur le feu de ce regard; elle attendait.

« Dites-moi.

— Oui?

— Ce que vous m'avez dit tout à l'heure...

— Comment cela?

— Cet ordre que vous m'avez donné.

— Eh bien?

— C'était sérieux?

— Mais oui, c'était tout à fait sérieux. C'est vous qui m'avez demandé de vous le donner, et je vous ai pris au sérieux.

— Vous le maintenez?

— Je le souligne du plus fort que je peux. Je ne sais ce que vous craignez, et je suis incapable de vous dire si vous avez tort de le craindre, mais il n'y a pas d'autre issue.

— J'ai l'impression que les portes d'une prison vont se refermer sur moi.

— Mais vous êtes en prison déjà, cher professeur; vous profitez en ce moment d'une fissure pour vous échapper. Vous y laisserez votre peau. »

Elle avait parlé à voix très basse, très sourde, presque sans remuer les lèvres.

Elle l'a serré contre lui, elle l'a embrassé sauvagement.

Il l'a laissée faire; il ressentait une immense fatigue. Il a murmuré :

« heureusement que vous êtes avec moi ».

Ils se sont approchés de la fenêtre.

« De quoi parlions-nous?

— Je ne sais plus.

— Il pleut.

— Oui, il pleut.

— Je voudrais revenir demain.

— Revenez demain.

— J'irai vous attendre à ce café de l'avenue de l'Opéra. Vous sortez à sept heures comme d'habitude?

— Il est probable que ce sera plutôt sept heures et demie ou huit heures.

— J'irai vous attendre à huit heures, je vous apporterai le livre de Marco Polo. Je m'en vais. »

Le lundi,

« ...en cette cité, Cublai Kan a fait bâtir un vaste palais de marbre... ».

Il est rentré à pied dans la nuit. Il avait classe le lendemain matin à neuf heures, mais il ne pouvait se résoudre à se coucher; il a tourné autour de la place Saint-Sulpice, il s'est assis sur un des bancs; le cinéma Bonaparte était déjà fermé, les agents de police à l'intérieur de leur commissariat.

J'étais déjà couché depuis une heure; Rose était couchée près de moi, nous ne dormions ni l'un ni l'autre; elle était serrée contre moi, elle me caressait la poitrine; les enfants étaient silencieux. A l'étage au-dessus, un claquement de porte, des pas dans la chambre au-dessus de la nôtre, le bruit de l'eau qui coule.

A près de trois heures, je me suis réveillé; Rose n'était plus à côté de moi, la petite lampe près de la porte était allumée, c'était François qui pleurait; j'ai enfilé ma robe de chambre pour aller voir; il se plaignait dans son sommeil :

« je ne veux pas aller en classe ».

Rose lui caressait les cheveux. Elle est allée lui chercher un verre d'eau. Claude a retourné la tête sur son oreiller. Elle l'a bordé. François s'était rendormi. Je suis allé à la cuisine boire un verre de vin.

« ... Qu'ils estoient gens paisibles, venans de loingtains voyages, envoyez de la part du Roy de Castille, le plus grand prince de la terre habitable »,

de l'autre côté du mur, au fond de la salle, Georges Tannier, près de Frédéric Wolf, derrière Gilbert Zola, taille avec son canif un crayon rouge,

« auquel le Pape, représentant Dieu en terre, avoit donné la principauté de toutes les Indes... ».

Quatre heures, la nuit, à l'horloge de Saint-Sulpice. Demain matin, qu'y avait-il à faire pour demain matin, ce n'était plus pour demain matin, mais pour ce matin, puisqu'il était quatre heures passées, la classe allait recommencer, dans combien de temps? Dans cinq heures; tu espérais bientôt te remettre à dormir, sinon tu serais vaseux pendant toute la matinée, tu allais perdre pied, tu n'avais rien préparé finalement pour cette matinée, toute cette matinée avec moi, heureusement que tu étais allé prendre le thé chez moi, je n'aurais pas la méchanceté de t'interroger, je t'avais bien demandé si tu avais terminé ton travail, mais en souriant seulement, tu espérais que ç'avait été une simple plaisanterie; comment aurais-tu pu avoir terminé la préparation de grec que je ne vous avais donnée que ce matin, tu voulais dire la veille au matin, Homère, *dicunt Homerum*

caecum fuisse, on dit qu'Homère était aveugle, *caecum?* Ah
oui, Homère, on ne savait même pas s'il avait existé,
qu'est-ce que je vous avais déjà raconté sur Homère? Tu
espérais que Michel Daval... Tu espérais surtout qu'il t'aurait rapporté le numéro de cette revue... Ulysse est arrivé
sur le rivage, il a peur du froid du matin; quand allait arriver
le froid du matin? Il a peur de s'endormir, il a peur des
loups, il n'y avait pas de loups dans cette chambre; de
l'autre côté du mur, il y avait l'oncle Pierre et son regard
de loup et tu aurais bien voulu t'endormir enfin, parce
que le froid de l'aube allait arriver, comme dans un camp
lorsqu'on se réveille et qu'on trouve la toile de la tente,
les cordes, les piquets, couverts de gelée blanche, toutes
les herbes autour, toutes les feuilles mortes ourlées de
blanc, avec les rayons du soleil jaune parmi les troncs des
arbres...;

cinq heures; mais pour Tite-Live tu n'aurais pas la même
excuse (quelle excuse? Ah, oui), et moi il était certain que
j'aurais une excuse si je t'interrogeais puisque c'était l'avant-
veille que je vous avais donné le texte de Tite-Live pour le
surlendemain matin, non, pour ce matin, puisque c'était
bien l'avant-veille lundi, on était maintenant mercredi,
Hannibal qui traverse les Alpes, il était borgne lui, tu
croyais, ou son père, tu ne savais plus exactement, cela
t'ennuyait tellement Tite-Live, pourquoi choisir Tite-Live,
ces longues phrases, cela devait m'ennuyer aussi, mais moi,
je m'en fichais, je lisais ça comme du français; ce matin,
c'est-à-dire la veille au matin, on avait traduit Virgile, et
ça, Virgile, c'était autre chose, et c'était bien pour ça que
tu avais préparé Virgile lundi soir et que tu avais complètement oublié Tite-Live;

quant à Racine, la préface de *Britannicus,* tu avais encore
moins d'excuse, puisqu'il y avait huit jours que je vous
avais dit de la lire; tu l'avais vaguement regardée, mais tu
ne l'avais pas lue, tu n'avais pas eu le courage, tu t'endor-
mais; heureusement que l'après-midi devait commencer par
une heure de gymnastique, non que cela t'amusât particulièrement, surtout quand c'était dans la cour du lycée, mais
au moins, une fois que c'était terminé, on n'en parlait plus,
ça ne débordait pas comme toutes ces autres leçons qu'il
fallait apprendre ensuite, réciter, ces autres qu'il fallait
préparer, qui traînaient des devoirs après elles;

et puis, géographie, de quoi vous avait-il parlé déjà
l'oncle Pierre, lundi dernier? Heures, c'était cela, les heures,
saisons, les saisons, les années, les fuseaux horaires, la ligne
de changement de date, mais lui, tu pouvais être tranquille,
oui tu pouvais être tranquille, il ne t'interrogerait pas,
sachant l'heure à laquelle tu t'étais couché, il t'avait fait te
coucher, que c'était à cause de lui, en grande partie à cause
de lui, que je n'avais pu préparer les classes de ce matin et
surtout...

Mais il ne savait pas, il ne saurait pas ce jour-là, que tu
ne dormais pas, que tu n'aurais pour ainsi dire pas dormi,
que tu avais entendu sonner toutes les heures ou presque
toutes les heures; la demie de cinq heures, le jour allait
bientôt se lever; à Paris y avait-il de la gelée blanche?
Peut-être pas encore à ce moment de l'année; et si tu n'avais
pas réussi à t'endormir à six heures, tu irais entrouvrir les
volets...

Mais il penserait peut-être qu'au moment du déjeuner...
Non, il ne risquerait pas cela, il avait eu l'air tellement ému
en te parlant, il avait été tellement sérieux comme s'il avait
vraiment besoin de toi, il allait te ménager, ça tu le savais
bien qu'il allait désormais te ménager, c'était ça surtout;
tu savais bien... on ne savait jamais, on ne pouvait jamais
se fier à ce que disaient les professeurs, mais ton oncle
Pierre n'était pas seulement un professeur, mais ton oncle
aussi, mais moi aussi j'étais ton oncle aussi... Il n'y avait
pas moyen, ils ne pouvaient pas s'en empêcher, ils avaient
toujours derrière la tête l'idée de vous faire travailler...

Six heures, déjà! Pourtant le jour n'avait pas l'air d'être
encore là; pourtant est-ce que l'oncle Pierre ne vous avait
pas expliqué lundi quelque chose sur six heures du matin,
et l'équinoxe de septembre, que le soleil ce jour-là, vers la
fin du mois de septembre, se levait à six heures du matin,
et que c'était vrai pour toute la Terre? Mais il vous avait
aussi parlé d'un décalage, d'une heure de plus ou de moins,
tu ne savais plus, l'heure qui était autrefois l'heure d'été
étant devenue l'heure de toute l'année.

Il avait beaucoup insisté sur le fait qu'il fallait que tu
fusses un bon élève, que c'était indispensable si tu voulais
vraiment l'aider, que c'était le seul moyen de cacher, de
camoufler le travail que tu ferais pour lui et qu'il était
particulièrement important que tu fusses bon élève avec lui,

à tel point que tu t'étais demandé à ce moment-là, si toute
cette affaire n'était pas une ruse de professeur, une façon
de faire de la retape, de la surenchère, de la publicité vis-
à-vis des parents et du proviseur, et des inspecteurs, des
autorités, de te forcer à apprendre mieux tes leçons, un
leurre, peut-être parce que l'année dernière vous ne les
appreniez pas suffisamment, Denis et toi, vous aviez profité un peu de la situation, du fait qu'il était votre oncle et
que cela l'avait agacé; peut-être que ses collègues le lui
avaient fait remarquer, ou tes parents; improbable, très
improbable;

et il t'avait bien spécifié de ne pas en parler à tes parents,
surtout de ne pas en parler à tes frères; et tu étais le seul
qu'il eût invité à dîner; peut-être qu'il inviterait Denis aussi
pour son anniversaire dans un mois, mais c'était avec toi
que ça avait commencé;

et il t'avait dit aussi de ne pas m'en parler, et c'était
pour cela que tu t'étais dit qu'il devait te dire la vérité,
qu'il avait vraiment besoin de toi, vraiment besoin que tu travailles à cause de ça, de pouvoir compter sur toi à cet égard;

et c'était entendu, tu lui apprendrais ses leçons, les autres
fois, d'ailleurs, il savait rendre les choses intéressantes et
c'était bien dommage qu'il ne vous lût pas plus souvent
des textes comme ceux de la veille, ces descriptions de la
Chine, ou ce truc sur la conquête de l'Amérique; tu avais
presque envie de lui demander ces deux bouquins, mais ce
devait être en vieux français avec des s partout et tu avais
déjà suffisamment à faire pour l'instant avec ce sacré Rabelais; on verrait plus tard;

seulement, s'il en avait tant besoin, il ne te mettrait pas
de bâtons dans les roues et par conséquent il ne t'interrogerait pas cet après-midi, il réserverait cela pour la semaine
prochaine, par exemple; à la rigueur, pour lui faciliter les
choses, s'il avait à commettre quelque léger passe-droit, tu
prendrais un air fatigué.

N'était-ce pas l'aube? On distinguait nettement les rainures des volets, et il avait l'air de faire beau; il y avait
peut-être de la gelée blanche sur les toits, tu avais l'impression qu'en effet il faisait plus froid; ne vaudrait-il pas mieux
attendre pour te lever la demie de six heures? Mais peut-
être qu'alors la gelée blanche aurait déjà fondu. Le soleil se
levait à l'est; où était l'est par rapport à Saint-Sulpice?

Est-ce que les églises n'étaient pas orientées vers l'est? Qui
t'avait dit cela? Où avais-tu vu ça? Alors c'était le dos des
tours qui aurait dû être éclairé.

Tu t'es levé, tu as ouvert les vitres, tu as écarté les volets
qui se sont mis à grincer. Ton père venait de sortir de sa
chambre, il a ouvert la porte.

« Qu'est-ce qui te prend, Pierre? Tu es bien matinal aujour-
d'hui. C'est le dîner avec ton oncle qui te produit cet effet-là?
Si c'est pour travailler que tu te lèves, bravo! Mais j'ai
l'impression que tu ferais aussi bien de te recoucher et de
dormir jusqu'à huit heures. Referme-moi ces volets. »

Denis s'est dressé sur son lit en faisant une grimace.

« Quoi? Quelle heure est-il? Oh, ce que tu peux être
assommant, Pierre! »

Ce n'était plus la nuit dans la chambre, mais de nouveau
c'était le silence. Tu t'es endormi d'un seul coup.

De l'autre côté du mur, ton oncle Pierre qui s'était levé
lui aussi en entendant du bruit, qui avait collé son oreille
à la paroi, mais les murmures de la conversation étaient trop
faibles pour lui parvenir, est allé ouvrir ses volets qui se
sont mis à grincer et il a vu le premier éclat du jour dorer
le dos des tours de Saint-Sulpice.

Il s'est recouché mais pas rendormi, regardant le ciel de
son lit, jusqu'à la demie de sept heures.

Il est allé prendre un papier et les diverses listes de livres
scolaires distribuées au lycée pour chacune des classes; la
première chose à faire pour avancer dans son ouvrage, c'était
de se procurer la totalité des manuels dont se servaient ses
élèves et cela le plus vite possible; il fallait aller les acheter
le matin;

Auteurs Français, Seizième et *Dix-Septième*, et pourquoi
pas aussi *Dix-Huit* et *Dix-Neuvième* pour suivre mon enseignement en première,

Textes Latins, Grammaire Latine, les *Textes Grecs*, la
Grammaire Grecque,

Littérature Anglaise et la *Grammaire* dont se servait Bailly,
cela faisait déjà dix bons volumes, ce qui lui suffirait pour
un premier voyage. Pour un second, *Physique* et *Chimie*,
seconde et mathélem, italien, allemand, espagnol; toute sa
matinée y passerait, c'était certain, et il n'aurait guère le
temps de préparer ses leçons de l'après-midi, quelles étaient-
elles déjà?

Horaire : de deux à trois, histoire en quatrième ou cinquième, cette fois en cinquième :

manuel : la deuxième leçon : persistance de l'Empire
romain, Justinien...;

bien;

de trois à quatre, histoire en sixième, ou géographie en
seconde, cette fois en seconde, plus grave :

manuel: la troisième leçon : la représentation de la Terre :
longitude et latitude, les projections, l'échelle d'une carte,
la représentation du relief;

bien;

il les interrogerait sur la mesure du temps, l'heure, les
saisons, les années; il serait assez drôle de t'interroger, mais
tu serais sans doute un peu fatigué;

de quatre à cinq, histoire pour les philosophes, le plus
épineux :

triomphe de la civilisation matérielle : les nouveaux
moteurs économiques, le capitalisme en plein essor, les
débuts de la civilisation urbaine;

certes, tout cela aurait demandé à être examiné de près,
mais il pouvait tout de même compter sur son expérience
de professeur.

Il était en pyjama, il avait froid; il s'est lavé, rasé, habillé;
il est allé prendre son petit déjeuner dans la salle à manger
de tes parents à huit heures. Denis est venu le premier, puis
Jacques. Ta mère est allée te réveiller une seconde fois, tu
es arrivé encore tout embrouillé de sommeil; ton oncle t'a
demandé si tu t'étais bien reposé, si tu te sentais d'attaque.

« Nous sommes rentrés tard hier soir. »

Tu n'as été capable de lui répondre que des oui, oui,
embrumés. Il t'a regardé avec une sorte de tendresse qui
t'a rassuré sur la leçon de l'après-midi.

« Ne dors pas trop pendant les classes de ton oncle Henri,
il m'en voudrait. »

Denis a ri stupidement; Jacques allait se mettre à rire
lui aussi, mais il s'est arrêté en voyant le regard de ton
oncle Pierre. Tous les deux se sont empressés de beurrer
leurs tartines. Pierre Vernier est sorti sans dire un mot; il
est allé prendre sa serviette pour acheter dans une grande
librairie un jeu de vos livres de classe.

Il ne prenait régulièrement le petit déjeuner chez vous
que le mardi matin, parce qu'il lui fallait se trouver au

lycée à neuf heures comme vous, et que cela lui épargnait du temps, mais les autres jours, le plus souvent, il préférait prendre un café crème et un croissant dans un des bars de la place Saint-Sulpice, et il s'est dit, le jeudi, que décidément cela valait beaucoup mieux.

Il s'était réveillé à sept heures et demie avec un affreux mal de tête, était resté dans son lit jusqu'à neuf en lisant vaguement le numéro d'octobre de *Fiction*.

En remontant dans sa chambre, il est allé dire bonjour à ta mère; tu étais en pyjama, tu attendais que Denis fût sorti du bain; on l'entendait clapoter. Lui, ton oncle Pierre, se baignerait le lendemain.

Sur l'horaire personnel qu'il s'était établi la veille, la matinée du jeudi devait être consacrée à l'étude des manuels utilisés par ses collègues. Il a commencé par les *Auteurs Français du Seizième Siècle*.

Après son bain, ta mère a voulu absolument lui servir un petit déjeuner et lui a demandé s'il viendrait dîner.

« Oui, bien sûr, pourquoi pas? »

Il est rentré dans sa chambre pour préparer ses classes de l'après-midi, la monarchie constitutionnelle, les aspects régionaux des États-Unis, Mahomet et la conquête arabe.

Jamais, depuis des années, il n'avait préparé avec autant de soin ses leçons, à l'exception de celle du mardi précédent; il aurait voulu tout vérifier, tout reprendre.

Le samedi, avant le déjeuner, l'empire autoritaire de Napoléon III (il s'agissait de réparer la mauvaise impression faite à ces philosophes par la leçon du mercredi), l'Europe vers 1600, la disposition des terres et des mers en Europe.

Il a pris son repas rue des Canettes, son café boulevard Saint-Germain.

L'après-midi, M. Bonnini a lu et commenté à ses première le début du chant V de l'*Enfer*, l'entrée dans le deuxième cercle où sont les victimes de l'amour.

Le dimanche matin, conformément à son horaire, exploration de vos manuels,

Auteurs Grecs,

couverture ocre en fausse toile, titre imprimé en rouge orange,

en frontispice : la victoire de Samothrace, marbre du Louvre,

1o période épique (x^e au viie siècle avant Jésus-Christ), image : Athènes, l'acropole vue du Zappeion,

(le Zappeion, ce jardin, son voyage, Micheline Pavin qu'il devait voir tout à l'heure boulevard Saint-Germain, avec qui il déjeunerait, rue des Saints-Pères, les jardins si frais du Zappeion qu'il avait vus d'abord sans elle, puis avec elle),

2o l'épopée, Homère, l'*Odyssée*, chant V, résumé des chapitres précédents :

« sur l'ordre des dieux, Calypso a laissé partir Ulysse de l'île où elle le retenait; mais Poséidon déchaîne une violente tempête, où le héros périrait sans l'aide d'Athéna »,

titre :

« Ulysse, sauvé, aborde au rivage des Phéaciens »,

texte :

autar Athènaiè, kourè Dios, alla noèsèn...,

note :

« *alla noèsèn* : eut d'autres sentiments que Poséidon, qui continue de soulever les flots »

(*kourè Dios*, Dios génitif de Zeus, *autar* devait être une particule de liaison, quelque chose comme or ou alors),

donc traduction :

« alors Athéna » (sans doute), « fille de Zeus, eut d'autres sentiments »;

mais, dès le second vers, il lui a fallu renoncer; il lui manquait un dictionnaire, mais il savait bien qu'un dictionnaire ne lui suffirait pas, il lui faudrait aussi une traduction; celle de Victor Bérard dans la Collection Guillaume Budé avait quelque réputation, il l'avait lue en partie autrefois; il ne pourrait probablement pas trouver mieux; avant de sortir, il a noté sur une feuille de papier ces deux projets d'achat : *Dictionnaire* de Bailly, *Odyssée* de Bérard. Il se procurerait ça le lendemain matin; mais le lendemain, c'était un lundi, les librairies seraient probablement fermées et le mardi matin il avait ses classes, ce qui repousserait jusqu'au mercredi s'il ne voulait pas empiéter sur les heures de la fin de l'après-midi consacrées à la rédaction, et il ne fallait pas empiéter...

Il était déjà en retard; Micheline Pavin l'attendait au Royal Saint-Germain.

« Alors? Comment allez-vous? Le travail?

— Et votre travail?

— Je m'y suis mis.

— Il y a des éternités que nous ne nous sommes vus.

— Cela fait tout juste quelques jours.

— Je m'étais habituée à vous voir, vous m'avez manqué.

— Oui, cela fait des éternités, il s'est passé déjà tant de choses pour moi depuis lundi.

— Racontez-moi ça.

— Nous allons déjeuner rue des Saint-Pères?

— Si vous voulez. »

Après le déjeuner, M. Bonnini, avec ses enfants et sa belle-sœur Geneviève, était allé à l'hôpital pour voir sa femme; elle était bien éveillée. A trois heures, une infirmière est venue leur dire qu'il était temps de la laisser se reposer.

« Dans quelques jours, tu pourras revenir avec nous.

— Mais oui, dans quelques jours. A demain. »

Ils sont rentrés à pied, silencieux; ils sont montés chez eux, chacun a pris un livre sans pouvoir le lire. Ils sont restés assis un long moment sans bouger.

« Vous devriez sortir, a dit M. Bonnini à ses enfants.

— Toi aussi, lui a répondu Geneviève.

— Elle avait vraiment l'air d'aller mieux aujourd'hui. »

Le lundi matin, ton oncle Pierre est parti à la recherche de son dictionnaire et de sa traduction.

Grecque sans laquelle c'est honte qu'une personne se dit savante, voilà ce qu'on vous apprenait, mais cela glissait sur vous, ce grec, comme des gouttes de pluie sur une feuille; pour faire ce livre, il allait donc falloir qu'il se remît un peu au grec; cela lui permettrait de te donner des conseils...

Il a trouvé toutes les librairies fermées en effet; il ne pourrait avoir ces livres que le mercredi; et ce serait certainement la même chose pour le latin; il lui faudrait aussi certainement se procurer dictionnaire et traductions.

Il n'est rentré rue du Canivet que vers onze heures. A la hâte,

la société européenne se transforme,

le climat, les températures,

la révolution de 92 : chute de la monarchie, convention girondine, gouvernement révolutionnaire, victoires révolutionnaires.

Le mardi matin, son réveil a sonné à huit heures. Il s'est levé précipitamment, est allé prendre son petit déjeuner avec vous; il fallait qu'il fût à neuf heures au lycée pour enseigner à ses sixième le mouvement de la Terre autour du Soleil,

figures :

« comme cette toupie, la Terre tourne sur elle-même autour
d'un axe incliné, en même temps qu'elle décrit une ellipse
autour du Soleil,

d'après la longueur des ombres à midi, cette région est-
elle éloignée ou proche du pôle?,

à quoi voyez-vous que, dans ce paysage, le Soleil est au
zénith? »,

avant de passer quelques salles plus loin aux cinquième
et au peuplement de l'Afrique.

Le mercredi matin, il a recommencé son expédition de
librairie, cette fois avec succès. Il est rentré rue du Canivet
avec un *Dictionnaire* Bailly sous le bras gauche et les trois
tomes de l'*Odyssée*, texte et traduction, dans sa serviette
pendue à son bras droit.

Le passage qui nous concernait commençait au vers 382
du chant V; évidemment, le mieux serait de lire tout le
chant pour les entendre exactement. Ils étaient en plus
petites lettres que les autres, en lignes plus serrées; une
phrase dans une note au bas de la page expliquait cette
anomalie :

« l'apparition d'Athéna en 382-387 n'est pas seulement
superflue et racontée en vers d'emprunt; elle rend incom-
préhensible le vers 388 »,

vers 388 :

« Durant deux jours, deux nuits, sur la vague gonflée... »,

mais dans le manuel dont toi et moi nous nous servions,
il n'y avait rien pour indiquer que ce vers-là fût incompréhen-
sible, et l'était-il vraiment? À qui se fier?

Bérard traduisait :

« Mais Pallas Athéna »

(pourquoi Pallas, où avait-il vu ce mot?)

« eut alors son dessein »

(ah oui, il avait rajouté Pallas à cause de sa détestable
manie de faire des alexandrins blancs; ton oncle s'est rappelé qu'autrefois ce travers lui avait rendu cette traduction
insupportable et qu'il s'était juré de ne plus l'ouvrir) :

« Barrant la route aux vents, cette fille de Zeus
Leur commanda à tous la trêve et le sommeil;

> Puis elle fit lever un alerte Borée,
> Afin que, chez les bons rameurs de Phéacie,
> Son Ulysse divin pût aborder et fuir
> La Parque et le trépas... »

Ici cessaient les petits caractères, les lignes serrées; la traduction des vers suivants était imprimée normalement. Le temps pressait; il y avait ces implacables leçons de l'après-midi à préparer : les grandes monarchies européennes, Charles-Quint, François Ier, Henri VIII,

les grands empires de l'Asie antérieure (heureusement, cette semaine, ce n'était pas en seconde; du point de vue du livre, c'était donc un peu moins important, mais ce n'était certes pas une raison pour...) : sumériens, assyriens, chaldéens, hittites, lydiens et perses,

l'achèvement des unités nationales : Cavour, Bismarck;

et il n'était pas question de rogner sur le temps du déjeuner ce mercredi-là, parce que c'était son anniversaire et que ta mère avait insisté pour qu'il vînt le fêter avec vous, souffler les trente-cinq bougies.

Il a repris son travail sur l'*Odyssée* le matin suivant; il savait que nous avions déjà terminé le chant V et que nous étions arrivés jusqu'au vers 84 du chant VI. Il s'est efforcé de nous rattraper à la course, mais, naturellement, au bout de la seconde page, il a dû renoncer à vérifier les mots dans le dictionnaire et les formes dans la grammaire, se disant qu'il reviendrait plus tard à ces passages pour les examiner avec l'attention qu'ils exigeaient, et, comme l'heure tournait, qu'il t'avait donné rendez-vous après le déjeuner à deux heures dans le restaurant de la rue des Saints-Pères, et qu'il était déjà une heure, il s'est contenté de lire rapidement la traduction de Bérard jusqu'au vers 84 du chant VI :

« ...alors Nausicaa monta sur sa voiture. Sa mère lui tendit, dans sa fiole d'or, une huile bien fluide pour se frotter après le bain, elle et ses femmes »...

Pour imaginer avec précision ce qu'étaient nos classes de grec, les deux matinées de travail qu'il avait prévues par semaine, pour étudier ce qu'enseignaient ses collègues, seraient déjà très insuffisantes; il lui serait donc nécessaire d'y consacrer un bon nombre de ses soirées. Quant aux autres matières...

En rentrant rue du Cardinal-Lemoine avec ses deux enfants, M. Bonnini n'a pas été capable de répondre aux questions de sa belle-sœur. C'est son fils qui a dit :
« elle dormait, nous n'avons pas voulu la réveiller; cela ne s'arrange pas ».

Hutter, Wolf et Tannier absents; ton oncle vous a rappelé que vous auriez le lundi suivant une interrogation écrite en géographie sur tout ce que vous aviez déjà vu jusque-là, a demandé à Jacques Estier l'exploitation de l'Amérique et l'esclavage des Noirs, à Jean-Claude Fage les compagnies commerciales, à Henri Fage les corporations.

L'Angleterre au début du xviie siècle, la révolution puritaine, la dictature de Cromwell.

Alain Mouron, le dimanche, est sorti avec les chamois dans les bois de Verrières.

Rapidement la Renaissance
(Vinci : projet d'un char de combat...),
la circulation atmosphérique
(...différents stades de l'évolution d'un cyclone...),
l'ascension de Bonaparte
(...l'empereur Napoléon Ier, fragment d'un tableau de Girodet-Trioson),
le déjeuner rue des Canettes.

L'après-midi, M. Bonnini a fait faire un devoir sur table aux troisième; il savait que pour sa femme ce n'était plus qu'une question de jours.

Le surveillant général a interrompu l'agriculture en Afrique. C'était au tour des cinquième de se faire photographier; celui des troisième n'est venu que l'après-midi, aussi ton oncle a-t-il pu parler tranquillement des cours d'eau français; puis, comme le restaurant de la rue des Canettes était fermé, il est allé déjeuner rue Mabillon.

Il a acheté chez un confiseur des bonbons à la menthe à l'intention de ton frère Jacques qu'une nouvelle angine retenait dans son lit; il est monté les lui donner et remplacer dans sa serviette les trois manuels du matin par les trois de l'après-midi.

Le mercredi, il a rangé dans sa bibliothèque le dictionnaire de Gaffiot, les deux tomes de l'*Énéide*, texte et traduction, dans la Collection Guillaume Budé, la troisième *Décade* de Tite-Live dans la Collection Garnier;
le déjeuner rue des Canettes.

L'après-midi, il a bien fallu que M. Bonnini, accompagné de ses deux enfants, se décidât à quitter la chambre où reposait le corps de sa femme.

Le dimanche, ton oncle Pierre était dans son lit avec cette petite grippe qui courait et qui avait pris chez lui une grande violence à cause de l'état de fatigue et de tension dans lequel il se trouvait.

Le jour de la Toussaint, Alain Mouron qui était allé déjeuner avec son père chez les Daval, rue Servandoni

(il y avait encore d'autres membres de la famille; c'était une sorte de pendaison de crémaillère, mais les Bailly n'étaient pas là, et il avait été fort question d'eux dans la conversation),

dans la chambre de son cousin, touchant à peine une construction de meccano interrompue,

« ce qu'ils peuvent être fatigants avec leur René, leur Élisabeth!

— Qu'est-ce que tu en penses, toi? Tu es resté avec eux en Bretagne pendant tout le mois de septembre.

— C'est drôle, ton voisin, Pierre Eller, m'a posé la même question.

— Et qu'est-ce que tu en penses de Pierre Eller?

— Il est très gentil, très dévoué.

— Pas de doute; mais tu ne trouves pas qu'il est un peu curieux?

— Curieux?

— Fouineur.

— Il est curieux parce qu'il s'intéresse à toi, à moi, à nous tous, à l'oncle René.

— Je ne peux pas m'empêcher de me demander si ça n'a pas un rapport avec ses oncles; tu sais, quand on en a deux dans la même classe, un prof d'histoire et géo, un prof de français-latin-grec, ça doit vous marquer.

— Est-ce que ça te viendrait à l'idée de raconter ce qu'il te dit à l'oncle René?

— Non, évidemment, mais attention, ses deux oncles à lui sont des oncles plus proches.

— Ce que tu es méfiant!

— Je viens d'un collège de Pères.

— Tu es un peu déformé. Il est très bien, Pierre Eller; nous travaillons ensemble et je t'assure qu'il m'aide plus que toi.

— On pourrait travailler à trois.

— Il ne demanderait pas mieux.

— En effet, je crois qu'il ne demanderait pas mieux.

— Mais qu'est-ce que tu vas imaginer? Quel intérêt aurait-il à nous espionner, si c'est ça que tu as dans la tête, à nous cafarder? L'espionnage, mon vieux, ça serait bien plus intéressant pour lui dans l'autre sens, s'il espionnait ses oncles prof pour nous passer des tuyaux ou bien pour les garder pour lui; et puis quoi, je t'assure qu'il n'est pas comme ça, il est scout, il est même chef de patrouille, il est en train de camper en ce moment, par ce temps, tu te rends compte!

— Il est scout, il est chef de patrouille, mais il ne va pas aux cours d'instruction religieuse.

— Eh bien quoi? Moi non plus, je n'y vais pas; les causeries de l'aumônier à la troupe, ça suffit bien; vraiment, mon vieux, je n'aurais jamais cru que tu pouvais avoir l'esprit aussi étroit! C'est ton collège.

— L'esprit étroit, l'esprit étroit, je crois que j'ai l'esprit moins étroit que toi. D'ailleurs, si ça te chagrine que j'aille au cours de l'abbé Gollier, tu peux te consoler, j'ai l'intention de ne plus y mettre les pieds.

— Pourquoi? Il t'a engueulé?

— Tout de suite des suppositions! Mais non, ce n'est pas ça! Seulement, je trouve qu'on y perd son temps.

— Mais alors, tu n'auras plus du tout d'instruction religieuse! Moi, j'ai les causeries de l'aumônier, comme Pierre Eller.

— T'inquiète pas pour moi, j'ai mes Pères du collège.

— Oh, mon vieux, tu es libre, hein, ce n'est pas moi qui..., mais en ce qui concerne Pierre Eller, vraiment...

— D'accord, il est très bien, mais il y a quelque chose, mon vieux, je me méfie.

— Mais vous êtes très copains pourtant.

— Eh oui, nous sommes très copains.

— Alors?

— On verra ».

Le jour des morts, ton oncle Pierre est sorti pour aller déjeuner chez Micheline Pavin, encore vacillant.

L'après-midi, M. Bonnini est retourné boulevard Montparnasse où il était déjà allé le matin avec ses enfants et sa belle-sœur; il avait besoin d'être seul sous la pluie, au milieu de la foule luisante et triste.

L'interrogation écrite prévue pour le 30 octobre et que la grippe avait empêchée : la découverte et la conquête de l'Amérique, Philippe II, Cromwell,
    absents : Michel Daval, Denis Régnier,
    Louis XIII, Richelieu, les colonies.
Dans ce jeu de ta troupe sur la conquête de l'Amérique, Alain Mouron faisait partie des compagnons de Cortez; il aurait préféré être du côté de Montézuma.
    M. Bonnini s'est tu, s'est mis à pleurer, devant ses troisième.
Ressources industrielles et transports de l'Afrique
    (clairière défrichée pour l'exploitation du diamant en Oubangui...),
    la mer et les côtes en France
    (une côte plate au nord de Boulogne...);
    rue du Canivet, il a changé ses trois manuels du matin pour les trois de l'après-midi;
    le déjeuner rue Mabillon.
    M. Bonnini, qui n'avait point de classe le mercredi, s'est retrouvé seul rue du Cardinal-Lemoine; sa belle-sœur l'avait quitté le matin, ses deux enfants étaient à leur cours, car les facultés étaient rouvertes.
    Le dimanche, ton oncle Pierre à Micheline Pavin :
    « j'ai réussi à arranger tout le début de mon travail en me servant des relations de famille, mais il n'est pas possible d'employer un tel procédé pour tous les élèves qui restent; je vais de plus en plus lentement à cause de l'effort qu'exigent les matières enseignées par mes collègues; peu de professeurs, croyez-moi, seraient capables de refaire une classe de seconde; je me demande si dorénavant, je ne vais pas tout centrer sur mon neveu Pierre, sans le lui dire, évidemment ».
    Le climat méditerranéen; Alain Mouron rêvait sur les images :
    garrigue dans le Languedoc, mûriers, oliviers, cyprès en Provence.
    Le mardi, chez les philosophes, la prière du soir dans le *Purgatoire*.
    Le mardi suivant, interrogation écrite en histoire :
    Richelieu, Mazarin, la science au début du XVIIe siècle,
    absents : Gabriel Voss, Claude Armelli,
    Versailles.

Le lundi,
absents : Henri Buret, Paul Coutet, Octave de Joigny,
vous auriez composition le surlendemain,
l'érosion à Rémy Orland, les failles à Louis Pelletier, les
nappes de charriage à Denis Régnier,
la destruction des montagnes par le gel, par le vent, par
les ruissellements, par les glissements de terrain
(l'aiguille du Grépon dans le massif du mont Blanc...);
le mardi,
la révocation de l'édit de Nantes.
Alain Mouron pensait à son voisin protestant Francis
Hutter,
les dragonnades, dessin en couleurs de 1686,
« sous la menace d'un mousquet (raison invincible) tenu
par un dragon portant au côté un sabre (raison pénétrante),
l'hérétique, genou à terre, signe sa conversion sur le tam-
bour (appel évangélique)... ».
Le dimanche suivant, chez Micheline Pavin qui avait un
peu de grippe,
« je fais maintenant tout raconter par mon neveu; il n'en
sait rien; mais je vais être obligé de m'arrêter un peu, à
cause des compositions qu'il faut corriger, des réunions de
professeurs, de toute cette fin de trimestre si accablante.
Vous ne croyez pas qu'il va neiger? »
L'érosion fluviale; Alain Mouron qui était troisième en
géographie, ne pouvait s'empêcher de penser à la composition d'anglais qui devait avoir lieu à l'heure suivante, à la
composition d'histoire qui devait avoir lieu le jour suivant,
regrettant de s'être mis au premier rang, repassant dans sa
tête les titres de chapitre :
la fin du Moyen Âge, la Renaissance et la Réforme, la
découverte et la conquête de l'Amérique, l'Europe vers
1600...
Chez les philosophes, la composition d'italien.
Puis la nouvelle année est venue, pendant laquelle tout
s'est renversé, pendant laquelle ton oncle Pierre est tombé
si malade qu'il a été obligé d'abandonner ses classes au
troisième trimestre, pendant laquelle ses rapports avec toi
et avec tes parents se sont tellement détériorés qu'il a été
obligé d'abandonner sa chambre rue du Canivet et qu'il
s'est réfugié chez nous, dans la chambre de bonne que nous
avons au septième. Au mois d'août, il était de nouveau à

l'hôpital, et Micheline Pavin a renoncé à quitter Paris pour pouvoir s'occuper de lui.

Il en est parti au début de septembre; Micheline Pavin lui a servi de garde-malade jusqu'au jour où elle a repris son travail. Nous étions aux Étangs; nous lui avions demandé de venir nous y rejoindre, mais il a préféré partir seul pour Saint-Cornély; depuis des mois qu'il avait abandonné cet ouvrage, il avait une furieuse envie de s'y remettre, de tout reprendre, et il espérait, en retrouvant les lieux où vous aviez passé votre mois d'août en 1954, où Alain Mouron et René Bailly avaient passé leur mois de septembre, pouvoir reconstituer tout ce passage de votre vie, de leur vie dont il avait besoin pour son exploration et sa construction; il a pris le train le 6 à la gare du Maine.

Le 12, après quelques jours de repos complet, il s'est promené longuement le long de la mer, il était allé déjeuner à un autre village, il se sentait dans une atroce solitude quand un orage a éclaté, il est entré sous le porche d'une chapelle pour se protéger, il avait grand peur d'une rechute; si seulement Micheline Pavin avait été avec lui, si seulement...

Il s'est endormi. Il s'est réveillé murmurant :

« je sais maintenant que je n'y arriverai pas.

— Mais si, lui a dit le curé chez qui on l'avait transporté, je ne sais pas de quoi vous parlez, mais essayez...

— Je vois bien que vous ne savez pas de quoi je parle...

— Expliquez-moi.

— C'est trop compliqué, mais je vais essayer de continuer tout de même.

— Cela va mieux? Vous pouvez marcher?

— Mais bien sûr! Je ne sais pas ce qui m'a pris.

— Le ciel s'est découvert, regardez comme il fait beau ».

Alain Mouron en Savoie avec son père.

Ton oncle a repris le train pour Paris le 27; il n'avait cette année ni bachots ni examens de passage.

La rentrée a eu lieu le 3 octobre.

Le nom, la date de naissance, l'origine scolaire, la profession des parents, l'adresse, à la place correspondante à celle occupée dans la salle, sur la feuille devant lui servir de plan,

l'approche du baccalauréat l'année suivante,

qu'est-ce que la géographie générale, les dimensions et la forme du globe, l'atmosphère, océans et continents, le relief terrestre et océanique, la structure de l'intérieur du globe, la structure de la croûte terrestre, l'âge du globe, les temps géologiques...

Le dimanche suivant, à Micheline Pavin :

« je m'y suis remis, vous allez voir, tout va recommencer; cette fois, je crois que j'ai véritablement démarré ».

En septembre 1954, les Hubert ont quitté assez tôt leur village de Savoie, parce que la naissance du bébé était prévue pour la fin du mois de novembre et qu'il valait mieux ne pas commettre d'imprudence.

Ils étaient déjà restés bien tard, avait dit le médecin le surlendemain de leur retour, que sa femme était allée voir parce qu'il y avait eu une petite alerte; mais il n'y avait plus rien à craindre désormais, tout évoluait normalement.

Le 20, c'était l'anniversaire de Michel Daval, ses quatorze ans; il avait supplié sa mère d'inviter toute la bande, il y tenait d'autant plus que la plupart de ces amis étaient bien plus âgés que lui. Tout le monde devait donc venir pour le dîner et l'après-midi s'est passée en préparation de sandwiches. Les deux Bonnini, malheureusement, n'étaient pas les seuls à être partis; il y aurait donc certainement moindre presse qu'à l'anniversaire de cette copine, la semaine d'avant.

Le lendemain, M. Hubert était au lycée Taine pour surveiller les examens de passage.

Le 26, Michel Daval et sa sœur sont allés accompagner au car quelques amis qui s'en retournaient vers Paris; eux partiraient le surlendemain; ils se sont retrouvés presque seuls touristes, vacanciers plutôt, dans le village.

Le lendemain, M. Hubert, après les dernières discussions sur les examens de passage, a retrouvé sa femme allongée qui tricotait un petit chandail.

« Il faut profiter de notre dernière semaine de liberté; dans huit jours à cette heure-ci, je serai en classe, vraisemblablement avec les mathélem, je vais avoir les mathélem cette année, M. Le Gagneur a pris sa retraite, cela va me donner beaucoup de travail. »

C'est pourquoi, tous les après-midi de cette semaine, sauf le mardi bien sûr, ils sont allés, tout doucement, visiter des musées, commençant par le Louvre, peintures, le mercredi.

Après avoir quitté le lycée Taine où tu venais d'aller chercher avec tes frères les listes de vos manuels de l'année, tu as feuilleté ceux de ton frère Denis l'an passé qui seraient encore bons pour toi :

les *Grecs*, les *Auteurs Français du Seizième*...

Le samedi, Michel Daval est allé faire la queue chez un grand libraire en compagnie de sa mère et de sa sœur pour acheter les derniers qui lui manquaient :

les *Lettres Latines*, la *Géographie Générale*.

Le dimanche, M. Hubert, auprès de sa jeune femme étendue, son ventre soulevant l'édredon (il faisait assez frais ce jour-là), étudiait le *Manuel de Physique* pour les mathélem. Sur la cheminée, une photographie de sa première femme, devant laquelle la seconde renouvelait avec grand soin un minuscule bouquet de fleurs.

Dans le local de la troupe Saint-Hilaire, le chef vous a encouragés à bien travailler en classe; est entré le nouvel aumônier.

Le mardi, en sortant de table, Homère :

« malheur à moi, traduit Bérard, quand Zeus contre toute espérance... »

(tu fouillais ton chemin à travers les pages du dictionnaire, le texte ne t'apparaissant nullement dans sa continuité, mais comme une succession de mots dont chacun demandait un effort harassant),

Tite-Live :

Hannibal ab Druentia... :

Hannibal : Hannibal,

Druentia (?),

dictionnaire : « *Druentia, Druentiae*, masculin : rivière de la Narbonnaise » (aujourd'hui la Durance), Tite-Live (XXI, 31, 9),

donc, *ab Druentia :* de la Durance...

Le mercredi, comme c'était veille de jour de liberté, tu es resté avec tes frères dans la salle à manger, à écouter une pièce radiophonique. Tes parents parlaient à voix basse.

« Pierre était bien nerveux ce soir.

— Le col de sa chemise était impossible.

— Il devrait faire attention.

— Comment le lui dire? Je m'occupe déjà de son blan-
chissage, mais je ne peux pas surveiller la façon dont il s'ha-
bille le matin...

— La solution pour lui ce serait évidemment qu'il...

— Oui, cette Micheline est très sympathique.

— Il faudra lui demander de la faire venir un de ces soirs,
pour qu'il y ait une présentation un peu officielle, qu'on
puisse en parler aux enfants...

— Dites donc, les garçons, vous n'avez pas de travail à
faire ce soir?

— On écoute la pièce.

— Demain c'est jeudi.

— Et vous ne pourriez pas vous avancer pour vendredi?

— Oh! tu sais, la première semaine...

— Oui, papa, la première semaine, il n'y a pas tellement...

— Et moi, vendredi matin, je n'ai pas de leçons; toute la
classe va au stade avec le professeur de gymnastique.

— Moi, c'est samedi.

— A quel stade?

— La Croix-de-Berny.

— Nous aussi.

— Et toi, Jacques?

— Moi, j'y suis allé ce matin.

— A quel stade?

— La Croix-de-Berny.

— Vous avez fini?

— Quoi?

— Ne dis pas quoi comme ça.

— Oh...

— Je croyais que vous vouliez écouter la pièce.

— Mais oui nous voulons...

— Alors taisez-vous! Et elle finit à quelle heure cette
pièce? Denis, c'est toi qui as le journal.

— Elle finit à dix heures moins cinq.

— Eh bien, restez jusqu'à la fin et après vous disparaî-
trez! »

Le jeudi après-midi, M. Hubert a quitté sa femme endormie pour un rendez-vous dans un café, place de la Sorbonne,
avec un ancien camarade d'agrégation qui venait d'arriver
à Paris.

Nous étions tous deux chez des cousins; moi au salon avec
les grandes personnes, toi avec tes frères, mes enfants et

mes autres neveux et nièces, tu jouais autour de la table de
la salle à manger à une sorte de jeu de l'oie.

L'heure du goûter approchait; on vous a invités à interrompre votre partie; il fallait mettre la nappe, disposer les
tasses à thé. On vous a fait passer les uns après les autres
devant les personnes les plus âgées.

« Comme il a grandi!

— Et en quelle classe est-il maintenant?

— Déjà!

— Le bachot approche...

— Et après, qu'est-ce que tu comptes faire? Tu as déjà
des idées?

— Il a le temps encore.

— Eh, cela passe vite!

— Je me souviens de son baptême.

— C'était tout de suite après notre mariage.

— Tu étais énorme, tu pouvais à peine te traîner à l'église.

— Qu'est-ce que tu préfères, les lettres, les sciences?

— En dehors de son meccano...

— C'est donc un scientifique, il fera mathélem... »

Le vendredi, M. Hubert a eu sa première séance de travaux pratiques avec ses mathélem; anticipant sur ses leçons,
il leur a fait vérifier la loi de la chute des corps avec la
machine du général Morin.

Tu es rentré rue du Canivet, où tu as goûté tout seul,
avant tes frères qui ne sont arrivés qu'une heure plus tard,
et tu as profité de l'absence de Denis pour fouiller dans son
tiroir et regarder ses livres nouveaux, en particulier ses
Auteurs Français des XVIIIe et XIXe siècles.

Le samedi soir, comme Denis faisait lui aussi sa préparation pour M. Bailly;

« Banquo :

— *What, can the devil speak true?...* »

(Quoi le démon peut-il dire la vérité?...),

mobilisant le dictionnaire, il t'a fallu attendre pour faire
la tienne :

« Brutus :

— *What means this shouting?...* »

(Que signifient ces cris?...),

feuilletant ton exemplaire du manuel

(...le docteur Faust, d'après une peinture par Jean-Paul
Laurens; gravure sur bois représentant Faust et Méphisto-

phélès, d'après le *Faust* de Marlowe de 1631; la chambre
où naquit Shakespeare);
« tu as bientôt fini?
— Mais oui, j'ai bientôt fini; tu n'as pas autre chose à
faire? »
(portrait de Shakespeare; portrait de César; la mort de
César, d'après la peinture de Rochegrosse; Hamlet et Ophé-
lie, d'après un dessin de Dante Gabriel Rossetti);
« qu'est-ce que tu traduis, *Hamlet?*
— Non, *Macbeth.*
— Qu'est-ce que ça raconte, *Macbeth?*
— Ça se passe en Écosse, il y a des sorcières.
— C'est dur?
— Évidemment, c'est dur; Shakespeare, c'est très dur »
(une représentation d'*Hamlet* à Berlin en 1780; les sor-
cières dans *Macbeth*, d'après une peinture d'H. Fusely;
Lady Macbeth, d'après une peinture de Kaulbach);
« qu'est-ce que tu as traduit l'année passée?
— *Jules César* au début...
— Toi aussi?
— On fait toujours ça.
— C'est dur?
— C'est beaucoup moins dur; laisse-moi travailler, mon
vieux, si tu veux que je te passe le dictionnaire »
(page de titre des sonnets de Shakespeare, 1609; Ben
Jonson, d'après le portrait de Gerard Honthorst...)
« voilà, mon vieux, j'ai fini.
— Tu ne peux pas m'aider?
— T'aider, comment ça?
— Si tu pouvais me raconter...
— César se fait tuer par Brutus qui était son fils adoptif.
Ces Romains...
— Oui, mais plus en détail.
— J'ai oublié, mon vieux, tu crois qu'on n'a pas d'autres
choses à penser...
— Mais si tu l'as traduit l'année dernière, il y a peut-être
des passages dont tu te souviens.
— Montre voir un peu.
— Acte I, scène I, Rome, *a street?*
— Une rue, continue.
— *Flavius and Marullus rebuke roman artisans for rejoi-
cing in Caesar's triumph over Pompey...*

— Tu as une de ces prononciations, mon pauvre Pierre! Comment veux-tu que je te comprenne?

— Montre voir un peu comment tu prononces.

— *Flavius and Marullus*, Flavius et Marullus...

— Qui c'est Flavius et Marullus?

— Je n'en sais rien, deux comparses...

— Tu n'en sais rien?

— Cela n'a aucune importance, ce n'est même pas dans la pièce, c'est un résumé de la scène seulement, alors nous pouvons aller vite.

— Oui, mais il faut tout de même lire ça pour comprendre la suite.

— Flavius et Marullus *rebuke;* il s'agit de savoir ce que veut dire *rebuke*...

— Tu ne sais pas?

— J'ai oublié; tu verras, l'an prochain, tout ce que tu auras oublié; *rebuke* : réprimander; Flavius et Marullus réprimandent des artisans romains parce qu'ils se réjouissent du triomphe de César sur Pompée; tu vois que ce n'est pas difficile...

— Oui, mais ce n'est que le résumé, quand tu arriveras au texte...

— Quand nous arriverons au texte, tu chercheras cela tout seul, il faut bien que tu travailles un peu; ...triomphe de César sur Pompée, car il est craint, c'est-à-dire, car on craint que Julius César, Jules César, ne soit sur le point d'éteindre toutes les traces de règle républicaine à Rome; tu as compris?

— A peu près, continue...

— Écoute, mon vieux, si tu n'as pas compris, c'est à désespérer; je continue : scène II, une place publique; le festival des *lupercalia* est en train d'être célébré...

— Qu'est-ce que c'est que les *lupercalia?*

— Les lupercales, tu as bien entendu parler des lupercales?

— Non.

— C'est une fête.

— Oui, ça j'avais compris, mais quel genre de fête?

— C'est un peu difficile à expliquer; qu'est-ce que tu as besoin de précisions comme ça?

— C'est-à-dire que tu n'en sais rien, eh bien moi, je veux le savoir.

— Si tu cherches dans le dictionnaire anglais, tu trouveras seulement *lupercales*.

— Aussi, je vais chercher dans le dictionnaire français; attends un peu.

— Tu en as pour jusqu'à minuit si tu commences comme ça.

— Lupercales : fêtes annuelles célébrées le 15 février à Rome en l'honneur du dieu Lupercus (surnom du dieu Faunus) : les lupercales étaient des fêtes licencieuses. Qu'est-ce que ça veut dire licencieuses?

— Tu vois, tu es bien avancé! Et tu ne sais pas ce que ça veut dire licencieuses! Eh bien ça aussi, tu le chercheras! Écoute, je te traduis la fin de ce qui est en italiques et après ça, tu te débrouilles : le festival, la fête quoi, des lupercales, une fête licencieuse, est en train d'être célébré, on célèbre les lupercales...

— Attends! Licencieux : déréglé, désordonné : conduite licencieuse; contraire à la décence : vers licencieux.

— On célèbre les lupercales, une fête désordonnée; la multitude salue César avec des acclamations. *Flourish;* ça, ça veut dire fanfare; *and shout*, ça, ça veut dire acclamations; maintenant, c'est Brutus qui parle, vas-y ».

Denis sorti, tu es allé chercher le dictionnaire latin.

« *Luperca :* nom d'une ancienne divinité romaine, peut-être la louve...

Lupercal : grotte sous le mont Palatin, dédiée à Pan par Évandre, où, d'après la légende, la louve nourrit Romulus et Rémus...

Lupercalia : lupercales, fêtes à Rome en l'honneur de Lupercus ou Pan... »

Si tu osais, tu demanderais à M. Bailly des renseignements sur les lupercales, ou bien à moi.

Tu n'oserais pas; tu es revenu au texte anglais :

« Brutus :

— *What means this shouting?...* »

(Que signifient ces cris?...)

Dans ton lit, le dimanche soir, tandis que Denis sur la table travaillait à quelque devoir,

les événements de la journée : le jeu, les discours, le retour,

les heures du lendemain : Ulysse nage, il est à la bouche d'un fleuve, il appelle à l'aide, Poséidon, Hannibal passe les Alpes, après Clément Marot, Rabelais, déjeuner, dessin,

géographie, on célèbre la fête des lupercales, c'est Brutus
qui parle à Cassius et Cassius lui raconte que César était
en train de nager, en train de se noyer et qu'il lui a crié :
« aide-moi, Cassius, ou je sombre »,
et cet homme, dit-il, cet homme est maintenant devenu
un dieu !

Terminer, recopier la journée la plus remarquable de tes
vacances, puis comme ta mère t'avait murmuré qu'il était
possible que le lendemain, à cause de ton anniversaire, tu
n'aies pas beaucoup de temps, si ton oncle t'invitait par
exemple,

« avant ou après le dîner?
— Je ne sais pas. Il te précisera lui-même; il sera là pour
déjeuner.
— Si c'est avant, j'aurai du temps pour travailler.
— Non, non, tu n'auras pas le temps.
— Alors c'est après, on ira au cinéma?
— Je n'en sais rien.
— A moins que...
— Je n'en sais rien.
— C'est vrai? »,

tu as sincèrement essayé de pousser ta lecture d'Homère
au-delà du vers 473 :

« Des fauves, je deviens la pâture et la proie... »,

mais tu t'étais déjà tellement embourbé!...
Tu as eu à peine le temps de préparer la suite de *Jules
César* (M. Bailly, lui, n'était pas de la famille).

Demain tu aurais quinze ans; demain tu aurais de l'argent, comme Denis, et à partir de ce moment-là de l'argent
tous les mois comme Denis.

Dans la nuit, Alain Mouron s'est mis à rêver : il nageait
au milieu des vagues à Saint-Cornély; la mer était pleine
de feuilles mortes qui se collaient à lui; Michel Daval était
sur le rivage et il lui a crié :

« aide-moi, Michel, ou je sombre »;

alors les vagues se sont apaisées; il s'est aperçu qu'il avait
un pelage de chamois, les mains, les pieds, le corps d'un
garçon, mais tout cela recouvert de poils bruns avec des
ongles extrêmement durs, et il savait qu'il n'avait plus le
visage d'un garçon, mais un museau de chamois avec deux
petites cornes; le rivage était fort escarpé, mais il n'a pas

éprouvé la moindre difficulté à grimper sur les rocs; il y avait ici et là des cavernes dans lesquelles il entendait des rugissements de tigres, des mugissements de bisons, et les arbres étaient tout agités par les courses des écureuils énormes, avec des dents luisantes comme des tranchets.

Il était très étonné de ne pas rencontrer Michel Daval; il était fort fatigué, mais il avait grand peur de tous ces fauves, et il cherchait une cachette un peu sûre; dans le recoin d'une vallée, il a trouvé un grand tas de feuilles mortes et il y a creusé un tunnel pour s'y blottir; à l'intérieur, il a découvert une petite chambre fort sèche, avec une table et des livres; juste au-dessus de cette table, la clarté de la lune entrait par une lucarne ovale avec une vitre sur laquelle étaient collées des feuilles mortes. Quelqu'un a frappé à cette vitre; c'était le facteur, c'était Michel Daval avec une casquette de facteur, il apportait une lettre; Alain lui a fait signe d'entrer, mais il n'entendait pas et, pis que cela, il ne le reconnaissait pas, il frappait, il frappait, il montrait la lettre; Alain ne savait pas quoi faire, il ne savait plus où était la porte; en désespoir de cause, Michel a déchiré l'enveloppe, déplié la lettre, et l'a collée sur la vitre humide, puis il est parti en courant, il était temps, les bisons et les tigres commençaient à le poursuivre; il fallait se hâter de lire, les lignes d'écriture déteignaient déjà, certains passages étaient cachés par les feuilles mortes; c'était une lettre de son père :

« mon cher Alain,

« je ne comprends pas très bien pourquoi tu as voulu devenir un chamois, il aurait bien mieux valu pour toi te faire tigre, ou bien bison, écureuil à la rigueur; les chamois ont beaucoup de mal à nager, surtout pendant les tempêtes et, la nuit, lorsqu'ils dorment, ils risquent de se faire dévorer; j'espère que tu as trouvé un bon tas de feuilles mortes pour t'installer et que tu pourras bientôt me rejoindre à Paris. N'oublie pas que pour devenir un véritable chamois, il est indispensable que tu apprennes le grec, sans lequel c'est honte qu'une personne se die savant... ».

Un grand coup de vent a emporté la vitre avec la missive, Alain a essayé de la rattraper.

« ... Une boucherie, comme sur des bestes sauvages, universelle, autant que par le fer et le feu y ont peu attaindre », au fond de la classe, dans l'angle, à côté de Georges Tannier, Frédéric Wolf grave son nom,

« n'en ayant conservé par leur dessein qu'autant qu'ils en ont voulu faire de misérables esclaves pour l'ouvrage et service de leurs minières ».

Je me suis réveillé vers les quatre heures, et je n'ai pu me rendormir, songeant à vous deux, à toi et ton oncle Pierre, me demandant comment s'était passé ce dîner que tu m'avais annoncé, si ton oncle s'était mis à la rédaction de ce livre dont nous avions parlé, si l'invitation qu'il t'avait faite n'avait pas été provoquée par ce projet.

Après avoir dîné tardivement seul dans un petit restaurant fort cher près des Champs-Élysées, il a téléphoné d'un café à ce voisin de Micheline dont elle lui avait donné le numéro pour le cas...; absent.

Il est revenu à pied jusqu'à Saint-Germain-des-Prés; c'était une soirée fort douce, et les terrasses étaient pleines. Il a recommencé son appel à onze heures et demie; le voisin était là, mais elle n'était pas rentrée.

A minuit, il s'est demandé si c'était encore une heure convenable, si elle ne lui en voudrait pas de la déranger, de déranger encore une fois son voisin en pleine nuit. Il a hésité longuement, fumant des cigarettes, buvant des demis, lisant, dans le numéro de *Fiction, le Jeu du Silence*, furieux contre lui-même et contre elle, car n'aurait-il pas bien mieux valu travailler à cet ouvrage au lieu de perdre stupidement cette soirée?

A minuit et demie, n'y tenant plus, il est descendu dans la cabine du café pour l'appeler une dernière fois, il titubait.

« Allô?

— Excusez-moi, de vous déranger encore, je voudrais savoir si Mlle Pavin est rentrée.

— En effet, je l'ai entendue.

— Pourrais-je lui parler?

— Elle doit être couchée, à cette heure-ci.

— Excusez-moi, je suis confus, j'espère que vous ne vous étiez pas encore couché; j'étais inquiet, j'aurais dû la voir...

— Je vous en prie, je vous en prie, je vais frapper à sa porte; pourrais-je au moins savoir qui j'ai l'honneur...

— Pierre Vernier.

— Comment?

— Pierre Vernier, vous n'avez qu'à dire le professeur...
— Ne quittez pas.
— Je ne sais comment vous remercier, j'en ai seulement pour un instant... »
L'autre n'était plus là.
« Allô?
— Allô, ici c'est Pierre Vernier.
— Je me doutais bien que c'était vous, Pierre, mais qu'est-ce qu'il y a?
— Vous êtes rentrée il y a longtemps?
— Pas très longtemps, à minuit, je venais de me coucher, j'allais m'endormir...
— Oh! je suis désolé, j'avais essayé plusieurs fois de vous appeler dans la soirée...
— Est-ce qu'il y a quelque chose qui ne va pas, Pierre?
— Non, non, cela va très bien, vous ne m'en voulez pas trop de vous déranger comme cela, à une heure pareille, et votre voisin?
— Mais pas du tout, voyons! Vous avez commencé à rédiger votre texte?
— Oui, j'ai commencé.
— Vous avez fait votre leçon sur la découverte de l'Amérique?
— Oui, oui.
— Vous leur avez lu les passages de Marco Polo et de Montaigne?
— Oui.
— Cela les a intéressés?
— Je crois.
— Vous avez dîné avec votre neveu?
— Oui.
— Vous l'avez mis au courant?
— Dans la mesure où...
— Et qu'est-ce qu'il en a pensé?
— Il était ravi, ravi du dîner, ravi du cinéma, ravi de ce jeu...
— Alors, tout s'est déroulé selon vos plans, vous devriez être satisfait.
— Oui.
— Mais alors, expliquez-moi, Pierre, vous devez bien avoir quelque chose à me dire pour me téléphoner à cette heure de la nuit. Vous ne téléphonez pas de chez votre sœur?

— Oh non, je suis dans un café, j'ai traîné toute la soirée, depuis le moment où vous m'aviez donné rendez-vous.

— Rendez-vous ce soir?

— Ne m'aviez-vous pas dit, lundi dernier...

— Voyons, Pierre, qu'est-ce qui vous prend? Je vous ai dit lundi que je devais dîner ce soir avec mon patron mais que ce n'était pas absolument sûr, et c'est alors que vous m'avez proposé de venir me retrouver dans ce café des Champs-Élysées si ce dîner ne pouvait avoir lieu, auquel cas je vous aurais téléphoné chez votre sœur... Mais vous aviez l'esprit tellement absorbé par Marco Polo, le Catai, Mexico...

— Oui, excusez-moi, je m'en souviens maintenant, vous m'aviez dit que vous me téléphoneriez...

— Si ce dîner n'avait pas lieu, et je vous avais demandé de m'appeler ensuite, demain par exemple à mon bureau, si je ne vous avais pas fait signe aujourd'hui, pour que nous prenions rendez-vous...

— C'est que, voyez-vous, il y a eu tellement d'événements pour moi pendant ces deux jours... J'avais tellement envie de vous en parler, j'avais l'impression que, si je tardais, je ne pourrais plus, plus de la même façon; j'ai un peu mélangé ce que vous m'avez dit; il faudra que je fasse attention désormais, comme il faudra que je fasse attention pour mes classes, il faudra que je vous explique cela, mais pas ce soir évidemment, il est trop tard, ce serait trop long, et puis de toute façon au téléphone ce ne serait pas possible et à ce téléphone en particulier puisque... Excusez-moi encore auprès de lui...

— Eh bien, quand nous verrons-nous?

— Nous pouvons déjeuner dimanche ensemble.

— Ou dîner avant.

— Non, pas avant, cela vaudra mieux, il faut que j'éclaircisse un peu les choses, il faut que ce soit bien démarré, vous comprenez; j'ai déjà perdu stupidement cette soirée; après, cela n'aura plus d'importance, parce que je serai dans des rails, que cela avancera en quelque sorte tout seul, mais pour l'instant...

— Alors, dimanche, nous passerons la journée ensemble dimanche.

— Nous déjeunerons ensemble...

— Et est-ce que vous ferez venir votre neveu?

— Pour déjeuner? Oh! cela ne sera pas possible.

— Alors, après le déjeuner, je serai bien curieuse de le voir cet agent secret...

— J'essaierai...

— Vous vous endormez; moi aussi, je dois dire; allons, soyez raisonnable, rentrez vous coucher.

— Pardonnez-moi.

— Allons, bonne nuit, à dimanche. »

Elle a raccroché, et ton oncle s'est dit en raccrochant à son tour qu'il lui faudrait la rappeler, parce qu'ils n'avaient précisé ni l'heure ni le lieu de ce rendez-vous.

Il est remonté; il est rentré rue du Canivet, naviguant; en traversant la place Saint-Sulpice, il s'est heurté contre un banc et il est tombé; il s'est relevé péniblement; un agent s'est approché, l'a regardé, l'a jugé inoffensif, est retourné vers son commissariat, et ton oncle se disait :

« si Micheline me voyait, si Pierre me voyait, si mes élèves, si mes collègues me voyaient »...

Quand ton frère Denis est sorti de la salle de bains, tu es entré dans l'eau déjà savonneuse et grise; tu t'es étendu paresseusement en faisant émerger tes orteils qui se réfléchissaient sur la surface très doucement houleuse, puis tu as entendu tourner la poignée de la porte verrouillée; c'était Jacques,

« alors, est-ce que tu as bientôt fini de te prélasser?

— Attends un peu, mon vieux, il faut me laisser le temps de me laver. »

Le soir, ton oncle avait la tête encore trop lourde pour se remettre à son ouvrage après le dîner; il est sorti se promener pendant une heure, passant rue du Pré-aux-Clercs, examinant soigneusement l'extérieur de ma maison, puis a lu dans son lit, ne pouvant s'endormir, *Fiction* :

« derrière les barreaux, l'homme nu dormait d'un profond sommeil; dans la cage voisine, un ours se roulait sur le dos et, les yeux mi-clos, regardait le soleil levant; non loin de là un chacal »...

Vendredi matin, dans la salle de gymnastique, M. Moret vous attendait, interpellant vivement les retardataires.

« Mettez-vous en rang que je vous compte, en colonnes par 5, allons, alignez-vous, cela fait 28, en principe vous êtes 31, il en manque 3. Il est déjà neuf heures et quart, il nous faut attraper le train de la demie, je ferai l'appel sur

le stade. Rompez les rangs! Et maintenant, en silence et
sans désordre, je vous prie, à la gare du Luxembourg; chacun prendra un billet d'aller et retour pour la Croix-de-
Berny. »

L'herbe du stade était brillante de rosée avec, par endroits,
des taches de boue; le ciel était gris; vous avez enlevé vos
manteaux et vos vestons; certains se sont mis en short et
sandales, mais pas toi; pendant l'appel, une petite pluie fine
a commencé.

Le soir, ton oncle a écrit presque sans arrêt jusqu'à onze
heures.

Le samedi, après le déjeuner, tu as enfilé dans ta serviette,
avec ta *Littérature Anglaise*, tes *Manuels d'Histoire* et *Chimie*, le numéro de *Fiction* que Michel Daval le matin t'avait
demandé de lui rendre.

Henri IV et l'édit de Nantes; Denis Régnier dont le voisin de table était absent, examinait le carnet de timbres de
Rémy Orland.

Les débuts de Napoléon III, les transformations de Paris.

A cinq heures, ton oncle est allé téléphoner dans un café.

« Micheline Pavin?

— Oui.

— Ici, Pierre Vernier.

— Quoi de neuf?

— M'avez-vous pardonné mon coup de téléphone de mercredi?

— Qu'y avait-il à pardonner?

— Votre voisin...

— Il est très compréhensif.

— M'avez-vous pardonné de ne pas vous avoir appelé
depuis?

— Était-ce la peine? Nous nous voyons demain, n'est-ce
pas?

— Bien sûr, mais nous avions oublié de préciser l'heure
et le lieu du rendez-vous. J'étais dans un tel état...

— Vous êtes-vous beaucoup enivré depuis?

— Oh non, je suis resté sage; jeudi soir, j'étais un peu
fatigué, je me suis endormi très vite; mais hier, je me suis
rattrapé.

— Vous avez bu?

— Mais non, j'ai travaillé!

— Je crois que cela vaut mieux.

— Cela ne m'arrive pas si souvent de boire, vous savez...

— Cela m'est arrivé à moi aussi, et cela est certainement bien plus déplaisant chez une femme. Vous trouverez chez moi toute l'indulgence possible, mais pas d'encouragements.

— Que diriez-vous d'une heure au Royal-Saint-Germain? Après, nous pourrions aller déjeuner au restaurant de la rue des Saints-Pères; je dirai à mon neveu Pierre de nous y rejoindre vers quatre heures. Nous y boirons un peu, mais pas trop; vous me surveillerez.

— Nous nous surveillerons, c'est le meilleur moyen; à une heure, dites-vous?

— Oui, une heure, je ne peux pas avant, je vous expliquerai, je me suis fait un horaire pour pouvoir tout mener de front et le dimanche matin est réservé à l'étude des manuels de mes collègues, je les ai tous achetés, ou à peu près tous...

— C'est cela, vous m'expliquerez; demain, à une heure, au Royal, c'est entendu. »

Le dimanche, tes deux frères, après le déjeuner, discutaient du film qu'ils iraient voir; ils pensaient t'emmener avec eux, et ne t'ont pas cru quand tu leur as dit que les programmes des cinémas du quartier ne t'intéressaient pas; tu as cherché une autre excuse dans le travail, ta version anglaise pour le lendemain, ta version latine pour le mardi; ils en ont été presque scandalisés :

« non, mais sans blague! Tu crois que je n'ai pas plus de travail que toi? Si tu ne veux pas venir avec nous, tu n'as qu'à le dire; si tu veux aller avec un copain, ce n'est pas nous qui t'en empêcherons, n'est-ce pas, Jacques?

— Ah, certainement, non!

— Alors, vous êtes décidés, a demandé ton père qui venait de finir son café.

— Oui, nous allons au Bonaparte, Jacques et moi, mais Pierre ne veut pas venir.

— Tant pis pour lui.

— Écoute, Pierre, a dit ta mère, tu ne vas pas rester toute la journée enfermé ici à lire une de tes stupides revues.

— Je ne resterai pas ici toute la journée.

— Tiens, je croyais que si tu ne venais pas, c'était à cause de ton travail.

— Pierre, tu travailleras beaucoup mieux après être sorti un peu, et par ce temps...

— Je travaillerai en même temps qu'eux, mais j'ai rendez-vous avec un copain.

— Ah, mais c'est fort bien, un de tes camarades de classe?

— C'est ça.

— Il habite dans le quartier?

— A Saint-Germain-des-Prés.

— Mais, Pierre, pourquoi est-ce que tu ne nous l'ai pas dit tout de suite?

— Parce que vous m'embêtiez avec vos questions! J'ai bien le droit de ne pas aller au cinéma, c'est extraordinaire!

— Mais ne te fâche pas comme ça, Pierre, qu'est-ce qui te prend?

— Mon vieux, si c'est d'être chef de patrouille qui t'a rendu si susceptible, c'est un succès!

— Écoute, Denis, tu ne vas pas te taire? Ce que tu peux être imbécile!

— Dites-donc les enfants, vous avez fini de vous chamailler? C'est à quelle heure cette séance de cinéma?

— C'est à deux heures.

— Eh bien, allez-y! et toi, Pierre, c'est à quelle heure que tu dois aller chez ton ami?

— A quatre heures.

— A quatre heures juste?

— Oh! oui, il m'a bien recommandé de ne pas être en retard.

— Alors, pourquoi ne vas-tu pas voir le début du film avec tes deux frères?

— J'ai horreur de partir du cinéma avant la fin du film; je ne peux pas comprendre ça.

— Tu es décidément bien nerveux, va donc dans ta chambre et tâche de t'occuper intelligemment! »

Denis Régnier a soigneusement classé dans son carnet à doubles les timbres du Liban, dont son père venait de lui faire cadeau.

Ton oncle t'a fêté lorsqu'il t'a vu arriver dans le restaurant :

« c'est bien d'être à l'heure comme cela ».

Tu n'osais lever les yeux sur Micheline Pavin qui t'a posé toutes sortes de questions. Ton oncle souriait. Il t'a demandé ce que tu aurais envie de faire : prendre le thé, aller au cinéma?

« Oh, il y a un film au Bonaparte que j'aurais très envie de voir.

— Comment s'appelle-t-il?

— *Le Trésor de la Sierra Madre.* C'est un film américain.

— La prochaine séance est à quelle heure?

— Je crois à quatre heures et demie.

— Alors, ça ne se terminera pas avant sept heures. Tes parents ne s'inquiéteront pas? A quelle heure as-tu dit que tu reviendrais?

— Je n'ai pas dit d'heure.

— Et ton travail? Tout est fini?

— Oh! Pierre, c'est dimanche, c'est vacances pour vous, pour lui, pour moi aussi; oubliez donc un peu que vous êtes un professeur.

— Son professeur!

— Oubliez-le!

— C'est que je ne voudrais pas que...

— Bien sûr, bien sûr, mais c'est lui qui est juge; il est assez grand pour cela; vous l'avez pris pour collaborateur, vous lui devez cette confiance...

— Et tu es sûr qu'il est intéressant, ce film?

— Pour vous, je ne sais pas, pour moi, oui, on m'en a parlé.

— Qui ça?

— Des camarades.

— Pour toi, tu en meurs d'envie, et ne t'inquiète pas pour nous deux. Allons! »

Il t'a attiré près de lui et t'a murmuré :

« tu n'en parles pas à tes frères!

— Je ne pourrai pas leur dire que j'ai vu *le Trésor de la Sierra Madre?*

— Oh, si tu en as envie! Mais ne leur dis pas que c'est avec nous.

— Ni à mes parents?

— Non, cela vaut mieux; c'est un secret entre nous, tu comprends, entre nous trois.

— Ne t'inquiète pas; j'ai dit que j'allais chez un camarade ».

Si bien que le lendemain, ç'a été une chance pour toi de ne pas être interrogé, car tu n'avais pas ouvert ton livre de grec pour préparer :

« Tu dors, Nausicaa... »,

ni celui de latin pour Tite-Live.

Après le dîner, le temple de Louqsor, le sphinx, les pyramides de Gizeh...,

les mines du Potosi, maison de planteur aux Antilles, plan de la foire Saint-Germain,

la récolte du sucre d'érable, Arvida cité de l'aluminium au cœur de la forêt dans l'État de Québec.

Quand je suis entré dans la classe, tu étais déjà assis à ta table, tes *Auteurs Grecs* ouverts devant toi, page 21. Avant d'expliquer le texte d'Homère :

« Mais l'Aurore, montant sur son trône... »,

je vous ai donné le sujet de votre première version grecque de l'année, un passage de la vie de César par Plutarque. Pendant la demande de Nausicaa à son père Alkinoos :

« Mon cher papa, ne veux-tu pas me faire armer la voiture à roues hautes? Je voudrais emporter notre linge là-bas... »,

tu as relu la version latine que tu avais faite la veille avec Alain Mouron :

« le pillage de la Sicile par Verrès :

j'en viens maintenant à sa passion, comme il dit lui-même sa maladie et sa folie, comme l'appellent ses amis, à son brigandage, comme disent les Siciliens... »,

pour en corriger quelques fautes d'orthographe, avant de me la remettre à l'heure suivante, au cours de laquelle je t'ai interrogé sur les vers de Virgile :

Quam tu urbem, soror, hanc cernes...

(Quelle ville, ma sœur, deviendra ta Carthage, ou plus littéralement : quelle ville, ma sœur, tu verras celle-ci).

Chez Micheline Pavin, le soir :

« quelle journée! Vous n'avez pas idée de la fatigue que représentent six heures de cours.

— Votre travail a avancé?

— Depuis dimanche? Comment voulez-vous? Hier matin, j'ai préparé mes classes de l'après-midi; j'ai passé toute la soirée à préparer celles d'aujourd'hui; en rentrant tout à l'heure, j'ai juste eu le temps d'introduire trois nouveaux personnages, et puis mon neveu est venu; il avait des tas de choses à me dire.

— Et les manuels de vos collègues, vous apprenez bien vos leçons?

— Ah! cela n'avance guère; cela n'a pas avancé depuis dimanche, évidemment, c'était prévu; mais dans l'horaire que je me suis tracé, je crains d'avoir été à cet égard terriblement optimiste; j'ai juste regardé un peu les *Auteurs Français du Seizième Siècle* et les *Auteurs Grecs*, juste ceux qu'ils travaillent en ce moment : Rabelais, Homère; il faudra que je m'y mette sérieusement.

— Vous n'allez plus pouvoir rien lire d'autre?

— Pendant un certain temps, non; je ne vais plus lire que ce que les élèves ont entre les mains, c'est-à-dire leurs livres de classe et aussi les revues qu'ils se prêtent; ainsi, j'ai regardé la semaine passée une revue de Science-Fiction que j'avais vue circuler dans la classe.

— Mais, puisque vous faites intervenir aussi les professeurs, puisque vous voulez les suivre à travers les grilles de toutes ces heures, il faudra que vous étudiiez leurs lectures à eux aussi.

— Oui, les manuels dont ils se servent dans les autres classes, d'abord; je le ferai peu à peu, c'est une matière énorme...

— Et aussi ce qu'ils lisent en dehors de la classe, pour se délasser, ou pour un travail, une thèse, un article, ou pour...

— Pour la plupart d'entre eux, je serai obligé de l'imaginer, de leur prêter des lectures, et cela viendra en son temps...

— Et les journaux, avez-vous pensé aux journaux?

— Pour l'instant, je pare au plus pressé et je suis obligé de m'enfermer pour ce démarrage; et, voyez-vous, il y a toujours des choses qui se mettent en travers, ainsi, demain, je ne vais pas pouvoir respecter mon programme, parce que je dois aller chez le dentiste d'abord, puis parce que c'est mon anniversaire, je ne sais pas si je vous l'avais dit, mais demain je vais avoir trente-cinq ans et j'ai l'impression que ce sont trente-cinq années assez mal employées, qu'il est temps, qu'il est grand temps que j'en fasse quelque chose; donc, demain, je dois déjeuner chez ma sœur avec mes neveux; on est très respectueux des traditions rue du Canivet, il faudra sûrement souffler les trente-cinq bougies et, le soir, mon collègue Jouret, le professeur de français-latin-grec, m'a si gentiment invité à dîner que je n'ai pas pu refuser; c'est l'autre oncle de Pierre Eller; il y aura peut-êrre là aussi des bougies à souffler, à cause des enfants que cela amuse; il faudra que je vous fasse faire sa connaissance, il sera très heureux de vous rencontrer; vous voyez que je suis tout de même très entouré.

— Donc, vous aurez demain trente-cinq ans et vous n'au-rez pas une minute pour que je puisse, moi aussi, vous offrir trente-cinq petites flammes à souffler.

— Nous nous verrons vendredi.

— Mais oui, j'aurai un peu de retard, c'est tout! Je vous ferai tout de même une petite fête à moi.

— Et...

— Oui?

— Je... Non...

— Eh bien, mon anniversaire est le mois prochain; j'au-rai vingt-huit ans et je commence à trouver moi aussi que ce sont vingt-huit années bien mal employées et qu'il serait temps...

— Quel jour du mois prochain?

— Le 17.

— C'est un mercredi, je note.

— Vous devez être mort de faim. Nous allons dîner tout de suite ».

Alors que je faisais traduire à Henri Buret, puis à son voisin Robert Spencer, la suite du passage des Alpes par Hannibal, de l'autre côté de la classe, tu demandais à Michel Daval, s'il avait terminé son devoir de mathématiques.

« Oh oui, ce que c'était facile!

— Ah oui? Eh bien, tu as de la chance, mon vieux.

— Il y a quelque chose que tu n'as pas trouvé?

— Non, non, j'ai tout trouvé, seulement... »

J'ai donné un coup de règle sur mon bureau en vous regardant tous les deux.

« Reprenez, Spencer. »

Tu as rangé ton devoir, mais tu l'as ressorti à l'heure sui-vante, pendant que nous lisions la deuxième préface de *Britannicus* :

« voici celle de mes tragédies que je puis dire que j'ai le plus travaillée... »,

parce qu'en fait tu n'avais pas encore effectué l'opération :
— 39 + 65 — 26, le tout sur — 13, l'ayant réservée pour la fin, et l'ayant oubliée au moment de te coucher. Tu as

donc griffonné sur les minces marges de ton édition de la tragédie :

— 39 + 65 = 24, 24 — 26 = — 2, — 2 sur — 13 =

(moins divisé par moins donne plus, donc 2/13, plus 2/13, ce n'est pas la peine de mettre plus, voilà)
2/13.

Tu as recopié cela sur ton devoir, que tu as glissé sous ton cahier, puis tu as relu rapidement tout ce que nous venions d'expliquer.

Gabriel Voss, avec un curieux accent du Nord :

« ...l'âge de Britannicus était si connu, qu'il ne m'a pas été permis de le représenter autrement que comme un jeune prince qui avait beaucoup de cœur, beaucoup d'amour et beaucoup de franchise, qualités ordinaires d'un jeune homme. Il avait quinze ans... ».

Quinze ans..., beaucoup d'amour...

« Daval, quand auras-tu quinze ans?

— J'ai eu quatorze ans au mois de septembre. »

Tu t'es mis à penser à Micheline Pavin.

Les trente-cinq bougies pour ton oncle Pierre, le soir chez nous; je lui ai demandé s'il s'était mis à cet ouvrage dont nous avions parlé; il m'a fait le portrait de Micheline Pavin, et je lui ai dit quel plaisir j'aurais à la recevoir. Nous nous sommes entendus pour le mardi suivant.

Le lendemain, après le déjeuner, tu as dit à tes parents que tu devais aller voir un de tes camarades avant d'aller chez le dentiste et tu t'es dirigé vers le restaurant de la rue des Saints-Pères où ton oncle Pierre t'attendait.

Denis Régnier, loin de ranger dans son album, les timbres qu'il avait acquis pendant la semaine, détachait des pages certains de ceux auxquels il avait tenu le plus, pour les insérer dans son carnet à doubles.

Les feuilles écrites, sur la table de ton oncle Pierre formaient déjà un tas assez considérable.

L'U. R. S. S., la nature et les hommes,

paysage glaciaire dans le Caucase, fête sportive sur la place rouge à Moscou.

Cromwell,

tu songeais à la leçon de chimie qui devait suivre, à celle de la semaine passée sur laquelle tu pouvais être interrogé :

théorie atomique, hypothèse moléculaire...,

Olivier Cromwell par Walker (National Gallery, Londres), en armure, tenant le bâton de commandement...

Le dimanche, M. Bailly a raconté à Claire l'histoire de la clé.

Le lundi, après le déjeuner, tu as révisé ta géographie : le climat, les températures, isothermes, influences de l'altitude.

... L'entassement de l'air aux tropiques, le vent, les zones de pression...

Hubert Jourdan demandait à Jean-Claude Fage de faire passer à Denis Régnier par l'intermédiaire de Rémy Orland un petit papier sur lequel il avait écrit :

« si tu as fini le numéro de *Galaxie*, voudrais-tu me le rapporter ? »,

et sur lequel Denis Régnier a répondu :

« pas fini, te le rapporterai demain après-midi ou après-demain »,

avant de le lui renvoyer par l'intermédiaire de Jean-Pierre Cormier.

« Cassius :

— *But soft, I pray you : what ! dit Caesar swound?*

Casca :

— *He fell down in the market place, and foamed at mouth, and was speechless...* »

(Eh, doucement, je vous prie ; quoi ! César s'est évanoui ?

— Il s'est écroulé sur le forum, il avait l'écume à la bouche et il ne pouvait dire un mot...),

puis, au lieu de rentrer directement rue du Canivet, tu as accompagné Denis Régnier jusqu'à la rue du Cardinal-Lemoine, tu l'as fait parler de ses parents, de sa sœur, de ses timbres, de ses vacances, et tu n'es arrivé pour déjeuner que vers une heure, ce qui t'a valu quelques sarcasmes de tes frères et quelques mots vifs de ton père.

Ton oncle Pierre est allé chercher Micheline Pavin à la sortie de son bureau ; ils sont venus dîner chez nous. Ta tante Rose a demandé à Micheline :

« Connaissez-vous la famille de Pierre ?

— Une fois, j'ai vu sa sœur et une autre son neveu Pierre, mais je ne connais ni son beau-frère ni ses deux autres neveux.

— Cela viendra, cela viendra, il ne faut pas brusquer les choses...

— Et ce travail?

— Cela avance, j'ai déjà toute une masse de pages, mais je vais aller de plus en plus lentement parce que vous n'avez pas idée du nombre de choses que j'ai à apprendre...

— Voici nos enfants, mademoiselle : Gérard, l'aîné, qui est en quatrième et qui est l'élève de Pierre lui aussi, Lucie qui est en cinquième et les deux petits, Claude et François, en septième et neuvième... »

Après s'être assuré que le numéro de *Galaxie* était bien parvenu à Hubert Jourdan, Denis Régnier

(la répartition saisonnière des précipitations...)

s'est mis à regarder discrètement les illustrations des derniers chapitres de votre manuel, ceux qu'il n'avait pu étudier à cause de sa maladie :

un symbole de la nouvelle organisation européenne, le wagon EUROP, la nouvelle frontière franco-italienne au col du Petit-Saint-Bernard, frontière italo-suisse près de Lugano, la frontière espagnole à Hendaye, un poteau frontière près de Bâle...

De trois à quatre, le jeudi, ton oncle a travaillé à cet ouvrage, pour remplacer, se disait-il, l'heure perdue la veille chez le dentiste.

Le 31, dans le bois pluvieux, avec les autres chefs de patrouille et les seconds de la troupe Saint-Hilaire...

Le jour de la Toussaint, M. Bailly a mené ses enfants au cimetière Montparnasse.

Le jour des morts, Denis Régnier est allé avec sa mère et sa sœur au Père-Lachaise.

Le mercredi, ton oncle guéri est retourné au lycée,

les peuples de la mer : Crétois, Phéniciens, premiers Grecs...

Et toi, guéri à ton tour, tu y es retourné le samedi suivant, et tu as dû faire comme les autres l'interrogation écrite d'histoire, puisqu'elle avait déjà été prévue pour le samedi précédent et qu'elle n'avait pu avoir lieu à cause de la grippe de ton oncle :

la découverte de l'Amérique, Philippe II, Cromwell,

leçon sur Louis XIII : Marie de Médicis et sa sœur de lait Léonora Galigaï, l'oiseleur Albert de Luynes, l'assassinat de Concini, Léonora, sa femme, brûlée comme sorcière...

et sur Richelieu : l'interdiction des duels, le siège de La Rochelle, Samuel Champlain au Canada, la canne à sucre aux Antilles, le trafic des Noirs et du poivre...

Le dimanche, toute la famille Bailly est aller visiter le nouvel appartement des Daval.

Le lundi Denis Régnier, au lit depuis le samedi précédent, toujours cette grippe, qui s'était levé pour déjeuner, a été obligé de se recoucher à cause d'une poussée de fièvre.

« César, au devin :

— les ides de mars sont arrivées.

— Oui, César, mais non terminées... »;

c'est Hubert Jourdan que tu as accompagné jusqu'à son métro, puis, passant devant un kiosque, tu as acheté le numéro de novembre de *Fiction*.

Ton oncle Pierre est allé chercher Micheline Pavin à la sortie de son bureau et l'a menée chez vous pour dîner; c'était en quelque sorte sa présentation officielle à la famille.

Denis Régnier, toujours dans son lit, trouvait un grand réconfort dans l'idée qu'il venait d'éviter une heure de gymnastique et qu'il évitait en ce moment une heure de géographie.

Le jeudi, ton oncle a continué, dans les *Auteurs Français du Seizième*, l'étude et l'annotation des morceaux que nous avions expliqués :

« comment Gargantua fut institué par Ponocrates en telle discipline qu'il ne perdait heure du jour, comment étaient réglés les thélémites à leur manière de vivre, pourquoi est dite Pantagruelion et les admirables vertus d'icelle... ».

Le dimanche dans les bois de Meudon, avec ta patrouille...

Le lundi, M. Bailly a collé ton frère Jacques injustement.

Le mardi, Denis Régnier est revenu en classe;

la peinture au XVIIe siècle : ...deux descentes de croix, une leçon d'anatomie, Jésus guérissant les malades (c'est la célèbre pièce aux cent florins), le moulin de Wyck, la sorcière, le fumeur, la dentellière...

Le mercredi, après avoir interrogé sur l'*Iliade* et sur l'*Odyssée*,

la cité grecque, la colonisation grecque, l'Ionie, la Sicile...

Et le mardi suivant, Gabriel Voss sur Mazarin, Frédéric Wolf sur la Fronde, Gilbert Zola sur la paix des Pyrénées, absents : André Knorr, François Nathan, Bruno Verger, leçon : l'Europe en 1660.

Et le mardi d'après, le 30, après l'interrogation écrite : Richelieu, Mazarin, la science au début du XVIIe siècle, tandis qu'il commençait à vous parler de Versailles, tu te disais :

« ce n'est plus possible, tous mes camarades commencent à se méfier de moi, mais je ne puis pas le trahir, il faut continuer à l'aider »,

et tu refaisais en toi-même un serment te liant à lui;

et le lundi suivant,

ruissellements, torrents,

tu pensais à Micheline Pavin, tu dessinais sur les marges de ton manuel de grossiers visages, de grossiers corps féminins et tu avais envie d'aller le trouver pour lui dire :

« mais pourquoi n'êtes-vous pas fiancés? Est-ce que tu n'as donc pas envie de l'épouser? ».

Le mardi, M. Bailly a dit à ses philosophes :

« nous ferons la composition la semaine prochaine »,

et il leur a fait traduire quelques strophes de la dernière partie du *Dit du Vieux Marin*,

commentaire de Coleridge en marge :

« et toujours et sans cesse au long de sa vie future une agonie le contraint à voyager de terre en terre »,

vers :

« Je passe comme la nuit de terre en terre »;

et le mercredi, ton oncle vous a donné les trois questions de votre composition de géographie :

la mesure du temps, la représentation de la Terre, le climat méditerranéen;

le dimanche avec ta patrouille dans les bois de Saint-Cloud...;

et le mercredi 15, ton oncle a fait faire leur composition d'histoire aux sixième :

l'Égypte, la religion grecque, les guerres médiques;

le mardi 21, il vous a rendu la vôtre : le premier était Alain Mouron, le second André Knorr, le troisième Hubert Jourdan, le quatrième Georges Tannier, le cinquième Michel Daval, et tu n'étais que le douzième.

En janvier, il avait maigri, son visage avait pâli; il s'était voûté, ses yeux avaient une sorte d'éclat sombre et douloureux; il évitait de te regarder.

L'appel d'une voix extraordinairement lasse; il faisait très froid, cinq absents : Alain Mouron et Francis Hutter, si bien que le premier banc près de la fenêtre était vide, Michel Daval, si bien que tu étais seul sur ton banc, Denis Régnier

et Philippe Guillaume, si bien que cela formait comme un
vide autour de lui et autour de toi.

Il a interrogé très lentement ceux qui étaient à l'autre
extrémité de la salle, au fond, près du mur du corridor,
Frédéric Wolf, Georges Tannier, Gilbert Zola, puis, très
lentement, très doucement, comme s'il avait vieilli de plusieurs années pendant les vacances de Noël, il vous a parlé
des dernières années de Louis XIV, du grand hiver.

Le mercredi 14 septembre 1955, ton oncle Pierre, dans son
lit, réfléchissait à la lettre qu'il venait de recevoir de moi.
Oui, sans doute, il vaudrait mieux adopter cette solution;
le séjour chez sa sœur n'était plus tenable, à cause de toi,
à cause de cette atroce conversation qui avait eu lieu entre
vous deux, sur laquelle ses parents n'avaient pu obtenir
d'explications ni de ta part ni de la sienne. Il s'est levé, est
allé jusqu'à la table et m'a écrit :

« Cher Henri Jouret,

« j'ai été extrêmement touché de votre lettre. J'avais
l'intention de toute façon de quitter la rue du Canivet, où
déjà je ne prenais plus aucun repas depuis plusieurs mois,
depuis janvier. C'est avant tout la considération de mon
neveu Pierre qui m'y oblige; je l'avais entraîné dans une
aventure trop périlleuse, et il lui a fallu, pour pouvoir
conserver des relations normales avec ses camarades, et
avec ses frères, me rejeter. Cela est normal, cela est ma faute,
cela ne change rien, c'est pour lui que j'ai tout fait, tout est
pour lui, vous le savez, sans doute n'y avait-il pas moyen
de lui éviter cela; qu'il en profite au moins, que je mène à
bien ce que j'ai entrepris; que cette brisure, que cette cas-
sure qu'il a soufferte ne soit pas vaine, je crois que j'en
mourrais...

« Je ne puis confier cela qu'à vous : quelque chose s'est
écroulé ce jour-là, et depuis je sombre, tous les jours; je
sombre, j'ai l'impression de traîner avec moi la dévasta-
tion, et pourtant quel espoir parfois...

« J'avoue que je ne savais où donner de la tête; la maladie
qui me poursuit encore, m'avait empêché de mener à bien
mes recherches d'un nouveau logement; si cette chambre
dont vous me parlez, rue du Pré-aux-Clercs, est libre, et que
cela ne vous dérange en rien, je l'accepterai avec grand

plaisir. Vous m'aurez apporté plus de soulagement que vous ne pouvez croire.

« Je viens à vous comme un mendiant.

« Je crois me souvenir que c'est votre anniversaire aujourd'hui, je vous souhaite une bonne année, de longues et heureuses années.

« Amitiés à Rose et tous les enfants.

« Votre

« Pierre VERNIER. »

Huit jours plus tard, il écrivait à Micheline Pavin :

« Que vous me manquez! Depuis le début, je vous ai demandé de me pardonner, il faut continuer à me pardonner; j'ai l'impression que nous sommes sur les deux rives d'un fleuve qui s'agrandit, qui s'est agrandi monstrueusement; mais, grâce à la gentillesse de mon collègue Jouret, la question de mon logement à Paris cet hiver est enfin résolue. Tout va pouvoir reprendre comme l'an passé, sauf en ce qui concerne Pierre, évidemment; il me faudra éviter de passer du côté de la place Saint-Sulpice, sauf la nuit, en cachette; ce ne sera pas trop de douze mois pour que cette blessure, cet espèce de foudroiement qu'il a reçu se cicatrise, et qu'il m'accepte. J'ai cru longtemps que c'était moins grave, que les choses allaient s'arranger, et puis...

« Ce séjour à Saint-Cornély m'aura fait du bien. Micheline, j'aurais voulu pouvoir vous présenter une œuvre, vous offrir une œuvre et une vie, me présenter à vous comme un mari, ce que vous attendiez, ce que vous avez continué d'attendre avec une patience qui me confond, mais je ne puis plus me présenter à vous maintenant que comme un malade...

« Quand en aurai-je fini, Micheline, quand cet obstacle immense sera-t-il franchi, cet obstacle meurtrier, cet ouvrage couvert de sang?

« Il faut continuer, n'est-ce pas, il n'y a pas d'autre issue que de continuer, pardonnez-moi.

« Je rentre à Paris dans quelques jours et je vous téléphonerai à votre bureau, dès que je pourrai. »

Tu es revenu à Paris la semaine suivante, dans le même compartiment que les Daval.

Le jour de la rentrée des classes, avec M. Devalot : grec

(Homère, l'*Iliade*), latin (Virgile, *Énéide*, IX), français (Saint-Simon).

Ton oncle Pierre s'est retrouvé dans cette classe de seconde avec ton frère Jacques.

Le dimanche, tu es resté rue du Canivet, dans la chambre qui était l'année précédente celle de ton oncle Pierre, et dans laquelle on t'avait maintenant installé parce que, depuis cette histoire obscure dont on préférait ne pas te parler, tu étais devenu bien nerveux et que tu avais besoin, c'était manifeste, de tranquillité.

Tu pensais à tes camarades de la troupe Saint-Hilaire, à celui qui venait d'être nommé chef de la patrouille des bisons, Alain Mouron; tu avais donné ta démission à la fin de l'hiver précédent; personne n'avait compris ta décision, si ce n'est ton oncle, Micheline Pavin et moi, mais elle avait été irrévocable.

Le mercredi 12 octobre, ton oncle Pierre, tandis qu'il était avec ses sixième, qu'il les interrogeait sur les âges de la pierre et ceux des métaux, qu'il leur présentait l'Égypte, son paysage, son écriture antique et le déchiffrement de celle-ci par Champollion, les grandes divisions de son histoire jusqu'à la conquête des Perses, observant en particulier mon fils Claude,

songeait que c'était le jour de tes seize ans, qu'il n'avait pas été invité au déjeuner de fête, que si jamais il avait eu l'idée de t'inviter pour le dîner, tu aurais refusé avec la dernière énergie, se demandant comment recoudre cette plaie, calmer cette douleur aiguë, rétablir un pont sur cet abîme qui s'était creusé entre vous, cet abîme de haine et d'étonnement.

Et, le mardi suivant, il a retrouvé ton frère Jacques pour sa leçon d'histoire, ton frère Jacques qui était resté en dehors de toute l'affaire, et qu'il a interrogé sur Henri IV, après avoir demandé à deux de ses camarades ce qu'ils savaient sur Ivan le Terrible, Soliman le Magnifique et Philippe II, avant de leur parler de l'exploitation du monde par l'Europe, des pirates et des flibustiers, de l'esclavage des Noirs, de la prospérité dangereuse de l'Espagne, de la naissance du droit international et de l'organisation des corporations.

Le second mardi de novembre, interrogation écrite sur la découverte et la conquête de l'Amérique,

leçon sur Louis XIII et Richelieu,

lecture en hors-d'œuvre de la page de la *Gazette* de Théophraste Renaudot reproduite dans le manuel :

« le roy de Perse avec quinze mille chevaux... »

Ton oncle Pierre n'écrira plus. Ton oncle Pierre n'est plus dans la chambre que je lui louais au huitième de la rue du Pré-aux-Clercs. Ton oncle Pierre est à l'hôpital et Micheline Pavin a quitté son travail pour venir auprès de lui. C'est moi qui écris ; je prends le relais ; j'étaierai un peu cette ruine.

Francis Hutter, dans un village du pays basque, à quelques kilomètres de celui où se trouvait Alfred Hutter.

Francis Hutter est arrivé à Paris le 27 septembre, avec son frère Jean-Louis qui devait entrer en quatrième, sa sœur Adèle qui devait entrer en cinquième, lui, c'était entendu, devait redoubler sa seconde, car il avait trop manqué, l'année précédente, à cause de sa pneumonie.

Le 29, il est allé au lycée Taine pour demander la liste des manuels.

Le samedi 2 octobre, Mme Bonnini avait un mieux sensible; mon collègue d'italien disait à sa belle-sœur :

« je crois que demain elle pourra se lever ».

Le dimanche, Francis Hutter a recouvert ses livres de classe.

Le jeudi, il était à la recherche d'un coiffeur qu'il a trouvé rue Frémicourt; il est rentré pour préparer les classes du lendemain après-midi :

grec avec moi :

(selon Bérard) « mais si je continue de longer à la nage et cherche à découvrir la pente d'une grève et des anses de mer, j'ai peur que, revenant me prendre, la bourrasque ne me jette à nouveau dans la mer aux poissons... »,

français avec moi :

« Cestui lion, plus fort qu'un vieil verrat,

note 1 : porc,

Vit une fois que le rat ne savait... »,

et l'allemand avec cet oncle lointain qu'il s'était découvert le mercredi précédent, et qu'il n'avait nulle envie de mieux connaître.

C'est à lui que j'ai fait lire la fin de l'épître le lendemain :

« ... Lors Sire rat va commencer à mordre

Ce gros lien... »,

avant de vous annoncer, comme les aiguilles de ma montre
et celles de l'horloge au mur indiquaient l'imminence de la
sonnerie, que le lundi suivant nous commencerions à parler
de Rabelais et lirions le passage :

du deuil que mena Gargantua à la mort de sa femme
Badebec.

Le samedi après dîner,

Pantagruel, roy des dipsodes, restitué à son naturel, avec
ses faictz et prouesses espoventables, composéez par feu
M. Alcofribas, abstracteur de quinte essence,

le dizain de maistre Hugues Salel à l'auteur de ce livre :

« Si, pour mesler profit avec doulceur... »,

le prologue de l'auteur :

« très illustres et très chevalereux champions... »,

de l'origine et antiquité du grand Pantagruel :

« ce ne sera chose inutile ne oysifve, veu que sommes de
séjour... ».

Le dimanche après dîner,

Tite-Live, un chapitre du passage des Alpes par Hannibal.

Et le lundi soir quand je me suis couché, ta tante Rose :

« ça marche avec ton neveu Pierre?

— Je crois que ça ira ».

Dans la nuit, M. Bailly s'est réveillé en sueur; il a allumé
sa petite lampe; sa femme sifflait en dormant; il s'est appuyé
sur son coude; il se disait :

si je prenais son cou entre mes mains, si je la secouais,
si je la forçais à m'avouer en détail tout ce qu'elle a fait à
Orléans... Patience, patience, il devrait y avoir un moyen
de me délivrer de cette présence, ne rien brusquer, essayer
les moyens légaux...

Il a éteint sa lampe; il se disait :

quand elle s'éveille en sueur, qu'elle pense à son amant,
et qu'elle me considère dans le lit à côté du sien, que de ma
bouche s'échappe un sifflement, quand elle s'appuie sur son
coude et qu'elle se retient pour ne pas me prendre à la
gorge et me crier toutes sortes d'injures...

« Nous avons demain géographie, je vous interrogerai sur
les mouvements de la Terre dans l'espace et sur la mesure
du temps »,

devant Georges Tannier, derrière Bruno Verger, Gilbert
Zola range son livre dans sa serviette,

« je vous parlerai de la représentation de la Terre »...

A la fin de la nuit suivante, à l'aube du mercredi 13, Alain Mouron s'est rendormi, et les relents des classes de la veille se mêlaient aux avant-goûts de celles qui devaient avoir lieu quelques heures plus tard et qu'il avait préparées :

« Il s'élève des eaux une si froide brise avec le petit jour... Ulysse le divin ramena sur son corps une brassée de feuilles... On cache le tison sous la cendre et la braise, afin de conserver la semence du feu...

Anna, je te l'avouerai, cet homme est le seul qui ait touché mes sens... les pâles ombres de l'Érèbe et les profondes ténèbres... Là, non par une guerre ouverte, mais par ses astuces, sa fraude et ses pièges...

Hannibal le divin ramena sur son corps une brassée de feuilles. Anna, ma sœur, j'ai peur que réchauffé, détendu, je ne cède aux douceurs du sommeil... A la vue de ce lit, quelle joie...

Je vois les brigands, les bourreaux, les aventuriers, les palefreniers de maintenant plus doctes que les docteurs et prêcheurs de mon temps... Anna, ma sœur, des fauves je deviens la pâture et la proie... Je l'ai toujours regardé comme un monstre. Mais c'est ici un monstre naissant. Il n'a pas encore mis le feu à Rome... Je reconnais en moi les traces du feu dont j'ai brûlé... Au fond de la campagne, on cache le tison sous la cendre, un olivier, les feuilles jonchaient le sol; tous les oiseaux de l'air, tous les arbres, arbustes et frutices des forêts, toutes les herbes de la terre, tous les métaux cachés au ventre des abîmes, les pierreries de tout l'Orient et Midi, rien ne te soit inconnu, le Catai, Mexico, le kilo de platine iridié. Mais que la terre s'ouvre et m'engloutisse dans ses abîmes... Quelle nuit de pénibles angoisses! Aie suspects les abus du monde. Ne mets ton cœur à vanité. Il y en a qui ont pris le parti de Néron contre moi...

Athéna lui fermait les paupières, pour chasser au plus tôt l'épuisante fatigue... »

Le soir à dix heures, au moment où ton frère Denis s'est couché, tu lisais *Fiction* dans ton lit. Tu as terminé *Le Jeu du Silence* :

« ... Lili se rendit compte que, dans un moment, elle serait capable de parler »;

tu as commencé la nouvelle suivante : *hors de la tanière,* introduction des éditeurs :

« le loup-garou est une créature familière de l'attirail fantastique traditionnel; si familière en vérité que son emploi
fait maintenant partie des plus affreux poncifs »...

(poncif, que voulait dire poncif? Dictionnaire? Tant pis,
ce n'était pas un devoir, pas une préparation, c'était quelque
chose que tu lisais pour ton plaisir : Rabelais, Homère, Tite-
Live, Virgile, Shakespeare, cela suffisait!),

« derrière les barreaux, l'homme nu dormait d'un profond
sommeil »...

Le jeudi soir, armé du dictionnaire Bailly, dans ta chambre,

« Or, tandis que là-bas, le héros d'endurance, Ulysse
le divin, dompté par la fatigue et le sommeil, dormait,
Athéna... »,

du dictionnaire Larousse :

« ce fait voulut de tout son sens étudier à la discrétion
de Ponocrates... »,

dans ton lit,

« ...et le tout dernier sentiment qu'il éprouva à propos
de son aventure fut une infinie pitié pour son pauvre petit
qui, par une belle nuit, sous la lueur argentée de la lune,
se mettrait à marcher à quatre pattes et verrait son corps
se couvrir de fourrure... puis s'en irait rôder dans l'ombre...
en quête de quoi? Il ne le saurait jamais »...

Le vendredi soir, comme Michel Daval t'avait demandé
l'après-midi de lui rapporter le lendemain le numéro de,
Fiction, tu t'es hâté de parcourir :

« *Mrs Hinck*, par Myriam Allen de Ford,
Un Beau Dimanche de Printemps, par Jacques Sternberg
L'Ennemi du Feu, par Robert Abernathy,
courrier des lecteurs,
publicité : un livre d'actualité,Charles Jordan : *Louis XVII
a-t-il été guillotiné?*
comment fut réalisé *Sous le Manteau*, film clandestin,
On vous jugera sur votre Culture... passionnante brochure
illustrée gratuite n° 1428 sur simple demande à l'Ins-
titut culturel français... (joindre deux timbres pour frais
d'envoi),
documentation bibliographique, romans : *les Bagnards du
Ciel, le Monde Oublié, A travers les Ages, Territoire Robot;*
divers : *la Parapsychologie (Maisons hantées, Fantômes,
Radiesthésie, Télépathie, la Connaissance de l'Avenir), Psy-
chologie de la Légende, les Fantômes que j'ai vus,*

le n° 12 de *Fiction* paraîtra dans les premiers jours de novembre... »

M. Hubert a quitté sa femme pour venir au lycée Taine vous faire étalonner des dynamomètres.

Et le lendemain, se promenant avec elle sur l'île aux cygnes, il lui parlait du plaisir que lui donnait sa classe de mathélem, comme cela renouvelait son métier.

Tite-Live :

« ...presque tout le chemin en effet était abrupt, étroit et incertain, si bien qu'on ne pouvait se tenir pour s'empêcher de tomber, que ceux qui chancelaient un peu ne pouvaient se maintenir sur leurs pieds et qu'ils tombaient les uns sur les autres, et que les bêtes tombaient sur les hommes ».

Je vous ai rappelé que vous deviez me remettre le lendemain votre version de Cicéron : le pillage de la Sicile par Verrès, que vous aviez à préparer les vers 31 à 49 du chant IV de l'*Énéide :*

« *Anna refert...* »

(Anne lui répond : O toi que ta sœur chérit plus que la lumière...),

que le mercredi enfin, nous lirions la suite du passage des Alpes par Hannibal.

La sonnerie retentissait; la plupart d'entre vous aviez déjà rangé vos livres de *Lettres Latines* et sorti vos *Auteurs Français du Seizième.*

Après le dîner, tu as soigneusement recopié cette version latine que tu venais de faire avec Alain Mouron,

Homère :

« ...Étonnée de son rêve, Nausicaa s'en fut, à travers le manoir, le dire à ses parents... »,

Virgile :

« ...toute ta jeunesse se consumera-t-elle dans le deuil du veuvage?... »,

Shakespeare :

« ... Cassius là-bas a un air maigre et affamé, il pense trop; les gens comme ça sont dangereux... »

L'Europe vers 1600, *cujus regio, ejus religio*, Élisabeth, Ivan le Terrible, Soliman le Magnifique, Philippe II, Rodolphe II, qui, mélancolique et demi-fou, s'enferme avec des alchimistes dans son palais de Prague, Henri IV, l'édit de Nantes,

forces, le poids d'un corps, dynamomètre, kilogramme-étalon, vecteur.

C'est à toi que j'ai fait lire le passage :

« *Hinc Getulae urbes...* »

(tu es entouré d'un côté par la race guerrière des Gétules, par les Numides, cavaliers sans frein et par la Syrte inhospitalière)...

A la sonnerie, treize parmi vous seulement sont restés à leur place pour attendre M. Bailly que j'ai croisé dans l'escalier.

Après le dîner, le devoir de math, Racine :

« ...il n'a pas encore tué sa mère, sa femme, ses gouverneurs, mais il a en lui les semences de tous ces crimes; il commence à vouloir secouer le joug; il les hait les uns et les autres; il leur cache sa haine sous de fausses caresses. En un mot, c'est ici un monstre naissant... »

Denis s'était penché sur ton épaule :

« dis donc, c'est demain l'anniversaire de l'oncle Pierre; maman demande si nous avons fait quelque chose?

— Fait quelque chose?

— Jacques et moi, nous n'avons rien fait, mais toi qui es tellement son chouchou...

— Demain, on lui souhaite le soir?

— Non, non, il viendra déjeuner.

— Déjeuner? Pourquoi ne me l'a-t-il pas dit?

— Est-ce qu'il te dit tout par hasard?

— Mais là je ne puis plus rien faire...

— Parce que c'était encore chez lui que tu étais fourré tout à l'heure?

— Ça te regarde?

— Vous aviez probablement bien d'autres confidences à vous faire...

— Tu es jaloux?

— Imbécile! Tu ne vois donc pas qu'il t'exploite?

— M'exploite?

— Mais oui, avoue-le donc que tu lui fais des commissions pour son amie, comment s'appelle-t-elle déjà?

— Ah ça, mon vieux, tu n'y es pas, permets-moi de te dire que tu n'y es pas du tout; ça vraiment...

— Alors, il est plus indulgent, n'est-ce pas, pour les interrogations, il te signale, n'est-ce pas, que tel jour ce sera ton tour...

— Ce que tu peux être bas et mesquin! Curieux! Tu me

dis tout ça parce que tu es jaloux et curieux, mais ce n'est pas la peine d'insister, mon vieux, tu ne sauras rien!

— Je saurai ce que je voudrai!

— Ah ça!

— Parole!

— Mais il n'y a rien à savoir, mon vieux! C'est mon oncle, à la fin! On peut bien parler ensemble de temps en temps; je ne vois pas en quoi ça te gêne?

— Eh bien ton oncle, demain, aura trente-cinq ans; je te signale en passant que c'est aussi le mien.

— Mais c'est bientôt ta fête à toi aussi!

— Le 10 novembre.

— Et tu auras?

— Dix-sept ans.

— Eh bien, il t'invitera à dîner toi aussi.

— Qu'est-ce que tu en sais?

— Je te promets.

— Parce que tu le lui demanderas, parce que ça te fera plaisir et qu'il ne te refuse rien; décidément quelle tendresse!

— Parce que je lui dirai que tu en meurs d'envie, voilà tout.

— J'en meurs d'envie! Qu'est-ce que tu vas chercher là? J'en meurs d'envie... Mais, qu'est-ce que ça peut me faire à moi d'aller dîner au restaurant avec lui pour qu'il me parle de mes études?

— De tes études ou d'autre chose.

— Autre chose?

— Non, non, de tes études. Je ne lui dirai rien.

— Naturellement s'il m'invite...

— Ah oui?

— Je ne pourrai pas refuser, je n'aurai aucune raison de refuser...

— Mais vous n'auriez peut-être pas beaucoup de sujets de conversation...

— Pourvu qu'il ne m'espionne pas...

— Mais dis donc, s'il vient déjeuner, s'il y a un gâteau de fête, on sortira de table juste à l'heure pour aller au lycée.

— C'est probable.

— Alors il faut absolument que je finisse mon devoir de math ce soir.

— C'est pour demain après-midi? Oui, ça vaut mieux.

— Tu ne pourrais pas m'aider?

— Tu n'es pas capable de faire ça tout seul?

— On ira plus vite, il y a un exercice tout simple là que je ferai demain matin en douce, pendant le latin, car je viens d'être interrogé; j'ai fait la géométrie, mais il reste ces deux trucs d'algèbre.

— Pourquoi ne vas-tu pas demander à ton oncle?

— Idiot!

— Allez, montre-moi ça! Tu fais le malin avec tes grands airs, avec tes secrets; maintenant tu fumes des cigarettes, ce n'est pas la peine de mentir, je t'ai vu, d'ailleurs c'est très bien, c'est le bon âge, mon vieux, mais tu sais bien venir me trouver quand tu en as besoin...

— Simplifier les expressions : $3(a + b - c) - 2(a - b + c) + 5(a - b - c)$ et...

— Attends, laisse-moi réfléchir. Tu sais, j'ai bien autre chose à faire... »

Bruno Verger ou Gabriel Voss :

« ...beaucoup de cœur, beaucoup d'amour et beaucoup de franchise, qualités ordinaires d'un jeune homme. Il avait quinze ans, et on dit qu'il avait beaucoup d'esprit, soit qu'on dise vrai, ou que ses malheurs aient fait croire cela de lui, sans qu'il ait pu en donner des marques... »

Le soir, rue du Canivet, la place de ton oncle Pierre était vide. Comme tu n'avais le lendemain ni classe ni réunion scoute, tu es allé au cinéma Bonaparte avec Jacques et Denis; celui-ci a rencontré dans la salle un de ses camarades avec sa sœur. Il l'a tutoyée. Il s'est assis entre elle et toi. Quand le noir s'est fait, il a pris sa main; au bout d'un certain temps, il l'a embrassée; il a vu ton regard; il t'a dit à l'oreille :

« toi, mon vieux, si tu racontes ça à l'oncle Pierre, ça ira mal.

— T'inquiète pas, mais alors, si tu me vois aller chez lui, n'en dis pas un mot aux parents. D'accord?

— D'accord ».

Auprès de sa femme qui faisait la sieste, M. Hubert corrigeait les devoirs de ses mathélem.

Le vendredi :

« ...puis avec son précepteur, récapitulait brièvement, à la mode des pythagoriques tout ce qu'il avait lu, vu, su, fait et entendu au décours de toute la journée... »

Le dimanche, Michel Daval, rue Servandoni, a changé de place les meubles de sa nouvelle chambre, puis il a dessiné en coupe une fusée interplanétaire.

Le lundi, M. Hubert a rendu leur devoir à ses mathélem, leur a parlé du théorème des forces vives et du principe de la fusée.

A midi, le mardi, je suis allé chercher les deux petits à la porte du petit lycée; ils m'ont raconté qu'ils avaient été photographiés.

Le soir, tu es resté assez longtemps chez ton oncle Pierre, puis tu es allé rue du Pré-aux-Clercs où Alain Mouron t'attendait. Boulevard Saint-Germain, le grand Nord-Africain au masque de sparadrap assis sur un banc, t'a regardé passer, t'a suivi de son regard de loup. Mme Davez avait mis le couvert.

« Mon père n'arrivera pas avant huit heures. On peut en profiter pour regarder Homère.

— Bah, tant pis pour Homère. Tu as été interrogé ces jours-ci, moi aussi...

— Tu trouves que ce n'est pas la peine?

— Je ne veux pas dire ça...

— C'est vrai que M. Jouret est ton oncle...

— Ça devrait au contraire me forcer; je ne crois pas que M. Bailly ait pour toi une indulgence particulière...

— J'en avais déjà regardé un bout pour nous avancer...

— Ah, tu l'as déjà fait, ça c'est tout différent, passe-moi un papier.

— Je n'ai fait que les premiers vers.

— C'est déjà ça; je vais recopier les mots.

— Il a entendu des voix de filles, il veut les voir; c'est là; en disant ça, Ulysse, le divin, est sorti du fourré, il a cassé un rameau de feuilles, dans la broussaille épaisse, avec sa forte main, pour qu'il voile; et là je n'y comprends rien, *mèdéa photos*, tu vois *mèdéa* ça peut vouloir dire les pensées, ou les parties de l'homme, *photos* la lumière ou l'homme; est-ce que c'est pour cacher ses pensées? Et *péri chroï*, *chroï* c'est la peau.

— Il n'y a pas de note?

— Non. Le dictionnaire dit : les parties de l'homme, d'où : urine...

— Ah, bien évidemment... Il est tout nu, mon vieux, alors pour se présenter devant des jeunes filles, tu comprends...

— J'espère que je ne serai pas interrogé.

— Tu rougirais?

— Je ne saurais pas m'expliquer.

— T'en fais pas, l'oncle Henri passera rapidement, très rapidement...

— Je me suis arrêté là.

— En effet, tu n'as fait que les premiers vers... Tant pis, c'est déjà ça.

— Dis-moi, qu'est-ce que tu penses de M. Bailly.

— M. Bailly, pourquoi?

— Je vais te raconter, mais n'en parle à personne... »

Le mercredi, M. Hubert a parlé à ses mathélem des mouvements pendulaires, torsion d'un fil, ressort de montre.

Le jeudi tu lisais le numéro de *Galaxie* qui appartenait à Hubert Jourdan.

Le jour de la Toussaint, après avoir parlé de toi, Michel Daval et Alain Mouron sont revenus dans la salle à manger de la rue Servandoni pour le thé.

Le jour des morts, M. Hubert est resté près de sa femme pour corriger les devoirs de ses mathélem.

Le mercredi, dans ton lit, tu lisais dans le numéro de *Galaxie* une nouvelle de Richard Wilson intitulée : *Dis-moi qui tu hantes,*

en italiques :

« comment savoir à qui on a affaire dans un monde terrestre encore mystérieux? On peut se prendre à son propre piège... ».

Tu avais demandé à Alain Mouron de venir goûter chez vous après la classe de mathématiques; c'était la première fois qu'il viendrait rue du Canivet.

Comme ta mère passait dans le corridor, tu lui as demandé s'il ne serait pas possible de l'inviter à dîner un soir prochain.

Le dimanche, Michel Daval était guéri; toute la famille Bailly était là; Michel a fabriqué pour ses petits cousins des voitures en meccano, mais ils voulaient toujours participer au travail, et faisaient tomber écrous et boulons qui glissaient dans les rainures du plancher.

Le lundi, M. Hubert a parlé à ses mathélem des transformations mutuelles de la chaleur et du travail.

Le mardi, avant le déjeuner, j'ai cherché des sujets de

devoir pour mes première moderne. Nous en étions aux *Lettres Persanes*.

Le soir, rue du Canivet, avec Alain Mouron, *Odyssée* : « Lorsqu'il revint s'asseoir à l'écart, sur la grève, il était rayonnant de charme et de beauté... »

Tu avais choisi pour l'inviter à dîner un soir où ton oncle Pierre ne fût pas là.

Le mercredi, avant d'interroger ses mathélem sur les différentes formes de l'énergie et leurs transformations, et de leur parler des machines à vapeur, M. Hubert leur a annoncé qu'il était le père d'un garçon.

Le lendemain, réunion de patrouille.

Le mercredi 17, tu n'as pas pu rendre ton devoir de mathématiques, parce que ton oncle Pierre t'avait inopinément invité à déjeuner à cause de l'anniversaire de Micheline Pavin. M. du Marnet t'a collé pour le lendemain.

Et le mardi 23, tandis que ton oncle Pierre vous parlait du siège de Vienne par les Turcs, et du roi de Pologne Jean Sobieski, tu t'es retourné vers Henri Fage, et tu lui as demandé à si haute voix de passer le *Fiction* de novembre, que Jean-Pierre Cormier venait de te rendre, à Hubert Jourdan, que tous tes camarades ont tourné la tête vers toi.

Il y a eu un instant de silence complet; vous m'entendiez parler à travers le mur; les regards passaient de toi à ton oncle et de ton oncle à toi; peu à peu s'est esquissé une sorte de ricanement.

« Eller, qu'est-ce qui vous prend? »

Tu t'es levé.

« Mais c'était...

— Voulez-vous vous taire! Vous serez collé jeudi quatre heures! »

Il était blême. Il y a eu encore un long silence; tes camarades ont tous baissé la tête vers leur cahier. Tu te sentais sombrer; tu avais une réunion de patrouille le lendemain. Heureusement, comme tu étais le seul collé de la classe, il a pu secrètement lever cette punition.

Le 8 décembre, pendant la composition de géographie, Michel Daval t'a glissé à l'oreille :

« je suis tombé juste; j'avais bien prévu les sujets qu'il nous donnerait.

— Tu as de la chance.

— Fais pas l'innocent; je pense bien que tu les connaissais.

— Moi, pas du tout! Ce n'est pas parce qu'il est mon oncle... M. Bailly est bien ton oncle, et...

— Il n'est pas seulement ton oncle.

— Qu'est-ce que tu veux dire?

— La preuve, c'est qu'il nous laisse parler.

— Laisse-moi travailler... »

A lean and hungry look, un regard maigre et affamé, de plus en plus un regard de loup, qui brûlait d'une espèce d'inquiétude quand il se tournait vers toi, de plus en plus enfoncé, comme s'il avait eu un masque, une fausse peau,

un autre regard mais qui faisait penser au regard de ce Nord-Africain qui t'avait appelé dans le crépuscule,

« petit, viens petit »,

et tu avais hâté le pas, tourmenté d'une espèce de colère et d'effroi, et tu avais été étonné de penser alors à ton oncle Pierre,

et si on lui arrachait ce sparadrap, que trouverait-on? Des poils de loup.

La représentation de la Terre, les méridiens, les parallèles, la projection de Mercator, les courbes de niveau, les échelles...

Le 15, pendant la composition de mathématiques :

« ça va?

— Et toi?

— Tu sais, les math ce n'est pas mon fort.

— A moi non plus.

— Et puis cette fois, ce n'est pas un oncle.

— Qu'est-ce que tu veux dire?

— Rien.

— Tais-toi alors.

— C'est toi qui parles.

— M. Jouret, mon oncle...

— Ce n'est pas de Jouret que je parle.

— C'est avec lui que j'étais en vacances.

— Continue pas.

— Mais qu'est-ce que tu as contre moi?

— Je n'ai rien contre toi mais tu es trop curieux.

— Je ne regarde pas ce que tu fais, ne t'en fais pas.

— Moi non plus, tu penses, tu le raconterais.

— A qui je le raconterais, pas à du Marnet...

— Tais-toi, il nous regarde.

— C'est toi qui parles.

— Il paraît que ton oncle aussi est très curieux, ton oncle d'histoire et géo; j'ai entendu le mien qui en parlait.

— A qui?

— Tais-toi, laisse-moi travailler; il se rapproche ».

Le 21 décembre, après la proclamation des résultats de la composition d'histoire :

« tu vois bien, je ne suis que douzième, toi cinquième, et pourtant je te jure que j'avais travaillé.

— Moi aussi, j'avais travaillé, qu'est-ce que tu crois?

— Ce n'est pas ce que je voulais dire; tu vois bien qu'il n'y a pas d'injustice en ma faveur, en géo je ne suis que huitième, en histoire douzième...

— Tu penses, s'il t'avait mis premier, ça aurait été un peu trop voyant...

— Tu n'as qu'à la lire, ma composition!

— Je n'ai pas besoin de la lire; je croirais plutôt qu'il t'a mis une note moins bonne que celle que tu méritais, parce qu'il se méfie, parce qu'il sent bien que nous sentons tous qu'il y a quelque chose d'anormal entre vous...

— Tu es fou!

— Tais-toi, il nous regarde.

— Je ne sais pas ce qui te prend.

— Écoute.

— Parle bas.

— Ne me regarde pas!

— Parle plus bas.

— Tu m'entends?

— Allez, dépêche-toi.

— S'il nous surprend, il sera obligé de nous punir plus que n'importe quels autres, parce qu'il a été très indulgent tous ces temps-ci.

— Si c'est tout ce que tu as à dire...

— Non, ce n'est pas tout, c'est Francis Hutter qui m'a raconté qu'il avait entendu M. Hutter parler à mon oncle Bailly...

— Ah oui? Attention... Vas-y!

— Et ils parlaient de lui, de ton oncle...

— Tais-toi; écris-moi ça sur un papier.

— Pour que tu le lui passes après...

— Idiot! Tais-toi, il nous regarde.

— Il nous punira, on sera collé ensemble.

— Attends qu'il regarde ailleurs...

— Jure-le-moi.

— Tais-toi.

— Tant pis pour toi.

— Jurer quoi?

— Que tu ne lui montreras pas.

— Laisse-moi.

— Tu vois bien.

— Laisse-moi.

— Espion.

— Je ne montrerai rien du tout.

— Écris-le.

— Quoi?

— Prends une feuille.

— Attention.

— Écris : je jure.

— Voilà.

— Sur quoi peux-tu jurer toi?

— Il nous regarde.

— Écris : je jure sur mon honneur de scout.

— Tais-toi.

— Tu ne veux pas?

— Laisse-moi.

— Tu n'oses pas?

— Il nous regarde.

— Il ne dit rien, tu vois bien qu'il ne dit rien, tu sais bien qu'il ne dira rien.

— Les autres nous regardent...

— Tu ne sauras rien, je ne te dirai rien.

— Tais-toi.

— Tant pis pour toi.

— J'ai écrit.

— De ne pas parler de ce qui est sur ce papier à M. Vernier, à mon oncle M. Vernier.

— Voilà.

— Et tu signes. Bien »

Tu l'as vu écrire sur cette feuille :

« M. Hutter :

— il paraît que notre collègue Vernier continue toujours son petit reportage.

M. Bailly :

— Il vous a encore interrogé?

M. Hutter :

— Et j'ai l'impression qu'il se sert de son neveu Eller comme indicateur. »

Michel Daval a plié la feuille en quatre et l'a mise dans sa serviette.

Ta respiration était devenue rauque; tes lèvres se retroussaient; tu avais l'impression que tes dents s'allongeaient, que tout ton corps trempé de sueur se couvrait de poils, non point de bison mais de loup.

Et après les vacances de Noël, comme tu t'étais retourné vers Henri Fage pour lui faire encore passer une revue de Science-Fiction, ton oncle Pierre, d'une voix terrible, méconnaissable :

« Eller! Allez-vous vous tenir tranquille? Vous n'allez pas recommencer! Cette fois, vous serez collé quatre heures, et vous pourrez toujours venir pleurer que vous avez une réunion scoute. »

Tu t'es dressé, tu l'as regardé avec des yeux qui te brûlaient, tu as crié et tu ne reconnaissais pas ta propre voix :

« Non, je ne recommencerai plus, non! »

Tu es sorti de la classe, tu as claqué la porte derrière toi. Des larmes coulaient des yeux de ton oncle. Il a frappé avec son poing sur le bureau et il a dit :

« nous verrons comment punir cet incident lamentable. Reprenons; écrivez sur vos cahiers : les difficultés religieuses... ».

Sur ton pupitre étaient restés ton livre ouvert, ton cahier ouvert; sous ta chaise était restée ta serviette ouverte; ton manteau était toujours suspendu près des autres, à côté de la porte. Il neigeait; tu es resté dans le corridor, immobile, haletant. Tu entendais la voix de ton oncle à travers la cloison et la mienne quelques mètres plus loin.

L'année a tourné. La rentrée des classes. En français vous avez commencé par le duc de Saint-Simon et, le mercredi, M. Devalot vous a parlé de la vie de Racine.

Je disais le dimanche à ton père qui était venu me voir à ton insu :

« je crois que tout va bien se passer maintenant. J'ai interrogé les professeurs de Pierre, il est évidemment un peu tôt pour avoir une opinion précise; j'ai évidemment

averti son professeur d'histoire et géographie de l'incident
de l'hiver passé. Quant à Pierre Vernier, il a l'air fort content
de sa nouvelle installation. Il est sans doute là-haut avec
Micheline Pavin que vous connaissez certainement ».

Le mercredi 12, tu as eu seize ans. Tandis que Michel
Daval, devant toi, lisait la préface d'*Iphigénie :*

« il n'y a rien de plus célèbre dans les poètes que le sacrifice d'Iphigénie... »,

tu disais à ton voisin Alain Mouron :

« tu sais que j'ai eu seize ans aujourd'hui, mes parents
m'ont demandé si l'on pouvait inviter M. Vernier, le professeur de géographie de l'an passé qui est mon oncle, mais
j'ai dit non ».

Le mardi suivant, c'est toi qui as lu :

« les habitants de Paris sont d'une curiosité qui va jusqu'à l'extravagance... »

A la sortie, Michel Daval :

« tiens, j'ai retrouvé ça dans mes affaires; je n'en ai plus
besoin ».

Il t'a donné une feuille de papier pliée en quatre, que tu
as reconnue et froissée dans ton poing.

Et comme M. Devalot allait beaucoup plus vite avec vous
que moi avec mes première moderne l'année précédente, le
mardi 8 novembre, tu as entendu un de tes nouveaux
camarades lire ce passage de l'*Essai sur les Mœurs* de Voltaire :

« de tous les pays de l'Inde, le Japon n'est pas celui qui
mérite le moins l'attention d'un philosophe. Nous aurions
dû reconnaître ce pays dès le XIIIe siècle par la relation du
célèbre Marc Paul. Ce Vénitien avait voyagé par terre à la
Chine, et ayant servi longtemps sous un des enfants de
Gengis Khan, il y eut les premières notions de ces îles que
nous nommons Japon et qu'il appelle Zipangri... ».

Tu as sorti de ta poche une boule de papier que tu as
dépliée; elle était entièrement teinte d'encre; lentement tu
l'as déchirée en minuscules fragments, que tu as rassemblés
dans une boîte d'allumettes vide, que tu as conservée longtemps sur toi, avant de me la montrer et de m'en raconter
l'histoire.

Ton oncle Pierre n'écrira plus. Dans combien de temps
liras-tu la ruine de son livre? Tu entres dans la chambre
d'hôpital; Micheline Pavin est assise à côté de lui; il ouvre les

yeux, il te reconnaît, tu lui dis que je vais arriver. Tu ne sais pas que le livre est pour toi et qu'il en meurt, et pourtant tu lui as pardonné. Tu déposes près de sa tête comme en offrande, la boîte d'allumettes pleine de petits fragments de papier noir.

Maintenant la sonnerie retentit. Ton oncle Pierre range, dans sa serviette, son cahier, la *Description du Monde* par Marco Polo, les *Essais* de Montaigne. Tous vous vous levez, vous prenez vos manteaux. Au moment où ton oncle sort, Bertrand Limours s'efface pour le laisser passer.

Dans la nuit, M. Bailly s'est réveillé; il a regardé sa montre, il était quatre heures. Une voix résonnait dans sa tête :

« si j'étais absolument sûre que tu n'as dit cela à aucune autre femme depuis ton mariage »;

que voulait dire « cela »? Qu'est-ce qu'il avait donc dit? Qu'est-ce qu'il n'avait pas dit? Qu'est-ce qu'il n'était pas sûr de ne pas avoir dit?

Ah, non seulement, il n'est pas question pour moi de terminer le livre de ton oncle, de mener jusqu'au bout le projet qu'il avait formé et qui l'a écrasé, mais il n'est même plus question de le continuer; c'est une ruine; dans l'édification de cette tour d'où l'on devait voir l'Amérique, s'est formé quelque chose qui devait la faire exploser; il n'a pu élever que quelques pans de murs, et s'est produite cette conflagration qui non seulement a suspendu tous les travaux, mais a miné le sol sur lequel ils se dressent, et c'est pourquoi tout ce qu'il me reste à faire devant ce vestige d'une conscience et d'une musique future, c'est de l'étayer quelque peu, pour que puisse en souffrir le passant, pour que les choses autour, pour que cet état d'inachèvement, de ruine lui deviennent insupportables, car dans ces poutres tordues, dans cet échafaudage déchiqueté, le soleil change la rouille en or, et le vent...

Quand je me suis couché le mercredi, j'ai dit à ta tante Rose :

« Pierre Vernier, sans doute, a commencé à mettre en œuvre son projet; je me demande ce qu'il en adviendra. »

Jeudi soir : comment Gargantua fut institué par un sophiste en lettres latines, comment Gargantua fut mis soubz autres pédagoges, comment Gargantua fut envoyé à Paris...

Vendredi soir, ta tante Rose :

« Ce livre dont tu parlais avec Pierre Vernier...

— Oui?

— C'est sur la classe où vous êtes ensemble?

— Oui.

— Sur la vraie classe?

— Certainement.

— Celle où est Pierre?

— La seconde A.

— Et sur vos collègues aussi?

— Accessoirement.

— Et qu'est-ce qu'ils vont en penser?

— Il faudrait qu'ils n'en sachent rien.

— Et comment pourra-t-il connaître...

— C'est à lui qu'il faudrait le demander.

— Est-ce que ça n'est pas un peu dangereux?

— C'est une aventure, certainement.

— Je crains quelque chose pour Pierre.

— Il prend ses risques. Nous verrons.

— Je pensais à ton neveu. »

L'édit de Nantes, cent places de sûreté, l'assassinat d'Henri IV. La sonnerie. Francis Hutter s'est hâté de regarder dans son *Manuel de Chimie* le résumé de la leçon précédente :

« les eaux naturelles contiennent des substances dissoutes »...

Le dimanche, il est allé à la piscine avec son petit frère Jean-Louis.

Le lundi soir,

« ...qui dépeupla un quart du royaume, qui ruina son commerce, qui l'affaiblit dans toutes ses parties, qui le mit si longtemps au pillage public et avoué des dragons, qui autorisa les tourments et les supplices dans lesquels ils firent réellement mourir tant d'innocents de tout sexe par milliers »...

Le mardi soir, la correction de mes devoirs de première

moderne sur l'éducation selon Rabelais et selon Montaigne,
puis j'ai relu *Britannicus* :

« Quoi! Tandis que Néron s'abandonne au sommeil... »

Le mercredi soir, nous avons reçu ton oncle; il avait trente-
cinq ans; tous mes enfants lui ont fait fête; il savait admi-
rablement s'entendre avec eux, s'entendre avec vous jusqu'à ce que...

Pendant sa retenue, tandis que son voisin de captivité,
Michel Daval, était plongé dans *Galaxie* :

« ...on nous remit des échantillons d'objets courants, des
morceaux de jade couverts de gravures étranges et belles...,
des barres d'un métal radioactif... »,

publicité pour *Détective* : « chaque samedi, faits divers,
aventures, tribunaux, sports, l'hebdomadaire des secrets du
monde »,

Francis Hutter lisait *Fiction* :

« ...où était sa viande? Où était son os? Comment pourrait-il aiguiser ses crocs sur une pâture comme celle-là? Que
se proposaient-ils? De lui faire perdre ses dents? »...

Il avait la tête lourde; il se demandait s'il n'avait pas la
fièvre.

Il n'est revenu en classe que le lundi. Quand la fin de
l'heure de géographie a sonné (le fœhn, le mistral), il vous
a dit au revoir d'un signe, il est allé mettre son manteau.
Comme pour tous ceux qui faisaient de l'allemand et de
l'espagnol, sa journée scolaire était terminée.

Le mardi soir, l'*Odyssée* :

« tel, en sa nudité, Ulysse s'avançait vers ces filles bou-
clées : le besoin le poussait... »,

le second acte d'*Iphigénie* :

« Ne les contraignons point, Doris, retirons-nous... »

Au vers :

« Calchas, dit-on, prépare un pompeux sacrifice? »,

ta tante Rose est venue m'interrompre :

« voudrais-tu aller me chercher du vin? J'ai complètement oublié.

— Du vin? Il n'y a plus de vin?

— Si, il y a du vin ordinaire, mais il faudrait quelque
chose de mieux pour aller avec le gigot.

— Nous avons du gigot?

— C'est une fête, voyons!

— La fête de qui?

— Ce soir, nous recevons Pierre Vernier et son amie. Tu ne sais pas s'ils ont déjà décidé la date des fiançailles?

— Mon Dieu, c'est vrai. Tu crois vraiment que c'est engagé à ce point?

— Évidemment! Il suffisait de voir sa tête quand il en parlait.

— Je suis bien curieux de la voir ».

Enneigement, 5 mois en Sibérie, 60 jours en Islande, 5 en Bretagne; la sonnerie; Francis Hutter s'est serré contre son pupitre pour laisser passer Alain Mouron qui s'en allait, comme toi, comme tous ceux qui faisaient de l'anglais ou de l'italien, puis, poussant un soupir, il a rangé le livre de géographie et sorti celui d'allemand.

Le jour de la Toussaint, M. Bonnini a erré d'église en église, essayant de dire des chapelets.

Le jour des morts, Francis Hutter a essayé de déchiffrer au piano la douzième sonate de Beethoven.

Le 8 novembre, il est retombé malade.

Après avoir lu ton devoir sur les idées de Rabelais sur l'éducation, j'ai pris celui d'Alain Mouron, puis celui de Michel Daval, de Denis Régnier (Francis Hutter n'avait pu me remettre le sien), selon l'ordre de l'intérêt que ton oncle Pierre vous portait. Il m'avait demandé de les lui faire lire, ceux-là précisément, et j'avais l'intention de les lui passer le lendemain pour qu'il me les rendît le vendredi.

Voici comment les choses prenaient corps; et puis, le mardi 11 janvier 1955, après avoir fait lire à mes première moderne (j'étais fort en retard sur le programme), le texte de Voltaire sur le Japon :

« ...mais ses contemporains, qui adoptaient les fables les plus grossières, ne crurent point les vérités que Marc Paul annonçait. Son manuscrit resta longtemps ignoré; il tomba entre les mains de Christophe Colomb et ne servit pas peu à le confirmer dans son espérance de trouver un monde nouveau qui pouvait rejoindre l'Orient et l'Occident... »,

comme je suis sorti un peu avant ton oncle Pierre, je t'ai trouvé dans le corridor, et voyant ton état, je t'ai demandé de venir me voir rue du Pré-aux-Clercs après ta leçon de physique, sans lui en parler.

Le 12 octobre suivant, j'ai commencé avec mes nouveaux première moderne, l'explication d'une nouvelle pièce de Racine, leur faisant d'abord lire la préface, comme toujours :

« ...ce meurtre commis dans le temple... Cette scène, qui est une espèce d'épisode, amène très naturellement la musique... Ajoutez à cela que cette prophétie sert beaucoup à augmenter le trouble dans la pièce, par la consternation et les différents mouvements où elle jette le chœur et les principaux acteurs ».

Le mardi suivant, le passage de Saint-Simon sur la révocation de l'édit de Nantes :

« ...enfin qui, pour comble de toutes horreurs, remplit toutes les provinces du royaume de parjures et de sacrilèges, où tout retentissait d'hurlements de ces infortunés victimes de l'erreur, pendant que d'autres sacrifiaient leurs consciences à leurs biens et à leur repos, et achetaient l'un et l'autre par des abjurations simulées... »,

mais je suis passé beaucoup plus vite sur Montesquieu, et nous avons pu commencer Voltaire le 8 novembre.

Ton oncle Pierre n'écrira plus; c'est moi qui te dirai que ce texte est pour toi, et c'est Micheline Pavin que j'en ferai dépositaire. Vous êtes tous deux penchés sur son lit. Il a les yeux ouverts, mais c'est vous qu'il regarde, il ne fait pas attention à moi. Je le salue; il murmure :

« qui parle? »

Ce volume, le trente-sixième de la collection Soleil,
a été tiré à quatre mille cent exemplaires
numérotés de 1 à 4 100,
dont cent, hors commerce,
sur les presses de l'Imprimerie Floch à Mayenne.
La reliure a été exécutée par Babouot à Paris
d'après la maquette de Massin.
Les exemplaires hors commerce sont numérotés
de 4 001 à 4 100.

251

Édit. : 7.260; dép. lég. : 1960 ; imprimé en France.